ちくま文庫

オシリスの眼

R・オースティン・フリーマン
渕上瘦平 訳

筑摩書房

THE EYE OF OSIRIS

by

R. Austin Freeman

1911

主な登場人物

ポール・バークリー……………………医師（語り手）
ジョン・ベリンガム…………………失踪したエジプト学者
ゴドフリー・ベリンガム……………その弟
ルース・ベリンガム…………………ゴドフリーの娘
フィリス・オーマン…………………ベリンガム家の家政婦
ジョージ・ハースト…………………株式仲買人、ベリンガム兄弟のいとこ
オーガスティナ・ドッブズ…………ハースト家の女中
アーサー・ジェリコ…………………ジョン・ベリンガムの顧問弁護士
ノーベリー……………………………大英博物館の考古学者
サマーズ………………………………警察医
バジャー………………………………スコットランド・ヤード犯罪捜査課警部
ジョン・イヴリン・ソーンダイク…法医学者
クリストファー・ジャーヴィス……ソーンダイクのジュニア・パートナー
ナサニエル・ポルトン………………ソーンダイクの助手

企画編集＝藤原編集室

目次

オシリスの眼

探偵小説

我が友、A・E・Bに献ぐ

第一章　消えた男

セント・マーガレット病院付属医学校は、時おり言われるように、法医学の講師に恵まれていた。ほかの科目を講義する能がない者に法医学の講師を担当させる学校もあるようだが、私たちの学校はまったく事情が違っていた。ジョン・ソーンダイクは、情熱にあふれ、深い学識と名声を有する人物というだけでなく、生気と魅力を湛えた表現力と、かぎりない才知を持った優秀な教師だった。過去に起きた著名な事件にはすべて精通していたようだし、科学、物理学、生物学、ときには歴史学に関わることでも、法医学上の意義を持ち得る情報はすべて自家薬籠中のものとしていた。さらに、彼自身の数々の興味深い経験はまるで無尽蔵の泉のようだった。いくぶん無味乾燥なテーマに活気や面白さを与えるために彼が好んで用いた工夫の一つは、新聞記事に出ている最近の事件を取り上げて分析したり、解釈することだった（しかも、法や社会との関連にも常に然るべく言及していた）。私の人生を大きく変えることになる一連の驚くべき事件を最初に知ったのも、まさにこの講義だった。ちょうどそのとき終わった講義は、生存者財産権（共有の権利を持っている者が死亡した場合に残った者が取得する財産権）という、あまり面白味のないテーマを論じたものだった。学生の大半は講義室をあとにしていたが、残った学生が講師の机のまわりに集まり、こんなときにソーンダイク博士がよく披露する、くだけた解説に耳を傾けていた。こういうときの博士は、机の端にもたれかかり、ざっくばらんな雑談口調で、指先につまんだ板書用のチョークに語りかけるみたいに話す。

「生存者財産権の問題が生じる事例では」と、博士は学生の一人から受けた質問に答えていた。「当事者の死体が確認できるか、少なくとも、死亡の事実やおよその死亡時期もはっきり分かっているのが普通だね。ところが、当事者の死体も出てこないし、死亡の事実も間接的な証拠で推定されるだけという場合でも、同様の問題が生じる。

もちろん、そうした場合に答えを要する重要な問いは、当事者が生きていたと確実に言える最後の瞬間はいつだったのか、という問いだ。この問いの答えを得るのに、実に些細で目立たない事実が決め手になることがある。これを説明するのにちょうどいい事例が今日の朝刊に出ているよ。ある紳士が、謎めいた失踪を遂げたんだ。彼を最後に目撃したのは、訪問先だった親戚宅の使用人でね。さて、この紳士が、生死は別にして、二度と姿を現さなかったとしたら、生きていたと確実に言える最後の瞬間はいつだったのかという問いは、〝その親戚の家を訪ねたとき、彼はある特殊な装身具を身に着けていたか否か？〟という、もう一つの問いの答えによって決まる」

博士は、手にした短いチョークにじっと目を凝らしながらひと息ついた。私たちが注ぐ期待のまなざしに気づくと、博士は話を続けた。

「この事件の状況は実に奇妙でね。それどころか、とても謎めいている。仮にそこから法的な問題が生ずれば、まさに注目すべき難問となるだろう。失踪した紳士はジョン・ベリンガム氏というのだが、考古学の分野ではよく知られた人物だ。最近、エジプトから素晴らしい古代遺物のコレクションを持ち帰ってきた――ちなみに、そのうち数点は、彼が大英博物館に寄贈して、現在そこに展示されているよ。寄贈の手続きをすませると、彼は仕事上のことでパリへ行ったとみられている。ついでに言っておくと、その寄贈品とは、実に見事なミイラに、墓の副葬品がひと揃いだ。副葬品は、失踪人がパリに出発したときにはまだエジプトから届いていなかったが、ミイラのほうは、十月十四日に大英博物館のノーベリー博士がベリンガム氏の家で検査を行った。ベリンガム氏と彼の事務弁護士の立ち会いのもとでね。弁護士は、副葬品の到着後に寄贈品をまとめて博物館当局に引き渡す業務を託されていたのだが、その後引渡しはすんでいる。

ベリンガム氏は、十一月二十三日にパリから帰国すると、チャリング・クロス駅からそのまま親戚の家に向かったとされる。この親戚はハースト氏という独身男性で、家はエルタム（ロンドン南部、チャリング・クロスの東南東約十三・八キロに位置）にある。ベリンガム氏が家を訪ねたのは午後五時二十分だったが、ハースト氏はまだロンドン市街から戻っておらず、五時四十五分に帰る予定だと言われたので、彼は自分が誰か説明し、書斎で待たせてもらって手紙を書きたいと頼んだ。そこで、女中は書斎に案内し、筆記用具を渡すと、彼一人をそこに残した。

ハースト氏は、五時四十五分に自分で鍵を開けて帰宅すると、女中に話をするいとまも与えず、まっすぐ書斎に入ってドアを閉めてしまった。

六時に夕食の呼び鈴が鳴ると、ハースト氏は一人で食堂に入ってきて、テーブルに食事が二人分用意してあるのに気づき、わけを尋ねた。『ベリンガムさんも夕食をご一緒なさると思いましたので』というのが女中の答えだ。『ベリンガムさんだと！』と家の主人は驚きの声を上げた。『この家に来てるなんて知らなかったぞ。なぜ言わんのだ？』とね。

『書斎で旦那様とご一緒だと思いましたけど』と女中は言った。

そのあと客を探したけれど、結局どこにもいなかった。跡形もなく消えてしまったわけだが、さらに奇妙なことは、女中は客が玄関からは出て行かなかったと断言していることだ。というのは、彼女も料理人もジョン・ベリンガム氏とは面識がなかったものだから、女中は台所か食堂のどちらかに必ずいて、目を光らせていたというんだ。台所からは表門が見えるし、食堂からは書斎のドアが向かいにある玄関ホールが見えるというわけだ。書斎にはフランス窓があって、そこから小さな芝生の庭に出ることができ、その先には通用門があって路地に通じている。ベリンガム氏はこの奇妙なルートを使って出て行ったようだね。いずれにしても――これが重要な点だが――彼は家にはいなかったし、出ていくところを誰も見ていないのだ。

ハースト氏は急いで食事をすますと、市街に戻り、ジェリコ氏という、ベリンガム氏の事務弁護士で腹心の代理人の事務所に行き、彼に事情を話した。ジェリコ氏は依頼人がパリから帰国したことを知らず、二人はすぐに列車に乗り、その失踪人の弟、ゴドフリー・ベリンガム氏の家があるウッドフォード（ロンドン北東部、チャリング・クロスの北東約十五・三キロに位置）に向かった。応対した使用人は、ゴドフリー氏は外出中だが、娘さんは図書室にいると教えてくれた。図書室というのは離れ屋で、裏庭の奥に灌木に囲まれて建っている。二人が行ってみると、図書室にはミス・ベリンガムのほかに父親も一緒だった。裏門から帰宅していたわけだね。

ゴドフリー氏と娘はハースト氏の話を聞いてひどく驚き、ジョン・ベリンガムの姿は見ていないし何も聞いてはいないと明言した。

しばらくして、彼らが図書室を出て母屋に向かおうとすると、図書室のドアからほんの数フィートほど離れた芝生になにか落ちているのにジェリコ氏が気づき、ゴドフリー氏に教えた。

ゴドフリー氏が拾い上げると、それはジョン・ベリンガム氏がいつも懐中時計の鎖に付けて下げていたスカラベ（古代エジプト人が神聖視したタマオシコガネを象った護符）だった。見紛うべくもない代物で、アメンホテプ三世の紋章が刻まれている。ラピス・ラズリでこしらえたスカラベで、第十八王朝時代の美しいスカラベに付けた金色のリングを、時計の鎖に通したワイヤに結びつけていたものだが、見つかったとき、リングは壊れた状態でスカラベにそのまま付いていた。

当然ながら、この発見は謎を深めただけだ。J・Bというイニシャルの入ったスーツケースがチャリング・クロス駅の一時預かり所に預けっぱなしになっていることも照会してみて分かり、謎はさらに深まった。預かり証の控えを調べると、十一月二十三日に大陸連絡急行列車が到着した頃に預けられたものと分かった。持ち主はそのままエルタムに向かったにちがいない。

これが事件の現状でね。失踪人が二度と現れず、死体も発見されなければ、〝その男の生存が最後に確認された時と場所は、正確にはいつ、どこだったのか?〟という問いに答えることが必要になる。場所がどこかという問いは、争点が明確だし、その意義は論じるまでもない。ところが、その時がいつかという問いには、また別の意義がある。講義でも話したけれど、生存者財産権に関わる事例では、一分足らずの差異を明らかにする証拠が財産相続を決定づけることもあるんだ。さて、失踪人の生きている姿が最後に目撃されたのは、十一月二十三日午後五時二十分、場所はハースト氏の家だ。ウッドフォードの弟の家も訪ねたようだが、そこで彼を目撃した者は誰もいないから、訪ねたのがハースト氏の家に行く前か後かは今のところはっきりしない。最初に行ったのが弟の家だとすれば、生きている姿が最後に確認された日時は、二十三日午後五時二十分となる。だが、そこに行ったのがあとだったのなら、二つの家の間を移動する時間は最低限加算しなくてはいけない。

しかし、最初に行ったのがどちらの家だったかという問いは、スカラベが答えの決め手となる。ハースト氏の家を訪ねたときにスカラベを身に着けていたのなら、最初にそこへ行ったのは確実だ。だが、そのとき懐中時計の鎖に付いていなかったとすれば、最初にウッドフォードのほうに行った公算が大きい。かくして、財産相続を決定する一番重要な決め手は、その女中が一見どうでもいい些細なことに気づいていたかどうかという問いにかかってくるわけだ」

「その件で女中はなにか証言しているんですか?」と私は思い切って尋ねた。

「見たところ証言はない」とソーンダイク博士は答えた。「少なくとも新聞記事はそんな証言に触れていないが、そのほかの点では実に詳しく報じているよ。なにしろ、二軒の家の見取り図まで載せているからね。これほど詳しい報道は珍しいし、そのこと自体が興味深い事実として注目に値する」

「どんな点で興味深いんでしょう?」と学生の一人が聞いた。

「そうだな!」とソーンダイク博士は応じた。「その問題は君自身で考えてほしい。実際に裁判で争われている事例でもないから、関係者たちの行動や動機を勝手に調べるわけにもいかないしね」

「新聞は失踪人の特徴に触れていますか?」と私は質問した。

「うん、微に入り細を穿《うが》つようにね。むしろ、その人がいつ元気な姿で現れるかもしれないことを思うと、行き過ぎと言っていいほど事細かだよ。どうやら、この男は、かつて左足首にポット骨折(腓骨の下端部の骨折と脛骨の内果の骨折)を負ったことがあり、両膝には縦線状の傷跡があるようだ――その原因がなにかは書かれていないが、推測するのは簡単だ。胸には深紅の刺青が彫られていて、〝オシリスの眼〟――典拠によっては、ホルス、またはラーの眼ともいうが――を実に美しく鮮やかに象った刺青らしい。だから、死体が出てくれば、身元確認にはまず困らない。とはいえ、そんな結果にならなければいいが。さて、私はもう行かなくては。君たちもだ。とはいえ、新聞を入手して、つぶさに読んでファイルしておくことをお勧めするよ。実に奇妙な事件だし、再び耳にすることもきっとあるだろうからね。さようなら、諸君」

ソーンダイク博士の助言はその場にいた学生たちを刺激した。法医学はセント・マーガレット病院付属医学校では人気のある科目だったし、みんな強い関心を持っていたからだ。そこで、私たちはこぞって最寄りの新聞売り場に突進し、めいめいが「デイリー・テレグラフ」紙を手にして学校の休憩室に取って返し、記事を貪《むさぼ》り読んで事件のことを論じ合ったが、厳格で細心な我らの先生がこだわっていた微妙な問題の考察など気にもとめなかった。

第二章　立ち聞き

知り合いになるには然るべき紹介からはじめる。これは、たしなみのある者なら（それが都合のいいときに）誠実に守る正しい行動規範の一つだ。前章ではずっと無視し続けてきたが、この重宝なルールにようやく従おうと思う。私が礼儀もわきまえずに最初に登場したときから、およそ二年も過ぎているとあってはなおさらだ。

私の名は、ポール・バークリー。最近――それもごく最近――資格を得たばかりの医師だ。山高帽に専門店仕立てのフロックコートをそつなく着こなし、こうして自己紹介している私は、ぎっしり詰まった石炭袋の列と、腎臓形のじゃがいもをうずたかく積み上げた大きな籠《かご》のはざまという物騒な海峡を、注意深く舵《かじ》を切りながら通り抜けているところだった。

この海峡を抜けてフラーダリー・コートという安全な陸地に上陸すると、しばし立ち止まって訪問先リストを確認した。午前中に往診する患者はあと一人だけで、住所はネヴィルズ・コート四十九番地となっていたが、場所がよく分からなかった。そこで、石炭店に君臨するおかみさんに場所を尋ねた。

「ジャブレットさん、ネヴィルズ・コートはどっちですか?」

彼女は知っていて、私の腕を遠慮なしにつかみ(その跡は何週間も袖に残っていた)、震える人差し指で前方の平壁を指し示しながら教えてくれた。「ネヴィルズ・コートってのは」とジャブレット夫人は言った。「路地で、アーチ道を抜けたところよ。フェッター・レーンから右に曲がったところ。この先のブリームズ・ビルディングスの反対側だよ」

私はジャブレット夫人に礼を言って先に進んだが、午前の往診もほぼ終わりなのが嬉しく、なんとなくお腹が減ってきて、風呂にも入りたくなった。

この診療活動は、本来は私のではなく、健康がすぐれないディック・バーナードの仕事だった。気の短い中背の男で、セント・マーガレット病院付属医学校の先輩だが、昨日、スグリ貿易の不定期船に乗って地中海の旅に出発したところだ。そして、私にとってこの二度目の午前の往診は、いわば、陸地を発見する航海のようなものだった。

フェッター・レーンをきびきびと歩き、狭いアーチ道の入り口で〝ネヴィルズ・コート〟という表示を目にして足を止めると、ロンドンの脇道で旅行者が出くわす驚きを私も体験することになった。ロンドンの路地によくある薄汚れた不潔さを予想していたが、アーチの影の向こうに、陽光と色彩に溢れた眺望――古めかしく、温かい色調の屋根に、陽が照り返す緑葉に覆われた壁という眺望の中に、上品そうな小店が立ち並ぶのが見えたのだ。ロンドン中心部では、一本の樹木の存在でも嬉しい驚きだ。だが、ここには樹木だけでなく茂みや花もある。狭い歩道は、両脇に続く小さな庭と接していた。それらの庭は木製の柵で仕切られ、よく手入れされた灌木が植わっていて、風変わりで落ち着きのある質朴さを醸《かも》し出していた。路地に入っていくと、明るい色のブラウスと日差しに輝く髪をした娘たちが大勢立ち働いていて、夏の生け垣を飾る野生の花のように、もの静かな背景に活気を与えていた。

庭の一つに小道があり、丸いタイルのようなものが敷き詰められているのに気づいたが、よく見ると、炻器製の旧式のインク瓶で、底を上にして埋めてある。自分の住まいをこうやって装飾した、忘れられた公証人――法律家か作家、ことによると詩人かもしれないが――の奇抜な着想について思いをめぐらしていると、探していた番地が、高い壁にある貧相な戸口に記されているのに気づいた。呼び鈴もノッカーもなかったので、掛け金を上げ、戸を開けて中に入った。

その路地が一つの驚きだったとすれば、そこは素晴らしい奇跡であり、夢のようだった。フリート・ストリートの喧騒がまだ聞こえる距離だったが、私は高い壁に囲まれた旧式の庭の中にいた。門の戸を閉めると、騒然とした外の都会の光景や情報からもすっかり遮断された。私はそこにたたずみ、嬉しい驚きで目をみはった。日差しが照り映える木々に、花が鮮やかに彩る花壇があり、ルピナス、キンギョソウ、キンレンカ、ジギタリス、大きなタチアオイが目の前に並んでいた。花壇の上にはつがいの黄色い蝶が、丸々太った、驚くほど真っ白な猫が捕まえようとするのもおかまいなしに舞っていた。猫は花壇の縁をまたぎ、踊るように白い前足をむなしく中空で叩き合わせていた。その背景もやはり素晴らしく、黒い庇《ひさし》の付いた、森厳とした大きな古い家が建っていた。ひだ飾り付きの服を着た洒落者たちが路地を輿《こし》で担がれていったり、人のいいアイザック・ウォルトンがフリート・ストリートの店をこっそり抜け出し、フェッター・レーンを歩いて、テンプル・ミルズに〝釣りに出かけた〟（ウォルトン『釣魚大全』〔一六五三〕巻頭の読者への手紙より）ときも、この家はその庭を見下ろしていたに違いない。

この思いがけない光景に圧倒され、並んだ呼び鈴の紐の一つを無意識に引っ張ってしまった。中からジャラジャラとひどい音がして我に返ると、呼び鈴の下に〝ミス・オーマン〟と記された小さな真鍮板が付いているのにやっと気づいた。

不意にドアが開き、背の低い中年の女がじろじろと私を眺めまわした。

「間違った呼び鈴を鳴らしてしまいましたか？」と私は聞いたが――正直間が抜けた問いだった。

「そんなの知りませんよ」と彼女はずけずけと言った。「きっとそうでしょうけど。殿方のやりそうなことです——間違った呼び鈴をわざと鳴らしておいて、謝るなんてのはね」

「そんなことはしませんよ」と私は言い返した。「呼び鈴はちゃんと機能したようだし、おまけに、あなたともお知り合いになれたんですから」

「どなたにご用ですか？」と彼女は聞いてきた。

「ベリンガム氏です」

「あなたが例のお医者さんで？」

「ただの医者ですよ」

「私について二階に上がってください」とミス・オーマンは言った。「塗装したところを踏まないでくださいよ」

私は広い玄関ホールを横切り、我が女主人のあとに従い、真ん中に敷かれた細長いマットを注意深く踏みながら、上品なオーク材の階段を上がった。二階に来ると、ミス・オーマンはドアを開け、部屋を指さして言った。「お入りになってお待ちください。来られたことをお嬢様にお伝えしますから」

「男のベリンガム氏なんだが——」と私は言いかけたが、ドアは目の前でぴしゃりと閉じられ、階段を降りるミス・オーマンの足音はあっという間に遠ざかって行った。

実にまずい状況にあるのはすぐに分かった。私が案内された部屋は別の部屋の隣にあり、間仕切りのドアは閉じていたが、隣室の話し声が心ならずも聞こえてきたからだ。最初はかすかなつぶやきが途切れ途切れにドア越しに聞こえるだけだったが、突然、怒鳴り声がはっきりと響き渡った。

「そうだとも！　もう一度言うが、これは買収だ！　共同謀議なんだ！　結局はそうさ。おまえはわしを金で丸めこもうとしとるんだ！」

「そんなんじゃありませんよ、ゴドフリー」と低い声が応えるのが聞こえた。ここで私は聞こえよがしに咳払いをし、椅子を動かすと、声はまたもや聞き取れないつぶやきになった。

見えない隣人から気をまぎらすため、私はもの珍しげに部屋を眺めまわし、この家の住人がどんな人たちなのか思いめぐらした。すたれた栄華と過ぎ去りし世界の威厳を哀しげに醸し出した、実に奇妙な部屋だ。趣向と個性だけでなく、両極端と意味不明の矛盾に満ちた部屋。その多くが、品位を守りつつもどうにもならぬ貧しさを物語っている。家具はほとんどないし、あるものといえばほんの安物で、小さなキッチン・テーブルに、ウィンザーチェアが三脚（肘掛けが付いているのはうち二脚）、床には擦り切れたカーペット、テーブルには安物の綿クロスという具合だ。あとは、どう見ても食料品屋の箱でこしらえた本棚があるだけで、これが部屋のすべてだった。とはいえ、そんな貧しさの一方で、慎ましいながらも家庭的な居心地のよさが感じられたし、趣味も申し分なかった。テーブルクロスの地味なあずき色は、擦り切れたカーペットの控え目な青緑色と心地よい調和をなしているし、ウィンザーチェアとテーブルの脚のギラギラしたニスは丁寧に剝がされ、落ち着きのある茶色に塗り直してある。全体の簡素さは、摘みたての花が活けられた褐色の花瓶をテーブルの中央に置くことで和らげられていた。

だが、私の言う両極端さが、一番奇妙でまごつくものだった。たとえば本棚がそうだ。さほど金もかけずに塗装した、自家製の本棚だが、考古学と古代芸術に関する高価な近著がぎっしり詰まっている。マントルピースには置物が置いてあったが、それは、美しいヒュプノスの頭部のブロンズでできた複製――ブロンズのメッキではない――に、対になった素敵なウシャブチ像だ。壁の装飾品には、東洋を主題にした多数の銅版画――すべて作者の署名入り試し刷り――に、エジプトのパピルス古文書の見事な複製ときている。高価で高尚な品々とつましく切り詰めた生活必需品、こだわりのある教養とあからさまな赤貧が混在した様子はあまりに不統一だ。私にはさっぱり理解できなかった。

さて、私の新しい患者はいったいどんな人物なのだろう？　この薄暗い路地に引きこもって蓄財している吝嗇家《りんしょくか》か、変わり者の学者、それとも哲学者か？　あるいは――ありそうなことだが――ただの変人なのかも？　だが、ここで私の思考は隣室から聞こえる声に中断された。またもや激高した声だ。

「でも、あなたはまさに私を告発してるじゃありませんか！　彼を片付けたのは私だと言ってるようだ」

「そうじゃない」と応える声。「もう一度言うが、兄がどうなったかを突き止めるのはおまえの仕事だ。挙証責任はおまえにあるんだぞ」

「私に！」と最初の声が答えた。「それでいいんですか？　突き止めたりすれば、やっかいな立場になるのはあなたですよ」

「なんだと！」ともう一方の声が怒鳴った。「わしが自分の兄を殺したとでも言いたいのか？」

この不思議な会話を聞くうちに、私は驚きに打たれてぽかんと立ちつくした。ふと我に返り、椅子に腰を下ろし、膝に肘をついて耳を手で覆った。背後のドアが閉じた音に気づくまで、丸々一分はそうしていたに違いない。

私は慌てて立ち上がり、まごつきながら（というのも、私はひどく間抜けに見えたはずだ）、もの憂げな様子をした、やや長身で目をみはるほど美しい女性と向き合った。彼女はドアのノブに手をかけたまま、礼儀正しくおじぎをした。私はひと目で、彼女がこの奇妙な環境といかに見事に調和しているかを見てとった。黒いローブをまとい、黒い髪に黒みがかったグレーの瞳、深く悲しみに沈んだ蒼白の顔の女性で、昔のヘラルト・テルボルフ（肖像画や風俗画を得意とした十七世紀のオランダの画家）の肖像画のように、白黒からほんの一歩抜け出したような抑えた色調を保っていた。擦り切れ、色褪せたドレスを着てはいたが、明らかに淑女だったし、頭の姿勢やまっすぐな眉に潜むなにかが、逆境でくじけるどころか強くなった精神を物語っていた。

「お待たせして申し訳ありません」と彼女は言った。そう言いながら厳しい口元の端を少しほころばせる様子に、私は自分の間の抜けたかっこうに気づいた。

少しぐらい待たされてもたいしたことではないし、それどころか、休息できてよかったと、私はしどろもどろに言った。それとなく病人の話題にもっていこうとしたとき、隣室から聞こえる声が、またもやはっきりと響いてきた。

「わしはそんなことはせんぞ！　馬鹿か、おまえが提案しているのはまさに共同謀議なんだ！」

ミス・ベリンガム――と思ったのだが――は、怒ったように顔を赤らめながら、慌てて部屋を横切ったが、戸口まで来ると、バタンとドアが開き、小柄で身なりのいい中年の男が部屋に飛び込んできた。

「君のお父さんは頭がおかしいぞ、ルース！」と男は叫んだ。「まったく頭がどうかしている！　お父さんとはこれ以上話をしようとは思わん」

「この面談は父が望んだことではありませんわ」とミス・ベリンガムは冷ややかに応じた。

「ふん、確かにな」と怒りに満ちた返事が返ってきた。「寛大にふるまおうとしたのが間違いだった。だが、これでは、話し合ってなんの意味がある？　君たちのためにできるだけのことをしてきたが、これ以上はご免だ。見送りはいい。自分で勝手に帰るから。失礼する」男はぎこちなくおじぎをし、私のほうを一瞥すると、大またで部屋を出ていき、バタンとドアを閉めた。

「みっともないところをお見せしてしまって申し訳なく思います」とミス・ベリンガムは言った。「でも、お医者様は簡単に驚いたりしませんよね。患者をご紹介しますわ」彼女はドアを開け、私があとについて隣室に入っていくと、こう言った。「もう一人のお客様よ、お父さん。お医者様の――」

「バークリーです」と私は言った。「友人のバーナード医師の代診をしております」

病人は五十五歳くらいの端正な顔つきの男で、枕を重ねてベッドに身を起こして座っていた。ひどく震える手を差し出してきたので、私は親しみを込めて握手しながら、その震えを心にとめた。

「はじめまして」とベリンガム氏は言った。「バーナード先生はご病気じゃないでしょうな」

「いえいえ」と私は答えた。「スグリ貿易船に乗って地中海の旅に出たんですよ。突然めぐってきたチャンスでして。彼の気が変わらぬうちにと、旅に出るよう急き立てたんです。そんなわけで、なんの前触れもなく来てしまい、申し訳ないと思っております」

「かまわんとも」と温かい言葉が返ってきた。「バーナード先生を送り出してくれてよかった。先生は病がちで、休暇を望んでましたからな。あなたとお知り合いになれたのも嬉しい」

「ありがとうございます」と私は言った。すると、患者は、重ねた枕でベッドに身を起こした男としては、精いっぱい丁寧なおじぎをした。こうして互いに礼儀正しく言葉を交わすと、私たち――というより私だが――は本題にはいった。

「床《とこ》についてどのくらいになりますか？」本来の主治医が患者の情報をくれなかったことが目立たないように慎重に質問した。

「今日で一週間になる」と彼は答えた。「〝元々の原因〟は、裁判所棟の向かいで馬車にはねられたことでしてな――道の真ん中にぶざまにのびてしまった。もちろん、わしの過ちだ――少なくとも御者はそう言っておったし、そのとおりだったのでしょう。だが、おかげで見舞金ももらえなかった」

「お怪我はひどかったのですか？」

「いや、それほどでは。ただ、地面に叩きつけられて、膝をひどく痛めたのと、激しい震えに襲われるようになりましてな。見てのとおり、わしは歳を取り過ぎていて、そんな事故に耐えられんのです」

「耐えられる人などほとんどいません」と私は言った。

「確かに。だが、五十五歳より二十歳のほうがまだましなしくじり方をするでしょうな。とはいえ——これから診ていただくが——膝はかなりよくなってきたし、こうして十分休ませております。だが、膝だけが問題でもなければ、一番の問題でもない。問題はこのいまいましい神経だ。わしは悪魔のように癇癪《かんしゃくも》持ちで、猫のように神経質でしてな。夜よく眠れんのですよ」

私は、彼が差し出した手の震えを思い出した。飲酒癖があるようには見えないのだが——。

「たばこはかなり吸われるほうですか？」と私は如才なく尋ねた。

彼はこっそり私を見て、くすくすと笑った。「ずいぶんと慎重な聞き方をしますな、先生」と言った。「いや、たいして吸わんし、わしは下戸です。さっき手の震えを診ておいでてでしたな——いや、お気になさらず。怒ってなどいませんよ。見落としのないよう努めるのが医者の仕事だ。わしの手は、落ち着いているときなら、いつもしっかりしておる。ただ、ちょっと興奮したりすると、ぶるぶると震えてしまう。しかも、ちょうど、ひどく不愉快な面談をしておったものだから——」

「きっと」とミス・ベリンガムが口をはさんだ。「バークリー先生はもちろん、ご近所の人たちだって気づいてるわ」

ベリンガム氏は恥じ入るように笑った。「癇癪を起こしてしまったようだな」と言っ

た。「だが、わしは気の短い老人なのですよ、先生。狼狽すると、思ってることをその

ままロにしてしまうのだ――ちょっとぶしつけにな」

「それも、聞こえるようにね」と娘は付け加えた。「バークリー先生が耳をふさがなく

ちゃいけなかったって知ってらっしゃるの？」彼女は私をちらりと見ながら、威厳のあ

るグレーの目をきらりと光らせて言った。

「わしは大声を上げていたかね？」ベリンガム氏は一見さほど悪びれもせずに尋ねたが、

こう言い添えた。「すまなかったな。二度と繰り返さんよ。あの男に会うのもこれが最

後だろうて」

「ならいいけど」と彼女は応じ、こう付け加えた。「さあ、あとは二人でお話しくださ

いな。ご用がありましたら、私は隣の部屋にいますから」

私はドアを開けてやり、彼女が堅苦しく軽くおじぎして出ていくと、ベッドのそばに

座り、診察を再開した。明らかに神経衰弱の症状で、馬車の事故が引き金になったもの

だ。他の症例に照らしても、私にはなんの心配もないと思えたが、ベリンガム氏の考え

は違っていたようで、こう話しはじめた。「あの馬車の事故はわしの限度を超えたもの

でした。あれでとどめを刺された。ただ、もうずっと下り坂をたどってきたのです。こ

の二年、災厄続きで。だが、こまごまと個人的な話をして先生を悩ませてはいけません

な」

「ご健康に関することなら、なんであれ知りたいですね。話していただいてお差し支えがなければ」と私は言った。

「差し支えですと！」と彼は声を上げた。「自分の健康の話をするのが楽しみでない病人に出会ったことがありますかな？　差し支えがあるのは、普通は聴き手のほうですぞ」

「いえ、ここにいる聴き手は大丈夫ですよ」と私は言った。

「ならば」とベリンガム氏は言った。「わしの災難についてしゃべる贅沢をお許しいただこうか。身近で信頼のおける相手に、こっそり愚痴をこぼす機会はめったにない。話せばきっと分かっていただけるが、幸運の女神に毒づくのもそれなりにわけがあるのだ。二年前のある夜、わしは自活できる前途洋々たる紳士だった。それが翌朝、目が覚めると乞食同然になっておった。この歳では面白くない経験でしょうが？」

「そうですね」と私は頷いた。「どんな歳でもそうでしょう」

「しかも、それだけではない」と彼は続けた。「それと同時に、わしはたった一人の兄を失った。愛すべき、優しい友でもあった。失踪したのです――完全に姿を消してしまったのだ。たぶん、その事件のことはお聞きになったことがあるのでは。当時、いまいましい新聞にでかでかと書きたてられましたからな」

私が急に顔色を変えたのに気づき、彼は不意に口を閉ざした。もちろん、その事件のことを思い出したのだ。確かに、この家に入ったときから、かすかに記憶を刺激するものがあったが、新聞の話ですっかり記憶が蘇った。

「ええ」と私は言った。「あの事件は憶えていますよ。法医学の先生が注意を促すことがなかったら、記憶に残らなかったでしょうけど」

「ほう」予想したとおり、ベリンガム氏は少しそわそわして言った。「その先生はなんと言っておったのかね？」

「彼がその事件に言及したのは、ある法的な難問を生ずる想定事例としてです」

「なんと！」とベリンガム氏は叫んだ。「その男は予言者だ！　法的な難問か、まさにな！　だが、その事件をめぐって実際に生じた法的難問までは予測できなかったろう。ところで、その人の名はなんと？」

「ソーンダイク」と私は答えた。「ジョン・ソーンダイク博士ですよ」

「ソーンダイクか」ベリンガム氏は記憶を探るような口調で繰り返した。「その名には聞き覚えがある。おお、そうだ。昔からのちょっとした知り合いの男がいましてな。そいつの事件のことで、マーチモント氏という弁護士の友人が博士のことを話しておった──その男は、ジェフリー・ブラックモアといって、やはり非常に謎めいた失踪を遂げたのだ。確か、ソーンダイク博士が見事な手際でその事件を解決したんだった」

「彼ならたぶん、あなたの事件に強い関心を示すでしょう」と私はそれとなく言った。

「たぶんな」とベリンガム氏は応じた。「だが、ただで専門家に時間を割いてもらうわけにはいかん。わしには報酬を支払う余裕がないのだ。そう言えば、先生のお時間も、まったく個人的な問題のおしゃべりでつぶしてしまいましたな」

「午前の往診はこれで終わりでして」と私は言った。「それに、あなたの個人的問題はとても興味深いですよ。その法的な難問とはどういうものか、お尋ねしてよろしいですか？」

「先生が今日一日ずっとここにいて、錯乱した狂人として帰宅する覚悟がおありならばだが。まあ、これだけはお話ししておきましょう。問題は兄の遺言書なのです。まず、その遺言書は執行できん。兄が死んだという十分な証拠がないからだ。次に、仮に執行できても、財産のすべては、遺すつもりもなかった連中のところに行ってしまう。遺言書そのものが、見当違いをした男が異常なほどの巧妙さで作った、実に無茶苦茶な文書なのだ。話は以上です。わしの膝を診ていただけますかな？」

ベリンガム氏は、説明を続けるうちに（どんどん強い口調になり、最後はほとんど叫び声だった）、顔色が紫になり、震えはじめたので、私も話を切り上げるべきだと思った。こうして、怪我をした膝を診察したが、今ではほとんど回復していた。体全体をよく検査し、日常生活について細かな指示を与えると、いとまごいをして立ち上がった。

「それと、忘れないでくださいよ」と私は握手しながら言った。「たばこ、コーヒーはもちろん、どんな刺激物もだめですよ。安静にゆったりとした生活を送ってください」

「分かりましたとも」と彼は不平たらしく言った。「だが、訪問客がわしを刺激して興奮させたとしたら？」

「そんな人たちは無視なさい」と私は言い、「それと、『ホイティカー年鑑』をお読みなさい」と別れ際に助言して隣室に入っていった。

ミス・ベリンガムはテーブルの席に座っていた。前に青いノートを積み重ね、そのうち二冊は開いていて、細かい几帳面な筆跡でぎっしり書き込まれたページが見えた。入っていくと、彼女は立ち上がり、問いかけるように私を見た。

「父に『ホイティカー年鑑』を読むようにとおっしゃるのが聞こえましたけど」と彼女は言った。「それが治療法ですか？」

「そのとおりです」と私は答えた。「お勧めしたのは、精神的興奮を抑える方法として、薬と同じ効果があるからですよ」

彼女はかすかに微笑み、「確かにそれほど感情をかきたてる本ではありませんね」と言うと、質問してきた。「ほかになにかご指示は？」

「そう、ありきたりな忠告かもしれませんが――明るい見通しを持って、悩まないようにすることです。そんなに役立つ助言ではないでしょうけど」

「ええ」彼女は辛そうに答えた。「完璧を求める忠告ですね。私たちのような境遇の人間に明るい見通しはなかなか持てません。でも、意固地になって、みずから悩みを追い求めることもありません。悩みは求めずとも生じますから。もちろん、先生もそこまでは治療できませんわ」

「治療で助けることはできませんが、お父さんの問題が早く解決するよう、心から願っていますよ」

彼女は私の好意に謝辞を述べ、玄関まで付き添ってくれると、おじぎと堅苦しい握手で私のいとまごいに応じた。

実に不快なことに、アーチ道を通って表に出たとたん、フェッター・レーンの騒音が耳を襲った。古めかしい庭の厳かさや禁欲的な静けさと比べると、小さな街路はあまりにごみごみして、せわしなく見えた。診療所はといえば、オイルクロスの床に、金色の縁取りがある派手な保険の広告ビラがべたべた貼ってある壁ときては、その光景があまりに不快で、私は気を紛らそうと日誌に向かった。午前中の往診記録をせっせと記入していると、給仕のアドルファスが静かに入ってきて、昼食の用意ができたと告げた。

第三章　ジョン・ソーンダイク

人の個性が服装に表れがちなことは、観察力の乏しい者でもよく知っている。それほど知られていないが、同じことが集団としての人間に観察できるのも事実だ。軍人はいまも、アフリカ人の戦士長やアメリカ・インディアンの〝戦士〟の習慣にならい、羽根のアクセサリーや派手な色彩と金飾りを付けた衣装で着飾るが、そうやって現代文明における戦争の役割を表現しているのではないか？　ローマ教会が、ローマ帝国滅亡以前に流行していた衣装を身にまとう僧侶に祭儀を執り行わせるのは、揺るぎなき保守性の証拠では？　さらには、法に携わる者が、アン女王治世下の古き良き時代のなごりである冠《かぶ》り物をするのは、改善を積み重ねつつも、先例に従うことを象徴するものではないのか？

なにやら月並みな考察に読者をつきあわせて申し訳ない。実は、ある蒸し暑い日の午後、静かな日陰を求めてインナー・テンプル法曹院の構内にふらふらと入り込み、そこのカツラ屋に並ぶ面白い商品を見ながら、そんなことを考えていたのだ。その小店のショーウィンドウの前にたたずみ、ぼんやりと法廷用のカツラの列を眺めながら、さっきのようなことをあれこれ考えていると、私の耳元でそっとささやく小声に驚かされた。

「ぼくなら、あの肩まで垂れ下がるやつにするよ」

慌ててやや乱暴に振り向くと、旧友であり、学友でもあるジャーヴィスの顔がそこにあった。そのうしろには、恩師ジョン・ソーンダイク博士が穏やかな笑顔で私たちを見つめて立っていた。二人とも温かく挨拶してくれて、とても光栄に思った。ソーンダイクは優れた名士だったし、ジャーヴィスも大学の数年先輩だったからだ。

「お茶でも飲みに来ないか」とソーンダイクは言った。喜んで頷くと、ソーンダイクは私の腕を取り、中庭を横切って、大蔵省の方向に私を案内していった。

「だが、なぜあんな法律家の自慢の種を物欲しそうに見つめてたんだい、バークリー？」と彼は聞いてきた。「私やジャーヴィスの例にならって――診療を捨てて法廷に出るつもりかい？」

「なんですって！　ジャーヴィスは司法に携わってるんですか？」と私は声を上げた。

「ご明察！」とジャーヴィスは答えた。「ぼくはソーンダイクのところにやっかいになってるのさ！　〝大きいノミは小さいノミに噛まれる〟というだろ。ぼくは整数のあとにコンマ以下でくっついてる小数みたいなものなんだ」

「真に受けてはいけないよ、バークリー」とソーンダイクが口をはさんだ。「彼は事務所のブレーンだ。私は体面と無形の重みを与えているにすぎないのさ。だが、君は質問に答えていないよ。こんな夏の午後に、カツラ屋のショーウィンドウを覗いて、なにをしてたんだい？」

「ぼくはバーナードの代診医をしてるんです。彼はフェッター・レーンで開業してまして」

「そうだったね」とソーンダイクは言った。「時おり会うよ。最近は顔色が悪くてやつれていたようだが。休暇を取っているのかい？」

「ええ。スグリ貿易船に乗ってギリシアの島々に旅行中なんです」

「すると」とジャーヴィスは言った。「君はまさに町の開業医なんだな。どうりでやけに見栄えがいいと思ったよ」

「出くわしたときの暇そうな様子からすると」とソーンダイクは付け加えた。「診療業務はさほどきつくなさそうだね。患者は地域が限られてるんだろう？」

「ええ」と私は答えた。「患者のほとんどは診療所の半径半マイル内の小さな区域に住んでいます。ごみごみした場所に住んでいる患者もいますよ。あ、そうだ！ そう言えば、不思議な偶然があったんです。興味を持たれると思いますよ」

「人生は不思議な偶然でなりたっているのさ」とソーンダイクは言った。「小説の書評家でもないかぎり、偶然に驚いたりはしないよ。で、その偶然とは？」

「二年ほど前に、あなたが医学校で話された事件に関わることです。謎めいた状況で失踪した男の事件ですよ。憶えておられますか？　男の名はベリンガム」

「エジプト学者の？　うん、その事件はよく憶えているよ。なにがあったんだい？」

「その弟さんがぼくの患者なんです。娘と一緒にネヴィルズ・コートに住んでましてね。爪に火をともすような生活を送っているようです」

「なるほど」とソーンダイクは言った。「実に興味深い。にわかに現実の世界に現れてきたわけか。私の記憶が正しければ、その弟というのは、自分の土地に建つ立派な家に住んでたね」

「そのとおりです。どうやら事件をすっかり思い出されたようですね」

「なあ君」とジャーヴィスは言った。「ソーンダイクは見込みのある事件を忘れたりしないよ。彼はいわば法医学のラクダなのさ。新聞などからありままの事実をごくんと飲み下し、暇なときにゆっくりと口に戻して、静かに咀嚼《そしやく》する。一風変わった習慣さ。事件が新聞や法廷に出てくると、ソーンダイクはまるごと飲み込んでしまう。それから時が経ち、誰もが事件を忘れる。一、二年後に、その事件が新たな形で出てくると、驚いたことに、ソーンダイクはすっかり消化を終えているというわけさ。合間を見ては事件を反芻《はんすう》しているんだ」

「気づいたかい」とソーンダイクは言った。「我が学識ある友が、いろんな比喩をもてあそんで楽しんでいるのにね。だが、彼の言うことも、言葉は遠まわしだが、中身はそのとおりだ。ベリンガム親子のことをもっと詳しく教えてくれたまえ。君をお茶で引き留めているあいだにね」

こうして話すうちに、キングズ・ベンチ・ウォーク五A番地の二階にあるソーンダイクの事務所に着いた。清潔で広々とした鏡板張りの部屋に入ると、黒い服をきちんと着こなした小柄で年輩風の男が、テーブルにお茶の準備をしていた。私はちょっと好奇心を覚えながら彼を見た。身なりのいい黒服とはいえ、使用人ではなさそうだ。それどころか、見た目も不思議な感じがする。その落ち着いた気品と、まじめで知的な表情は、ある種の専門家であることを示していたし、几帳面で器用な手つきは熟練工のようだった。

ソーンダイクはお茶のトレイをじっと見ると、その使用人らしき人物のほうを向いた。

「ティー・カップを三つ用意したね、ポルトン」と彼は言った。「さて、私が誰かをお茶に連れてくると、どうして分かったんだい？」

小柄な男は嬉しそうに、奇妙な、しわだらけの笑顔を浮かべながら説明した。

「たまたま実験室の窓から外を見ると、皆さんが角を曲がってくるのが見えたのですよ」

「がっかりするほど単純だな」とジャーヴィスは言った。「なにか深遠でテレパシーみたいなのを期待してたのに」

「単純さは効率のよさの極意ですよ」ポルトンは、お茶の用意に抜かりがないか確かめながらそう応じると、この見事な金言を残して静かに姿を消した。

「ベリンガム事件の話に戻るが」とソーンダイクはお茶を注いでから言った。「関係者たちに関する情報をなにか見つけたのかい？　もちろん、話しても差し支えない範囲でいいが」

「知ったことで、お話ししても支障のないことも多少はあります。たとえば、ゴドフリー・ベリンガム――ぼくの患者ですが――は、失踪事件の頃に、突然、全財産を失ってしまったようなんですよ」

「それは奇妙だな」とソーンダイクは言った。「逆の状況なら分かるが。生活費を支給してもらっていたのでないかぎり、なぜそんなことになったのか分からないね」

「ええ、ぼくもそう思いました。ただ、この事件にはどうも奇妙な面があるようで、明らかに法的な問題が複雑化してるんですよ。たとえば、遺言書ですが、これも問題の一因なんです」

「死亡の証明か推定がないかぎり、遺言書の執行は難しいだろう」とソーンダイクは言った。

「そのとおりです。それが難問の一つですよ。もう一つは、遺言書そのものの記述に、なにか致命的な欠陥があるみたいです。どんな欠陥かは知りませんが、いずれ教えてもらえるかも。それはそうと、あなたがこの事件に関心を持っていたと話したら、ベリンガムはあなたに相談したい様子でした。ただ、気の毒なことに、彼にはお金がありませんが」

「ほかの利害関係人に支払い能力があれば困るだろうな。おそらく訴訟が起こされるだろうが、法は貧困を顧慮しないから、行き詰まってしまうよ。誰かに相談すべきだ」

「どうやって相談するっていうんですか」と私は言った。

「そうだね」とソーンダイクも認めた。「無一文の訴訟当事者に対する救済措置はない。資力のある者だけが法に訴える権利を有すると考えられているのさ。もちろん、その男のことや事情がもっと分かれば、援助してやれるかもしれない。もっとも、聞いていることと違って、その男はとんでもない悪党かもしれないが」

私は、漏れ聞いた奇妙な会話を思い出し、その話をしたら、ソーンダイクはどう判断するだろうかと思った。しかし、明らかに口外すべきことではないし、自分が受けた印象を話すしかない。

「そんな悪党には見えませんでしたね」と私は言った。「もちろん断定はできませんが。あくまでぼくの印象ですが、それなりにいい人だし、もう一人の男よりましでしたよ」

「もう一人の男とは?」とソーンダイクは言った。

「この事件には、男がもう一人いましたよね。名前は忘れましたけど。その家で会ったんですが、印象はよくありませんでした。その男はベリンガムになにか圧力をかけているようです」

「バークリーは、知ってるくせに話せないことがあるんだな」とジャーヴィスは言った。

「新聞記事を調べて、その謎の男が誰か確かめようじゃないか」彼は棚から大きな新聞の切り抜き帳を取り出し、テーブルに置いた。

「さて」と索引を指でなぞりながら言った。「ソーンダイクは見込みのありそうな事件はすべてファイルに綴っている。彼がこの事件になにか期するものがあったのも知ってるよ。失踪人の頭部が、誰かのゴミ箱から出てくるとか、おぞましい期待でもしてたんだろうな。さあ、あったぞ。もう一人の男の名はハースト。いとこのようだ。その失踪人が生きている姿を最後に目撃されたのも彼の家だよ」

「では、ハースト氏がこの問題でなにか行動していると思うんだね?」ソーンダイクは記事に目を通しながら言った。

「それがぼくの印象です」と私は答えた。「ただ、どんな動きをしているのかは知りません」

「そうか」とソーンダイクは言った。「君が実際の成り行きを知り、私に話すことを許してもらえたら、事件がどう進展しているのか、ぜひ教えてくれたまえ。非公式な意見でお役に立つのなら、私の意見をお伝えしてもかまわないよ」

「相手の当事者が専門家に相談しているのなら、非公式な意見でも、もちろん大変ありがたいですよ」と私は言い、ひと息ついて尋ねた。「この事件のことはかなり検討されたんですか？」

ソーンダイクは思い返し、「いや」と言った。「そうとまでは言えない。記事が最初に出たときは慎重に読み返したし、その後も時おり考察はしたよ。ジャーヴィスが言ったように、ちょっとした合間（たとえば列車での移動中）を利用して、目にとまった不可解な事件を説明する仮説を組み立てるのは私の習慣だからね。これは便利な習慣だよ。思考の訓練や経験になるだけでなく、最後には、事件のあらましも自分の把握するところとなり、それまで考察したことも十分報われるからだ」

「この事件の状況を説明する仮説をすでに組み立てておられるんですか？」と私は聞いた。

「うん、仮説はいくつか持っているよ。なかでも一つの仮説が特に気に入っている。これらの仮説のどれが正しいかを教えてくれる新事実が出てくるのを興味津々で待っているのさ」

「彼から情報を汲み出そうとしても無駄だよ、バークリー」とジャーヴィスは言った。

「彼には内側一方通行の情報バルブしか付いてないのさ。いくらでも注ぎ込めるけど、汲み出すことはできないってわけだ」

ソーンダイクはくすくす笑い、「我が学識ある友の言うことはおおむね正しい」と言った。「いつか、この事件のことで依頼を受けて、意見を求められることだってあるかもしれない。そのときにはもう、自分の見解を洗いざらいしゃべったあとだったなんて、実に馬鹿馬鹿しいだろ。それより、君やジャーヴィスが、新聞の報道から事件をどう考えたかを聞きたいね」

「そらきたぞ」とジャーヴィスは声を上げた。「ぼくはなんて言ったっけ？　ソーンダイクは、ぼくらの頭脳から情報を吸い上げたいのさ」

「ぼくの頭脳ということなら」と私は言った。「吸い上げようにもほとんどなにも出てきませんよ。だから、あなたにお譲りします。あなたはひとかどの弁護士だけど、ぼくはただの一般開業医ですから」

ジャーヴィスは細心にパイプにたばこを詰めて、火を点けた。そして、ひと筋の細い煙を吹き出しながら言った。

「記事に書いてあった事件のことでぼくの意見を知りたいなら、一語で言えるよ——ゼロさ。すべての道は袋小路に突き当たるように思える」

「おいおい！」とソーンダイクは言った。「それはただの怠慢だよ。バークリーは君に法律上の知恵を貸してほしいと思ってるんだ。学識ある法廷弁護士でも五里霧中になることはある——それもしばしばだ——だからといって、そうだと露骨に口にしたりはしない。控え目な表現で言葉を濁すものだ。どうしてそんな結論になったのか話してくれたまえ。ちゃんと事実を比較検討したことを示してくれよ」

「いいだろう」とジャーヴィスは言った。「では、この事件の達人的分析をご披露しよう——結果はゼロだけどね」彼はしばしパイプをふかし続けたが、思ったとおり、少々困っているようだ——私は心底同情した。ようやく彼は煙を少し吹き出し、話しはじめた。

「状況は見たところこうだ。ある家に入っていくところを目撃された男がいる。この男は、ある部屋に案内され、一人残される。出てくるところは目撃されていない。ところが、次に人が部屋に入ったときはもぬけの殻。そして、この男は二度と目撃されずじまい。生死にかかわらずね。実にやっかいな事件の発端さ。

さて、実際に起きたことは、明らかに三つのうちのどれかだ。男は部屋に残ったままだったか、少なくとも家の中にいた。生きている状態でね。あるいは、自然死かどうかはともかく、男は死に、死体は隠された。さもなけりゃ、気づかれずに家を出ていった、というわけさ。最初の可能性を考えてみよう。この事件はほぼ二年前に起きたことだ。二年も家の中で生活し続けることはできまい。気づかれずにはすまないし、使用人が部屋の掃除にでも入れば気づいただろうからね」

ここでソーンダイクはおおらかな笑みを浮かべ、ジュニア・パートナーの話に口をはさんだ。「我が学識ある友は、あるまじきほどに探究をもてあそんでいるね。我々は、この男が生きたまま家の中に居残り続けたのではないという結論を受け入れるよ」

「いいだろう。では、彼は死体の状態で家に残ったのか？　そうは思えない。記事によれば、男の行方が知れなくなってすぐ、ハーストと使用人たちが家の中を念入りに捜索している。だが、死体を始末する時間も機会もなかったから、家に死体はなかったという結論しかあり得ない。それと、男が殺された可能性を認めるなら――だって、死体を隠す理由はそれしかないからね――〝その男を殺せたのは誰か？〟という疑問が浮かんでくる。むろん使用人じゃない。ハーストはといえば――うーん、もちろん、ハーストと失踪人との関係がよく分からないからねえ――少なくともぼくは知らないよ」

「私だって知らないさ」とソーンダイクは言った。「新聞記事に書いてあったことと、バークリーが教えてくれたこと以外はね」

「では、我々はなにも知らんわけだ。ハーストに男を殺す動機があったかどうかも分からない。肝心なのは、機会はなかったらしいことだ。死体をなんとか一時しのぎに隠せたとしても、最後は始末しなきゃならなかったはずさ。使用人が身近にいるんじゃ、死体を庭に埋めることもできなかったろうし、焼却するのも無理だ。考えられる唯一の処理法は、こま切れにして、バラバラ死体を人里離れた場所に埋めるなり、池や川に捨ててしまうことだ。でも、そんな遺骸はどこからも出てきてない。とっくになにか出てきてもよさそうなのに。だから、この仮説も支持できない。少なくともその家で殺人が行われた可能性は、男の行方が知れなくなってすぐ探したことからしても、排除していいだろうね。

では、三番目の可能性を考えてみよう。男は人知れず家から立ち去ったのか? うん、これはあり得なくはないけど、そんなことをするのは変だ。その男は気まぐれ屋か変人だってこともある。なんとも言えないね。男のことはなにも分からないんだもの。ただ、二年経っても姿を現さないわけだから、こっそりその家を立ち去ったとすれば、身を潜めるのが目的で、以来ずっと潜め続けてることになる。もちろん、その手の行動に走る狂人かもしれないけど、それも分からない。その男の性格についてはなんの情報もないからなあ。

それから、ウッドフォードにある弟の家の敷地で拾われたスカラベの問題がある。それからすると、男はその前に弟の家を訪ねたようだね。だが、誰も彼を目撃したとは言ってない。だから、最初に行ったのが弟の家なのか、ハーストの家なのかははっきりしない。男がエルタムの家に来たときにスカラベを身に着けていたのなら、人知れずその家を立ち去り、そのあとウッドフォードに行ったことになるし、身に着けてなかったとすれば、ウッドフォードからエルタムに行き、そこで最終的に失踪したことになる。でも、ハーストの女中に生きている姿を最後に目撃されたとき、スカラべを身に着けていたかどうかは、今のところなんの裏づけもないときてる。

ハーストの家を訪ねてから弟の家に行ったとすれば、失踪についても分かりやすくなる。あっさり殺人だと決めつけていいものならね。それなら、死体の処理もそんなに難しくない。彼が家に入ったのは誰も見てないようだから、実際に入ったとすれば、図書室——母屋から少し隔たった離れ屋——に通じる裏門からだ。それなら、べリンガム親子が男を始末するのは物理的に可能だよ。人目につかずに死体を処理する時間もたっぷりあった——まあ、さしあたりはね。彼が家に来たのを目撃した者はいないし、そこにいるのを知っていた者もいなかった——本当にいたとすればだけど。それに、どうやら、そのときもそれ以後も捜索は行われなかった。つまり、失踪人がハーストの家から生きて立ち去ったか、あるいは、家に来たときにスカラべを身に着けていたと分かれば、べリンガム親子がすこぶる怪しくなる——親子と言ったのは、父親が関与してたのなら、娘もそうに違いないからさ。でも、ここが肝心なところだ。つまり、男がハーストの家を生きて立ち去ったという証拠がないんだ。そうじゃないとしたら——ああ、だめだ！最初に言ったけど、どんな道を選ぼうと袋小路にぶち当たっちまうんだ」

「達人的解説の尻すぼみな結末というわけだ」とソーンダイクは論評した。

「分かってるさ」とジャーヴィスは言った。「でも、なにかいい知恵があるかい？　いろんな解決の可能性があるし、どれか一つが真相に違いない。でも、どうやって判断する？　関係者のことや金銭的な利害関係とかが分からなきゃ、判断材料だってないのにさ」

「そこが」とソーンダイクは言った。「君とは完全に意見の異なるところだ。我々には判断材料がたくさんあるんだよ。いろんな解決の可能性の中から真の答えを判断する手がかりがないと言うけれど、新聞記事を慎重かつ丹念に読めば、既知の事実が一つの解釈を、それもただ一つの解釈を指し示しているのが分かるはずだ。それが正しい解釈とはかぎらないし、そう断定するつもりもない。ただ、今のところは、この問題を思弁的かつ純論理的に考察しているわけだし、私の見解では、手元の判断材料から一定の結論が出てくるんだ。君の意見は、バークリー？」

「ぼくの意見は、もう帰る時間だということです。夕方の診察は六時半にはじまるんですよ」

「そうか」とソーンダイクは言った。「仕事の邪魔をしてはいけないね。病がちなバーナードがギリシアの島々でスグリを摘むのを邪魔することにもなる。だが、また来てくれたまえ。仕事がすんだらいつでも立ち寄ってほしい。こっちの仕事が多忙でも支障はないよ。八時以降ならまず暇だから」

こうして事務所への自由な出入りを快く許してもらい、ソーンダイク博士に丁重に礼を言うと、私は帰途についた。ミドル・テンプル・レーンとエンバンクメントを通って帰ったのだが、実を言うと、それはフェッター・レーンにまっすぐ帰る道ではなかった。さっきの議論のせいで、ベリンガム親子への関心がよみがえり、いろいろ考えたい気分になったのだ。

漏れ聞いてしまった、あの異常な会話からすると、状況は明らかに複雑になりつつある。あの二人の立派な紳士が、お互いに本気で相手が失踪人を殺したと疑っているとは思えない。だが、売り言葉に買い言葉とはいえ、その会話からすると、明らかに、どちらにもそんな邪推が芽生えつつある――すぐに本物の疑惑に変わりかねない、剣呑《けんのん》な兆候だ。事件の状況は確かに謎に満ちていたし、友人の証拠分析を聞いたあとでは、なおのこと鮮烈にそう感じた。

ここ数日来、またもや私の心は、その問題から、あの美しい女性へと移っていった。小さく風変わりな路地にある、謎を秘めた神殿を司る女司祭。私の目には彼女がそう映った。不思議な背景から浮かび上がる彼女の姿は、なんと不可思議なことか。もの静かで冷めた、自制心の強そうな物腰。悲しげで疲れを帯び、青ざめた表情。黒く、まっすぐな眉。測り知れぬ神秘に包まれた巫女のように、威厳に満ちたグレーの目。強い印象を残すその個性にも、もの憂げで、謎めいたものを感じ、惹きつけられそうで寄せつけないなにかがある。

そのとき私は、「父親が関与してたのなら、娘もそうに違いない」というジャーヴィスの言葉を思い出した。ただの思いつきで言ったにしても、おそろしいことを考えるものだ。私には到底受け入れられなかったし、そんな考えを振り払いながら、激しい怒りを覚えて自分でも驚いた。私の心に浮かぶ、もの憂げな黒服の姿が、たとえそれだけで謎と悲劇を連想させるものだったとしても。

第四章　法的な難問とジャッカル

考え事をしていて回り道をしてしまい、フェッター・レーンの端まで来たのは十分後だった。そこまで来ると、もやもやした感覚も消えて、多忙な開業医らしい、てきぱきした態度に戻り、気にかかる患者から解放されたばかりのように、眉間にしわを寄せて、きびきびと診療所に突進していった。ところが、待っていた患者は一人だけ。私が意気込んで入っていくと、その女性がおじぎをした。

「おや、いまお帰りですか？」と彼女は言った。

「まさに正確そのものですね、ミス・オーマン」と私は応じた。「それどころか、ひとことで事実を言い表しましたよ。どこか具合が悪いんですか？」

「べつに」というのが答え。「私の主治医は女医ですから。ベリンガム様から手紙を預かってきたんです。さあ、どうぞ」と私の手に封筒を押しつけた。

手紙にざっと目を通すと、彼は二晩眠れず、今日の昼間も苦しんだとのことだ。「安眠できる薬をいただけないでしょうか」と結んでいた。

私はちょっと考えた。よく知らない患者に睡眠薬を処方するのはためらわれるが、不眠症は確かにつらい症状だ。結局、さしあたりは控え目な量の鎮静剤を渡し、もっと強力な薬が必要かどうかは往診してから判断することにした。

「すぐにこの薬を飲んでもらってください、ミス・オーマン」と、薬瓶を渡しながら言った。「のちほどご様子をうかがいに行くつもりですよ」

「先生にお会いできれば喜ぶでしょう」と彼女は言った。「今夜は一人きりで、きっとお寂しいでしょうから。ミス・ベリンガムは外出中なんです。でも、旦那様が貧乏人で、その日暮らしってこと、忘れないでくださいね。言いにくいことですけど」

「ご教示に感謝しますよ、ミス・オーマン」と私は応じた。「診察の必要はないけれど、ちょっと立ち寄っておしゃべりがしたいんです」

「それなら、旦那様も喜びます。要領を心得てますね。時間を守るのは得手じゃないようですけど」と、捨て台詞を残し、ミス・オーマンはパタパタと出ていった。

八時半に、ネヴィルズ・コートの家の大きな薄暗い階段をミス・オーマンのあとについて上がり、部屋に案内してもらった。ベリンガム氏はちょうど食事を終えたところで、からっぽの暖炉を憂鬱そうに見つめながら、背中を丸めて椅子に座っていた。私が入っていくと顔をほころばせたが、見るからに沈んでいる様子だった。

「一日の仕事が終わったあとまで先生を引っ張り出すつもりはなかったのだが」と彼は言った。「お目にかかれて嬉しいですな」

「引っ張り出されてなどいませんよ。お一人だと聞いて、ちょっとよもやま話でもしようと立ち寄っただけです」

「ご親切なことだ」ベリンガム氏は嬉しそうに言った。「だが、私はつまらん話し相手だと分かるでしょう。やっかいな問題をしこたま抱えた男など、楽しい相方ではありませんからな」

「お邪魔でしたら、そうおっしゃってください」私は余計なおせっかいをしたかと急に心配になって言った。

「いや、とんでもない」と彼は答え、笑って言い添えた。「そんなはずはありませんよ。それどころか、退屈なさったりしなければ、悩み事を聞いていただきたいところですな」

「退屈などしませんよ」と私は言った。「相手に迷惑をかけずに人の経験を共有するのは、常に興味深いことです。『人間の真の研究対象は——人間である』（アレクサンダー・ポープ『人間論』より）とは、特に医師にあてはまることですよ」

ベリンガム氏は寂しげに笑い、「病原菌のような気分になりますな」と言った。「だが、わしを顕微鏡で覗いて観察したいのであれば、調べてもらうために、顕微鏡のステージによじ登りましょう。もっとも、先生の心理学研究に材料を提供するのは、わしの行動ではない。わしは受け身の動作主にすぎん。おそらくは場所も分からぬ墓から、このいまいましい人形劇の糸を操っている〝機械仕掛けの神《デウス・エクス・マキナ》〟は、わしの兄なのだ」

ひと息つくと、私の存在など忘れたように、しばらくじっと暖炉を見つめていた。ようやく目を上げると、再び話しはじめた。

「これは奇妙な話なのですよ、先生――実に奇妙なのだ。その一部はご存知のとおりです――途中まではな。最初からお話ししましょう。わしの知っていることはすべて。結末がどうなるかは誰にも分からぬことですから。運命の帳簿には記されているに違いないが、そのページはまだ繰られておらんのだ。

父の死が不幸のはじまりでした。父は田舎の牧師で、普通に収入もあり、男やもめで、子が二人おりました。兄のジョンとわしです。父は苦労して、わしら兄弟をオックスフォード大学に進学させ、卒業後、ジョンは外務省に就職し、わしは牧師職に就くはずでした。だが、わしは宗教に対する考えが変わり、牧師にはなれんと不意に気づいた。ちょうどその頃、父は相当な財産を受け継いだ。父は財産を兄とわしに等分にして遺すと約束していたので、わしは生活のために仕事に就く必要がなかった。考古学は、その頃にはわしの人生の情熱になっていた。それで、わしは自分の好きな研究に身を捧げようと決心したのだ。ちなみに、それは一族に伝わる気質でしてな。父は熱心な古代東洋史の研究者だったし、ジョンもご存知のとおり情熱的なエジプト学者だった。

その後、父は忽然と世を去り、遺言書も遺さなかった。作成するつもりだったが、放りっぱなしのまま取り返しがつかなくなったわけです。財産はほぼすべて不動産だったので、兄がほぼ丸ごと相続しました。だが、父の生前の遺志を尊重して、兄はわしに年五百ポンドの生活費を支給してくれた。財産収入のほぼ四分の一相当です。わしは兄にまとまった金をくれるよう頼んだが、兄は拒んだ。その代わり、自分が生きているあいだは四半期ごとに生活費を支払うよう、弁護士に指示した。兄が死ねば、全財産はわしに移譲されるが、わしが先に死んだら、娘のルースに譲られるという了解のもとにな。するとご存知のとおり、兄は忽然と消えてしまった。状況からすると、兄は死んだと思われるが、生きているという証拠もなく、ジェリコ氏という兄の弁護士は、わしに生活費を支払えなくなった。ところが、兄が死んだというはっきりした証拠もないから、遺言書を執行することもできないというわけです」

「状況からすると、お兄さんは亡くなったらしいとのことですが、どんな状況だったのですか？」

「要は、失踪が突然かつ完全なものだったということです。憶えておられるかと思うが、兄の荷物は駅に引き取り手のないまま残っていた。もっと強力な状況証拠がもう一つある。兄は外務省から年金を受給していた。受給には本人申請が必要だったし、国外にいる場合は、支払い期日時点の生存証明を提示する必要があった。この点、兄はきわめて几帳面だった。それどころか、みずから申請に行く場合だろうと、代理人のジェリコ氏に必要書類を送付する場合だろうと、忘れたことは一度もなかったはずだ。だが、謎めいた失踪のときから今日にいたるまで、兄の消息は杳《よう》として知れんわけでしてな」

「実にやっかいな状況ですね」と私は言った。「でも、裁判所から死亡認定と遺言書の検認を受けるのは、そう難しくはないと思いますよ」

ベリンガム氏は顔をしかめ、「おっしゃるとおりでしょうな」と言った。「だが、残念ながらそう都合よくはいかんのだ。ジェリコ氏は、兄が姿を現すのを待つのに然るべき期間をおいた上で、異例ではあるが、こうした特殊事情にふさわしい対応をしてくれた。つまり、わしともう一人の利害関係人を事務所に呼び、遺言書の内容を教えてくれたのです。すると、それが実に異常な内容だと分かった。それを聞いたとき、わしは驚愕で言葉を失いました。腹立たしいのは、兄が自分ではすべてが確実で単純なものに収まったと思い込んでいたのが、はっきり分かるからなのだ」

「そう思い込むのが人の常ですよ」と私は言葉を濁した。

「でしょうな」とベリンガム氏は言った。「だが、哀れなジョンは遺言書を支離滅裂なものにし、自分の本来の遺志をまったく無効にしてしまったのだ。ベリンガム家はロンドンの旧家でしてな。クイーン・スクエアの家も、兄は名義だけの住所にして、実態はコレクションを保管するのに使っていたが、一族が何世代も住んできた家だ。ベリンガム家の者はほとんどが近くのセント・ジョージ教会の墓地に埋葬されている。近隣の他の墓地に葬られている者も何人かおるがね。そう、兄は——ちなみに独身だった——一族の伝統に強いこだわりを持っていた。無理からぬ心情だが、兄は遺言書で、自分が祖先とともにセント・ジョージ教会の墓地に埋葬されるか、少なくとも一族の教区に属する埋葬地に葬られるべきことを明記した。ところが、単にその遺志を表明し、遺言執行者に執行を指示すればすむのに、兄はそれを遺言書の執行を左右する条件にしてしまったのです」

「どういう点で左右するんですか？」と私は聞いた。

「きわめて決定的な点だ」とベリンガム氏は答えた。「兄は財産の大部分をわしに遺していた。わしが兄より先に死んだ場合は、娘のルースに行くことになっていた。ところが、この遺贈は、今言った条件——兄が特定の場所に埋葬されなければならんという条件が前提であり、この条件が満たされん場合は、財産の大部分は、いとこのジョージ・ハーストに行くことになっていたのです」

「でも、それでは」と私は言った。「死体がないかぎり、どちらも財産を相続できませんよ」

「そうとも言い切れんのです」と彼は言った。「兄が死んでいるとして、セント・ジョージ教会にも、いま言ったほかの場所にも埋葬されておらんのは確実だ。埋葬記録を確認すれば容易に証明できることですからな。だから、死亡認定を受ければ、財産はほぼすべてハーストのものになるわけです」

「遺言執行者は誰ですか？」と私は聞いた。

「おお！」と彼は声を上げた。「もう一つの難問がそれだ。執行者は二人。一人はジェリコです。もう一人は主たる受益者――つまり、結果に応じて、ハーストかわしのどちらかになる。ところが、裁判所がどちらを主たる受益者とするか決定するまで、わしもハーストも執行者にはなれんのです」

「でも、裁判所に申請ができるのは誰ですか？　それが遺言執行者の役割だと思うのですが」

「そのとおり。そこがハーストの障害でしてな。先生が先日来られたときに、わしらが議論していたのはそのことだ。実に侃侃諤諤《かんかんがくがく》の議論だった」と彼は苦笑しながら付け加えた。「ジェリコは、当然ながら、単独で物事を進めるのを拒んでいる。もう一人の執行者の支持が必要だと言ってな。しかし、ハーストは現時点では執行者ではないし、わしとて同じだ。だが、どのみち、二人のどちらかが、もう一人の執行者になるのだから、わしら二人が協力すれば、共同執行者になれるわけです」

「複雑な状況ですね」と私は言った。

「まさにな。そんな複雑な問題があるから、ハーストは実におかしな提案をしてきたのだ。やつが言うには——残念ながら、そのとおりだが——埋葬の条件が満たされなければ、財産はやつのものになる。そこで、ちょっとした巧妙な取り決めを提案してきたわけです。つまり、死亡認定と遺言書の執行の申請をするのに、わしがハーストとジェリコに協力するなら、わしの生きているあいだは年四百ポンドを支払う。その取り決めは、いいかい、いいかい、あらゆる不測の事態にかかわらず有効なものとする、という提案だ」

「それはどういう意味ですか？」

「その意味は」とベリンガムは私を激しくにらみつけながら言った。「いつか死体が出てきて、埋葬の条件を実行できたとしても、財産はそのままやつのもので、年四百ポンドもずっと支払い続けるということさ」

「なんですって！」と私は言った。「彼は取引の仕方を心得ているようですね」

「やつの立場でいえば、死体が出てこなければ、わしの眼の黒いうちは年四百ポンド損するが、死体が出てきても財産はおのれのものというわけだ」

「その提案は拒否なさったんでしょう？」

「ああ、きっぱりとな。娘もわしと同意見だ。だが、それでよかったのか自信はない。切る手遅かれ、とも思うものでしてな」

「その件でジェリコ氏とは話されたのですか？」

「ああ。今日、行ってきたところさ。慎重な男でな。ああしろこうしろとは言わんのだ。だが、提案を拒むことには賛成しかねるようだった。それどころか、明日の百より今日の五十、明日どうなるか分からんのならなおさらだと言いおったよ」

「彼はあなたの了承なしに裁判所に申請をするでしょうか？」

「そこまではしたくあるまい。だが、ハーストが圧力をかければ、そうせざるを得んでしょうな。それに、ハーストは利害関係人の一人だから、自分だけでも申請ができる。わしが提案を拒めば、きっと申請をするだろうな。少なくともジェリコはそういう意見だった」

「すべてが驚くほど錯綜していますね」と私は言った。「お兄さんに助言する立場の弁護士がいたことを思えばなおさらです。ジェリコ氏は遺言書の内容がいかに馬鹿げているか、お兄さんに指摘しなかったのですか？」

「もちろんしたさ。もっと適切に趣旨を言い表した遺言書にするよう口説いたそうだ。だが、ジョンなら耳を貸さんでしょうな。哀れな兄さん！　いざとなると兄はひどく強情でしてな」

「ハーストの提案はまだ生きているのですか？」

「いや、わしも癇性が強くてな。きっぱりと断ったし、耳の痛いことを言って追っ払ってやったのだ。対応は誤っとらんと思う。ハーストが提案をしてきたとき、わしはほんとに驚いたし、怒りに駆られもした。ご存知のとおり、兄が生きている姿を最後に目撃されたのはハーストの家だからな——おお、こんな話をすべきではなかった。せっかく楽しいおしゃべりをしに来られたのに、わしのやっかいな問題で煩わせてしまうとは。ただ、あらかじめ忠告はしましたぞ」

「いえいえ、お話はとても面白かったですよ。ぼくがどれほどあなたの事件に関心を持っているか、分かっておられませんね」

ベリンガム氏はちょっと苦笑いし、「わしの事件！」と繰り返した。「まるでわしがもの珍しい異常犯罪者みたいな言い方ですな。だが、わしの話を楽しいと思ってくれてよかった。自分が楽しむより嬉しいことだ」

「楽しいとは言ってませんよ。関心があると申し上げたんです。あなたは感動的なドラマの中心人物だと、まじめに思ってるんです。そんな見方をしているのはぼくだけではありません。ソーンダイク博士のことをお話ししたのは憶えておられますか？」

「ああ、もちろん」

「奇しくも今日の午後、彼に会ったのです。彼の事務所で話しこみましてね。勝手ながら、あなたとお近づきになったことを話したんです。まずかったですか？」

「いや、とんでもない。話していけないことがありますかな？　それで、先生のおっしゃる、わしの事件のことは憶えておられたと？」

「実に細かいところまでね。熱意のある人だし、事件がどう進展しているのか、とても知りたがっていましたよ」

「その点はわしとて同じだ」とベリンガム氏は言った。

「ところで」と私は言った。「今夜お聞きしたことを彼に話してもいいですか？　彼も大変興味を持つと思うんです」

ベリンガム氏はしばらくからっぽの暖炉を見つめながら考えていた。やがて目を上げ、ゆっくりと言った。

「かまわんとも。秘密にすることなどありませんからな。それなら自分の胸にだけしまっておくことはない。どうぞ話してください。耳を傾けてくれると思うのでしたら」

「彼にかぎって、話を漏らす心配はありません」と私は言った。「牡蠣《かき》のように口の堅い人ですから。それに、ぼくら以上に物事を洞察できる人です。きっと役に立つヒントをくれますよ」

「なに、知恵を借りるつもりはないですぞ」ベリンガム氏はすぐに、少しむっとした様子で言った。「ただで専門家の助言を得ようと物乞いして歩く人間ではないつもりだ。お分かりでしょうな、先生」

「もちろんです」と私は慌てて言った。「そんなつもりで申し上げたんじゃありませんよ。ミス・ベリンガムが戻ってこられたんじゃありませんか？　玄関のドアの閉まるのが聞こえましたが」

「ああ。娘でしょう。だが、逃げんでください。娘をおそれることはないでしょうに」

彼は、私が慌てて帽子を取り上げる様子を見て付け加えた。

「おそれなしとも言えないですよ」と私は答えた。「お嬢さんは威厳を感じさせる方ですから」

ベリンガム氏はくすくす笑い、あくびをかみ殺した。そのとき、彼女が部屋に入ってきた。着古した黒服を着て、もっと古ぼけたハンドバッグを手に持っていたが、彼女の容姿や物腰はまさに私の言ったとおりだった。

「お帰りなさい、ミス・ベリンガム」と、堅苦しく握手する彼女に言った。「お父さんはあくびをしておられるので、もう帰るところです。お役に立てたようですね。ぼくとの会話は不眠症の特効薬なんですよ」

ミス・ベリンガムは微笑んだ。「私が先生を急き立てているようですね」と彼女は言った。

「とんでもない」と私は慌てて言った。「ぼくは役目を果たしました。それだけですよ」

「もう少しゆっくりしていきなさい、先生」とベリンガム氏は勧めた。「ルースに特効薬の効き目を確かめさせたらいい。自分が戻ってきたとたんに先生が逃げていったら、侮辱されたと思うでしょう」

「でも、お休みになる邪魔はしたくありません」と私は言った。

「なに、寝に就くときはそう言いますよ」と彼は笑いながら応じた。こうして了解を得て、私は再び腰を下ろした――悪い気はしなかった。

そのとき、ミス・オーマンが小さな盆を持って入ってきた。その笑顔はとても彼女のものとは思えなかった。

「トーストとココアは温かいうちにお召し上がりくださいな」と彼女はとろけるような口調で言った。

「ええ、フィリス、ありがとう」とミス・ベリンガムは答えた。「ちょっと帽子を脱いでくるわ」彼女が部屋を出ていくと、見違えるほど豹変したオールド・ミスもあとをついて出ていった。

ベリンガム氏がちょうど大きなあくびをしているところに、ミス・ベリンガムがすぐ戻ってきて、質素な食事をとるために座った。すると、父親はこう言って私を面食らわせた。

「今夜は遅かったな、お嬢さん。〝ヒクソス〟に手を焼いたのかね?」

「いいえ」と彼女は答えた。「でも、片付けたほうがいいと思って。それで、帰る途中にオーモンド・ストリートの図書館に寄って仕上げをしたの」

「では、もう詰め物をする準備ができたのかい?」

「ええ」と答えながら、彼女は私が目を丸くしているのに気づき（詰め物をした剝製の〝ピクソス〟とは、確かに仰天すべき代物だ）、静かに笑った。

「バークリー先生の前でこんな謎かけみたいな話し方をしちゃいけないわ」と彼女は言った。「さもないと、先生は私たちを塩の柱にしてしまうわよ（旧約聖書「創世記」第十九章のロトの妻の故事より）。父は私の仕事の話をしてるんです」と彼女は説明した。

「じゃあ、あなたは剝製師なんですか？」と私は聞いた。

彼女は口元まで持っていったカップを慌てて下ろし、静かに笑い声を上げた。

「父が品位のないもの言いをして先生を戸惑わせてしまったようですね。ちゃんと説明して埋め合わせをしないと」

「先生、実は」とベリンガム氏は言った。「ルースは図書捜査員でしてな――」

「あら、〝捜査員〟なんて言わないで！」とミス・ベリンガムは言い返した。「警察署の女性捜査官みたいじゃない。調査員と言ってちょうだい」

「いいだろう。調査員だろうと調査女だろうと、どっちでもな。娘は本を執筆中の人たちのために大英博物館で参考文献や図書目録を調べておるのです。娘は、与えられたテーマに関する本をしらみつぶしに探し、破裂する寸前まで情報を詰め込むと、依頼人のところへ行き、それを放出して相手の頭に詰め込む。そして最後に、依頼人は出版社に放出するというわけだ」

「なんてひどい言い方なの！」と娘は言った。「でも、まさにそのとおりね。私は図書をあさるジャッカル。本を書くライオンに奉仕する食料収集屋なんです。これでお分かりですか？」

「確かに。でも、詰め物入りの剝製〝ヒクソス〟というのが、まだよく分からないのだけど」

「あら、詰め物をされるのは〝ヒクソス〟じゃありません。著者ですわ！　父があいまいなもの言いをしただけです。つまり、教会の副主教様が族長ヨセフについて論文を書いたのだけど――」

「ヨセフについて無知だったのだ」とベリンガム氏が口をはさんだ。「それで、詳しい専門家にやり込められ、頭に来て――」

「そんなんじゃないってば」とミス・ベリンガムは言った。「副主教様は立場上必要な程度の知識はあったんです。でも、その専門家はもっと詳しかったのよ。それで、副主教様は第十七王朝末期のエジプト国について文献を集めるよう、私に依頼されたんです。もう仕上げたので、明日、その方のところに行って、父が言ったように、頭に情報を詰めて差し上げるんです。それから――」

「それから」とベリンガム氏はまた口をはさんだ。「副主教はその専門家のところに突撃し、ヒクソスだの、セケネンラーだのと、第十七王朝の有象無象を浴びせかけてやるわけだ。ふふ、きっとつかみ合いの格闘になるだろうよ」

「ええ、ちょっとした論争になるでしょう」とミス・ベリンガムは言った。こうして話題は途切れ、彼女がトーストを集中的に攻めているうちに、父親は気持ちよさそうに大きなあくびをした。

私は、ひそかな称賛の念とますます強い興味を抱きながら彼女を見つめた。青白い顔に疲れた目、やつれて元気のない表情ではあったが、とても美しい女性だ。彼女の容貌には意思と力と個性が感じられ、凡百の女性とは一線を画していた。時おりそっと彼女のほうをうかがったり、彼女の問いに受け答えしながらそう思った。もう一つ気づいたことだが、彼女の話し方は、常にもの憂げな響きがあるものの、辛辣で皮肉たっぷりのユーモアを失わない。謎めいてはいるが、とても興味深い女性だ。

彼女は食事を終えると、盆を横に押しやり、古ぼけたハンドバッグを開きながら聞いてきた。

「エジプト史に関心はおありですか？　父と私はこのテーマに夢中なんです。家族に伝わる病気みたいなものですわ」

「よくは知りません」と私は答えた。「医学の勉強は気が抜けないし、普通に読書する時間がなかなか持てないんです」

「でしょうね」と彼女は言った。「なんでもすべて専攻するわけにいきませんもの。でも、図書のジャッカルの仕事がどんなものかお知りになりたければ、メモをお見せしますわ」

この申し出を喜んで受け入れると（単にテーマへの興味だけではなかった）、彼女はバッグから四冊の青表紙の四つ折り判ノートを取り出した。そこには、第十四王朝から第十七王朝まで四つの王朝が一冊ごとに記されていた。丁寧に順序立てて記入してある抜粋を見ながら、私たちは、その時代が特に難解で混乱した時期であり、複雑な要素を持っていることを語り合った。ベリンガム氏が目を閉じ、椅子の背に頭を寄せかけたため、私たちは次第に声を小さくしていった。危機に瀕したアペピ二世（ヒクソスによる第十五王朝末期の王）の統治期にちょうど話が及んだとき、厳かで静かな部屋にいびきが響きはじめたので、私たちは必死で笑い声を抑えた。

「先生とおしゃべりしたのが功を奏したんです」私がそっと帽子を取り上げたとき、彼女はそうささやいた。私たちはドアまで忍び足で歩き、彼女が音を立てずにドアを開けてくれた。部屋の外に出ると、彼女はすぐさま冗談交じりの態度を捨てて、真剣な様子で言った。

「今夜は父に会いに来てくださり、本当にありがとうございます。おかげさまで父の具合もよくなりました。心から感謝申し上げますわ。おやすみなさい！」

彼女は感謝を込めて私の手を握った。私は、音の軋《きし》む階段を降りながら、なんとも言えない幸福な気持ちに心をかき乱されていた。

第五章　クレソンの水田

バーナードから引き継いだ診療業務は、下積みの開業医にしてみると、ご多分にもれず、期待を抱いては当てが外れるという浮き沈みを繰り返した。仕事は時おり、ほぼ完全な停滞に陥る発作に見舞われた。こうした閑散期は、ネヴィルズ・コートを訪ねた翌日にもあり、とうとう、一日の残りをどう過ごすか、十一時半まで思いあぐねるはめになった。こんな鬱陶しい問題を考えるよりはと、エンバンクメントまで散策し、欄干にもたれて川の向こうの景色を見つめながら思索にふけった。アーチを連ねたような灰色の石橋、絵画的な弾丸工場の塔の列、遠くにはウェストミンスター寺院とセント・スティーヴン教会のかすかな姿。

生命の息遣いと穏やかなロマンスの兆しが漂う、安らぎと静けさに満ちた心地よい眺めだった。そのとき、ラグスル帆を仮マストに掲げ、白いエプロンをした女が舵を握ったはしけが、橋の真ん中のアーチをくぐってきた。潮流に乗ってゆっくりと進んでくる船をぼんやりと見つめていると、低乾舷部がほとんど水をかぶりながらも、女が慎重に舵を操り、船首楼では犬が向こう岸に向かって吠えていた——そして、思いはルース・ベリンガムのことに移っていった。

この不思議な女性のなにがこれほど強い印象を与えるのか？　そう自問したが、それもはじめてではない。そんな印象があるのは確かだ。でも、そのわけはなんだろう？　彼女を取り巻く特殊な環境のせいか？　彼女の仕事と博識な教養のせいなのか？　際立った個性と美しい容姿のせいか？　それとも、消えた伯父というドラマチックな謎と関わりがあるからか？

そのすべてが答えだと結論づけた。彼女に関わるあらゆるものが並外れていて、心を捉えるのだ。ただ、そんなことのほかに、共感とか個人的な親近感もある。自分でもはっきりそう意識していたし、彼女のほうも少しは私に同じ意識を持っているのでは、とかすかに期待していた。ともかく、私は彼女に強い関心を持っている。それは間違いない。知り合って間がないのに、彼女のことが頭から消えない。これまでどんな女性に対してもなかったことだ。

思考はおのずと、ルース・ベリンガムから、父親が語った奇妙な話へと移っていった。欠陥のある遺言書と、困惑した弁護士がこれに異議を唱えたという妙な事件。その裏にはなにかあるようだ。ハースト氏のおかしな提案のことを考えると、ますますそう思える。だが、これは私なんぞの手には余る。弁護士にふさわしい問題だ。弁護士に任せなくては。今夜、ソーンダイクを訪ねて、自分が聞いた話を洗いざらい話そう、と決めた。

　すると、このときも思わぬ偶然が起きた。そうした偶然が起きると、いつも不思議に思うのだが、よくあることだから、ことわざになってしまったような偶然だ。心を決めたちょうどそのとき、男が二人、ブラックフライアーズの方からやってきたが、それはまさに我が恩師とそのジュニア・パートナーだったのだ。

「ちょうどお二人のことを考えていたんです」彼らがやってくると、私は言った。

「そりゃ光栄だな」とジャーヴィスは応じた。「でも、悪魔の話をしなきゃそうならないと思ってたけどね」（「悪魔の話をすると悪魔が来る」は「噂をすれば影が差す」の意）

「たぶん」とソーンダイクは言った。「独り言を話していたのさ。だが、なぜ我々のことを？　どんなことを考えてたんだい？」

「ベリンガム事件のことを考えてたんです。昨日の夕方、ずっとネヴィルズ・コートにいたんですよ」

「ほう！　では、なにか新たな進展でも？」

「ええ、まさに！　そのとおりですよ。ベリンガムは遺言書のことを事細かに説明してくれました。とんでもない文書のようなんです」

「私に詳細を話してもいいと言ってくれたのかい？」

「ええ。話してもいいか、思い切って聞いたんですが、異存はないそうです」

「それはよかった。ポルトンが手が離せないので、今日はソーホーで昼食をとることにしたんだ。君も一緒に来ないか。歩きながら話を聞かせてくれたまえ。都合はどうだい？」

診察のない今は都合がよかったので、私は喜んで招待を受けた。

「それならいい」とソーンダイクは言った。「では、ゆっくり歩きながら、狂乱の俗世間の中に飛び込む前に、内輪話をすませてしまおう」

広い歩道をゆっくりと歩きながら話を切り出した。思い出せるかぎり、財産処理の現状にいたる経緯を語り、遺言書の具体的な内容を説明した。二人の友は熱心に耳を傾け、ソーンダイクは時おり話の腰を折って、手帳にメモを書きとめた。

「なんと、そいつは頭がおかしくなってたとしか思えんな！」私が話し終えると、ジャーヴィスが声を上げた。「自分の目的を台無しにするために、自分で悪魔的な計略を立てたみたいじゃないか」

「遺言者には珍しくないこだわりだよ」とソーンダイクは言った。「素直で分かりやすい遺言書はむしろ例外さ。だが、実際の文書を見るまでは判断を差し控えたほうがいい。ベリンガムは写しを持っていないのかい？」

「分かりませんが」と私は言った。「聞いてみますよ」

「持っているのなら、ぜひ拝見させてほしいね」とソーンダイクは言った。「実に奇妙な内容だし、君の説明どおりなら、ジャーヴィスが言うように、見事なほど遺言者の遺志を台無しにするようにできている。その点を別にしても、失踪の状況と明らかに関係しているよ。君も気づいたとは思うが」

「確かに、死体が出てこなければ、ハーストにきわめて有利になりますね」

「そう、もちろんだ。だが、重要な点はほかにもある。もっとも、文書の実物か謄本《とうほん》を見るまでは、その遺言書の条件のことを論じるのは時期尚早だな」

「写しがあるのなら」と私は言った。「手に入れるようにしますよ。ただ、ベリンガムは、金を払わずに専門家の助言を得たがってると思われるのが我慢ならないようです」

「それは」とソーンダイクは言った。「もっともだし、なかなか立派な態度さ。だが、そんなためらいは捨てるよう、なんとか説き伏せてほしいね。君ならきっとやれるよ。歳のわりに弁の立つ好青年だし、すでに家族の友人として受け入れられているようだから」

「興味深い人たちですよ」と私は説明した。「教養があるし、考古学に強い関心を持っています。一族の血に流れる傾向のようですね」

「うん」とソーンダイクは言った。「一族の傾向というのは、おそらく遺伝というより、互いの接触や共通の環境によるものだ。すると、君はゴドフリー・ベリンガムに好感を持っているんだね？」

「そうです。少し辛辣で感情に流される面はありますが、感じのいい、人好きのする男ですよ」

「娘さんのほうは」とジャーヴィスは言った。「どんな人だい？」

「ええ、教養のある女性ですよ。大英博物館で図書目録や参考図書を調べる仕事をしています」

「ひゃあ！」とジャーヴィスは強い嫌悪をこめて叫んだ。「そんなタイプを知ってるよ。インクで黒くなった指をして、むっつりと口もきかず、尊大でめがねをかけてるような女さ」

私はうっかり見え透いた餌に食いついてしまった。

「全然違いますよ」ジャーヴィスのひどい描写が、実際の彼女の魅力とかけ離れていることに腹が立ち、私は声を上げた。「とても美しい女性だし、物腰はまさに淑女です。多少堅苦しい様子も見せるけど、まだ知り合ったばかりだし——ぼくのことをよく知らないからでしょう」

「でも」とジャーヴィスは言い張った。「彼女はどんな人なんだい？　容姿という意味だけど。背が低いとか、太ってるとか、髪は砂色とか。分かるように詳しく説明してくれよ」

私は、さっきまで思案していたことを思い起こしながら、すぐにそらで項目を数え上げた。

「身長は五フィート七インチ（約百七十センチ）ほど。スリムだけどわりに肉付きがいい。姿勢もまっすぐだし、動作も上品。髪は黒で、真ん中で緩やかに分け、額から美しく垂らしている。表情は青ざめてるけど明るいし、目は黒みがかったグレー。眉はまっすぐ。鼻はすらりと形がよく、口は小さいけど、多少ふっくらしていて、あごは丸く――なんだってそうにやにやするんですか、ジャーヴィス？」というのも、我が友は、さっきはいきなり砲列を向けて戦闘の構えを見せたくせに、今度はチェシャ猫のようににやにや笑いだけ残して消えようとしていたからだ。

「遺言書の写しがあるなら」とジャーヴィスは言った。「間違いなく手に入るよ、ソーンダイク。君もそう思うだろ、我がシニア？」

「さっきも言ったが」とソーンダイクは答えた。「私はバークリーを信頼しているよ。さあ、仕事の話題は切り上げよう。ここが行きつけの店だ」

ソーンダイクは質素なガラス入りドアを開け、私たちは彼のあとに続いてレストランに入った。食欲をそそる食べ物の匂いが、ちょっと鼻につく料理油の蒸発した匂いとかすかに混じりながら中に立ち込めていた。

二時間ほどして、私は、キングズ・ベンチ・ウォークの黄金色に色づいたプラタナスの下で友人たちに別れを告げた。

「悪いが、寄ってもらうわけにはいかない」とソーンダイクは言った。「午後は打ち合わせがあるのでね。だが、近いうちに来てくれたまえ。遺言書の写しを手に入れる前でもいいから」

「そうだとも」とジャーヴィスが言った。「仕事が終わった夕方にでも寄ったらいいさ。むろん、もっと素敵な逢瀬がほかにあるというなら別だけどね――おっと、そんなに気色ばむことはないさ、君。ぼくらは皆、一度は青春を経験するんだから。王朝成立前の時代にさかのぼれば、ソーンダイクにも青春があったという伝承もあるしね」

「彼の言うことなど気にしなくていいよ、バークリー」とソーンダイクは言った。「卵の殻がまだ頭にくっついたままなのさ。私くらいの歳になれば、彼も分別を持つようになるよ」

「メトシェラ！」とジャーヴィスは叫んだ。「そんな歳まで待たなくてもいいだろ！」（メトシェラは旧約聖書「創世記」第五章に出てくる、九百六十九歳まで生きたとされる長寿の象徴）

ソーンダイクは手に負えないジュニア・パートナーにおおらかに微笑み返し、親しげに私と握手すると、建物の入り口に向かった。

私はテンプルから北のほうに足を向け、隣の外科大学に来ると、そこで〝ピクルス〟と呼ばれるホルマリン漬け標本をじっくり観察して有益な二時間を過ごし、病理学と解剖学の記憶を新たにした。(現役の解剖医なら皆そうだろうが)驚くほど完璧な解剖技術にあらためて感心し、コレクションの創設者に心から敬意を表した。とうとう警告めいた時計の音が鳴り、お茶が恋しくなったこともあり、きびすを返して、さほどはやってもいない自分の仕事場に足を向けた。頭はまだ展示ケースや大きなガラス瓶の中身のことでいっぱいで、フェッター・レーンの角に来たときは、どうやってそこまで来たのかよく分からなかったほどだ。ところが、そこでいきなり、耳元でしたつんざくような声に思索から呼び覚まされた。

「シドカップですげえ発見だよ!」

私はむっとして振り向いた——接するほどの至近距離で発したロンドンの新聞売り子の叫び声に、まるで平手打ちをくらった感覚をおぼえたからだ——しかし、私に見せようと突きつけた、どぎつい黄色の広告の見出しを読むと、腹立ちは好奇心に変わった。

〝クレソンの水田でおそるべき発見!〟

さて、気取ったやつは勝手に無視すればいい。だが、〝おそるべき発見〟という言葉にはなにか惹きつけるものがある。それは悲劇や謎、ロマンスを暗示している。我々の単調でありきたりな生活をドラマチックにするものであり、自分たちの存在に風味を与える調味料でもある。それに、〝クレソンの水田〟とは! どんな発見かはともかく、背景の田舎くささがかえって発見のおそろしさを際立たせているようだ。

私は新聞を買い、小脇に挟んで、クレソンという、精神を満たしてくれるごちそうを楽しみにしながら診療所に急いだ。ところが、ドアを開けると、顔が吹き出物だらけの太った女が、唸《うな》るような低い声で挨拶してきた。フラーダリー・コートの石炭店のおかみだ。

「こんばんは、ジャブレットさん」と私は快活に言った。「具合の悪いところでもあるんじゃないでしょうね」

「あるんですよ」彼女は答えながら立ち上がり、しょんぼりと私のあとについて診察室に入ってきた。患者用の椅子に座らせ、私が書きもの机に坐ると、彼女は話を続けた。

「あたしの中なんです、先生」

この言葉は解剖学的な正確さを欠いていたし、単に皮膚科医の分野を除外したにすぎなかった。そこで、続く解説を待ちながら、クレソンの水田のことを考えていると、ジャブレット夫人はどんより潤《うる》んだ目で訴えるように私を見つめ続けた。

「そうですか！」と私は待ち切れず言った。「その――あなたの中なんですね、ジャブレットさん？」

「そう、それも頭ん中」彼女はそう付け加え、大きなため息をつくと、部屋中に〝無糖飲料〟（ジンのこと）の残り香が拡がった。

「頭痛ですか？」

「ずっと続いてんですよ！」とジャブレット夫人は言った。「バックン、バックンって、開いたり閉じたりする感じで、座ると自分が破裂しそうな気がすんです」

　自分の感覚をこんな風に奇抜な表現で説明してくれたのが――彼女らしくもあったが――ジャブレット夫人の苦痛を理解する手がかりになった。人間の外皮がいかに弾力的なものか教えてやりたくなる、ふざけた衝動を抑えながら、症状をつぶさに診察し、〝無糖飲料〟のことを根気よく説明してやって、ようやくお引き取り願った。夫人は、バーナードの大きな貯蔵容器から出してきた胃腸薬の〝ビスマス・重曹調合剤〟の瓶を握って意気揚々と帰っていった。私はそれから、〝おそるべき発見〟の探究に戻ったが、新聞を広げないうちに、患者がもう一人やってきて（今度は、フェッター・レーンの子どもの〝広く丸い崇高なる額〟（ジョン・ミルトン『失楽園』第四巻の言葉のもじり）が〝伝染性膿痂疹《のうかしん》〟（飛び火）に感染）、すると一人、また一人と、夕方まで患者が続き、そのうち、クレソンの水田のこともすっかり忘れてしまった。夕方の診察から解放され、お湯と爪ブラシで手を洗い、簡素な夕食をとるため席に着こうとしたとき、ようやく新聞のことを思い出し、診察室の机の引き出しから取ってきた。人目につかないように慌ててそこに突っ込んだのだ。読みやすい形にたたみ、水差しに立てかけると、ちびちびと食べながら、のんびりと記事を読んだ。

　特大の記事だった。記者は明らかに〝スクープ〟とみていた。編集長は記者の判断を尊重して、大きな記事枠を与え、髪の毛の逆立つような見出しを付けていた。

「シドカップのクレソンの水田でおそるべき発見！

昨日午後、驚くべき発見があった。ケント州シドカップという昔ながらの田舎の村。その近くのクレソンの水田を浚《さら》っていたときのことである。このさわやかな食物を賞味してきた多くの人々にひどい吐き気を催させる発見だ。だが、その状況や見つかった物――最初に言ってしまえば、これはほかならぬバラバラ死体の断片だ――を説明する前に、発見のきっかけとなった注目すべき偶然の連鎖をたどってみるのも一興だろう。

くだんの水田は、細い小川から水を引いて小さな人工湖として作られたものだ。小川はクレイ川の数ある支流の一つである。この水田の深さは普通のクレソンの水田よりも深い。でなければ、この不気味な遺物が水面下に隠れていることはできなかっただろう。水の流れは絶えないものの緩やかだ。この支流の小川は、牧草地が続く中を曲がりくねりながら流れている。くだんの水田はその牧草地の一つにあり、そこでは人間という肉食獣の犠牲となる羊たちが、ほぼ年中、草を羊肉に変える作業を続けている。さて、数年前のことだが、この牧草地を往来する羊たちが〝肝吸虫症〟という病気にかかったのだ。ここで、病理学の分野にしばし脱線しなくてはならない。〝肝吸虫症〟は、実に伝奇物語風の素性をもつ病気なのだ。その原因は小さな扁平の虫——肝吸虫——であり、この虫は感染した羊の肝臓や胆管に寄生する。さて、この虫は羊の肝臓にどうやって入り込むのか？　ここに伝奇物語の性格が現れる。ご説明しよう。

変態のサイクルは、牧草地を流れる浅瀬の小川か水路に、虫が卵を産みつけるところからはじまる。さて、それぞれの卵には一種の蓋が付いている。やがてその蓋が開くと、毛の生えた生き物が出てきて、ある種の巻貝——自然学者の呼び名では〝モノアラガイ《リムネア・トルンカトウラ》〟——を探して泳いでいく。この虫が巻貝を見つけると、その体内に寄生し、すぐに成長して大きくなる。それから、この虫は仲間をたくさん産む——自分とは異なる小さな虫で、〝レジア幼生〟という。この幼生もすぐに娘〝レジア〟をたくさん産むようになる。こうして何世代も続いていくが、最後に、新たな〝レジア幼生〟を産むのではなく、まったく異なる子孫を産む〝レジア幼生〟の世代が現れる。その子孫とは、大きな頭をし、長い鞭毛をもつ、オタマジャクシを縮小したような生き物だ。学名は〝セルカリア（有尾幼虫）〟という。この〝セルカリア〟は、まもなく巻貝の体から身をくねらせて出てくる。ここからやっかいな状況が生じる。というのも、この特殊な巻貝は時おり水から出てきて、地面を這《は》うからだ。こうして、〝セルカリア〟は巻貝から草の上に出てきて、そこですぐに鞭毛を捨て、草の葉に付着する。そこへ疑いを知らぬ羊たちが質素な食事をするためにやってきて草を食《は》み、〝セルカリア〟ごと飲み込んでしまう。ところが、この幼虫は、羊の腹の中にいると分かると、そのまま胆管に行き、さらには肝臓まで旅をする。幼虫は数週間で成虫に成長し、産卵という重要な仕事をはじめるのだ。

以上が〝肝吸虫症〟という病理学的な伝奇物語である。では、この物語と今回の謎めいた発見とはどんな関係があるのか？　説明しよう。上述した〝肝吸虫症〟の流行が起きたあと、ジョン・ベリンガム氏という地主は、有害な巻貝を一掃するために、定期的に水田を浚い、専門家に検査させるべしという条項を水田の賃貸契約に加えるよう、弁護士に指示した。最後の賃貸契約が二年ほど前に切れて以来、水田は休耕田になっていた。しかし、隣接する牧草地を守るためには、定期的な検査を継続して行うことが必要と考えられた。この目的のために水田を浚っていたとき、今回の発見に至ったのである。

作業は二日前にはじまった。三人の男たちが徹底して植物を浚い出し、有害種がないか専門家に検査させるため、多数の巻貝をかき集めた。昨日の午後、水田のほぼ半分を浚い終えると、一番深い個所で作業していた男の一人が、何個かの骨に出くわした。骨らしきものが目にとまり、疑念を抱いた男は仲間を呼び、皆で植物を丹念に取り除く作業をはじめると、まもなく根のほうの泥の上に、まぎれもない人間の手があるのを見つけた。さいわいにも彼らは分別があり、それを動かしたりせず、すぐ警察に通報した。まもなく、警部と巡査部長が警察医を伴って現場に到着し、発見時の状態のままで遺骸の一部を確認することができた。さて、ここでもう一つ奇妙な事実が明らかになった。というのは、その手――左手――は、薬指が欠けた状態で泥土の上にあったのだ。警察はこれを身元確認に関わる重要な事実とみた。左手の薬指が欠けた人の数はきわめて少ないはずである。徹底した現場検証のあと、骨は慎重に集められて遺体安置所に運ばれ、さらに調査を行うため安置されている。

警察医のブランドン医師は、代表取材に応じて次のように語った。

『発見された骨は、中年から初老、身長約五フィート八インチ（約百七十三センチ）の男性の左腕だ。腕の骨は肩甲骨、鎖骨を含めすべて揃っているが、薬指の三つの骨は欠けている』

『奇形ですか、それとも切り取られたものですか？』と記者は質問した。

『指は切断されたものだ』というのが回答。『生まれつき欠けていたのなら、これに接合する手の骨の部分、つまり中手骨も欠けているか、変形しているはずだが、正常な形で残っているからね』

『骨はどのくらい水の中にあったんでしょう？』と次の質問。

『一年以上だな。骨はまっさらだからだ。つまり、軟部の痕跡が残っていない』

『腕がなぜ発見場所に捨てられていたか、ご意見は？』

『その質問には答える立場にないね』と慎重な答え。

『質問がもう一つ』と記者は聞いた。『地主のジョン・ベリンガム氏ですが、彼は以前、謎めいた失踪を遂げた人物ではありませんか？』

『そのようだね』とブランドン医師は答えた。

『ベリンガム氏の左手の薬指が欠けていたかどうかはご存知ですか？』

『知らないよ』とブランドン医師は答えると、苦笑して付け加えた。『警察に聞きたまえ』

以上が事件の現況である。警察は左手の薬指が欠けた失踪人を調査中とのことであり、該当する人物に心当たりのある読者は、当社か警察にすみやかにお知らせ願いたい。

なお、ほかにも遺骨がないか、徹底調査が行われる予定である」

私は新聞を下に置き、あれこれと考えはじめた。確かに謎めいた事件だ。記者の心にも浮かんだはずの疑念は、おのずと私の心にも忍び込んできた。遺骨はジョン・ベリンガムのものか？　かもしれないな。だが、骨が彼の所有地で見つかったからといって、ついそう思いそうになるが、彼の骨だという公算が大きくなるわけじゃない。たまたま結びつくように見えるだけで、関係はないさ。

それと、欠けた薬指のことがある。失踪を報じた元の記事には、そんな傷害や奇形の言及はなかったが、見落とされたとも考えにくい。だが、事実に基づかない思弁は無益だ。近日中にソーンダイクに会おう。もちろん、この発見がジョン・ベリンガムの失踪と関係があるなら、意見を聞かなくては。そう思いながらテーブルの席を立ち、ジョンソン博士からの架空の引用に出てくる勧めに従い、夜の休息前に〝フリート・ストリートを散歩〟することにした(ジョージ・オーガスタス・サラが『ガス灯と日光』〔一八五九〕でジョンソン博士に仮託して語らせたセリフより)。

第六章　付随的な情報

石炭とじゃがいもというのは、よく心に浮かぶ連想だが、どちらも大地の産物で、土の中にあるという以外に適当な説明を思いつかない。その二つの組み合わせなら、フラーダリー・コートのジャブレット夫人の店だけでなく、バーナードの診療所にもいくつかあったし、フェッター・レーンの西側にある古い家の下に掘られた、地下一フィートの暗く神秘的な穴蔵にもあった。その家はおんぼろの木造三階建てで、道路側から見てうしろ側に危なっかしげに傾き、まるでいまにも裏庭にしゃがもうとしているように見えた。

朝の十時頃、この大地の産物の貯蔵庫を通り過ぎると、その穴蔵の奥に、ほかならぬミス・オーマンがいるのに気づいた。彼女もすぐ私に気づき、大きなスペイン玉ねぎを持った手で、有無を言わさぬとばかりに手招きしてきた。私は鷹揚な微笑を浮かべて近づいていった。

「実に見事な玉ねぎですね、ミス・オーマン！　ご親切にぼくにいただけるとは――」

「差し上げるわけないでしょ。もう！　いかにも殿方らしいじゃ――」

「なにが殿方らしいですって？」と私は口をはさんだ。「玉ねぎのことを言ってるのなら――」

「そんなわけないでしょ！」と彼女はぴしゃりと言った。「そんな馬鹿なこと言わないで。大の殿方、立派な職業に就いてる方が！　もっと分別を持ってちょうだいな」

「おっしゃるとおりです」と私がまじめくさって言うと、彼女は話を続けた。

「先生の診療所に行ってきたところなんです」

「ぼくに会いにですか？」

「ほかにどんな目的があるんです？　給仕に用があるとでも？」

「そんなはずないですよね、ミス・オーマン。すると、やっぱり女医はお役に立たなかったわけですか？」

ミス・オーマンは歯をむき出しにして私をにらんだ（なかなかきれいな歯だ）。

「お訪ねしたのは」と彼女は重々しく言った。「ミス・ベリンガムから言いつかったからです」

私はふざけた態度をすぐに捨てた。「ミス・ベリンガムはご病気じゃないでしょうね」急に心配になってそう言うと、ミス・オーマンはからかうような笑みを浮かべた。

「違いますよ」というのが答え。「病気じゃありませんけど、手をひどく切ってしまったんです。右手だから使えないと困るんですよ。ぶらぶら遊んでばかりのウドの大木とは違いますからね。すぐ行って、手当していただきたいんです」

こう告げると、ミス・オーマンはくるりと右を向き、ウッキーの魔女（サマセットのウッキーホール洞窟に暮らしていたとされる伝説の魔女）のように穴蔵の奥に姿を消した。私は急いで診療所に戻り、必要な器具や薬品を携えてネヴィルズ・コートに向かった。

ミス・オーマンの下で働く若い女中がドアを開けてくれて、短い警句のように現況を告げた。

「ベリンガムさんは不在、でもミス・ベリンガムは中」

そう言うと、彼女は台所に引っ込んだ。階段を上がると、右手を白いボクシング・グローブのようなものでくるんだミス・ベリンガムが待っていた。

「来てくださってありがとうございます」と彼女は言った。「フィリスが――ミス・オーマンのことですけど――丁寧に包帯をしてくれたんです。でも、これで大丈夫か、先生に診ていただきたくて」

私たちは居間に入った。私はテーブルに道具類を置きながら、事故の状況を尋ねた。

「こんなときに、ほんとに運が悪いこと」と彼女は言った。そのとき、私はいかにも女性が結んだらしい結び目と格闘していた。ほどく際にひどく手間を要しそうなのを無視したくせに、思いがけない瞬間にすんなりほどけるという妙な特徴のある結び方だった。

「こんなときにとは、どういうことですか？」と私は聞いた。

「とても大事な仕事をしているときですから。歴史の本を執筆中の学識ある女性の方から、テル・エル・アマルナ文書——つまり、アメンホテプ四世の楔形《くさびがた》文字の粘土板に関する文献を集めてほしいと依頼されてるんです」

「なるほど」と私は慰めるように言った。「手はすぐよくなると思いますよ」

「ええ、でもそれじゃだめなんです。仕事はすぐ仕上げないと。今週中にノートを仕上げて送らなきゃいけないのだけど、無理ですね。とても残念です」

その頃には、私は厚い包帯をほどき終え、傷を確かめていた——手のひらの深い切り傷で、かろうじて太い動脈を外れていた。確かに、まる一週間は手が使えない。

「でも」と彼女は言った。「字が書けるように応急処置はできませんか？」

私は首を横に振った。

「無理です、ミス・ベリンガム。添え木を当てなければ。これほど深い傷では、危ない橋を渡るわけにいきませんよ」

「じゃあ、依頼はお断りしなくては。依頼人も、おそらく期限内には仕事を仕上げられないでしょう。私は古代エジプト関係の文献に詳しいの。というか、そのおかげで特別な報酬を得てるんです。それに、とても興味深そうな仕事の依頼なのに。でも仕方ないわ」

私はてきぱきと包帯を巻きながら考えていた。確かに彼女はひどく落胆している。仕事を失えばお金を失うし、そんな余裕がないことは、彼女の色褪せた黒服を見るだけで十分だ。それに、ほかにもなにか特別な事情があるのだろう。彼女の様子がそう物語っていた。そのとき、素晴らしいアイデアを思いついた。

「なんとかなるかも」と私は言った。

彼女が問いかけるように私を見たので、話を続けた。「提案があるんです。かまえずに考えてほしいのですが」

「なんだか大げさですね」と彼女は言った。「でも、そうお約束します。なんですの？」

「つまり、こういうことです。ぼくは学生時代、実用的な速記術を習得しました。電光石火というわけにはいきませんが、かなりの速さで口述筆記ができるんですよ」

「そうですか」

「そのう、ぼくは毎日、数時間は暇な時間があるんです――たいていは午後いっぱい、六時か六時半頃まで暇でね――それで思いついたんですが、あなたは午前中に大英博物館に行って本を借り、必要な章句を拾い上げ（これなら右手を使わずともできるでしょう）、しおりを挟んでいく。そして、ぼくは午後やってきて、選んだ章句をあなたに読み上げてもらって、速記で筆記していく。普通に書き写せば一日かかるものが二時間でやれるはずです」

「まあ、なんてご親切に、バークリー先生！」と彼女は声を上げた。「ほんとにご親切ですわ！　もちろん、そんなやり方で先生の自由時間を潰《つぶ》そうとは思いません。お気持ちは大変ありがたいですけど」

こうもきっぱり拒まれて、私はいささかがっくりきたが、なおもささやかな抵抗を試みた。

「そうおっしゃらないでください。見ず知らずに近いぼくが女性に向かってこんな提案をするのは、ずうずうしいと思われるかもしれません。でも、あなたが男性だったら、それでもぼくは――こんな特別な事情があれば――きっと同じ提案をしたはずですし、あなたも素直に受け入れてくださったでしょう」

「それはどうでしょうか。どのみち、私は男じゃありません。そうだったらいいと思うこともありますけど」

「おや、あなたは今のままがはるかに素敵ですよ！」私が大まじめにそう言ったので、二人とも声を上げて笑った。そのとき、紐でくくった、新刊の大きな本を数冊持って、ベリンガム氏が部屋に入ってきた。

「おやおや！」と彼は愛想よさそうに叫んだ。「なんだか楽しそうだな。医者と患者が女学生みたいに笑っているとは！　なにを話の種にしてるのかね？」

本の束をテーブルにドスンと置き、思わず口にした当意即妙のセリフを私が説明しているあいだ、彼は笑みを浮かべて聞いていた。

「先生のおっしゃるとおりだ」と彼は言った。「おまえは今のままで十分だよ、お嬢さん。だが、男になったら、どんな男になるか分からんからな。先生のご意見どおり、現状でよしとすべし」

機嫌がよさそうだったので、思い切ってさっきの提案を話し、後押しを求めた。彼は静かに頷きながら耳を傾け、私が話し終えると、娘のほうを向いた。

「反対する理由はなんだね、お嬢さん？」と聞いた。

「バークリー先生に膨大な仕事を負わせてしまうわ」と彼女は答えた。

「膨大な楽しみを負うことになるでしょう」と私は言った。「間違いなく」

「なら、よいではないか」とベリンガム氏は言った。「医者の指示には従わねばならんだろ」

「でも、それは意味が違うでしょ！」と彼女は慌てて言った。

「なら、先生の言うことを信じなさい。そのとおりなのさ。ご好意からの申し出だし、本当に楽しみなんだよ。けっこうです、先生。娘はお受けしますよ。そうだろ、お嬢さん？」

「ええ、お父さんがそう言うなら。恩に着ますわ」

彼女はやさしく微笑みながら了承してくれたので、それだけで報われた気持ちになった。二人で必要な打ち合わせをすると、私は、午前中の仕事を片付けて昼食も早めにすますため、意気揚々と飛びだしていった。

二時間後に戻ってくると、彼女は古びたハンドバッグを手に、庭で待っていた。私はハンドバッグを持ってやり、二人で出かけることになった。ミス・オーマンが門まで彼女に付き添い、妬《ねた》ましげな目をして私たちを見送った。

この素晴らしい女性と並んで路地を歩きながら、自分の幸運が信じられなかった。彼女がそばにいる幸福感のおかげで、みすぼらしい周囲も光輝にあふれ、取るに足らない物までが美に変貌してしまった。フェッター・レーンにしても、なんと楽しい、風変わりな魅力と古風な優美さのある界隈に思えることか！　キャベツの匂いのする空気を吸い込むと、スイセンの香りを嗅いだような気がする。ホルボーンはまるで常世《とこよ》の楽園のよう。私たちを乗せた西行きの乗合バスは栄光ある戦車。歩道をごみごみ行き交う人々も、光の子らと見紛うほどだ。

愛なんて、俗世間の基準で判断すればばかげたものだし、恋人たちの思考や行動も輪をかけてばかげている。だが、俗世間の基準はどのみち間違っている。実利的な精神は瑣末ではかない生活上の損得にあくせくするが、男と女の愛という偉大かつ不朽の現実はそんなものを超越している。夏の夜のしじまに響くナイチンゲールの歌は、ソロモンの知恵よりも意義深いのだ（もっとも、ソロモンも恋の情熱を知らなかったわけではないが）。

図書室の入り口では、小さなガラス・ボックスにいる係員が私たちの身分を確かめると、無言で頷き、ロビーに通してくれた（ロビーでは、禿げ頭の半神半人のような男にステッキを手渡すと、引き換えにお守りみたいな円板の預かり証をくれた）。そこから広々とした円形の閲覧室に入った。

よく思うのだが、強力な防腐効果をもつ致死的な噴霧ガス――たとえばホルムアルデヒドなど――をこの部屋の空気に流し込めば、本のコレクションも読書狂たちも、すべてがそのまま保存され、大英博物館の主要コレクションに人類学上のコレクションを加えることとなり、後世の人々を大いに啓発することだろう。これほど多くの奇妙で風変わりな人たちが一つところに集まっている場所は、世界のどこにもないだろうから。傍観者なら、面白い疑問が思い浮かぶに違いない。この奇妙な生き物たちはどこから来て、（読書好きの視力に合わせた）表示の目立つ時計が閉館時刻を告げると、どこへ去って行くのだろうか、と。たとえば、歩くたびに、くるくるの巻き毛が渦巻きばねみたいに上下する、あの悲しげな表情の紳士は？　黒い司祭服に山高帽といういでたちなのに、いきなり振り向くと、実は中年の女性と分かってびっくりさせられる、あの背の低い年配の紳士は？　彼らはどこへ行くのか？　違う場所で彼らに出会うことはない。閉館時間が来ると、博物館の奥に消え去り、朝まで石棺やミイラの棺に身を隠しているのだろうか？　それとも、本棚の隙間に這い入り、居心地好さそうな革表紙や古びた紙でできた書籍の陰で夜を過ごすのか？　誰にも分かるまい。私に言えるのは、閲覧室にいるルース・ベリンガムは、こうした人たちとはまるで違う存在に見えるということだ。以前はローマ皇帝たちの胸像の間に並んでいた（今は別の場所に移されている）アンティノウス（ハドリアヌス帝の愛人だった美青年）の頭部像が、著名な俗物たちの肖像画が並ぶ画廊に置かれた神の頭部像のように見えたのと同じだ。

「どんな作業をするんですか？」空いた席を見つけると、私は聞いた。「目録を調べるとか？」

「いえ、バッグに閲覧申込票を持っていますので。本は〝禁帯出本〟の区画にあるんです」

私は革張りの棚に帽子を置き、彼女の手袋をその中に入れると――なんとぴったりお似合いの取り合わせだろうか！――閲覧申込票に番号を書き込み、一緒に〝禁帯出本〟係のカウンターに行き、その日の作業に必要な材料となる本を借り出した。

至福の午後だった。ぴかぴかした革張りの机で、ノートのページにすばやくペンを走らせながら、私は二時間半に及ぶ混じりけのない幸せを味わった。それは私にとって新しい世界だった――愛と教養、甘美な親しさと古風な考古学とが一つに混ぜ合わされ、えもいわれぬほど珍味でおいしい砂糖菓子になったような世界。それまでは、こうした難解な歴史は私の理解をはるかに超えるものだった。魅力的な異端王、アメンホテプ四世も、聞いたことはあったが——ただの名前でしかなかった。ヒッタイトはどこに住んでいたかもよく分からぬ神話的な民族。楔形文字の粘土板も、先史時代のダチョウなら消化できそうな、固くてザラザラしたパンにしか見えなかった。

いまやすべては変わった。私たちは椅子を軋らせながら並んで座り、彼女がそれらの胸躍る歴史の物語を私の従順な耳にささやくと——閲覧室は私語厳禁だった——ばらばらの断片がとても魅力的な伝奇小説風の出来事へと配列される。エジプト人、バビロニア人、アラム人、ヒッタイト、メンフィス、バビロン、ハマト、メギド——これらの言葉を恭しく受け入れ、書き取りながら、念のため質問したりした。一度だけ恥ずかしい思いをした。苦行僧のように険しい顔つきをした年配の牧師が、いかにも気に入らぬという目つきで私たちのそばを通り過ぎたのだ。きっと、私たちのことをいちゃつき目的で闖入《ちんにゆう》してきた恋人同士と思ったのだろう。耳元でこっそり静かにささやき伝えるさまを牧師がどう考えたか、素直な現実と比べて、私は思わず声に出して笑ってしまった。だが、我が美しき女性指導者は、動きを止めて、ページに指を載せたまま、咎《とが》めるように微笑み返しただけで、また口述を続けた。仕事に関してはまさに妥協を知らぬ人なのだ。

私の問いかけるような「それで？」という言葉に、彼女が「以上です」と言って本を閉じたのは誇らしい瞬間だった。私たちは二時間半で六巻の大冊の要旨を抜粋してみせたのだ。

「おっしゃってたよりお見事でしたね」と彼女は言った。「私だけだったら、先生が書き取った分のノートを作成するのに、まる二日かかりきりだったはずです。なんと感謝申し上げていいか」

「感謝など不要ですよ。ぼく自身も楽しんだし、速記術に磨きをかけることもできた。次はどうするんですか？　明日の本もいるのでは？」

「ええ、リストは作ってあります。一緒に目録デスクまで来てください。私が番号を確認しますから、閲覧申込票に記入してほしいんです」

新たに出典を探す作業でさらに十五分費やしたあと、中身を搾《しぼ》り尽くした本を返却して閲覧室を出た。

「どっちへ行きます？」天国の門を護る天使のような大柄な警官（ありがたいことに、警官は再入場を拒む炎の剣を持ってはいなかった）が立つ門を出がけに、彼女は聞いてきた。

「それじゃ」と私は答えた。「ミュージアム・ストリートに行きましょう。おいしいお茶が飲める喫茶店があるんですよ」

　彼女はためらいを見せたが、結局、おとなしくついてきた。私たちは小さな大理石のテーブルに並んで座り、互いにお茶を注ぎながら、午後の作業で取り組んだ分野をおさらいし、興味深い点をあれこれ語り合った。

「この仕事をして、もう長いんですか？」彼女が二杯目のお茶を手渡してくれたとき、私は聞いた。

「仕事としては」と彼女は答えた。「まだ二年ほど。つまり、家計が困窮してからです。でも、そのずっと前からジョン伯父さんと大英博物館に来てました――そう、とても謎めいた失踪を遂げた伯父ですわ。伯父が参考書を調べるのを手伝ったものです。伯父とは仲のいい友人でしたの」

「とても学識のある方だったんでしょうね？」と私はそれとなく聞いた。

「ええ、ある意味では。すぐれた収集家という意味なら、確かに学識のある人でしたわ。伯父は、エジプトの古代遺物に関してなら、世界中のあらゆる博物館の収蔵品を知っていたし、実物を一つ一つよく研究していました。エジプト学が主に博物館の仕事になったので、結果として博識なエジプト学者になりました。でも、伯父の本当の関心は歴史よりも物にあったんです。もちろん、エジプト史にとても――それはもう本当に――詳しかったけれど、要は収集家だったの」

「もし伯父さんが本当に亡くなっていたら、コレクションはどうなるんですか？」

「大部分は遺言書に基づいて大英博物館に寄贈されます。残りは事務弁護士のジェリコさんに遺贈されます」

「ジェリコ氏に！　でも、ジェリコ氏はエジプトの古代遺物をどうするつもりですか？」

「あら、あの方はエジプト学の研究者でもあるの。とても熱心ですわ。私邸に置いておけるような、スカラベとかの小物の素晴らしいコレクションも持っておられます。伯父とあんなに親しくなったのも、エジプトへの情熱がきっかけでしょう。でも、優秀な弁護士だし、とても思慮深くて慎重な方だと思いますよ」

「彼がですか？　伯父さんの遺言書からすると、そうは思えませんが」

「でも、あれはジェリコさんのせいじゃないんです。もっと適切な内容の文書に作り直すよう伯父を説得したそうよ。でも、ジョン伯父さんは耳を貸さなかったそうなの。本当に頑固な人でしたから。ジェリコさんは、その件で自分が責任を負うのを拒んだんです。すっかり手を引いてしまい、あれは狂人の遺言書だと言って。ほんとにそのとおり。一、二日ほど前にも目を通したけど、正気の人間ならあんな馬鹿げたことを書くとは思えません」

「では、写しを持ってるんですね？」ソーンダイクが別れ際に指示したことを思い出し、私は熱を込めて聞いた。

「ええ。ご覧になりたいですか？　父がその話をしたようですね。珍奇なへそ曲がりの好例として読む値打ちはありますわ」

「ぜひ、その写しを友人のソーンダイク博士に見せたいんです」と私は言った。「読んで正確な内容を知りたいそうなんですよ。見せて、意見を聞いてはどうでしょう」

「私はかまいませんが」と彼女は答えた。「父をご存知でしょ。〝金を払わずに助言を物乞いする〟のを毛嫌いしてますから」

「でも、そのことなら、なにもやましく思う必要はないですよ。ソーンダイク博士は、事件に興味を惹かれたから遺言書を見たいんです。情熱のある人だし、自分の個人的関心から頼んでるんですよ」

「親切でお気遣いにあふれた方ですね。父にそのことを話してみます。ソーンダイク博士に写しを見せてもいいと言ったら、今夜にでも送るか、お持ちしますわ。そろそろおいとまの頃合ですね」

私は不承不承頷いた。勘定を済ませ、店を出ると、大通りの騒音や混雑を避けるため、一緒にグレート・ラッセル・ストリートへと引き返した。

「伯父さんはどんな方でしたか？」しばらくして、静かで厳かな通りを歩きながら聞いてみたが、慌てて付け加えた。「詮索好きと思わないでください。でも、ぼくには、彼が謎めいた抽象的な存在にしか思えないものですから。法的な問題という、数学上の未知数みたいな存在ですよ」

「ジョン伯父さんは」と彼女は考えながら答えた。「とても変わった人でした。頑固で、わがままで、いわゆる〝高圧的〟な人だったし、人に耳を貸さず、聞き分けのない人でしたわ」

「遺言書の内容からすると、確かにそんな印象がありますね」と私は言った。

「ええ、でも遺言書のことだけじゃありません。父に支給していた理不尽な生活費もそうです。馬鹿げた取り決めで、不当なものですわ。祖父の遺志どおりに財産を分与すべきだったのに。でも、不寛容な人ではなかったし、ただ、自分の流儀でしかやれなくて、それがたいていは間違っていたというだけ。

そういえば」と彼女はちょっとひと息つくと、話を続けた。「伯父の頑迷固陋《ころう》さを物語る面白い話があるんです。些細なことですけど、いかにも伯父らしいことなの。伯父のコレクションに、第十八王朝の美しい小さな指輪がありました。ご存知のアメンホテプ四世の母で、王妃ティイのものとされる指輪です。でも、そんなはずはないと思うんです。指輪の意匠は〝オシリスの眼〟なんですが、ご存知のとおり、ティイはアテン神の崇拝者でしたから。でも、とても素敵な指輪だったし、ジョン伯父さんは神秘的な〝オシリスの眼〟におかしなくらい惹きつけられて、腕のいい金細工師に正確な模造品を二つ作らせたんです。一つは自分に、もう一つは私のために。その金細工師は、当たり前ですけど、私たちの指のサイズを測りたいと言ったのに、ジョン伯父さんは耳を貸しませんでした。指輪は正確な模造でなくてはいけないし、正確な模造とは原物と同じサイズというわけ。どうなったか分かるでしょ。私には指輪が緩すぎてはめられないし、ジョン伯父さんにはきつすぎて、なんとかはめたはいいものの、外すことができなくなってしまったの。しかも、はめることができたのも、たまたま伯父の左手が右手より小さかったからです」

「すると、あなたは自分の模造指輪をはめたことはないんですか？」

「ええ。合うように直したかったけど、伯父が強く反対して。だから、箱に片付けたままになっています」

「ずぬけた頑固おやじですね」と私は言った。

「ええ。譲らない人でした。父もずいぶん悩まされましたわ。クイーン・スクエアの家を博物館にするために、必要でもない改修を加えると言い出したりして。私たち、あの家には特に思い入れがあるんです。その区画は、アン女王の時代に初めて整備されたので、名称も彼女にちなんで付けられたのですが、私たちの一族は、家がその時代に建てられて以来、ずっと住み続けてきたんです。素敵な古い家ですわ。ご覧になりたいですか？　ちょうどすぐ近くですから」

私は熱心に頷いた。それが石炭置き場か魚フライの店だったとしても、喜んで見に行っただろう。連れだっての散歩をもっと続けたかったからだ。もちろん、その古い家にも、失踪したジョン・ベリンガムの謎に関わる背景の一つとして興味があったのも事実だが。

私たちはコスモ・プレースに入っていった。そこには、今日では珍しい、風変わりな大砲型の鉄柱が並んでいて、通り過ぎるときにしばらく立ち止まり、静かで厳かな古い区画を見渡した。てっぺんに街灯を戴いた古い飲水用ポンプを保護すべく周囲に並んでいる石柱に、少年たちが上って声を上げながら遊んでいた。そんな光景を別にすれば、その区画は年代と位置にふさわしい厳かな静寂に包まれていた。あちこちに生えるプラタナスの樹の葉に陽光が照り映え、暖色系のレンガでできた家の正面にも照り返していたし、夏の午後に眺めると、とても素敵そうな場所だ。私たちは日陰のある西側をゆっくりと歩いていったが、その途中で彼女は立ち止まった。

「ここがその家です」と彼女は言った。「いまでは陰気で見捨てられたように見えますが、祖先の時代には素敵な家だったはずです。窓の外を眺めれば、開いた区画の出入り口を通して、野原や牧草地の向こうにハムステッドやハイゲートの高台も見えたことでしょう」

彼女は歩道のへりにたたずみ、思い焦がれるようなまなざしでその古い家を見上げた。美しい顔に誇り高い物腰、擦り切れたドレスにみすぼらしい手袋をし、自分の一族が何世代も住んだ家の前にたたずむ姿は、なんとも悲しげだった。その家は本当なら彼女のものなのに、やがて他人の手に渡ろうとしているのだ。

妙に興味を惹かれて、私もその家を見上げた。外観には、なにか陰気ではねつけるようなものを感じる。窓は地階から屋根裏まですべて鎧戸《よろいど》が閉ざされ、人の住む気配はない。音は消え、見捨てられ、荒れ果て、悲劇の空気が漂っている。亡くなった主人のためにぼろ布と灰で身をやつし、喪に服しているかのようだ。素晴らしい彫刻を施された柱廊式玄関にある大きな扉は、汚れに覆われ、古びた灯火台や錆びた灯火消しと同じく、使用されぬまま放置されている。アン女王の時代には、ベリンガム家の女の子が金色の揺りかごに寝かされると、執事がその灯火消しで消灯したはずだったのに。

なにやら意気消沈した気分になり、しばらくして、私たちはきびすを返し、グレート・オーモンド・ストリートを通って帰途についた。彼女はじっと考え込み、最初に会ったときに目を惹いたのと同じもの憂げな様子でしばらくふさぎこんでいた。私も同情で気が病んでならなかった。まるで、その大きく静かな家から、失踪した男の魂が出てきて、私たちに取り憑いたかのようだった。

とはいえ、それでも楽しい散歩だったし、とうとうネヴィルズ・コートの入り口に着くと、残念でならなかった。ミス・ベリンガムは立ち止まり、握手の手を差し出した。

「さようなら」と彼女は言った。「手伝っていただいて本当にありがとうございました。バッグをいただけますか？」

「お要りようなら。でも、ノートを取り出さなくては」

「どうしてですか？」と彼女は聞いてきた。

「だって、速記のメモを普通の文字に書き直さなくては」

驚愕の表情が彼女の顔に広がった。まごついて私の手を離すのを忘れたほどだ。

「まあ！」と彼女は声を上げた。「私ってなんて馬鹿なの！ でも、そんなことできませんわ、バークリー先生！ 何時間もかかってしまいます！」

「大丈夫です。それに、やらなくちゃ。でないと、メモは無駄になりますよ。バッグは要りますか？」

「いえ、もちろん要りませんわ。でも、ぞっとしてしまいました。あきらめたほうがよくありませんか？」

「では、ぼくたちの共同作業はこれで終わりですか？」私は悲しそうに叫び、彼女の手をあらためて握りしめた（それで彼女は握手したままなのに気づき、慌てて手を引っ込めた）。「午後の作業をみな捨ててしまうとでも？ そんなことできませんよ。さあ、明日までさよならです。できるだけ早く閲覧室に行きますよ。閲覧申込票を持っていったほうがいい。ああ、それと、ソーンダイク博士のために遺言書の写しをくださるのを忘れないでくださいね」

「ええ、父が許してくれるなら、今夜お渡しします」

彼女は閲覧申込票を受け取り、もう一度礼を言うと、路地に消えていった。

第七章　ジョン・ベリンガムの遺言書

私が軽い気持ちで引き受けた仕事は、冷静に考えると、ミス・ベリンガムが言ったとおり、確かにぞっとするものだった。一分で平均ほぼ百字という、二時間半の着実な作業を通常の文章に書き直すには、かなりの時間がかかるだろう。ノートを明朝、時間どおりに渡すには、早く作業をはじめるに越したことはない。

この事実に気づいた私は、時を移さず、診療所に着くや五分で書きもの机に向かい、写しを前に広げて、のたくった一見無意味な文字を、明瞭に読める丸みのある字体にせっせと書き直していった。

この作業は、愛情に根差す労働であることを別にしても、決して辛くはなかった。それぞれの文章は、拾うたびごとに、優しいささやきのなごりを、最初語りかけてきたときと同じように伝えてきたからだ。それに、内容そのものも興味深かった。私は新たな人生観を持ちはじめ、新しい世界（彼女の世界）への敷居を越えようとしていた。時おり患者が来るのに中断されると、いやおうなしの休息時間にはなったが、相手を歓迎する気にはなれなかった。

夕方になってもネヴィルズ・コートから音沙汰はなく、ベリンガム氏のこだわりを説得し切れなかったのではと不安になりはじめた。遺言書の写しが気になったというより、我が美しき雇い主に、短時間でもいいから訪ねてきてほしかったからだ。時計が七時半を告げたとき、診療所のドアがいきなりバタンと開いて、私の不安は収まったが、同時に希望も潰《つい》えた。のしのしと入ってきたのは、ミス・オーマンだった。彼女は、青いフールスキャップ紙の封筒を、まるで最後通牒のように好戦的なしぐさで差し出した。

「ベリンガム様からこれを言いつかってきましたよ」と彼女は言った。「手紙が入ってます」

「読んでもいいですか、ミス・オーマン？」と私は聞いた。

「おやまあ！」と彼女は声を上げた。「ほかにどうしようというんです？　そのために持ってきたんでしょ？」

確かにそうだ。寛大な許しに謝意を表すると、手紙に目を通した――ソーンダイク博士に遺言書の写しを見せてもよいという趣旨の短文だった。紙から目を上げると、ミス・オーマンが、不服そうで非難がましい目つきで私を見つめていた。

「相手によっては、ずいぶんと親切になられるようですね」と彼女は言った。

「誰に対しても親切にしてますよ。それが性分ですから」

「ふん！」と彼女は鼻を鳴らした。

「ぼくは親切じゃないとでも？」と私は聞いた。そして、辛辣な笑みを浮かべ、開かれたノートを見ながら言った。

「お上手ね」とミス・オーマンは言った。

「お仕事ももらったというわけ。けっこうな気晴らしだこと」

「素晴らしい気晴らしですよ、ミス・オーマン。〝サタンは見逃さず〟と言いますから――もちろん、アイザック・ウォッツ博士（十八世紀の英国の牧師、讃美歌作家）の哲学的著作はご存知でしょう？」

「〝怠けた手〟のことをおっしゃってるのなら」と彼女は答えた。「一つ忠告がありますよ。必要以上に、あの方の手を怠けさせないでください。あの添え木のことは怪しいと思ってるんだから――まあ、言ってる意味はお分かりでしょうけど」言い返すいとまも与えず、二人の患者が入ってきた機を捉えて、彼女はやってきたときと同じ唐突さで診療所からさっと出ていった。

夕方の診察は八時半には終わる。その時間になると、アドルファスはいつも模範的な時間厳守で診療所の表門を閉める。今夜もすぐさま戸締りした。この最後の日常業務をすませ、診療所のガス灯を消すと、アドルファスはその報告をして帰っていった。

去っていく足音が消え、表門の閉じる音がして、彼がいなくなったのが分かると、私は居ずまいを正して伸びをした。遺言書の写しが入った封筒を机に置き、じっと考えた。なるたけ早くソーンダイクに渡さなくてはいけないが、人に託すのは心もとないし、自分で持っていかなくてはなるまい。

私はノートに目をやった。ほぼ二時間の作業で、書き直しの仕事はかなり進んだが、それでもまだかなりの作業が残っている。だが、寝る前に二時間はやれるし、朝も一、二時間は時間を割ける。私はとうとう、ノートを開いたままの状態で書きもの机の引き出しにしまい込み、封筒をポケットにすべり込ませると、テンプルに向かった。

大蔵省の時計の柔らかいチャイムの音が親しげに八時四十五分を告げたちょうどそのとき、私は友人たちの事務所のいかめしい〝外扉《オーク》〟をステッキでノックした。なんの反応もなく、やってきたときも窓から明かりがもれている様子はなかったので、言われたように上階の実験室に行ってみようかと考えていると、石段に足音がし、耳慣れた声が聞こえてほっとした。

「やあ、バークリー！」とソーンダイクは言った。「楽園の門で待ち構えるペルシアの妖精みたいに待っているとはね。ポルトンなら、上で発明品をいじっているよ。部屋に誰もいなかったら、上に行って実験室のドアをドンドン叩いてくれればいい。彼なら夕方はいつもそこにいるから」

「さほど待ったわけじゃありません」と私は言った。「ちょうど彼に声をかけようかと思ったところに、あなたが来られたんです」

「ならよかった」とソーンダイクは言い、ガス灯を点けた。「どんな知らせを持ってきたんだい？　ポケットから青い封筒がのぞいているようだが？」

「そうなんです」

「遺言書の写しかい？」と彼は聞いた。

「そうです」と答え、見せてもいいという了承を得たことを言い添えた。

「ぼくはなんて言ったっけ？」とジャーヴィスは声を上げた。「遺言書の写しがあるなら、きっと手に入れてくれるって言わなかったっけな？」

「君の予知能力は大したものだよ」とソーンダイクは言った。「だが、そんなにいばることはないだろ。文書に目は通したのかい、バークリー？」

「いえ、まだ封筒から出していません」

「では、皆はじめて眼にするわけだ。君の説明どおりの中身か見てみよう」

彼は明かりから適度な距離に安楽椅子を三つ置いた。ジャーヴィスはにやにやとソーンダイクのほうを見ながら言った。

「さあ、ソーンダイクのお楽しみがはじまるぞ。彼には、不明瞭な遺言書が美なるもので、永遠の喜びなのさ。手の込んだ不正と結びついているときはなおさらね」

「この遺言書が」と私は言い、「そんなに不明瞭なものかどうかは知りません。むしろ悪意が明瞭すぎるように思えますが。ともかく、さあどうぞ」と、ソーンダイクに封筒を手渡した。

「この写しは信頼していい」ソーンダイクは文書を取り出し、ちらと見ると、そう言い、「うん、そうだ」と付け加えた。「これはゴドフリー・ベリンガムが筆写したものだね。原物に照らし合わせた上で、正確な写しだという裏書きがなされている。じゃあ、君にゆっくりと読み上げてもらおうか、ジャーヴィス。今後のためにおおまかな写しを作っておくよ。はじめる前に楽にして、パイプを一服やろうじゃないか」

ソーンダイクはメモ帳を用意した。皆が椅子に腰かけ、パイプに火を点けると、ジャーヴィスは文書を開き、合図の意味で「おほん！」と言い、音読をはじめた。

「神の名において、アーメン。これは、私ことジョン・ベリンガム、すなわち、ミドルセックス州、ロンドン、ブルームズベリー、セント・ジョージ教区、クイーン・スクエア百四十一番地を住所とする紳士が、一八九二年九月二十一日に作成した遺言書である。

第一項　私は、アーサー・ジェリコ、すなわち、ミドルセックス州、ロンドン、リンカーン法曹院、ニュー・スクエア百八十四番地を住所とする弁護士に、印章とスカラベの全コレクション、並びに、B、C、Dと記されたキャビネットをその中身とともに遺贈する。さらに、相続税控除後の計二千ポンドを遺贈する。

残余の古代遺物のコレクションは大英博物館に寄贈する。

私のいとこ、すなわち、ケント州エルタムの〝ポプラ荘〟を住所とするジョージ・ハーストに、相続税控除後の計五千ポンドを遺贈する。私の弟ゴドフリー・ベリンガムに、彼が私より前に死んだ場合には、その娘ルース・ベリンガムに、残余の不動産および個人財産を、次項に述べる条件の下に遺贈する。

第二項　私の遺体は、殉教者セント・ジョージ教会教区に属する墓地に、私の祖先とともに安置されなければならない。これができない場合は、法曹区を含むセント・アンドリュー教会と殉教者セント・ジョージ教会の合併教区、もしくは、ブルームズベリーのセント・ジョージ教会とセント・ジャイルズ・イン・ザ・フィールズ教会の教区の、いずれかの教区内に存在するか、またはそれらの教会に属する、墓地、埋葬地、教会の礼拝堂、あるいは死者の遺体の受け入れを認可された場所に安置されなければならない。だが、この項の条件が履行されない場合は、次項のとおりとする。

第三項　私の残余の不動産および個人財産は、上記のいとこ、ジョージ・ハーストに遺贈し、これにより、従前の遺言およびその補足をすべて無効とする。私は、主たる受益者である残余財産受遺者とともに、上記のアーサー・ジェリコを遺言書の共同執行者に指名する。主たる受益者である残余財産受遺者とは、上記第二項に規定された条件が然るべく履行される場合は、上記のゴドフリー・ベリンガム、第二項の条件が履行されない場合は、上記のジョージ・ハーストである。

ジョン・ベリンガム

上記遺言者ジョン・ベリンガムにより署名。この署名は、同人と下記署名の二名、すなわち、同人から要請を受け、同人および両名の立ち会いの下に証人として署名した二名が同時に立ち会う場にてなされた。

フレデリック・ウィルトン
ロンドン北区、メドフォード・ロード十六番地、事務職員
ジェイムズ・バーカー
ロンドン南西区、ワドベリー・クレセント三十二番地、事務職員」

「ひゃあ」ソーンダイクがメモ帳から最後のシートを切り離したとき、ジャーヴィスは文書を下に置きながら言った。「馬鹿げた遺言書はたくさん見てきたが、こいつは極めつきだね。どうやって執行するのか分からないよ。二人の遺言執行者のうち一人は、ただ消去法で決まるわけだ——解答のない代数学の問題みたいだな」

「その難問は解決できると思うよ」とソーンダイクは言った。

「分からないな」とジャーヴィスは言い返した。「もし死体が一定の場所に安置されるなら、執行者はAだ。別の場所なら、執行者はBだ。でも、死体がなくて、どこにあるかも分からないから、特定の場所にあることもないことも証明できないわけさ」

「君は難しさを誇張しているよ、ジャーヴィス」とソーンダイクは言った。「むろん、死体はこの世のどこにあるか分からない。だが、死体のある場所は、これら二つの教区の管内か、それ以外の場所のどちらかだ。もし二教区の管内に安置されているなら、その事実は、失踪人が最後に生存を目撃された日以後に発行された埋葬許可証を確認し、

これら特定の埋葬場所の記録を調べることで裏付けを得られるはずだ。二教区の管内でそうした埋葬が行われた記録がなければ、裁判所は、その事実を、そうした埋葬が行われず、従って死体がどこか別の場所にあるという証拠として採用するだろう。そうした判断が示されれば、ジョージ・ハーストが共同執行者にして残余財産受遺者となるわけだ」

「となると、君の友人たちには面白いことになるね、バークリー」とジャーヴィスは言った。「だって、死体がご指名の場所のどこにも安置されてないのは確実と思っていいからさ」

「ええ」と私は憂鬱な思いで頷いた。「それはまず間違いないでしょう。でも、自分のくだらん死体をあれしろこれしろとは、なんという間抜けだ！　くたばったあとに死体がどこに捨てられようと、それが彼にとってどうだというんだ？」

ソーンダイクは穏やかに笑い、「最近の不信心な若者はこうだ」と言った。「だが、君の意見は正しいとは言いがたいよ、バークリー。医師は受けた訓練のせいで物質的なものしか認めなくなってしまうし、素朴な信仰や心情を持つ人に共感を持てなくなる。ある立派な司祭が我々の解剖室を見学しに来たことがあるが、いつも死者の亡きがらと一緒にいる学生たちが復活や死後の生命について考えようとしないことに驚いていたよ。彼は人の心理がよく分からなかったのだ。解剖室の〝実験材料〟ほど生命を感じさせないものはない。死体を冷静に切り分ける――使い古しの時計やスクラップ工場の古いエンジンのように、構造ごとの部分に分解していく――過程で人間の死体について考えるのは、復活の教理を生き生きと実感することには寄与しないのさ」

「そうですね。でも、特定の場所に埋葬してほしいという、この馬鹿げたこだわりは、宗教上の信仰とは関係ありませんよ。浅はかな心情にすぎません」

「そう、まさに心情なんだ」とソーンダイクは言った。「だが、浅はかと言うつもりはない。そうした心情はあまねく行き渡っているし、人間性に内在するものとして敬意をもって扱わなくてはいけないよ。ジョン・ベリンガムもきっとそうだが――死者のとこしえの安息を切に願った古代エジプト人のことを考えてみたまえ。彼らがそのために払った労苦を見たまえ。大ピラミッドや、偽の通路からなる迷路と封印して隠された玄室を持つアメンエムハト四世（三世の誤り。紀元前十九世紀、第十二王朝のファラオ）のピラミッドをさ。祖先とともに眠るために、死後にはるばる何百マイルも自分の遺体を運ばせたヤコブもそうだし（旧約聖書「創世記」第四十九章二十九節以下）、墓の安眠を破られぬよう後世の人々を厳しく戒めたシェークスピアだってそうだ。いや、バークリー、これは浅はかな心情ではないよ。私も君と同じく、君の不敬な言葉で言うなら、〝くたばったあとに〟自分の死体がどうなろうと気にしない。だが、人々がこの問題に示す気遣いは、自然な心情として真剣に考慮すべきことだと思うよ」

「仮にそうだとしても」と私は言った。「この男が、特定の埋葬地に自由保有権のある墓所を確保するよう要求していたなら、もっとうまく事を運べたでしょうに」

「その点はまったく同感だ」とソーンダイクは言った。「すべての問題の原因というだけでなく、遺言者が失踪したために、文書全体をあまりに意味深長なものにしてしまっているのは、この条件の馬鹿げた文章化の仕方なのだ」

「どう意味深長だというんだい？」ジャーヴィスは興味深そうに聞いた。

「この遺言書の内容を一つ一つ検討してみよう」とソーンダイクは言った。「まず留意すべきことは、遺言者が有能な弁護士の支援を求めていたということだ」

「でも、ジェリコ氏はこの遺言書に反対でした」と私は言った。「それどころか、その内容に強く異議を唱えたんです」

「そのことも留意しておこう」とソーンダイクは応じた。「次は、議論の的と言える項目についてだ。まず目を引くのは、その荒唐無稽な不当さだ。ゴドフリーの相続は、遺言者の死体に、ある特定の処置を行うことを条件としている。だが、これは必ずしもゴドフリーの自由にはできない事柄だ。遺言者は海で行方不明になったり、火災や爆発で死ぬかもしれない。国外で死んで、墓を特定できない場所に埋葬されることもあり得る。死体を回収できない不測の事態は、めったに起きない事例を別にしても、起こりそうな事例がいろいろあるわけだ。

だが、死体を回収できたとしても、もう一つの難問が生じる。これらの教区の埋葬場所はいずれも、ずっと以前から受け入れを停止している。よほどの特権でもないかぎり受け入れてはもらえまい。そんな特権が認められるかどうかもあやしい。もしかすると火葬なら、この難問を切り抜けられるかもしれないが、それも心もとない。いずれにしても、ゴドフリー・ベリンガムにはどうにもできまい。だが、要求された埋葬ができないと分かれば、彼は遺産を奪われるわけだ」

「実にひどい、理不尽な不当措置ですよ」と私は叫んだ。

「そのとおりだ」とソーンダイクは頷いた。「だが、第二項と第三項を詳細に検討して明らかになる理不尽さに比べれば、それものの数ではない。遺言者が特定の場所に埋葬されるのを望み、なおかつ、弟が遺言による受益者となるよう望んでいたのも明らかだ。最初の点を取り上げて、自分の望みが確実に実現されるように、どんな措置をとったかを考えてみよう。第二項と第三項を注意深く読めば、彼は自分の希望をほぼ実行不可能にしているのが分かるだろう。彼は特定の場所に埋葬されるのを望み、ゴドフリーにその履行の責任を負わせている。だが、その条件を履行するために、なんの能力も権限もゴドフリーに与えず、乗り越え難い障害を設けている。というのも、ゴドフリーは、遺言執行者になるまで、その条件を履行する能力も権限も持てないし、条件が履行されるまでは、遺言執行者にはなれないからだ」

「無茶苦茶な話だ」とジャーヴィスは叫んだ。

「そう。だが、それすら最悪の問題ではない」とソーンダイクは続けた。「ジョン・ベリンガムが息を引き取るやいなや、彼の死体が存在するようになる。そして、死んだ場所がどこであろうと、死体は当面その場所に〝安置〟される。しかし、彼がたまたま指定の場所の一つで死なないかぎり――そんなことはまずありそうにないが――死体は当面、指定の場所とは違う場所に〝安置〟される。この場合、第二項は――当面は――履行されておらず、その結果、ジョージ・ハーストがおのずと共同執行者になる。

だが、ジョージ・ハーストは第二項の条件を履行するだろうか？　おそらくしない。なぜか？　遺言書にそんなことをしろという指示はないからだ。その義務はすべてゴドフリーに負わされている。だが、もしハーストが第二項を履行したらどうなるか？　彼は遺言執行者ではなくなり、約七万ポンドを失うことになる（遺産額は以前に説明がないが、バークリー医師の記録漏れか）。そんなことをするはずがないのは火を見るより明らかだ。したがって、この二つの項目を検討すれば、遺言者の希望は、彼が指定の埋葬地の一つで死ぬか、あるいは、死体が死後ただちに指定の教区の一つにある死体安置所に運ばれるという、ありそうにない状況でしか履行されないと分かる。それ以外の場合、彼は望んだ場所と異なる場所に葬られ、弟は遺言書からなにひとつ恩恵を受けられなくなるわけだ」

「それがジョン・ベリンガムの遺志であるはずがありません」と私は言った。

「もちろんそうさ」とソーンダイクは頷いた。「遺言書の内容から見て、それが彼の遺志でないことは明らかだ。第二項が履行された場合、ジョージ・ハーストに五千ポンドを遺贈するとしていたことに留意したまえ。だが、履行されない場合は、弟にはなんの遺贈もされない。彼は明らかに、第二項が履行されない事態を想定していなかったのだ。第二項の条件は当然履行されると想定し、条件自体をただの形式とみていたのさ」

「でも」とジャーヴィスは異議を唱えた。「ジェリコは、不履行になるおそれに気づいてたはずだし、依頼人にもそう指摘したはずだぞ」

「そのとおりさ」ソーンダイクは言った。「そこに謎があるんだ。彼が強く異議を差しはさんだのも、ジョン・ベリンガムが強情だったのも分かる。自分の財産を実に馬鹿げた仕方で処分することに頑固にこだわるのも、まだ理解できる。だが、特定の表現を用いれば、結果的に、自分自身の希望を台無しにすると分かったあとでも、その表現を使うことにこだわり続けるのは理解できない。これは慎重な考察を要する謎だよ」

「ジェリコが利害関係人であれば」とジャーヴスは言った。「彼を黒幕と疑うところだけどね。でも、第二項の内容は、彼にはなんの関係もないな」

「そう」とソーンダイクは言った。「この混乱で利益を得る人物はジョージ・ハーストだ。だが、彼は遺言書の内容を知らなかったというし、遺言書の作成に関与していたと推測させるものもない」

「大事なことは」と私は言った。「これからなにが起きるかですよ。そして、ベリンガム親子のためになにができるかです」

「おそらく」とソーンダイクは言った。「次はハーストが動くよ。彼は直接の利害関係人だ。おそらく裁判所に死亡認定と遺言書の執行の申請をするだろう」

「すると、裁判所はどうしますかね？」

ソーンダイクは苦笑した。「君は大変な難問を質問しているんだよ。裁判所の判断は誰にも予想できないほど特異な気質に左右されるんだ。だが、裁判所は死亡認定を簡単には与えないとみていい。厳密な調査――おそらく大変骨の折れる調査――が必要だし、判事は遺言者が生存しているとみなす傾向が強いから、そうした見方で証拠を検討するだろうね。とはいえ、分かっている事実からすると、明らかに彼が死んでいる公算は大きい。もし遺言書がそれほど複雑でなく、利害関係人全員が一致して申請を支持すれば、きっと認められるだろう。だが、ゴドフリーの立場なら、もちろん申請に異議を申し出るべきだ。第二項の条件が履行されたと証明できるのなら別だが――どう考えても無理だね。だが、ジョンがまだ生きていると信ずべき根拠を提示することはできるかもしれない。仮に提示できなくとも、彼が主たる受益者とはっきり想定されている以上、裁判所は彼の異議申出を尊重する可能性が高いな」

「えっ、そうなんですか？」と私は思わず声を上げた。「それなら、ハーストの奇妙な行動も理解できますよ。うっかり言い忘れていましたが、ハーストはゴドフリー・ベリンガムと内々で取引しようとしてたんです」

「ほう！」とソーンダイクは言った。「どんな取引だい？」

「こんな提案をしたんです。つまり、ゴドフリーはハーストとジェリコが裁判所に死亡認定と遺言執行の申請をすることを支持する。申請が認められれば、ハーストはゴドフリーに生涯にわたり年四百ポンド支払う。その取り決めは、あらゆる不測の事態にかかわらず有効なものとする、というものです」

「どういう意味だい？」

「つまり、死体が将来発見され、第二項の条件が履行されたとしても、ハーストは遺産を確保したまま、ゴドフリーに生涯年四百ポンド支払い続けるというわけです」

「なんだって！」とソーンダイクは声を上げた。「それは奇妙な提案だ。実に奇妙だよ」

「胡散《うさん》臭いとまでは言わないけどね」とジャーヴィスは付け加えた。「裁判所がそんな小細工を是認するとは思えないな」

「司法は遺言書の条件の裏をかこうとする小細工を積極的に支持したりはしない」とソーンダイクは応じた。「だが、〝あらゆる不測の事態〟への言及がなければ、その提案に異議を述べる理由はないだろうね。遺言書が絶望的に執行不可能なものなら、いろんな立場の受益者が、無駄な訴訟や遺言書執行の遅延を回避するために、そうした相互取り決めをするのは、不合理でも不適切でもない。たとえば、死体が発見されないかぎりは、ハーストがゴドフリーに年四百ポンドを支払うが、発見された場合は、ゴドフリーがほぼ同額をハーストに生涯支払うという提案をしたのなら、特に注文を付けることはないだろう。お互いにどっちへ転ぶか賭けているだけだ。だが、〝あらゆる不測の事態〟に言及となると、まったく別問題だな。むろん、ただ貪欲なだけかもしれないが、いずれにしても、実に奇妙な着想だよ」

「確かに」とジャーヴィスは言った。「死体が見つかるという見込みでもあるのかな？もちろん、そんな見込みがあるわけない。なにが起きようと財産を独り占めできるよう、他人の貧困につけこんでるだけだろうね。だが、控え目に言っても、実に抜け目ないやり方だ」

「ゴドフリーはその提案を断ったんだろうね？」とソーンダイクは聞いてきた。

「ええ、きっぱりと。二人はそのあと、失踪の状況のことで意見を交わしたようです。冷静に、というより、言いたい放題にですが」

「そうか」とソーンダイクは言った。「それは残念なことだ。事件が法廷に持ち込まれれば、いやでも不愉快な議論がたくさん出てくるし、新聞はそれに輪をかけて不快なコメントを書くだろうに。だが、当事者までお互いに不信を表明し合うようになっては、先がどうなるかは目に見えている」

「まったくだ！」とジャーヴィスは言った。「彼らがお互いに殺人の告発を浴びせはじめれば、猛火に油を注ぐだけだ。行きつく先は中央刑事裁判所だよ」

「彼らが余計なスキャンダルを引き起こすのを防がなくては」とソーンダイクは言った。

「世間にさらされるのが避けがたいとしても、事態は前もって把握しておかなくてはね。だが、バークリー、なにをなすべきかという君の質問に戻ろう。ハーストはいずれ行動を起こす。ジェリコが彼に協力すると思うかい？」

「それはないでしょう。ゴドフリーの同意なしに事を進めるのを拒んでますから――少なくとも、今はそう言ってます。まったく中立的な態度をとってるんですよ」

「それならいい。今のところはね」とソーンダイクは言った。「事件が法廷に持ち込まれれば態度が変わるかもしれないが。君の話からすると、ジェリコは遺言書を執行して、さっさと手を引きたがっているようだが、当然だ。遺言書により二千ポンドと貴重なコレクションを得られるとなれば、なおさらだよ。したがって、彼は一見中立を保ってはいるが、ベリンガムよりもハーストのほうに協力するとみていいだろう。となると、むろん、ベリンガムは然るべき専門家の助言を必要とするし、事件が法廷に持ち込まれたら、然るべき弁護士が必要になるね」

「どのみち彼にそんなお金はありませんよ」と私は言った。「破産寸前の貧乏人なのに、始末に負えないほど体面にこだわってるんです。対価を支払えない専門家の支援は受け入れないでしょう」

「うむ」とソーンダイクは唸った。「やっかいだな。だが、いわば〝試合放棄〟のまま、この事件を放置するわけにはいかない――専門的な支援がなかったというだけでしくじるわけにいかないよ。それに、これは今までに関わった中でも最も興味深い事件だ。道を誤るのを傍観するつもりはない。好意から非公式にちょっとした一般的助言をするのなら、異議はあるまい――旧友のブロドリブが好んで口にする〝法廷助言者《アミクス・クリアエ》〟というやつだ。それに、予備的な調査を進めても別に支障はないさ」

「どんな調査ですか？」

「そうだね。まず、第二項の条件は満たされておらず、ジョン・ベリンガムは指定の教区管内に埋葬されていないことを確認しなければならない。そうに違いないが、当然の前提とするわけにはいかないからね。次に、彼がもはやこの世にいないことも確認する必要がある。実は生きているかもしれないし、まだこの世にいるのなら、探し出すのが我々の仕事だよ。ベリンガムに断らなくとも、ジャーヴィスと私でこうした調査はやれる。つまり、我が学識あるジュニア・パートナーにはロンドン市圏内の埋葬記録――火葬の記録も忘れずに――を調べてもらう。私はそれ以外の課題を引き受けるよ」

「ジョン・ベリンガムがまだ生きていると本気で思ってるんですか？」と私は言った。

「死体が見つからないかぎり、確かに一つの可能性ではある。ほとんど可能性はないとは思うが。だが、公算の小さいことでも、除外する前に調べなければならない」

「なにやら望み薄な調査ですね」と私は言った。「どこからはじめるつもりですか?」

「大英博物館からはじめたいと思ってる。博物館の職員なら、ベリンガムの行動の手がかりを持っているかもしれないよ。ヘリオポリスで重要な発掘が進行中で――エジプト部の部長もそこに出張中だ。臨時代理のノーベリー博士はジョン・ベリンガムの旧友でね。彼を訪ねて、外国――たとえばヘリオポリス――にベリンガムが不意に行く気になるきっかけなどがなかったか調べてみるよ。ベリンガムがパリに最後の謎めいた旅に出た理由も知っているかも。それが重要な手がかりになるかもしれない。そのあいだに、君にはね、バークリー、我々が事件に関与できるよう、友人をうまく説得してもらいたいのだ。私があくまで自分の知見を広めるためにやっているのだということをはっきりさせた上でね」

「でも、あなたは事務弁護士から依頼を受けることが必要なのでは?」と私は聞いた。

「ああ。むろん、名目上はね。だが、それは建前にすぎない。実際の仕事はすべて我々がやるのさ。なぜそんなことを聞くんだい?」

「事務弁護士を雇う費用のことを考えていたんです。ぼくにも自分のお金が少しくらいなら――」

「それはとっておきたまえ。開業するときに必要になるよ。事務弁護士のことは心配しなくていい。友人の弁護士に個人的好意で名目上の役割を引き受けてくれるよう頼んでみる——マーチモントなら引き受けてくれるよね、ジャーヴィス」

「うん」とジャーヴィスは言った。「〝法廷助言者〟としてぼくらが頼めば、ブロドリブだって引き受けてくれるさ」

「ぼくの友人たちの事件をこれほど温かく気遣っていただけるなんて、ほんとにありがたいことです」と私は言った。「彼らが体面にこだわって頑固一徹にならなきゃいいんですが。良家出身の貧乏人とはえてしてそうですから」

「そうだ！」とジャーヴィスが声を上げた。「素晴らしいアイデアを思いついたぞ。君の部屋でぼくらに夕食をごちそうすることにして、ベリンガム親子も招待して引き合わせてくれたらいい。君とぼくとでご老体をとっちめて、ソーンダイクがご令嬢に口説きのわざを発揮するのさ。こういう万年独身者には抗いがたい魅力があるからな」

「ほらね、我が尊敬するジュニア・パートナーは、私のことを終身独身主義者と決めつけたがるのさ」とソーンダイクは言い、「だが」と付け加えた。「それはいい提案だ。もちろん、ベリンガムに我々を雇えと圧力をかけるわけにいかない——支払いを求めなくても、それでは雇わせるのと同じだからね——だが、食卓を囲んでの親しい会話なら、慎重にうまく説得できるだろう」

「そうですね」と私は言った。「ぼくもそのアイデアが気に入りましたよ。でも、ここ数日は無理です。余暇を使ってやる仕事があるものですから——実は今からやらなきゃいけないんです」私は急に心配になって付け加えた。ソーンダイクの分析に気を取られて、時間の経つのを忘れていたからだ。

二人の友人が問いかけるように見るので、怪我をした手のことや、テル・エル・アマルナの粘土板のことを説明しなくてはいけないと思った。そこで、恥ずかしながらも打ち明け、ジャーヴィスのほうを不安げに見た。だが、彼の顔にゆっくりと笑みが浮かぶことはなかった。それどころか、真剣に耳を傾けただけでなく、話が終わると、医学校時代の愛称を使って親しげにこう言った。

「ひとことだけ言わせてもらうよ、ポリー。君はいいやつだ。昔からね。ネヴィルズ・コートの友人たちが君に感謝してるといいが」

「この程度のことに大げさなほど感謝してますよ」と私は応じた。「夕食会の話に戻りましょう。ちょうど一週間後はどうですか?」

「けっこうだ」とソーンダイクは答え、ジュニア・パートナーのほうを見た。

「ぼくもさ」とジャーヴィスは言った。「ベリンガム親子も都合がよければ、それで決まりだね。でも、都合が悪ければ、別の日を設定しなきゃいけないよ」

「分かりました」と言いながら、私は立ち上がってパイプの灰を叩き落とした。「明日、招待状を出します。さて、例のメモの仕事が残ってますので、これで失礼させてください」

私は帰り道を歩きながら、友人たちを世捨て人のような隠遁から誘い出し、自分（というよりバーナード）の屋根の下でもてなすことをわくわくと考えていた。実は自分もとうに思いついたアイデアなのだが、バーナードの家政婦の奇癖のせいで思いとどまってきたのだ。ガマー夫人は、古風で簡素な料理を出すくせに、それをひどく大げさでこれ見よがしの準備をして取り繕うタイプの家政婦だったからだ。だが、今度ばかりは思いとどまるまい。貧相なねぐらに客を招くとなれば、ごちそうの材料も外から調達しておかしくない。準備のことを考えると楽しくて頭がいっぱいになった。気を取り直して再び書きもの机に向かうと、私は北シリア戦役の経緯を記した膨大なメモに取りかかった（北シリアは第十八王朝のトトメス三世により征服）。

第八章　博物館の恋物語

実地練習のおかげで忘れていた技能がよみがえったのか、それとも、ミス・ベリンガムが仕事の量を過大に見積もっていたのかは分からない。理由がどちらだとしても、四日目の午後には私たちの作業もほぼ完了し、残りわずかとなっては、閲覧室に赴く口実もあと一度しか使えなかった。

共同作業の期間は短かったけれど、お互いの関係に大きな変化をもたらすには十分だった。一緒に仕事をすることで生まれる友情ほど厚く、大切なものはないからだ。それに——男女のあいだで——これほど素直で健全な友情もないだろう。

博物館に来ると、きちんとしおりを挟んだ山積みの本と青表紙の四つ折り判ノートがいつも用意されて待っていた。割り当てられた作業を着実にこなし、本を返却すると、必ず喫茶店に行き、一緒にくつろいだお茶を楽しんだ。そのあと、クイーン・スクエアを通って帰る道すがら、その日の作業のことを語り合い、アクエンアテンがファラオの地位にあり、テル・エル・アマルナの粘土板が書かれた、はるか昔の国際情勢を話題にしたものだ。

　最後の本を返却し、これで終わったと吐息をついたときは本当に幸せだった。仕事が終わったというだけでなく、我が麗しき患者の手が、その日の朝に添え木を外すと、もはや治療を必要としないほど回復していたからだ。

「これからどうします？」中央ホールに出ると、私は聞いた。「お茶にはまだ早いし。館の展示物を見学するのはどうです？」

「そうですね」と彼女は答えた。「今までの作業と関係のある展示物を見学して回りましょうか。そう、上階の第三エジプト室には、アクエンアテンのレリーフがありますわ。見に行きましょう」

　私はこの提案に熱を入れて賛同し、彼女の手慣れた案内におとなしくついていった。ローマ展示室から見学をはじめ、あまりに平凡で現代風の顔つきをしたローマ皇帝たちの長い列を通りすぎた。

「本当に」と、〝トラヤヌス〟という表示のある胸像（どう見てもフィル・メイ（英国の風刺画家）が描いた肖像画だったが）の前で立ち止まると、彼女は言った。「先生のご助力にはいくら感謝しても足りませんし、お返しもできないほどです」

「どちらも不要ですよ」と私は応じ、「一緒に作業するのはとても楽しかったし、それで十分報われました。ただ」と付け加えた。「よろしければ、お願いがあるのですが」

「どんなことでしょう?」

「友人のソーンダイク博士のことです。情熱のある人だと言いましたよね。ある理由から、伯父さんのことに強い関心を持ってるんです。たまたま知ったのですが、訴訟が起こされるのなら、この事件に積極的に関わりたいというんですよ」

「どうしろとおっしゃるの?」

「彼がお父さんに意見や助力を差し上げる機会があれば、お父さんが拒んだりせずに、快く受けてくださるよう説得してほしいんです——あなたにも特に異存はないと思うんですが」

ミス・ベリンガムはしばらく私をじっと見つめると、静かに笑った。

「では、私にできるお返しというのは、ご友人を通じて、もっとご厚意を示していただけるようにすることですか!」

「いえ」と私は言い返した。「それは誤解です。これはソーンダイク博士の思いやりではありません。専門家としての情熱なんですよ」

彼女は疑わしげに微笑んだ。

「信じておられませんね」と私は言った。「でも、そんな例はほかにもありますよ。外科医はなぜ冬の夜にベッドからはね起きて、病院で緊急の手術をすると思いますか?

報酬もなしにですよ。慈善からだと思いますか?」

「もちろんです。違うんですか?」

「むろん違います。それが仕事だからするのです。病気と闘い――これに打ち勝つのが医者の仕事だからですよ」

「違いがよく分かりませんね」と彼女は言った。「お金ではなく、愛のために仕事をするのですわ。でも、父に話す機会があれば、先生のおっしゃるとおりにしましょう。それでご恩返しになるとは思いませんけど」

「それだけで十分ですよ」と私は言い、しばらく私たちはなにも言わずに歩いた。

「変ですね」と、しばらくして彼女は言った。「どうしていつも伯父のことに話が戻ってしまうのかしら? あ、それで思い出しましたけど、伯父が博物館に寄贈した物が、アクエンアテンのレリーフと同じ展示室にあるんです。ご覧になりますか?」

「もちろんです」

「じゃ、それを最初に見に行きましょう」彼女は立ち止まると、少し恥ずかしそうに顔を赤らめて言った。「それと、親しい友人をご紹介したいんです――もちろん、よろしければですけど」

　最後の言葉を慌てて言い添えたのは、この提案に私が不興げな顔をしたからだろう。内心では、その友人が男なら、地獄の呪いをかけたところだが、表向きは、親しくしておられる方にご紹介いただけるのは光栄だと言った。すると、彼女の謎めいた笑いに面くらうはめになった。聖なる鳩の鳴き声のように、静かで低く、歌うような笑い声だった。

彼女と並んで歩きながら、紹介される相手のことを少しそわそわと考えていた。博物館に所属する学者の研究室に案内されるのか？ 〝男一人に女一人《ソルス・クム・ソラ》〟という、まさに水入らずの理想的な二人組だというのに、そこに余計な第三者が加わるというのか？ もしかして、そいつがハンサムな青年と分かり、砂上の楼閣が足元からがらがらと崩れ落ちるはめになるのか？ 紹介したいと切り出したときの、恥ずかしげに顔を赤らめた様子は不吉のしるしだ。そんなことをむっつりと考えながら、彼女と階段を上がり、幅広な出入り口をくぐった。不安げに彼女のほうを見ると、穏やかで謎めいた笑顔にぶつかった。すると、彼女は壁面の展示ケースの前で立ち止まり、私のほうに向きなおった。

「これが私の友人です」と彼女は言い、「ファイユーム出身のアルテミドロスに先生をご紹介しますわ。あら、笑わないで！」と訴えた。「とってもまじめなんです。遠い昔に死んだ聖人を敬う敬虔なカトリック教徒のことを聞いたことがありませんか？ それがアルテミドロスに対する私の気持ちなんです。孤独な女心に彼がどれほど安らぎを与えてくれることか。友人もいない一人ぼっちの日々に、なにも言わないおとなしい友人として、いつも優しく思いやりのある表情で温かく迎えてくれる。そうと分かれば、それだけで彼を好きになるでしょう。先生にも好きになってもらい、言葉を交わさない私たちの友情を分かち合ってほしくて。私って、愚かで感傷的ですか？」

体に安堵感が波のように広がり、氷点下に下がっていた心の温度計の水銀は真夏の温度まで跳ね上がった。なんと素敵で、温かい親しみに満ちていることか！　この神秘的な友情を私と共有したいと思うなんて。そして、なんと突飛な発想、なんと不思議で計り知れぬ女性か。ここに来て、遠い昔のギリシア人と言葉に出さぬ会話を交わしていたとは。この新たに生まれた親交を嬉しく思いつつも、そこに漂う哀愁が私の心を強くとらえた。

「おかしいですか？」なにも返事をしなかったものだから、彼女は少しがっかりしたように尋ねた。

「いや、とんでもない」と私は強い口調で答えた。「ぼくが共感を抱き、感謝していることを分かってほしい。大げさなことを言って誤解されたくなくて。なんと言っていいか分からないんです」

「あら、言い方など気になさらないで。そう感じていらっしゃるのなら。きっと分かってくださると思いました」彼女は微笑み返し、私をどぎまぎさせた。

私たちはしばし黙ってミイラを見つめていた――彼女の友、アルテミドロスも同じく静かに見返していた。だが、それはありきたりなミイラではない。形式はエジプト風だが、感覚はまったくギリシア風だ。色を愛する民族らしく明るく彩色されていたが、棺の装飾に表れる洗練された趣味のよさは、まわりのほかの物を仰々しく粗野に感じさせるほどだ。だが、一番目を引く特徴は、普通ならマスクがある場所に位置する素敵な板絵だ。その絵は私には意外な発見だった。油彩画ではなくテンペラ画であることを別にすれば、現代の作品となんら違わない。古風でもなく古くさくもない。自由な処理の仕方、明暗の適切な用い方のおかげで、まるで昨日描かれた絵に見える。それどころか、ごく普通の金縁の額縁に入れれば、現代の肖像画展に黙って出しても通用してしまいそうだ。

ミス・ベリンガムは私が感心する様子を見て、嬉しそうに微笑んだ。

「素敵な肖像画でしょ」と彼女は言った。「それに、とても優しい表情。思いやりがあって人間的だし、かすかなもの悲しさもある。でも、全体としては魅力にあふれています。一目見て恋に落ちてしまったんです。それに、とてもギリシア風だこと！」

「そうですね。エジプトの神々や象徴がちりばめられているのに」

「むしろ、そうだからでしょう」と彼女は言った。「そこに典型的なギリシアの傾向があるんです。最も異国的な芸術形式にも順応してしまう、洗練された、穏健な折衷主義が。棺の横には立っているアヌビスが描かれています。イシスとネフティス、下のほうにはホルスとタフティも。でも、アルテミドロスがこれらの神々を信じたり、崇拝したとは思えません。これらの神々が描かれているのは、すぐれた装飾でもあり、性格上ふさわしいからです。この死者を愛した人々の本当の心情は、ここにある銘文にこそ表されていますわ」彼女は胸の下の横縞を指さした。そこには、金色の大文字で表記された二語のギリシア語で、〝ΑΡΤΕΜΙΔΩΡΕ《アルテミドーレ》 ΕΥΨΥΧΙ《エフプシユキ》〟と書かれていた。

「ええ」と私は言った。「とても厳かで、人間的ですね」

「それに、誠実で真情にあふれています」と彼女は付け加えた。「言葉に表せないほど感動的ですわ。〝アルテミドロスよ、さようなら！〟そこには心底からの人間の嘆き、とわの別れの悲しみがあります。セム語系の墓碑銘に見られる俗っぽい自画自賛や、私たち英国人が使う〝死せるにあらず、先に去りしのみ〟みたいな、哀れっぽくて偽善的な絵空事よりはるかに美しいわ。彼は永遠に去ってしまった。彼の顔を見ることも、声を聞くことももはやない。この人たちは、それが最後の別れだということを知っていた。そう、この二つの単純な言葉に、愛と悲しみの世界が凝縮されているんです！」

私たちはしばらくなにも話さなかった。遠い昔に墓に封じ込まれた悲しみを記す、この感動的な記念物の魔力は、私をとりこにした。安らかな気持ちで愛する人と静かに並び、哀愁と心地よさとともに、何世紀もの時を越えて、人間の心情がこもった魂がよみがえるのを感じとった。やがて彼女はにっこりと微笑み返した。「先生との友情のことも考えてましたけど」と彼女は言った。「本当に満ち足りた友情ですわ。先生には持ち前の思いやりがあります。女の感傷的な空想まで気遣ってくださって」

こうした状況では、たいていの男は、そうやっていいところを見せようとするものだろう。だが、私はそうは言わなかった。自分の売り物をけなすのはばかげている。私は喜んでその好意的な意見を受け入れ、彼女がようやくケースからきびすを返し、隣の展示室に進んでいくときには、機嫌よくお伴をする青年になっていた。

「これがアクエンアテンです。当博物館の学者によるヒエログリフの翻訳では、ク・エン・アテンといいます」彼女が指さした彩色レリーフには、〝アメンホテプ四世の肖像が描かれた彩色石板の一部〟という説明が付いていた。私たちが立ち止まって見たものは、ひ弱そうで、女性的な体型をし、大きな頭と異常に先の尖った顎をした偉大なファラオの姿であり、アテン神の光線が奇妙な手を、慈しむように彼に差し伸べていた。

「伯父の寄贈品を見ようと思ったら、ここでぐずぐずしていられないわ。この展示室は、今日は四時に閉まりますから」そう注意を促し、展示室のもう一つの端に行くと、彼女は、ミイラとたくさんの副葬品が収容されている、床上に据えた大きなケースの前で立ち止まった。黒い貼り札に白い字で、その中の様々な収容物の簡単な説明が記されていた。

「セベク・ホテプのミイラ。第二十二王朝の書記。ここにある副葬品とともに墳墓で発見された。これらの副葬品は、内臓を納める四個のカノポス壺、ウシャブチの像、墳墓の調度品や死者が生前所持していた品々である。所持品の内訳は、愛用の椅子、頭受け、彼の名前と、同時代のファラオ、オソルコン一世の名前が刻まれたインク・パレットなどである。ジョン・ベリンガム氏より寄贈」

「みんな一つのケースに収めたんです」とミス・ベリンガムは説明した。「上流階級の一般的な墓にどんな物が収蔵されていたかを見せるために。死者は日常生活に必要なものをみな支給されていたの。調度品、家具、パピルスの筆記にいつも用いていたインク・パレット、それに、奉仕する召使いたちもです」

「召使いたちはどこに？」と私は聞いた。

「ウシャブチの小像よ」と彼女は答えた。「彼らは死者の同伴者、黄泉《よみ》の世界の召使いたちなんです。変わった考え方でしょ。でも、人の魂が肉体を離れて存続し続けるという信念を受け入れれば、みんな筋が通っていて理にかなってますわ」

「ええ」と私は頷いた。「主要な信念を前提として受け入れることが、その宗教体系を正当に評価する唯一の方法です。でも、これをすべてエジプトからロンドンに運んで来るとは、また面倒なことをしたものですね」

「その値打ちはあったんです。だって、学ぶところの多い、見事なコレクションですもの。それに、この種のものではとても素晴らしい出来栄えです。ウシャブチの像と、カノポス壺の蓋をなす頭部が、とても美しく造形されているのが分かりますでしょ。ミイラそのものも見栄えがいいけれど、背中を覆っている瀝青《れきせい》が玉にきずですね。でも、セベク・ホテプはきっと顔立ちの整った男性だったはずです」

「棺の上に描かれた顔は肖像画ですね」

「ええ。でも、多少美化されています。ある程度は、その人自身の実際の顔を表していますけど。このミイラは、カルトナージュと呼ばれる、体型に合わせて型をとった棺に納められています。カルトナージュは、亜麻布やパピルスを糊《のり》や接着剤で何層も貼り重ねて作ってあるんです。棺をミイラに合わせるとき、死体をもとに型を取ったので、容貌や体型の全体的な特徴が表れていることが多いの。接着剤が乾いてから、棺を漆喰《しっくい》で薄く塗り、顔をより完全にかたどって描き、それから装飾や銘文を描く。こうして死体はカルトナージュに、殻の中の胡桃《くるみ》のように封印されたわけです。ミイラに包帯を巻いて、木製の棺に納めただけの、それ以前の形態とは違うんです」

そのとき、歌うような口調で閉館時間を告げる、丁重に抗議するような声が耳に響いてきた。とたんに、お茶が飲みたくなり、喫茶店でくつろぎたい気分になった。展示室を案内する職員に頼らなくてもいいという、ちょっと誇らしい気持ちを持ちながら、私たちは、出入り口に向かうときもまだ墓の話題で盛り上がっていた。

　大英博物館を出る時間にしては、いつもより早かったし、その日が——とりあえずは——館を訪れる最後の日だった。このため、私たちは喫茶店に長居してしまい、女性店員から白い目で見られるはめになった。やっと帰途につくと、近道をたくさん選んだので、六時にはもうリンカーンズ・イン・フィールズまで来ていた。そこまで来るのに、(なかでも)ラッセル・スクエア、レッド・ライオン・スクエアと、同名の古風な趣のある道、ベッドフォード・ロウ、ジョッキーズ・フィールズ、ハンド・コート、グレート・ターンスタイルを横切るという、少し変則的なルートをとったのだ。

　新聞売り子が出している挑発的な広告に目がとまったのは、グレート・ターンスタイルに来たときだ。そこには、はっと驚くような言葉が書かれていた。

　「殺された男の骨が新たに発見」

　ミス・ベリンガムはその広告を見て身震いした。

「おそろしい！　そう思いません？」と彼女は言った。「もう読まれましたか？」

「ここ数日は、新聞を読んでいません」と私は答えた。

「そうでしょうね。あの大変なメモにかかりきりになってましたもの。私も父もそんなに新聞は読まないいし、そもそも取ってないいんです。でも、ミス・オーマンが、ここ二日ほど、新聞を持ってきてくれて。あの人って、ほんとに猟奇女なのよ。あらゆるタイプのホラーが好きだし、怖ければ怖いほど面白いみたい」

「それはそうと」と私は聞いた。「なにが見つかったんですか?」

「殺されてバラバラにされたらしい、気の毒な人の死体です。おそろしいこと。読むだけで身震いするわ。だって、ジョン伯父さんのことをつい考えてしまうし、父は父でほんとに動揺してました」

「シドカップのクレソンの水田で見つかった骨のことですか?」

「ええ。でも、ほかにも見つかったの。警察はほんとに粘り強いわ。徹底的に捜査して、死体の一部をいくつも見つけたようです。シドカップ、リー、セント・メアリ・クレイと、あちこちの場所に広く散らばっていたとか。昨日の報道だと、〝ククー・ピッツ〟という池の一つでも腕が見つかったそうです。私たちが以前住んでいた家の近くですわ」

「なんですって! エセックス州のですか?」と私は声を上げた。

「ええ。ウッドフォードに近いエッピング・フォレストという森にある池です。考えるのもおそろしくないですか? たぶん私たちがそこに住んでいた頃に隠されたんでしょうね。父があんなに怯えたのも、そのせいでしょう。父は、その記事を読むと気が動転して、新聞の束をまとめて窓から放り投げてしまいました。風で壁の向こうまで飛ばされてしまったものだから、気の毒なミス・オーマンは慌てて飛び出して、路地に散らばった新聞を集めなきゃいけなかったの」

「お父さんは、その遺骸の一部が伯父さんのものだと疑ってるんですか？」

「だと思います。そんなことは一言も言ってなかったけど。もちろん、私もそんなことに触れたりしません。家族のあいだでは、ジョン伯父さんはまだ生きてると信じているふりをしてますから」

「でも、本当は信じていないんでしょう？」

「ええ。私は信じていません。父もきっと信じていないでしょうけど、私の前でそうとは認めたがらないわ」

「どの部分の骨が見つかったか、憶えてますか？」

「いいえ。ただ、ククー・ピッツでは腕が見つかったそうですし、確かセント・メアリ・クレイ近くの池からは大腿骨が浚い出されたはずです。でも、興味がおありでしたら、ミス・オーマンがなんでも教えてくれますよ。仲間を見つけたらきっと喜びますわ」ミス・ベリンガムは苦笑しながら言い添えた。

「猟奇女と同好の気質があるとは思ってませんよ」と私は言った。「あんな意地の悪い猟奇女ならなおさらね」

「あら、そんなに悪く言わないで、バークリー先生！」とミス・ベリンガムは言った。

「あの人はほんとは意地悪じゃないんです。表向き、ちょっとトゲがあるだけ。猟奇女なんて言っちゃいけなかったわ。ほんとは優しくて、愛情深くて、利己心のない、天使のように可愛らしい人なんです。世界中探してもあんな人はいません。ご存知かしら。先生の夕食会で見栄えがするようにと、私の古いドレスに一生懸命手を入れてくれてるんですよ」

「ドレスと関係なしに、あなたは見栄えがいいに決まってますよ」と私は言った。「でも、彼女の性格のことは文句なしに意見を引っ込めますよ。そんなつもりじゃなかったんです。ぼくはずっとあの小柄なレディに好感を持ってきたんですよ」

「いいんです。さあ、お入りになって、父と少し話をしていきませんか？　急いで近道しましたけど、まだ早いですから」

私は喜んで応じた。実は、夕食会の準備のことでミス・オーマンと少し話がしたかったのだが、客になる二人に聞かれたくなかった。そこで、家にお邪魔し、診療所に戻る時間が来るまで、ベリンガム氏と、おもに大英博物館での作業のことでおしゃべりした。いとまごいしてから、私はわざとゆっくり階段を降り、できるだけ大きな靴音を立てた。すると、期待したとおり、ミス・オーマンの部屋に近づくと、ドアが開いて彼女が頭を突き出した。

「私なら靴屋を替えますけど」と彼女は言った。

〝天使のように可愛らしい人〟のことを思い出し、私はあやうくその人の前で吹き出しそうになった。

「あなたならすぐそうするでしょうね、ミス・オーマン。でも、ぼくみたいな不器用なやつは身なりを整えるのもままならないんですよ」

「ほんとに軽薄な若者だこと」と彼女は辛辣に言った。これを聞いて私はにやりと笑い、彼女は黙ったまま怖い顔でにらみ返した。不意に私は自分の目的を思い出し、真顔に戻った。

「ミス・オーマン」と私は言った。「実はとても大事なことでご助言を請《こ》いたいんです――内緒にですけど」（その言葉で釣れると確信していた。アイザック・ウォルトンはなぜか言及していないが、〝助言の餌〟を使えば、天候に関係なく魚を釣り上げられること請《う》け合いだ。彼女は案の定釣られた。その言葉に即座に食いつき、まるごと飲み込んだのだ）

「なんですの？」と彼女は熱心に聞いてきた。「でも、ここじゃ目立ちますわ。ほかの人にも聞かれてしまいますし。どうぞお入りくださいな」

本当はそこで話をしたくなかったし、時間もなかった。そこで、いかにも謎めいた雰囲気を装った。

「だめなんです、ミス・オーマン。診療所に戻る時間ですので。でも、なにかのついでに立ち寄って、ちょっとお時間を割いていただけるとありがたいのですが。ぼくはほんとに、どうすりゃいいのか分からないんですよ」

「そりゃそうでしょう。殿方とはそんなものです。でも、先生はずっとましですわ。困ったときに女性に助言を求める分別があるんですから。でも、それってなんの話ですの？　きっと私の思ってるとおりでしょうけど」

「うん、そうですね」私ははぐらかすように言い、「単純なことだけど、どうもうまく――おっと、まずい！」と懐中時計を見ながら付け加えた。「走っていかなきゃ。でないと、患者をたくさん待たせちまう」私はそう言うと、くすぶる好奇心で文字どおり地団太踏んでいる彼女を残し、あたふたと去っていった。

第九章　リンカーン法曹院のスフィンクス

二十六歳では、経験を積んだひとかどの人間になったとはまだ言えまい。とはいえ、その短期間に蓄積した人間性の知識のおかげで、夕方のうちにミス・オーマンがやってくるだろうとの自信はあった。その自信は裏付けられた。時計の表示はまだ七時二分前だったが、診療所のドアを思わせぶりに叩く音が彼女の来訪を告げたからだ。

「たまたま通りかかったものですから」と彼女は言い訳し、私はこの見事な偶然に、笑いそうになるのをこらえた。「それで、立ち寄ってお尋ねの件をお聞きしようと思いましたの」

彼女は患者用の椅子に座り、机に新聞の束を置いて、期待のまなざしで私をじっと見た。

「ありがとう、ミス・オーマン」と私は言った。「立ち寄っていただき、感謝します。こんなつまらぬことでご足労いただいて、申し訳ありませんね」

彼女は待ちきれない様子で机をこぶしでトントンと叩いた。

「ご足労なんてどうでもいいの」と彼女はにべもなく言った。「いったい全体、なにを聞きたいとおっしゃるんです？」

夕食会のことで悩んでいることを話しはじめると、次第に拍子抜けしてうんざりした表情が彼女の顔に広がっていった。

「そんなことを謎めかして言う必要があったんですかね」と彼女は不機嫌そうに言った。

「謎めかしたつもりはないですよ。ただ、夕食会でヘマをやらないようにと必死だったんです。お高くとまって、食卓の楽しみを軽蔑してみせるのもけっこうですが、おいしい食事をふるまうのはすぐれた美徳です。暮らしはつましくとも志は高く、というのが当世の風潮であるからにはなおさらですよ」

「へたくそな言い方だこと」とミス・オーマンは言った。「でも、そのとおりね」

「けっこうです。なにしろ、ガマー夫人に段取りを任せると、たぶん、脂肪分が凝固して薄片になって浮いてる、冷めたアイリッシュ・シチューとか、うまくもない腎臓のプディングなんかを料理に出すでしょう。準備するのに上を下への大騒ぎをしたあげくにね。そこで、冷たいごちそうにして、材料も外から調達したいと考えたんです。でも、準備に大変な手間をかけたとは思われたくないんですよ」

「材料が天から降ってきたとは誰も思いませんよ」とミス・オーマンは言った。

「ええ、そりゃそうです。でも、ぼくの言う意味は分かりますよね。どこから宴の材料を手に入れたらいいと思いますか？」

ミス・オーマンはじっと考えた。「買い物も段取りも、みな私に任せたらいいじゃないですか」というのが、彼女が最終的に下した評決だった。

それはまさに望むところだったし、ガマー夫人がどう思うかなど無視して、ありがたく受け入れることにした。ミス・オーマンに二ポンド渡すと、私の気前よさにちょっと抵抗したものの、自分のがま口に入れた。ところが、それだけのことにとんだ時間がかかってしまった。というのも、その容れ物は、ボロボロの古びた請求書類が詰まったミニ公文書館のようになっていて、生地の見本類、テープの切れ端、服のボタン台まであり、ほかの留め金を開けると、さらに蜜蠟の塊、ちびた鉛筆などなど、思い出し切れないほどの有象無象で膨らんでいたからだ。留め金が今にもちぎれそうになりながらがま口を閉じると、私を厳しい目つきでにらみ、今度は自分の口をすぼめた。

「先生はお若いのに、口先のお上手な方ね」と彼女は言った。

「どういう意味ですか？」と私は聞いた。

「博物館での火遊びですよ」と彼女は続けた。「作業をするって口実で、若くて美しい女性と。作業だなんて！　あの方が旦那様に話してるのを聞きましたよ。先生がミイラとか、干からびた猫や石の塊みたいなガラクタにいたく感心してたように思ってますわ。

あの方には、下心のある殿方が分からないのよ」

「なんですって、ミス・オーマン――」と私は言いかけた。

「あら、言い訳はけっこうですよ！」と彼女は遮った。「みんなお見通しですから。この私を言いくるめようったってだめ。先生がガラス・ケースを覗きこんで、あの方に説明するようそそのかし、いかにも感心したような顔で耳を傾けて、足元にひざまずいた――さあ、そうでしょ？」

「ひざまずいたりしませんよ」と私は言った。「ひどく滑りやすい床だったから、そうなってもおかしくはなかったけど。でも、とても楽しい時を過ごしましたよ。できればもう一度行きたいですね。ミス・ベリンガムは、これまで会った中でも一番有能で教養のある女性です」

彼女への称賛と誠実さという点では、私を除けば誰にも引けを取らないミス・オーマンにすれば、これは文句をつけがたく、言い返したくともできなかった。敗北を取り繕うために、彼女は新聞の束を取り上げ、開きはじめた。

「〝氷河質化〟ってどんなものです？」と彼女はいきなり聞いてきた。

「氷河質化ですって！」と私は声を上げた。

「そうです。警察は、セント・メアリ・クレイの池から出てきた骨に、その痕跡を見つけたのよ。エセックス州の別の場所で見つかった骨にも似た痕跡があったとか。だから、

〝氷河質化〟ってなんなのか知りたいんですよ」

「それは〝象牙質化〟ですね」私はちょっと考えてから言った。

「新聞には〝氷河質化〟って書いてありました。なんのことか分かった上で書いてるはずよ。知らないんなら、正直にそうおっしゃいな」

「ええ、それなら知りません」

「だったら、新聞を読んで学ばれたらどうです」とやや筋の通らないことを言うと、

「殺人はお好きですか？　私は大好きです」と言った。

「あなたって、ほんとに猟奇女ですね！」と私は声を上げた。

彼女は私に向かって顎を突き出した。「忠告しておきますが」と彼女は言った。「言葉にもっと気をつけるべきよ。私はあなたの母親くらいの歳だって分かってるの？」

「そんな馬鹿な！」と私は叫んだ。

「そうなんですよ」とミス・オーマンは言った。

「まあともかく」と私は言った。「年齢は唯一の資格証明じゃありません。それに、ぼくの母親の地位を得るには、時すでに遅しですよ。欠員はありませんから」

ミス・オーマンは新聞を机の上に投げ出すと、いきなり立ち上がった。

「新聞を読んで、少しは勉強なさいな」彼女は行きがけに、手厳しくそう言い、「そうそう、指のことを忘れないで！」と付け加えた。「ほんとにぞっとしますわ」

てちょうだいな」

「そうよ。警察は指が一本欠けた手を見つけたんです。重要な手がかりと考えてるようね。どういうことか分からないけど。それじゃ、新聞の説明を読んだら、意見を聞かせてちょうだいな」

去り際にそんな指示を残し、彼女は診療所をパタパタと出ていった。私は玄関まで付き添い、丁重に別れの言葉を告げた。小柄な姿がフェッター・レーンを素早い鳥のような足取りで去っていくのを見送ってから、診療所の中に戻ろうとすると、通りの向こうに年配の紳士がうろうろしているのに気づいた。少し変わった風体の男で、ひょろ長くガリガリに痩せていて、顔の動かし方からすると、医師の立場で見れば強度の近視と思われ、〝度の強い〟めがねをかけていた。男は不意に私に気づくと、顎を前に突き出しながら通りを渡ってきた。鋭く青い目が、レンズの中心から私に焦点を合わせていた。

「頼みがあるのだが」彼は礼儀正しくおじぎしながら言った。「知り合いを訪ねたいのだけれど、住所を失念してしまってね。なんとかコートという路地だが、その名前を度忘れしてしまったのだ。友人の名はベリンガム。知らないかな？　医者はたいてい、いろんな人を知っているものだ」

「ゴドフリー・ベリンガム氏のことですか？」

「おお！　では知ってるわけだ。神託頼みも無駄ではなかったな。もちろん、君の患者だろうね？」

「患者であり、個人的な友人でもあります。住所はネヴィルズ・コート四十九番地ですよ」

「いや、どうもありがとう。そう、友人というなら、ご家族の日頃の習慣を尋ねてもいいかね。訪問の約束もしてないし、間の悪いときに伺いたくはない。ベリンガム氏の夕食はいつも何時頃かな？　この時間にお伺いして支障はないだろうか？」

「ぼくはたいてい、夕方の往診にはもう少し遅くに伺うようにしています——八時半頃でしょうか。その頃には夕食もすませているでしょうから」

「ほう！　じゃあ八時半だね？　では、それまで散歩でもするかな。お邪魔したくはないしね」

「その時間が来るまで、お入りになって、葉巻でも一服どうです？　それなら家までご案内しますよ」

「それはありがたい」新しい知人は、めがねの奥から探るような目つきで私を見ながら言った。「お言葉に甘えさせてもらうよ。通りをあてもなくうろつくのも退屈だし、さりとて、リンカーン法曹院の事務所に戻る余裕もないときてはね」

「もしかして」私はさっきまでミス・オーマンがいた部屋に案内しながら聞いた。「ジェリコさんではありませんか」

彼はめがねの奥から、疑り深そうな鋭い目を私に向けた。「なぜ私がジェリコ氏だと思うのかね？」と彼は聞いてきた。

「いえ、住所はリンカーン法曹院だとおっしゃったから」

「ははあ！　なるほど。私の住所はリンカーン法曹院だ。ジェリコ氏の住所もリンカーン法曹院。ゆえに、私はジェリコ氏というわけだ。ハハッ！　ひどい論理だな。だが、結論は正しい。そう、私がジェリコ氏だ。私のことをご存知だと？」

「少しだけですが。故ジョン・ベリンガムの実務を担っておられたということぐらいです」

「おやおや、〝故ジョン・ベリンガム〟とは！　ジョン・ベリンガムが故人だとどうして分かるのかね？」

「実際のところは知りません。ただ、あなたがそう思っていると理解してたからです」

「理解だって！　誰からそんな〝理解〟を？　ゴドフリー・ベリンガムからかね？　ふむ！　どうやって私の考えを知ったのかな？　そんなことを言った覚えはないが。人の考えを忖度《そんたく》するのは実にあやういことだよ」

「では、ジョン・ベリンガムは生きているとお思いですか？」

「私がかい？　誰がそんなことを？　そうは思ってないが」

「でも、彼は生きているか、死んでいるかのどちらかですよ」

「その点は」とジェリコ氏は言った。「全面的に同意するよ。君は否定できない真実を述べたのだ」

「さほど役に立たない真実ですけど」と私は笑いながら応じた。

「否定できない真実とは、だいたいそんなものさ」と彼は言い返した。「真実とは、きわめて一般的なものになりがちだ。というか、ある命題がどこまで真実性があるかは、その一般性の程度にそのまま比例すると言っていい」

「そうでしょうね」と私は言った。

「間違いないさ。君の職業から例を挙げよう。二十歳以下の百万人の人間がいるとする。その過半数は一定の年齢以前に死ぬし、一定の死因や病気で死ぬと確実に言えるだろう。だが、その百万人の中から一人だけ選んでみたまえ。その人についてなにを予測できるかね？　なにもだ。彼は明日死ぬかもしれないし、二百歳まで生きるかもしれない。風邪熱で死ぬかもしれないし、指を切って死ぬかもしれない。セント・ポール大聖堂から転落死するかもしれんね。特定のケースとなると、なんの予測も立てられないのさ」

「確かにそのとおりです」と私は言った。ジョン・ベリンガムの話題から逸れてしまったことに気づき、私は話を戻そうとした。

「あれは謎めいた事件でした――ジョン・ベリンガムの失踪ですが」

「なぜ謎めいているのかね？」とジェリコ氏は聞いてきた。「失踪人は時おりいるものだ。彼らが再び姿を現したときに口にする理屈（口にするとしてだが）は、それなりに筋が通っているものだよ」

「でも、失踪の状況は確かに謎めいていますよ」

「どんな状況がかね?」とジェリコ氏は聞いた。

「つまり、ハースト氏の家からの消え方ですよ」

「どんな消え方をしたと?」

「いえ、もちろん知りません」

「そのとおり。私も知らない。だから、その消え方が謎めいているかどうかは分からないのだ」

「家を出ていったかどうかすら確かではありませんよ」私は少し大胆に踏み込んで言った。

「そのとおりだ」とジェリコ氏は言った。「出ていかなかったのなら、まだそこにいることになる。そこにいるのなら、失踪したわけではない——言葉の意味を捉えればね。失踪していないのなら、なんの謎もないのさ」

私は腹の底から笑ったが、ジェリコ氏の無表情な生まじめさは変わらず、めがねの奥から私を観察し続けていた(私のほうも、そのめがねを観察し、度数はだいたいマイナス五度と見積もった)。このいかめしい弁護士には、淡々とした論法といい、風刺めいた警句といい、実に面白いところがある。いかにも余計なことを言うまいという態度に、もっと質問攻めにしてみたい気になった。軽率な質問であればあるほどいい。

「そういうことなら」と私は言った。「死亡の推定を認めてもらう申請をすべきだというハースト氏の提案に賛同はなさらないんですね？」

「そういうこととは？」と彼は尋ねた。

「ジョン・ベリンガムが本当に死んでいるかどうか疑問だと言われたことですよ」

「おやおや、先生」と彼は言った。「おっしゃる意味が分からないね。生きているのが確実なら、死亡の推定はできないだろう。死んでいるのが確実なら、やはり死亡の推定はできない。確実なことを推定はしないよ。不確実なことがその手続きには不可欠なのだ」

「でも」と私は食い下がった。「生きている可能性を信じておられるなら、死亡の推定がされて彼の財産が分与されてしまう責任を負ったりはなさらないでしょう」

「もちろんだ」とジェリコ氏は言った。「そんな責任は負わない。私は法廷の判断に従って行動する。その点では選択の余地はないのだ」

「でも、法廷が死亡と判断しても、生きていることもあり得ますよ」

「それは違う。法廷が死亡推定の判断を示せば、すなわち彼は推定上死亡しているのだ。それとは無関係に、単に肉体的な意味でなら、確かに生きていることもあり得る。だが、法的に言えば、遺言書の効力上は、彼は死んでいるのさ。どうやら君にはその違いが分からないようだね？」

「ええ、残念ながら」と私は認めた。

「うむ。君のような職業の人間はたいていそうだな。だから、医者は法廷でおかしな証言をしたりするのだ。科学的な見方は法的な見方と根本から違う。科学に携わる者は、自分の知識、観察、判断を頼りにし、証言を無視する。誰かが君のところに来て、片方の目が見えないと言ったとする。君は彼の言うことを鵜呑みにするかね？　しないはずだ。色ガラスの器具かなにかで彼の視力を検査して、両目とも完全に見えることに気づく。そして、片方の目が視力を失っていないと判断する。つまり、君は自分が確認した事実のほうを優先し、彼の証言を拒むのだ」

「でも、それこそ合理的に結論を導く方法では？」

「科学においてはそのとおりだ。だが、法律は違う。法廷は提示された証拠に従って判断しなければならない。その証拠とは、宣誓に基づく証言という性質を持つものなのだ。ある証人が、あえて黒を白だと宣誓して証言し、反証が提示されなければ、法廷に提示された証拠は黒が白ということであり、法廷はこれに従って判断しなければならない。判事や陪審員が、それは違うなと思うことだってある――間違っていると、その人自身知っていることもあるだろう――だが、彼らは証拠に従って判断しなければならないのだ」

「じゃあ、判事は、事実に反すると自分で分かっている判断を下しても、正当化されると言うんですか？　無実と分かっている者に刑を科しても？」

「そのとおりさ。実例のあることだよ。ある男に死刑判決を下し、刑の執行を認めた判事自身が、実はその殺人が別の男によって行われたことを目撃していたのにそうしたという事例もある。もっとも、これは手続きの正しさにこだわるあまり、形骸化した詭弁の域に達してしまった例だが」

「ええ、極端な例ですね」と私は頷いた。「それはそうと、ジョン・ベリンガムの事件に話を戻しましょう。法廷が死亡の判断を下したあとに、彼が生きて姿を現したら？どうなります？」

「ああ！　そしたら、今度は彼が申請をする番なのだ。法廷は新たな証拠の提示を受け、彼が生きていると判断するわけさ」

「でも、そのあいだに彼の財産は分与されてしまっているのでは？」

「おそらくは。だが、死亡の推定は彼自身がまいた種から生じたものとは思わないかね。自分が死んだと思わせるような行動をとった者は、その結果を受忍せねばなるまい」

「ええ、それはもっともです」と私は言い、ひと息ついてから聞いた。「そういった訴訟はすぐにもはじまるんですか？」

「今の言い方からすると、ハースト氏はなにか行動を起こすつもりのようだね。きっと信頼できる筋からの情報でしょうな」ジェリコ氏は微動だにせず、めがねをかけた彫像のようにひたと私を見据えながら答えた。

私はかすかに苦笑した。ジェリコ氏から情報を引き出そうとするのは、ヤマアラシを相手にボクシングをするようなものだ。受け身でいるだけではね返す力を発揮する点では実に見事だ。それでも、私はもうひと頑張りする気になった。なにか引き出せるかもという期待より、彼の防御戦術を観てみたいという興味からだ。そこで、〝遺骸〟の話題に〝発展〟させることにした。

「新聞で話題になっている人骨の発見のことはご存知ですか?」と私は聞いた。

彼はしばらく無表情に私を見つめ、答えを返した。

「人骨は私より君の専門領域だ。だが君の話を聞いて、そんな発見があったという記事を読んだのを思い出したよ。確かバラバラの骨だったね?」

「ええ、間違いなくバラバラ死体の一部です」

「確かそうだった。いや、その記事には関心を持たなかったよ。それなりの立場になると、人間の関心は狭い分野に限られてしまいがちになるし、私の分野は主に不動産譲渡手続きに関することだ。人骨の発見なら、むしろ刑事弁護士のほうが関心があるだろう」

「あなたなら、その発見を依頼人の失踪と結びつけてるんじゃないかと思ったんですが」

「なぜ私が？　どんな関係があると？」

「だって」と私は言った。「それは人間の骨で――」

「そう、私の依頼人は骨を持った人間さ。その点では確かに関係がある。それほどはっきりした関係ではないが。だが、どうやら、もっと特別なことがあると考えているようだね」

「そうです」と私は答えた。「あなたの依頼人が所有する土地で見つかった骨もあるという事実は、かなり重要だと思うんですよ」

「なに、そうなのかね？」とジェリコ氏は言うと、しばらく私をじっと見つめながら考えていたが、再び話しはじめた。「その点では君の意見に従えない。特定の土地で人間の遺骸が発見されれば、その土地の所有者か占有者が、これを遺棄した人物として真っ先に疑いをかけられるものだろう。だが、君の言うケースでは、それはあり得ない。誰も自分のバラバラ死体を遺棄することはできんからな」

「もちろんできませんよ。自分の遺骸を遺棄したと言ってるんじゃなく、遺骸が捨てられたのが彼の土地だったのなら、遺骸は彼となにか関係があるのでは、と言ってるだけです」

「やはり」とジェリコ氏は言った。「君の意見には従えない。死体を切断する殺人者は、ご丁寧にも常習的に、被害者の所有地にそのバラバラ死体を遺棄するものだとでも言うなら別だが。だとすれば、君の言うことは信じがたい。そんな常習など聞いたことがないよ。それに、ベリンガム氏の土地に遺棄された死体はほんの一部のようだし、残りの部分は広範囲にばらまかれていたはずだ。その事実は君の意見とどうすれば一致するのかね?」

「確かに一致しません」と私は認めた。「でも、きっと重要と認めてくださる事実がもう一つありますよ。最初に出てきた遺骸の一部の発見場所はシドカップでした。シドカップはエルタムの近くです。エルタムはベリンガム氏が生きている姿を最後に目撃された場所ですよ」

「で、その重要性とは? なぜ遺骸の一部を一つの土地に結びつけて、死体のほかの部分が見つかった別の多くの場所と結びつけようとはしないのかね?」

「うーん」この的を射た質問にまごつきながら、私は答えた。「見たところ、これらの遺骸を捨てた人物が行動を開始した場所は、失踪人が最後に目撃されたエルタムの近隣のように思えますが」

ジェリコ氏は首を横に振ると、「どうやら」と言った。「君は遺棄の順序と発見の順序を混同しているようだ。シドカップで見つかった遺骸の一部がほかの場所で見つかったものより前に遺棄されたという証拠でも？」

「それはないと思います」と私は認めた。

「では」と彼は言った。「その人物がエルタムの近隣から行動を開始したという君の説明に、どんな根拠があるのか分からないが」

よく考えると、自分の仮説には提示できる根拠がないと認めるほかない。この実力差のありすぎる論争に最後の矢を放つと、私は話題を変える潮時だと考えた。

「先日、大英博物館を訪れまして」と私は言った。「ベリンガム氏が国に最後に寄贈した品々を観てきたんですよ。中央のケースにとても見事に展示されていました」

「そう。あんな場所に展示してくれたのはとても嬉しいよ。気の毒な旧友もきっと喜ぶだろう。あのケースを観たとき、彼にも観てもらえたらと思ったものさ。だが、いつか観てもらえる日が来るかも」

「そんな日が来てほしいです」と私は言ったが、弁護士に与えた印象以上に、心底そう思っていた。ジョン・ベリンガムが戻ってきさえすれば、我が友ゴドフリーを悩ませている最大の難問もいっぺんに解決できるからだ。「あなた自身もエジプト学にずいぶん興味があるようですね」と私は付け加えた。

「大いに興味があるよ」その無表情な顔からは予想できなかったほどの生気を帯びて、ジェリコ氏は答えた。「魅力あるテーマだ。人類の揺籃期にさかのぼる、この尊敬すべき文明を研究するのはね。この文明は、人類への教訓を遺すために、琥珀《こはく》の塊に入ったハエのように、みずからの不変の遺跡の中にとこしえに保存されてきたのだ。エジプトにかかわるものはみな堂々たる威厳に満ちている。永続性と安定性の感覚が、時と変化をものともせずに、そこには浸透している。場所も民族も遺跡も同様に、永遠性が息づいているのだ」

感情を見せず、言葉に慎重なこの弁護士が、そんな凝った言い回しで滔々《とうとう》としゃべり出したのには面くらってしまった。しかし、人間らしい情熱の片鱗に接して好感を抱いたし、彼が趣味の話に乗り続けるようにした。

「でも」と私は言った。「民族は歴史の流れの中で変化してきましたよ」

「確かにそうだ。カンビュセスと戦った人々は、五千年前にエジプトに進軍してきた民族ではなかった——初期の遺跡にその肖像を遺した王朝に属する人々ではなかったのだ。その五千年のあいだに、ヒクソス、シリア人、エチオピア人、ヒッタイト、その他さまざまな民族の血が、古代エジプト人の血と混ざりあったに違いない。だが、民族の生活は途切れることなく進行していった。古い文化は新たな諸民族を感化し、移民の他国人はエジプト人になることで消滅したのだ。驚くべき現象だよ。我々の時代から振り返れば、それは一民族の生活史というより、ひとつの地質年代のように見える。ところで、君はこんな話に興味があるとでも？」

「ええ、とても。まるで無知ですが。実を言うと、関心を持ちはじめたのはごく最近です。エジプトの文物の魅力が分かるようになったのも、ついこのあいだのことでして」

「ミス・ベリンガムと知り合いになってからじゃないかね？」ジェリコ氏は、エジプトの彫像のように眉ひとつ動かさず、そうほのめかした。

私は思わず赤面したに違いない――この発言は確かに痛いところを突いていた――ジェリコ氏はやはり落ち着いた口調でこう続けたからだ。「そう言ったのは、彼女がそのテーマに学問的な関心を持っていて、しかも大変詳しいことを知っているからなのさ」

「ええ、彼女はエジプトの古代遺物に詳しいようですし、ご明察のとおりと白状しますよ。伯父さんのコレクションに案内してくれたのも彼女です」

「だと思ったよ」とジェリコ氏は言った。「一般大衆にとっては実に学ぶところの多いコレクションだな。公共の博物館で展示するにはぴったりだ。専門家の関心を特に惹くものはないがね。墳墓の副葬品は傑出したものだし、ミイラのカルトナージュの棺はよくできていて、装飾もなかなか美しい」

「ええ、とても見栄えのするものです。でも、あれほど手間をかけて装飾したあとに、なぜ瀝青をあんなにたっぷり塗って、外観を損ねなきゃいけなかったんでしょう？」

「うむ！」とジェリコ氏は言った。「それは面白い質問だ。瀝青を塗られたミイラの棺は珍しくない。その隣の展示室には、金箔の顔部分を除く全体を瀝青で塗られた女祭司のミイラがある。この瀝青は、ある目的のために塗布されている――つまり、銘文を抹消して死者の正体を墓泥棒や冒瀆者から隠すという目的だよ。だが、セベク・ホテプのミイラには奇妙なところがある。銘文を抹消する意図があったのは明らかだ。背中全体が瀝青で厚く塗られているし、脚の部分もそうだからね。ところが、そこで職人たちは気が変わり、銘文も装飾も手を付けないままにした。なぜ瀝青で塗り込めようとしたのか、着手したのに、なぜ一部だけ塗ってやめたのかは謎だよ。ミイラはもともと葬られた墳墓で見つかったものだし、墓泥棒にも荒らされてはいなかった。あのベリンガムも、どう説明していいのか、相当考えあぐねていたよ」

「瀝青といえば」と私は言った。「疑問に思っていたことを思い出しましたよ。この物質は、現代の画家もよく使うのですが、実に心もとない特性の物質ですよね。つまり、乾いてから時間が経っても、特にわけもなしに溶解する傾向があるんです」

「知っているよ。ジョシュア・レノルズ(十八世紀の英国の肖像画家。ロイヤル・アカデミー初代会長)が瀝青を使って描いた絵の話を知らないかね? ある女性の肖像画だったな。瀝青が溶けてきて、女性の目の片方が頬にずり落ちてしまったのだ。そこで、目が元の場所にずれて戻ってくるまで、絵を上下さかさまに掛けて、温め続けなくてはならなかったのさ。だが、君の疑問とはなにかね?」

「エジプトの芸術家が用いた瀝青には、これほど長い時の経過を経て、溶けてしまったものがないのかな、と」

「うん、あるだろうな。状況によっては瀝青の塗装が溶けて〝ニチャニチャ〟になってしまった例もあると聞いたよ。おお、なんということだ！　ここで雑談して君の時間を浪費しているうちに、もう九時十五分前になってしまった！」

客は慌てて立ち上がり、私は引き留めてしまったことを詫び、約束どおり行き先まで道案内した。ともにてくてく歩くうちに、エジプトの魔力は次第に薄らぎ、ベリンガム家の門前で堅苦しく握手をかわしたときには、彼の生気と情熱は消えてしまい、不愛想で打ち解けず、猜疑心が強くて、言葉に慎重な弁護士に戻っていた。

第十章　新たな同盟

〝偉大なる辞書編纂者〟（サミュエル・ジョンソンのこと）――我が仮寓の地の守護神――は、彼を畏怖する後世の人々に、消化不良を起こした人食い鬼から思い付いたような、食べるという行為の定義を伝えている。すなわち、「食べる：口でガツガツやること」だ。これほど身近な機能を説明するにはひどい解釈だ。辛辣な上に下品だし、なにより正確すぎて受け入れがたい。つまりは、露骨に手加減抜きで表現すれば、それがまさに食べることだからだ。だが、〝食物の摂取〟が――古い決まり文句を現代風に言い換えれば――直接には、肉体を形成する不可欠のプロセスであるなら、精神的な能力の発揮にも積極的な役割を果たすことは否定できない。

こうして、ランプの明かりが装飾用のキャンドルとともに、フェッター・レーンを見下ろす二階の小さなテーブルを照らすと――カーテンもようやく引かれ――ナイフとフォークをカチャカチャ動かしたり、ゴブレットをチリンと鳴らしたり、ワインの瓶からトクトク注いだりする楽しげな伴奏音もあって、会話は親密で生気あふれるものとなる。もっとも、少なくとも私たちの一人――つまり、ゴドフリー・ベリンガム――にとって、これは滅多にない祝宴の機会だが、ささやかなごちそうを子どものように喜ぶ彼の様子からは、辛抱強く立ち向かいつつも、身を切られるような試練の日々が哀れなほど伝わってくる。

会話は話題から話題へと移っていったが、芸術的な話が主で、ジョン・ベリンガムの遺言書という肝心な話題にはちらりとも触れなかった。サッカラの階段ピラミッドとその色タイルから中世の教会の床へ、エリザベス朝時代の木工品からミュケーナイの陶器、石器時代の工芸品、アステカ文明までという具合だ。我が法曹の友二人もそんな話題に夢中になり、食事会の隠れた目的を忘れてしまったのではないかと私は心配になりはじめた。デザートがテーブルに出されても（ガマー夫人が葬式の際に菓子を配る遺族のようなしぐさで並べた）、まだ〝事件〟の話は出なかった。だが、ソーンダイクは待機戦術をとっていただけで、親交を深めながら、機会をうかがっていたようだ。その機会は、ガマー夫人が皿とグラスを載せた盆を持って幽霊のように姿を消したときにめぐってきた。

「昨夜はお客さんが来たようだね、先生」とベリンガム氏は言った。「友人のジェリコのことですよ。お会いしたと言っておったし、先生のことをあれこれ聞いてきたよ。ジエリコがあれほど詮索するのは見たことがない。彼をどう思いますかな?」

「変わったおやじですね。とても面白い人ですが。質問してはひねくれた答えが返ってくるというやりとりでしばらく楽しみましたよ。ぼくが強い好奇心を示すと、彼はなにも知らないみたいに守りの姿勢で答えるという具合です。実に楽しい対戦でした」

「あの方もそんなに身構えることなかったでしょうに」とミス・ベリンガムは言った。

「いずれ世界中が私たちの事件で沸きかえることを思えば」

「では、事件は法廷に持ち込まれると?」とソーンダイクは言った。

「ああ」とベリンガム氏は言った。「ジェリコが伝えに来ましたよ。裁判所への申請の手続きを進め、わしにも協力を依頼するよう、いとこのハーストが顧問弁護士事務所に指示したとな。要は、ハーストからの最後通牒を届けに来たのさ——だが、この楽しい集まりのハーモニーを訴訟などという不協和音でかき乱したくはないですな」

「おや、いけませんか?」とソーンダイクは聞いた。「皆が強い関心を持っている話題がタブーだとでも? どうか遠慮なくお話しください」

「いや、それはいかん。夕食会の場で自分の病気を次々と挙げて、医者をだらだらと拘束するような者をどう思われますかな?」

「病気の種類によりますよ」とソーンダイクは答えた。「慢性的な消化不良だとか、〝ドクター・スナッフラーの吹き出物を吹き消す福呼ぶ服用薬〟なるものの効能を披露しようというなら、退屈なだけです。しかし、睡眠病や先端巨大症といった、ごく稀な病気にかかっているのなら、医師は喜んで耳を傾けますよ」

「それじゃ」とミス・ベリンガムは聞いた。「私たちの事件は、法的な意味でごく稀な事例なんですか?」

「間違いなく」とソーンダイクは答えた。「ジョン・ベリンガム事件は多くの点で比類のないものです。この事件には、法に携わる人々、特に法医学者は強い関心を抱くことでしょう」

「なんてありがたいことかしら!」とミス・ベリンガムは言った。「私たちは教科書や論文に不滅の名声を刻むことになるのね。でも、そんなに重要と言われても、舞い上がったりはしませんわ」

「そうだ」と父親は言った。「そんな名声などなくてもかまわん。ハーストだってそうだろう。バークリー先生から、やつの提案のことをお聞きになりましたかな?」

「ええ」とソーンダイクは言った。「お話からすると、ハーストはその提案をもう一度伝えてきたのでしょうね」

「そうさ。ジェリコを通じて、もう一度チャンスをやると言ってきおった。わしはぐらつきかかったが、娘が妥協するなと強く反対してな。たぶん娘が正しいのでしょう。とにかく、娘はわしよりも懸念を抱いているのですよ」

「ジェリコ氏はどう考えているのですか？」とソーンダイクは聞いた。

「ああ、実に用心深くて慎重でな。だが、どうなるか分からん遺産より、確実なものを選んだほうがいいとあからさまに言いおった。提案に同意してほしいと思っているのは確かだろう。もちろん、この問題をさっさと片付けて、自分の取り分を手に入れたいと思っているだろうしな」

「それで、きっぱり断ったのですか？」

「ああ、きっぱりとな。だから、ハーストは死亡認定と遺言書の検認の申請をするのさ。ジェリコはやつを支持するでしょうな。自分には選択の余地はないと言っとったよ」

「で、あなたは？」

「申請に対して異議申出をしなければなるまい。どんな根拠を持ち出せばよいか分からんが」

「行動を起こす前に」とソーンダイクは言った。「よく状況を考えてみなくては。あなたも、お兄さんは亡くなっているとほぼ確信しておられるはずです。亡くなっているなら、事前に死亡の推定か証明がないかぎり、遺言書に基づいて遺産を受け取ることはできませんよ。ちなみに、専門家に相談しておられますか？」

「いや、してはおらん。わしらの友人として先生が言ったかと思うが、わしの資力――というより無資力――では、専門家に相談する余裕はありませんのでな。だから、この件であなたと話をするのは、ためらいがあったのです」

「では、本人訴訟をなさるおつもりですか？」

「ああ。わしが申請に異議申出をするのなら、どうせ裁判所に出廷せねばならんしな」

ソーンダイクはしばらくじっと考えていたが、重々しく口を開いた。

「本人訴訟をするのはお勧めできませんね、ベリンガムさん。理由を申し上げます。まず、ハースト氏は確実に有能な法廷弁護士を立てますよ。法廷論争の突発的な駆け引きに対応するのは、あなたでは無理でしょう。作戦負けしてしまいますよ。それに、判事のことも考慮しなくては」

「だが、判事も、事務弁護士や法廷弁護士を雇う余裕のない者を公平に扱ってくれると信じてもいいだろう？」

「もちろん、普通なら、判事は弁護士のいない訴訟当事者に支援や配慮を惜しみませんよ。英国の判事はおおむね責任感の強い、見識の高い人たちですから。しかし、あなたの場合は、そんな賭けをする余裕はないはずです。想定外の事態も考えなくては。判事は法廷弁護士を務めたこともありますから、弁護士としての職業的偏見を判事としての判断に持ち込むこともあります。それどころか、証人を扱う際に弁護士に馬鹿げた特権が認められたり、医師や科学者が証言する際に判事が時おり敵意を示したりするのを見ると、法的思考なるものが、人が思うほど公平ではないと分かるでしょう。法曹の特権を認めたり、義務を免除するときは特にね。それと、本人訴訟であなたみずから法廷に立てば、法廷はいやおうなしに不便をこうむります。手続きや法の詳細を知らないために、遅延をもたらしてしまいますから。判事がたまたま気の短い人だったら、そうした不便や遅れを不快に思うかも。判事の判断に影響するとは言いませんが——しないとは思います——判事の癇《かん》に障《さわ》るようなことは避けたほうがいい。それに、相手側の弁護士の作戦を見抜いたり、対処したりするのはとても大事なことですが、それはあなたには無理でしょう」

「貴重なご助言ですな、ソーンダイク博士」ベリンガムは苦笑いしながら言った。「だが、その賭けをするしか道はない」

「そんなことはありませんよ」とソーンダイクは言った。「ちょっとした提案があるのです。お互いのためにも、こだわりなしにその提案を考慮してほしいんですよ。あなたの事件は実に興味深い——ミス・ベリンガムが言われたように、教科書に載るような事案なのです。それに、私の専門に関わる事案ですから、どのみち私も詳細を追っていくことが必要です。傍観者ではなく、当事者として事案を研究するほうが好都合なのですよ。事案を勝訴に持ちこめたら、私が得る信用は言うまでもない。ですから、あなたの事案は私に委ねて、できることをやらせてほしいのです。専門家としては異例のやり方ですが、それならおかしくはないでしょう」

ベリンガム氏はしばらく黙って考え、娘をちらりと見ると、ためらいがちに言いかけた。「実に親切なことではあるが、ソーンダイク博士——」

「待ってください」とソーンダイクは制止した。「それは違いますよ。申し上げたように、私の動機はまったく自分のためなのです」

ベリンガム氏は落ち着きなく笑い、再び娘のほうを見たが、ミス・ベリンガムは静かにナシをむくことに集中していて、目を上げようとはしなかった。娘からの助け船を得られなかったため、ベリンガムは質問した。「勝訴する見込みがあると？」

「ええ、かすかな見込みではありますが——現時点では非常にかすかなようです。しかし、まったく絶望的な事案なら、なにもせず成り行きに任せるよう勧めてますよ」

「事件が一件落着したら、通常の報酬を支払わせてもらってもいいかね？」

「私の好き勝手になるものなら」とソーンダイクは答えた。「喜んで〝イエス〟と答えますよ。だが、そうはいかない。法曹の世界は〝思惑買い〟的な商売の仕方を好まないものです。〝ドドスン・アンド・フォッグ〟という、名の知れた法律事務所を知っておられるかと思いますが、彼らはそんなやり方で大いに儲けたものの、信用は得られませんでした。でも、なぜそんな瑣末な話を持ちだすのですか？　あなたの事案を勝訴に持ちこめれば、私はそれで十分報われるのですよ。お互いに得をするのです。さあ、ミス・ベリンガム、お願いです。私たちはピジョン・パイやお菓子はもちろん、客としてともにごちそうにあずかった身ですよ。私の提案を支持していただけませんか？　それに、バークリー先生のこともぜひお気遣いを」

「えっ、バークリー先生も私たちの判断に関係が？」

「もちろん。彼がひそかに私費で私に資金提供を申し出たと言えば、分かってもらえるでしょう」

「そうなの？」彼女は、どきりとするような表情で私を見ながら聞いた。

「いや、ちょっと違いますよ」私はそう答えながら、ひどく焦《あせ》って落ち着きを失い、ソーンダイクが口を滑らせたことを内心恨めしく思った。「ぼくはただ——その——弁護士費用のことを言っただけですよ。ただそれだけ——怒らないでくださいよ、ミス・ベリンガム。そのことでは、ソーンダイク博士が然るべく対処してくれましたから」

もごもごと言い訳を口にするあいだも、彼女は私をじっと見つめ、それから言った。

「怒るつもりはないわ。ただ、貧しさはそれなりの見返りを得るものだと考えていただけ。皆さんはほんとに親切ですね。私はソーンダイク博士の親切な申し出を喜んでお受けしたいと思います。私たちの気兼ねをなくしてくださすって感謝しますわ」

「そうだな」とベリンガム氏は言った。「おまえの言うように、わしらは貧しさのよさも味わうのさ——辛いこともしこたま味わってきた。だから、丁重に申し出ていただいたご好意も、ありがたくお受けしようじゃないか」

「ありがとうございます」とソーンダイクは言った。「あなたを信じてよかった、ミス・ベリンガム。バークリー先生のごちそうの効能もです。あなた方の事案を私に委ねてくださるわけですね？」

「なにもかも、ありがたくな」とベリンガム氏は答えた。「あなたがよかれと思われることは、なんでも了承しましょう」

「では」と私は言った。「目標の達成を祈って乾杯しましょう。ポートワインはどうですか、ミス・ベリンガム。年代物ではありませんが、健康にもいいし、友情というごちそうにはちょうどよい調味料ですよ」彼女のグラスを満たし、ボトルが一巡すると、みな起立して新たな同盟を厳粛に誓い合った。

「この話題からしばらく離れる前に、言っておきたいことがあります」とソーンダイクは言った。「手の内を明かさないほうがいい。ハースト氏の顧問弁護士事務所から訴訟がはじまる正式な通告があったら、グレイ法曹院のマーチモント氏の名を挙げてください。形式上あなたたちの弁護士となる人です。実際はなにもしませんが、私は事務弁護士から依頼を受けているという形をとる必要がありますので。さしあたり、事案が法廷に持ち込まれるまでは、私が本件に関わっていることは、ジェリコ氏も含めて誰にも知られぬようにすることが肝要でしょう。できるだけ相手方には知らせずにおかなくては」

「秘密は厳格に守るとも」とベリンガム氏は言った。「実を言うと、簡単なことさ。面白い偶然だが、たまたまマーチモント氏とは知り合いでしてな。スティーヴン・ブラックモアの弁護士をしておったでしょう。ほら、あなたが見事に解決したあの事件ですよ。ブラックモア家とは知己でしてな」

「そうでしたか？」とソーンダイクは言った。「世間は実に狭い！　それに、あれはなんと目覚ましい事件だったことか！　複雑に錯綜した、実に興味深い事件でしたよ。私にとっては別の意味でも重要な事件でしてね。ジャーヴィス博士と協力した最初の事件の一つなのです」

「そうさ、ぼくはすごく役に立つ協力者だったよ」とジャーヴィスは言った。「たまたま一つか二つ情報を集めたんだけどね。そういえば、ブラックモア事件は、あなたの事件と共通したところがありますよ、ベリンガムさん。失踪あり、疑惑の遺言書ありで、しかも失踪した男は学者で古物収集家だった」

「我々が専門とする事件は、だいたい似たところがあるものだよ」とソーンダイクは言いながら、ジュニア・パートナーに鋭い視線を向けたが、不意に話題を変えたとき、その意味がある程度分かった。

「お兄さんの失踪を報じた新聞記事は、驚くほど詳細に書かれていましたね、ベリンガムさん。あなたやハースト氏の家の見取り図までありました。誰がそんな情報を提供したかご存知ですか？」

「いや、知りませんな」とベリンガム氏は答えた。「わしでないことは確かですが。記者が何人か情報を求めてきたが、追い返してやったからな。ということは、ハーストがやったんだ。ジェリコはといえば、牡蠣を相手に尋問したほうがましなほど口の堅い男ですよ」

「まあ」とソーンダイクは言った。「記者は〝写し〟を手に入れる妙なつてを持っているものです。だとしても、誰かがお兄さんの情報や家の見取り図を提供したんですよ。それが誰なのか知りたいところですが、今は分かりません。さて、こんな法律上の話題はやめにしましょう。そんな話を持ち出したことは丁重にお詫び申し上げた上でね」

「では、そろそろ」と私は言った。「客間と呼んでいる場所――ほんとはバーナードのねぐらですが――へ移動しますか。後片付けは家政婦に任せましょう」

　私たちがひどく古びた小部屋に移ると、ガマー夫人があきらめ顔でコーヒーを出し（まるで「どうしてもというなら仕方ないけど、こんなものを飲んだら、あとは知りませんよ」と言わんばかり）、私はベリンガム氏をバーナード愛用の傾いた安楽椅子――くぼんだ座部は、座ってばかりの巨漢が習慣的に使っていることを示していた――に座らせると、小型ピアノの蓋を開けた。

「ミス・ベリンガム、ちょっと弾いていただけませんか？」と私は言った。

「できるかしら?」と彼女は微笑みながら答えた。「ご存知ないでしょうけど」と彼女は言った。「二年はピアノに触ってないんです。実験してみるのも面白いですけど――私にはね。うまくいかなかったら、犠牲になるのは皆さんですよ。どうします?」

「わしの判決は」とベリンガム氏は言った。「〝実験はなされるべし(fiat experimentum)〟さ。全部を引用しようとは思わんがな。だが、ルース、演奏をはじめる前に、一つ気に入らん問題を片付けておきたい。あとでハーモニーを乱してしまわんようにな」(fiat experimentum in corpore vile は「実験は安価な物でなされるべし」の意のラテン語格言)。

彼が言葉を切ると、皆かたずをのんで彼を見つめた。

「ソーンダイク博士」と彼は言った。「あなたは新聞をお読みになるでしょうな?」

「いえ」とソーンダイク博士は答えた。「でも、純粋に仕事上の目的で新聞の内容を確認することはありますよ」

「ならば」とベリンガム氏は言った。「人間の遺骸、切断された死体の一部らしきものが発見されたという記事はきっとご覧になったでしょう」

「ええ、その記事は読みましたし、今後の参考のためにファイルに綴《つづ》っておきましたよ」

「けっこうです。ならば、その遺骸――間違いなく、哀れにも殺害された人の切断死体――がわしにとっておそろしい意味を持つことも説明する必要はあるまい。言わんとすることはお分かりでしょう。あえてお聞きするが——あなたも同じ印象を持たれたのでは？」

ソーンダイクは答える前にひと息つき、考え込むように床に目を落とした。私たちはみな不安げに彼のほうを見つめた。

「無理からぬことです」とソーンダイクはようやく口を開いた。「その遺骸をお兄さんの失踪の謎と結びつけようとなさるのもね。その考えは間違っていると言いたいところですが、それでは不正直というものでしょう。確かに関連を示唆するそれなりの事実があるし、これまでのところ、それを反証するだけの有力な事実もありません」

ベリンガム氏は深くため息をつき、椅子の中で落ち着かなげに身をずらした。

「おそろしいことだ！」と彼はしわがれ声で言った。「実におそろしい！　ソーンダイク博士、どうかご意見をお聞かせくださらんか——どっちの可能性が高いと思われますかな？」

またもやソーンダイクはしばらく考え込み、この話をしたくなさそうな様子がうかがえた。しかし、そこまではっきり問われ、ようやく口を開いた。

「現段階の調査では、どちらの公算が大きいかは簡単に言えません。まだ推測の域にとどまっているのです。これまでに発見された骨は（出てきたのは死体ではなく骨ですから）、個人の特定に役立たないものばかりです。その事実はそれだけでも奇妙だし、注目すべきことではありますが。骨のおおよその性格や特徴からすると、だいたいお兄さんと同じ身長の中年男性であることを示しているようです。遺棄された時期も失踪の時期と一致しているようですね」

「では、骨がいつ遺棄されたか、すでに分かっているのかね？」とベリンガム氏は聞いた。

「シドカップで見つかった骨なら、おおよその時期は推定できます。クレソンの水田はほぼ二年前に浚われました。ですから、それ以前にはなかったことになります。それと、骨の状況からして、それよりずっとあとに遺棄されたとも考えにくい。軟部がまったく残っていなかったそうですから。もちろん、新聞記事だけをもとにお話ししていますので、直接的な情報を得ているわけではありませんが」

「死体の主要部分は見つかっていないのかね？　わしは自分では新聞を読んでおらん。うちのミス・オーマンがわしに読ませようと新聞をたくさん持ってきてくれたが、わしには耐えがたかった。まとめて窓から放り投げてしまったよ」

ソーンダイクの目がかすかにきらめいたように思ったが、彼は重々しく答えた。

「正確な日付までは心もとないですが、記憶をもとに詳細をお話しできるでしょう。最初の発見は、見たところ偶然の発見のようですが、場所はシドカップ、日付は七月十五日です。薬指が欠けた左腕の全体で、肩の骨――肩甲骨と鎖骨――も含まれていました。

この発見が引き金になって、地域住民、特に若者が近隣の池や河川をしらみつぶしに探しはじめたようで——」

「人食い人種どもめ！」とベリンガム氏が口をはさんだ。

「その結果、ケント州のセント・メアリ・クレイ近くの池から右大腿骨が浚い上げられました。この骨には身元確認の手がかりが一つあります。その骨の先端には、かすかな〝象牙質化〟の痕跡があるからです——これは関節の骨の一部に生じる陶器のような光沢で、通常ある軟骨の外被部が病気で破壊されたときに生じるものです。これは保護されなくなった骨の表面が別の骨の同じく無防備な表面とこすれ合うことによって生じるのです」

「それが」とベリンガム氏は尋ねた。「身元確認にどう役立つと？」

「おそらく」とソーンダイクは答えた。「その人物は慢性関節リウマチ——普通はリウマチ性痛風と言いますが——を患っていたと考えられるのです。しかも、片足を少し引きずって歩き、右の臀部《でんぶ》に痛みを訴えていたと思われます」

「さほど役に立つとは思えませんな」とベリンガム氏は言った。「ジョンは別の原因で少し片足を引きずっていましたので。左足首に古傷があったのです。それに、痛みを訴えるという点なら——そう、ジョンは頑固者だったから、その手の弱音を吐いたりしなかった。おっと、話の腰を折ってはいけませんな」

「次の発見は」とソーンダイクは続けた。「リーの近くでした。今度は警察による発見です。警察はこの件に関して、にわかに活動を広げはじめたようですね。ウェスト・ケントの周辺を捜索して、リー近くの池で右足の骨を浚い出したのです。右足でなく左足だったら、手がかりになったかも。お兄さんは左足首を骨折したことがあるそうですし、足の骨に怪我の痕跡が残っているかもしれませんから」

「うむ」とベリンガム氏は言った。「かもしれん。怪我はポット骨折といったな」

「そのとおりです。さて、リーでの発見後、警察はロンドン周辺の池や小さな河川をみな徹底的に捜索しはじめたようです。二十三日に、ウッドフォードから遠くないエッピング・フォレストのククー・ピッツで右腕の骨を見つけました（やはり肩の骨があったようです）。同じ死体に属する骨のようですね」

「うむ」とベリンガム氏は言った。「その話は聞いた。わしが以前住んでおった家にきわめて近い。おそろしい！　実におそろしいことだ！　考えると身震いがする――哀れなジョンがわしに会いに来る途中で襲われ、殺されたのかもしれんと思うとな。裏門に掛け金がしてなかったのなら、そこから敷地に入り、あとをつけてきた者に殺されたのかも。ジョンの懐中時計の鎖に付いていたスカラベがそこで見つかったのはご存知でしょう？　ところで、その腕がシドカップで見つかった腕と対なのは確かかね？」

「特徴や寸法が一致していたようです」とソーンダイクは言った。「二日後の新たな発見でさらに一致が裏づけられました」

「どんな発見ですかな?」とベリンガム氏は聞いた。

「見つかったのは胴体の下半分で、警察がラフトンの森のはずれにある、ステイプルズ・ポンドという少し深めの池で浚い出したのです。見つかった骨は、骨盤――つまり、左右の臀部の骨――と六個の脊椎、つまり、関節でつながる背骨です。これらの骨を見つけると、警察は河川をせき止め、池の水を汲み上げて涸らしましたが、それ以外の骨は見つかりませんでした。これはいささか奇妙です。というのも、脊椎上部――つまり、十二番目の胸椎に属する左右の肋骨がないとおかしいからです。そこから、死体の分断方法について奇妙な疑問が生じるのです。とはいえ、不快な詳細には立ち入りますまい。重要なのは、右の骨盤のくぼみに象牙質化の痕跡が見られることで、これはセント・メアリ・クレイで見つかった右大腿骨の先端にあるものと対応しています。したがって、これらの骨がみな同じ死体の一部であることにまず疑いの余地はありません」

「なるほどな」とベリンガム氏は唸り、ちょっと考えてから付け加えた。「だが、問題は、それらの骨がジョン兄さんの遺骸なのか、ということだ。あなたのご意見は、ソーンダイク博士?」

「現在分かっている事実からは、その問いには答えられないというのが私の意見です。せいぜい言えるのは、その可能性があること、そうだと暗示する状況がいくつかあるということです。しかし、新たな発見を待つしかありません。警察はいずれ、その問題をはっきりさせる部位の骨を見つけるかも」

「では」とベリンガム氏は言った。「身元確認でわしにお役に立てることは？」

「もちろんありますよ」とソーンダイクは言った。「ご協力をお願いするつもりでした。具体的に申し上げましょう。お兄さんの特徴をすべて書き出してほしいのです。どんな細かいことでも、ご存知のことはすべて。過去に経験した病気や怪我もです。かかったことのある医師、外科医、歯科医の名前と、できれば住所も。歯科医は特に重要です。頭蓋骨が発見されれば、歯科医の情報はこの上なく役に立ちますから」

ベリンガム氏は身震いした。

「ぞっとしますな」と言った。「だが、もちろんおっしゃるとおりです。判断を下すには事実を把握せねばならん。お求めの情報を書き出して速やかにお送りしましょう。だが、後生だから、今はこの悪夢から逃れさせていただきたい。少なくともここにいるあいだはな！　ところで、ルース、バーナード先生所蔵の楽譜で演奏できる曲はないのかね？」

バーナードの楽譜のコレクションは、おしなべて生粋のクラシック音楽に偏っていたが、私たちは楽譜の山の中から古風ながらも軽めの作品を引っ張り出した。メンデルスゾーンの「無言歌」の楽譜もあったので、ミス・ベリンガムはその一つでピアノの腕ならしをし、素敵な情緒を醸し出しながら、まずまずの技量で演奏した。少なくとも父親の評価はそうだ。私はといえば、座って彼女を見ているだけで幸せだった――「銀波」や「乙女の祈り」に気を取られるような心境ではなかった。

こうして簡素で家庭的な音楽も奏でられ、会話は弾み続けて、ときに盛り上がり、人生で最も楽しい夕べはあっという間に過ぎ、過ぎ去るのも速すぎた。セント・ダンスタン教会の時計がすべてをぶち壊した。客たちが互いにすっかり打ち解けはじめたちょうどそのとき、おせっかいにも十一時を告げて鳴り響き、我が天空の楽園から（父親という脇役の衛星とともに）太陽を連れ去ってしまったのだ。私は医師の立場で、ベリンガム氏に夜更かししてはならぬと厳命しておいたのだが、今度は友人の立場で、彼の言う〝医師の指示〟に苦笑しながら従うはめになった。自分の配慮が苦い返礼を受けたのだ。

ベリンガム親子が帰るとき、ソーンダイクとジャーヴィスも帰ろうとしたが、がっかりした私の様子に気づき、心優しくも気遣いを示し、しばらく居残って慰めのパイプに付き合ってくれることになった。

第十一章　証拠の再検討

「これで試合開始だ」とソーンダイクはマッチを擦りながら言った。「試合は敵方が用心深く口火を切るところからはじまった。実に用心深いが、心もとない口火でね」

「〝心もとない〟とは、どういうことですか？」と私は聞いた。

「ハーストは――ジェリコもそうだろうが――ベリンガムの異議申出を金で抑え込もうと躍起になっている。今の状況にしては破格の対価を支払ってね。ベリンガムが兄の死亡認定の申請に異議を申し出る根拠がいかに乏しいかを考えれば、ハーストも自分のほうで示せる根拠はさほどないようだ」

「そうだな」とジャーヴィスは言った。「それほど切り札は持ちあわせてないのさ。さもなきゃ、相手の勝運を考えて年四百ポンドも払おうなんて気にはならないだろう。もっとも、ぼくらの手持ちのカードも実に貧弱みたいだし、お互いさまだけどね」

「手持ちのカードをよく見て、どんなカードがあるか見きわめなくては」とソーンダイ

ク は言った。「今のところ我々の持ち札は――残念ながらやや弱いカードだが――遺言者は明らかに、財産のほとんどを弟に譲る遺志を持っていたという事実だ」

「すぐに調査をはじめるんですね」と私は言った。

「すでにはじめているさ――はっきり言えば、君が遺言書を持ってきた翌日からだ。ジャーヴィスは埋葬記録を調べて、ジョン・ベリンガムの失踪後に、その名で埋葬された記録はないことを確かめたよ。予測していたとおりだが。別の何者かが同じ調査をしていたことも突き止めた。これも予測したとおりだ」

「あなた自身の調査はいかがですか？」

「ほとんど成果なしだ。大英博物館のノーベリー博士は、実に親切で協力的だったよ。実は、その親切さを当てにして、私の個人的な研究に彼の支援を得られないかと思っている。一定の物質が有する物理的特性が時間の経過によってどんな変化を引き起こすかという研究でね」

「なに、そんな話は聞いたことがないぞ」とジャーヴィスは言った。

「うん。まだ実際に実験の計画を立てるところまできていないんだ。私だけで実験しても、おそらく成果は得られないだろうしね。私が考えたのは、木材、骨、陶器、漆喰といった通常の物質に、時間の経過とともに一定の分子の変化が生じ、こうした変化によって物質の分子振動の伝導力が変わる可能性があるということだ。これが事実と分かれば、きわめて重要だよ。法医学においても、それ以外の分野でもね。というのも、一定の混合物からなる物質が、電気や熱、光などの分子振動にどう反応するかを調べることで、そのおおよその年代を確定できるようになるからだ。ノーベリー博士の支援を得たいと思ったのは、彼なら、そうした反応を確認しやすい、きわめて古い時代の物質を実験用に提供してくれると思ったからさ。だが、事件の話に戻ろう。ノーベリー博士によれば、ジョン・ベリンガムには、パリに友人たち——収集家や博物館職員——がいて、標本の研究や取引が目的でよく訪ねていたとのことだ。全員に確認したが、ベリンガムの最後のパリ訪問時に会ったという友人はいなかった。それどころか、誰であれ、その訪問時に、パリでベリンガムを目撃した者は見あたらない。だから、彼のパリ訪問は今のところ謎のままなのさ」

「それはさほど重要でもなさそうですけど。パリから帰国したのは確かですから」と私が言うと、ソーンダイクは異議を唱えた。

「未知なることの重要性は判断できないよ」と彼は言った。

「今ある証拠からすると」とジャーヴィスは聞いた。「なにが言えるのかな？　ジョン・ベリンガムはある日失踪した。失踪の状況を示すものがあるのかい？」

「我々が知る事実は」とソーンダイクは言った。「主に新聞記事の情報だが、可能性としていくつかの選択肢を示唆している。今後の調査を考えると、これらの選択肢は——

きっと法廷でそれなりに議論されるだろうから——検討しておく価値があるだろう。考えられる仮説は五つある」ここからソーンダイクは、指を折って数えながら話を進めた。「一、彼はまだ生きている。二、すでに死んでいて、身元不明のまま埋葬されている。三、未知の人物に殺された。四、ハーストに殺され、死体は隠された。五、弟に殺された。これらの可能性を順に検証してみよう。

まず、彼は生きているとする。それなら、自分の意思で失踪したか、突如記憶を喪失して身元を確認されないままか、あるいは、監獄に収監されているに違いない——誤った容疑かなにかでね。最初のケースを取り上げてみよう——つまり、自発的な失踪の場合だ。当然ながら、その公算はきわめて小さい」

「ジェリコは違う意見でした」と私は言った。「ジョン・ベリンガムが生きている可能性は十分あると。しばらく失踪する人の例は別に珍しくないと言ってますよ」

「では、なぜ死亡認定の申請をしようとしているのかな?」

「それはぼくも聞いてみたんですよ。そうするのが正しいと言うんです。責任はみな法廷が負うべきだと」

「実に馬鹿げている」とソーンダイクは言った。「ジェリコは不在の依頼人の管財人だよ。依頼人が生きていると思うなら、その財産を保全するのが彼の義務だ。自分でもよく分かっているはずさ。ジェリコは私と同意見だと思う。ジョン・ベリンガムは死んだと考えているのさ」

「でも」と私は言い張った。「失踪して何年か経ってから姿を現す人もたまにいますよ」

「うん。だが、それにはなにか理由があるものだ。失踪することで自分が負っている責任から逃れようとする無責任な輩《やから》か、好ましくない状況にがんじがらめにされてしまった者のいずれかだよ。たとえば、ある役人、あるいは弁護士か商売人がいて、耐えがたいほど単調な仕事に拘束されて、一生を一地方で過ごさなくてはいけないと気づいたとする。彼には気難しい細君がいて、型どおりの愛らしい女性を演じたあと、彼を夫として捕まえ、もはや逃れるすべはあるまいと思い、本性をあらわした女だったとしよう。夫は何年もそんな状況に我慢するが、ついに耐えられなくなる。そして突然失踪してしまう。世間の非難など気にも留めずにね。だが、これはベリンガムには当てはまらない。彼は人生を楽しむ裕福な独身者だったし、どこへ行こうと、なにをしようと自由だった。失踪する理由などあるかい？　そんなことは信じられない。

記憶を喪失し、身元も不明というのも、名刺や手紙をポケットに入れ、服にも名前が入っていて、警察がそこらじゅう捜索している者に当てはまるとは信じがたい。監獄にいる可能性も捨てていい。囚人であっても、有罪判決の前後にかかわらず、友人たちに連絡をとる機会はいくらでもあるからね。

第二の可能性、つまり、不意に死んで、身元不明のまま葬られたというのもきわめて公算が小さい。だが、所持品を奪われて身分を証明するものも失われたとすれば、かすかながらも、検討すべき可能性として残りはする。

第三の仮説、つまり、未知の人物に殺されたというのは、状況からするとまったく公算がないわけではない。だが、警察が調査し、不明者の詳細な特徴が新聞に出ているわけだから、死体は完全に隠蔽されたことになる。そうなると、たまたま強盗に遭うといった、一番公算の大きい犯罪は除外される。したがって、この仮説は可能ではあるが、公算はきわめて小さい。

第四の仮説は、ベリンガムがハーストに殺されたというもの。この見方に不利に働くのは、ハーストには見たところ殺人を犯す動機はないという事実だ。ジェリコは、自分以外の誰も遺言書の内容を知らなかったと断言している（ジェリコ氏のこの発言は以前に説明がないが、バークリー医師の記録漏れか）。それが事実とすれば——事実という証拠がないことも留意しなくてはいけないが——ハーストがいとこの死で実益を得られると考える理由はなかったことになる。その他の点でいえば、この仮説には必ずしも無理なところはない。ベリンガムが生きている姿を最後に目撃されたのはハーストの家だ。家に入ったのは目撃されているが、出ていったのは目撃されていないし——もちろん、新聞に出ていた情報が事実とすればだが——今となっては、ベリンガムの死によって大きな利益を得る立場にあるのも明らかだ」

「でも」と私は異を唱えた。「彼の姿が見えなくなった直後に、ハーストと使用人が一緒に家じゅうを探したことを忘れていますよ」

「うん。だが、彼らはなにを探したんだい？」

「だって、もちろん、ベリンガム氏ですよ」

「そのとおり、ベリンガム氏だ。つまり、生きた人間だ。君なら、家の中で生きた人間をどう探す？　部屋という部屋を見て回るものだ。部屋を覗いて、そこにいれば、それでいい。いなければ、そこにはいないと考える。ソファの下やピアノのうしろは見ないし、たんすの引き出しを抜いたり、戸棚を開いてみたりもしない。ただ部屋を覗くだけだ。それが彼らのやったことだろう。そして、ベリンガム氏は見つからなかった。だが、ベリンガム氏の死体は彼らが覗いた部屋のどこかに、見つからないように片付けられていたのかもしれないよ」

「ぞっとする考えだな」とジャーヴィスは言った。「でも、確かにそのとおりだ。捜索のさなかに、死体となって家の中にあったことを否定する証拠はない」

「仮にそうだとしても」と私は言った。「始末しなくてはいけない死体は残ったはずですよ。どうやって見つからずに死体を処分したんですか？」

「そう！」とソーンダイクは言った。「ついに肝心かなめのポイントに来たね。殺人方法についての論文——それも、トマス・ド・クィンシー（『芸術の一分野として見た殺人』〔一八二七〕の著者）のように文学的才能のひらめきを表したものでなく、真に実用的な論文——を書くとすれば、殺人以外の技術上の詳細はすべて、真に実行可能な死体処理法を説明するために割かなくてはいけないだろう。この問題は、これまでも常に殺人者にとって大きな躓《つまず》きの石だった――死体の処理という問題はね」ソーンダイクは、私が学生の頃、板書用のチョークをいつも見つめていたのと同じように、パイプをじっと見つめながら続けた。「人間の死体はとても目立つ物体だ。永久に隠し続けるのが難しい特質をいろいろ併せ持っている。かさばるし、形もやっかいだし、重い上に、燃やしにくく、化学的にも不安定ときてる。しかも、腐敗すればひどく臭うガスを大量に発生するのに、ほとんど永久に残る、識別可能な構造部分もある。そのまま保存するのはきわめて困難だし、完全に消滅させるのはさらに難しい。人間の死体が必ず永続的に残ることは、ユージン・アラムの古典的な事件を見てもよく分かる（十八世紀の言語学者ユージン・アラムは、妻の愛人を殺害するが、骸骨の発見により発覚し、絞首刑）。だが、さらに顕著な事例は、エジプト第十七王朝末期のファラオ、セケネンラー三世（二世の誤り）の死体だ。四千年を経過しても、死因や死亡状況を判断できただけでなく、ファラオが倒れた様子や、致命傷をもたらした武器の性質、殺害者がいた位置までが判断できた。死体の永続性を別の状況で見事に例示するものとしては、米ボストンで起きたパークマン博士の事件がある。この事件では、死体の身元は焼却炉の灰から集められた遺骸によって確認されたんだ」

「それじゃ」とジャーヴィスは言った。「ジョン・ベリンガムは完全に見納めとなったわけではないともいえるね」

「それはほぼ確実とみていい」とソーンダイクは応じた。「ただ一つの問題は——きわめて重要な問題でもあるが——死体が再び出てくるのはいつか、ということだ。明日かもしれないし、なにもかも忘れ去られた何百年も先かもしれない」

「あくまで議論のためですが」と私は言った。「ベリンガムを殺害したのはハーストで、捜索が行われたとき、死体は書斎に隠されていたとしましょう。死体はどうやって処理されたんでしょうか？ あなたがハーストの立場なら、どうやって処理しますか？」

ソーンダイクは質問のぶしつけさに苦笑した。

「君は罪に問われかねない発言を私にさせようとしてるんだよ」と彼は言った。「それも、証人のいる前でね。だが、実際問題として、経験に基づかない思弁を展開しても意味がない。まったく想像上の状況を再構成することになるし、その詳細も分からないから、ほぼ確実に誤った再構成をするはずだ。確実に言えることは、分別のある者でも、いくらあくどいやつだろうと、君の言うような問題に直面することに気づかないということさ。殺人はたいてい衝動による犯罪だし、殺人犯は自己抑制のきかない人間だ。そんな人間が被害者の死体を処理するのに慎重かつ巧妙な手立てを考えるとはまず考えられない。きわめて細心に計画した殺人を犯す冷血な犯人ですら、今言ったように、この点では失敗しているようだ。人間の死体の処理がいかに克服しがたい困難を伴うかは、殺人を犯し、その問題ににわかに直面して、はじめて気づくものなのさ。

君の言うケースでは、選択肢は、敷地内に埋めるか、バラバラにして各部分を分散させるかのいずれかだ。どちらの方法でも、まず確実に発見されてしまうだろうが」

「君がベリンガム氏に説明していた遺骸のようにね」とジャーヴィスは言った。

「そのとおり」とソーンダイクは応じた。「分別の働く知能犯なら、クレソンの水田を隠し場所に選ぶとは考えにくいが」

「うん、あれは確かに判断の誤りだ。それはそうと、君がベリンガムと話してるときはなにも言うまいと思ったんだけど、発見された骨が兄の骨かもしれないという話をしてたとき、左手の薬指が欠けていたことに触れなかったね。君が見落としたとは思わないけど、重要なポイントじゃないのかい？」

「身元確認に関してかい？　現状では重要とは思わない。薬指のない不明者がいれば、もちろんそれは重要な事実だ。だが、そんな不明者の情報はない。その指が生前に失われたという証拠がある場合も、もちろん重要だ。だが、そんな証拠もない。死後に切り落とされた可能性もあるが、指が欠けている事実の真の重要性は、まさにそこにあるのさ」

「意味が分からないな」とジャーヴィスは言った。

「つまり、その特定の指を過去に失った不明者の情報がないのなら、その指は死後に切り取られた公算が大きい、ということだ。さらには、動機についても興味深い疑問が生じる。なぜその指は切り取られなければならなかったのか？　偶然に取れたとは考えにくいからね。どう思う？」

「ううむ」とジャーヴィスは言った。「特殊な指だったのかもしれないよ。たとえば、強直性関節のような目立つ変形がある指とか。それなら簡単に確認されてしまうからな」

「うん。だが、その説明でも同じ問題が出てくる。変形や強直性のある指を持った行方不明者の情報もない」

ジャーヴィスは眉をひそめて私のほうを見た。

「ほかの説明など考えられるもんか」と彼は言った。「どう思う、バークリー？」

私はかぶりを振った。

「欠けた指がどの指だったかを忘れちゃいけないよ」とソーンダイクは言った。「左手の薬指だ」

「あっ、そうか！」とジャーヴィスは言った。「指輪をはめる指だ。つまり、指輪を外せなかったから切り取られたのかも、というわけだね」

「そうだ。そんな事例は過去にもある。指輪がきつすぎて抜き取れないという理由で、死者――生きている者の場合もあるが――の手から指を切り取るわけだ。左手だったという事実がその可能性を示している。指輪がきつくて不便な場合は、好んで左手にはめるものだ。左手の指は右手よりわずかに小さいのが普通だからね。どうかしたかい、バークリー？」

私は突然のひらめきに打たれ、それが顔に表れてしまったようだ。

「ぼくはなんて馬鹿なんだ！」と私は叫んだ。

「おいおい、そんな言い方はないだろ」とジャーヴィスは言った。「ぼくらにもチャンスをくれなきゃ」

「とっくに気づいて、お話ししておかなきゃいけなかった。ジョン・ベリンガムは指輪をはめていたんです。それも、きつすぎて、一度はめたら抜けなくなったんですよ」

「どの指にはめていたか知っているかい？」とソーンダイクは質問した。

「ええ。左手でした。ミス・ベリンガムが教えてくれたのですが、彼の左手が右手よりわずかに小さくなかったら、その指輪をはめることはできなかったはずだと」

「では、まさにそうだ」とソーンダイクは言った。「その新事実を手に入れたことで、指の骨がなかったことが実に興味深い考察の出発点になる」

「たとえば、どんな？」とジャーヴィスは言った。

「まあ、現状では、そうした考察を進めるのは君たち自身に任せるしかない。私はあくまでベリンガム氏のために行動しているのさ」

ジャーヴィスはにやりと笑い、黙々とパイプにたばこを詰めながら、しばらくなにも言わなかったが、パイプに火を点けると口を開いた。

「失踪の問題に戻るけど、ベリンガムがハーストに殺された可能性も少しはあると思ってるんだね？」

「おっと、私が告発を考えているとは思わないでほしいね。様々な可能性をあくまで抽象的な次元で検討しているだけだ。同じ論法はベリンガム親子にも当てはまるよ。彼らが殺人を犯したかどうかとなると、これはもう人間性の問題だ。直接お会いしたあとでは、彼らを疑うことはできないよ。ハーストについても、私の知るかぎり、彼の不利になる事実はない。あっても些細なものだ」

「なにか知ってるのかい？」とジャーヴィスは聞いた。

「そう」とソーンダイクはややためらいがちに言った。「人の過去を事細かに洗い出すのは失礼なことだが、やらぬわけにもいかない。もちろん、この事件の関係者については、いつものお決まりの調査をした。そこから明らかになったことを話すよ。

ハーストは、知ってのとおり、株式仲買人だ――地位も評判も立派なものだ。だが、十年ほど前に、控え目な言い方をすれば、軽率な失敗をやってしまった。あやうく窮地に陥りかねない失敗をね。自分の資力を大きく超える投機に手を出したらしい。市場の突然の変動で計算が狂い、顧客の元本や担保まで回したことがばれたのだ。一時は深刻なトラブルになりかねなかったが、意外なことに、どうにかして必要な金をやりくりし、支払い請求もみな清算した。どこから金を工面したのかは今も分からない。欠損額が五千ポンド超だったことを考えると、実に奇妙でね。だが、重要なのは、ハーストが金を工面し、借金をみな返済したという事実さ。いわば、あやうく債務不履行者になりそうだったというだけだ。その失態は確かに彼の信用を傷つけたが、この事件と直接関係があるようには見えない」

「そうだね」とジャーヴィスは頷いた。「もっとも、そんなことさえなけりゃ、彼にそれほど注目することもなかったろうけど」

「確かに」とソーンダイクは言った。「無分別なギャンブラーの行動は信が置けないものさ。運の良し悪しに不意に左右されるし、その結果、ほかの悪事にも手を染めてしまう。横領事件も、競馬につぎ込んで、すってしまった結果であることが多い」

「この失踪事件の黒幕がハーストか、そのう——ベリンガム親子のいずれかと考えた場合ですが」友人たちの名前に言及するとき、私は気まずく口ごもりながら言った。「どちらの公算が大きいと思いますか？」

「明らかにハーストのほうだろう」とソーンダイクは答えた。「我々の知る事実に基づけば、状況はこうだ。つまり、ハーストには故人（そう呼ぶことにする）を殺す動機はなかったように思える。だが、故人は彼の家に入ったところを目撃されたが、出て行くところを見た者はいないし、二度と生きた姿を目撃されることもなかった。ベリンガムのほうは、遺言書で自分が主たる受益者になっていると思っていたわけだから、動機があったわけだ。しかし、故人は彼の家では目撃されていないし、その家や近隣に行ったという証拠もない。そこで見つかったスカラベを別にすればね。だが、スカラベの証拠は、拾われたときにハーストもその場にいただけでなく、ほんの数分前に彼が通った場所で見つかったという事実によって無意味になる。ハーストの容疑が晴れるまでは、スカラベの存在はベリンガム親子の有罪を証明するものではないと思う」

「じゃあ、この事件に関するあなたの意見は」と私は言った。「すべて、おおやけになっている事実をもとにしているわけですね」

「うん、だいたいは。必ずしもそうした事実を額面どおり受け取っているわけじゃないし、事件について自分なりの見解を持ってはいる。だとしても、その見解を話すことはできない。当面は、関係者から示される事実と推論に話を絞るしかない」

「そら見たまえ！」ジャーヴィスは、パイプの灰を叩き落とそうと立ち上がりながら叫んだ。「これがソーンダイクのやり方さ。君に〝知っている〟とすっかり思わせておいて、ある晴れた朝目覚めると、自分が間の抜けた部外者にすぎなかったと気づいてびっくり仰天となるわけだ――その点では敵方も同じだけどね。それはそうと、もう失礼しなくちゃ。そうだろ、我がシニア？」

「そうだね」とソーンダイクは答えると、手袋をはめながら聞いてきた。「バーナードから最近音信はあったかい?」

「ええ」と私は答えた。「スミルナにいる彼に手紙を書いて、診療業務ははやってるし、ぼくもおおいに満足してるから、好きなだけ留守にしていいと知らせてやりました。そしたら、返信が来て、できれば休暇を延長したいので、後日また連絡するとのことでしたよ」

「おやおや」とジャーヴィスは言った。「ベリンガムにあんな素敵な娘さんがいて、バーナードは実に幸運だね――おっと! 気にしないでくれよ。君の好きにしたらいいさ――彼女にはそれだけの値打ちがあるよ。そうだろ、ソーンダイク?」

「ミス・ベリンガムは実に魅力的な女性だね」とソーンダイクは答えた。「父親にも彼女にも、とても好感を持ったよ。ぜひ力になりたいところだ」ソーンダイクは生まじめにそう言うと、握手して別れを告げた。私は、二人の友の姿がフェッター・レーンの暗がりに消えるまで見送った。

第十二章　発見の旅

　ささやかな夕食会の二、三日後のこと。朝の往診に出かける準備をして、診察室で帽子にブラシをかけていると、アドルファスが戸口に現れ、二人の紳士が診療所で待っていると告げた。こちらへ案内するよう指示すると、まもなくソーンダイクがジャーヴィスと一緒に入ってきた。その小さな部屋だと、二人ともとても大きく見える。とりわけソーンダイクはそうだ。だが、そんな現象をあれこれ考えるいとまはなかった。ソーンダイクは、握手をすませると、すぐさま訪問の目的を説明しはじめたからだ。

「頼みがあって来たんだ、バークリー」と彼は言った。「君の友人、ベリンガム親子のために力を貸してほしいのさ」

「もちろん喜んでお受けしますよ」と私は快く応じた。「どんなことですか？」

「説明するよ。聞き及んでいるか知らないが、警察は見つかった骨をすべて収集し、ウッドフォードの遺体安置所に安置した。骨は現地で検死陪審による検分を受けることになっている。そこで、新聞記事よりも確実で信頼できる情報を得ることが不可欠となるわけだ。自分で行って調べたいところだが、私がこの事件に関わっていることを知られたくない事情もある。となると、自分では行けないし、同じ理由でジャーヴィスにも頼めない。だが、警察がほぼ確実にそれらの骨をジョン・ベリンガムの骨だと考えているのは周知の事実だから、ゴドフリー・ベリンガムの主治医である君が、彼の代理で検死審問を見に行くのは少しも変ではないだろう」

「望むところです」と私は言った。「ぜひ行きたいですが、この診療所はどうしましょう？　丸一日休診にして、診療業務が放りっぱなしになりますから」

「なんとかなるさ」とソーンダイクは言った。「それに、この件は二つの理由で重要だ。一つには、検死審問は明日はじまるから、誰かがゴドフリーのために成り行きを見届けなくちゃいけない。もう一つは、数日後に遺言検認裁判所で申請の審理が行われるという通告を、我らが依頼人がハーストの顧問弁護士事務所から受け取ったのさ」

「なんだか唐突じゃないですか？」と私は聞いた。

「確かに、我々の予想以上に動きが速い。だが、この件の重要性は君にも分かるはずだ。検死審問は、検認裁判所の審判に向けた実地リハーサルのようなものだ。やりくりを見ておくのも重要だよ」

「ええ、分かりますよ。でも、診療業務のやりくりはどうしたら？」

「代診医を見つけてあげるよ」

「医療エージェントを通じて？」

「うん」とジャーヴィスが言った。「ターシヴァルが見つけてくれるよ。というか、実はもう見つけてくれた。今朝、彼に会ったんだ。診療業務の受託を望んでいる医者がロンドン市街に一人いるってさ。二ギニーでやってくれる。信頼できる医師だ。了承してくれるなら、アダム・ストリートまで行って、その医者と正式に契約を結んでくるよ」

「もちろんです。代診医を雇ってくれるなら、その医者がやって来次第、ウッドフォードに出発しますよ」

「ありがたい！」とソーンダイクは言った。「これで気持ちが楽になったよ。今晩、私のところに寄ってくれれば、一緒にパイプをやりながら、戦略を練ろうじゃないか。我々が特に必要としている情報がどんなものかも教えるよ」

八時半頃にキングズ・ベンチ・ウォークに行くと約束すると、二人の友人は帰途につき、私は意気揚々と数少ない往診に出かけた。

物事は視点を変えれば、いかに違った面が見えてくるか驚く。生活を取り巻く条件や環境も、どう見えるかは実に相対的なものだ。都市の労働者――たとえば、年がら年中、同じ建物の中で働き続けるパン職人や仕立屋――にとっては、休日にハムステッド・ヒースを散策するのは、まさに発見の旅だろう。だが、船乗りにとっては、めくるめく移り変わる世界の様々な光景も、日常茶飯のものにすぎない。

翌日、そんなことを考えながら、リヴァプール・ストリートで列車に乗り込んだ。以前なら、エッピング・フォレストのはずれまで列車で旅するのは、わくわくする経験には程遠かったが、フェッター・レーンの小さな世界で単調な生活を送ったあとでは、まさに冒険の旅だ。

列車に揺られるあいだは、いやおうなしに身動きがとれないが、考え事をするにはちょうどよかったし、考えることもいろいろある。この数週間、私のものの見方も大きく変わった。新たな興味がわき、新たな友情も育んだし、なにより、私の人生は、善かれ悪しかれ、運命を根底から変えてしまうほどの大きな影響を受けた。閲覧室でともに作業した日々、喫茶店での和やかな会話、おなじみのロンドンの街路を歩いた楽しい帰り道が、新たな世界をもたらしてくれた――ルース・ベリンガムの温かい人柄があまねく包み込む世界だ。こうして私は、車両の隅の席に背をもたれ、火も点けずにパイプを手にしながら、つい昨日までの出来事や、なにが起こるか分からないこれからのことで頭がいっぱいになり、ウッドフォードの安置所に集められた遺骸の調査という当面の仕事も忘れてしまったほどだ。列車がストラトフォードに近づき、石鹼と骨粉肥料の工場の匂いが開いた窓から入り込んできて（自然な連想で）ようやく本来の探求の目的を思い起こした。

この旅の正確な目的は私にもよく分からなかったが、ソーンダイクの委任を受けて行動していることは分かっていたし、そう考えると誇らしい気持ちで奮い立った。しかし、私の調査が、この複雑なベリンガム事件にどんな新たな手がかりをもたらすかは確信がなかった。段取りを確認するため、ソーンダイクの指示が書かれたメモをポケットから取り出し、注意深く読み返した。指示は詳細かつ明確であり、法医学上の事柄についての私の経験不足を十分に配慮していた。

「一、細を穿《うが》つような調査をしていると思われないようにし、注目を浴びたりしないこと。
二、各部位に属する骨が揃っているかを確認し、揃っていない場合には、どの部位が欠けているかを確認すること。
三、主要な骨の寸法を計測し、対部分の骨の寸法と比較すること。
四、死者の年齢、性別、筋肉の発達状況を骨から検証すること。
五、体質性疾患の痕跡、骨や付属組織の局部症、古い傷跡や新しい傷など、健常者と異なる異常があるかどうかに留意すること。
六、死蠟があるかどうか、ある場合には、その場所に留意すること。
七、腱、靭帯《じんたい》などの軟部が残存しているかに留意すること。

八、シドカップで見つかった手の指が分離されたのは、生前か死後かを検証すること。

九、水没期間を推定するとともに、水や泥の性質による変化（たとえば、鉱物や有機物の染みなど）に留意すること。

十、骨が発見されるまでの（直接または間接の）経緯と、その経緯に関わった当事者の名前を確認すること。

十一、情報はすべて速やかに書きとめ、状況の許すかぎり、その場で見取り図や図表を作成すること。

十二、控え目な部外者の立場を維持すること。耳をそばだてつつも、熱意をあらわにしないこと。質問はできるだけ少なくすること。臨機応変に調査を進めること」

以上が私への指示だった。乾いた骨を何本か調べる程度のつもりだったことを考えると、なかなか厳格な指示のように思えた。それどころか、読めば読むほど、私には荷の勝ちすぎる仕事ではないかと不安がつのってきた。

安置所に近づいてくると、ソーンダイクの警告は決して蛇足ではないと分かってきた。安置所には巡査部長が立っていて、近づいてくる私を疑わしげにじろじろ見たし、明らかに新聞記者らしい六人ほどの男たちがジャッカルの群れのように入り口あたりをうろついていたのだ。マーチモント氏がとってくれた検死官の許可証を提示すると、巡査部長は、記者たちが肩越しに覗き込まないように壁に背をもたせかけながら読んだ。信任状は承認され、ドアの鍵も開けられ、私は中に足を踏み入れた。大胆な記者が三人、便乗して入ろうとしたが、巡査部長はすぐさま追い立て、締め出してしまった。彼は戻ってきて中を案内してくれたが、興味と当惑半々の様子で私の行動を観察していた。骨は大きなテーブルの上に並べられ、シートで覆われていた。巡査部長はゆっくりとシートを外しながら、その見世物が私にどんな印象を与えるか見ようと、じっと私の表情をうかがった。私の動じない様子にちょっとがっかりしたに違いあるまい。その遺骸は、せいぜい〝骨学学習〟用の貧弱な標本にしか見えなかったからだ。収集した骨はすべて（巡査部長の話では警察医により）解剖学的に正しい並びで配列されていた。とはいうものの、私は、ソーンダイクがくれたリストでチェックしながら、慎重に骨を数えて、欠けているものがないか確認していった。

「左大腿骨も見つけたんですね」と私は言った。リストには載っていなかったからだ。

「ええ」と巡査部長は言った。「昨日の夕方、リトル・モンク・ウッドの近く、サンドピット平地のボールドウィンズ・ポンドという大きな池で見つかったんです」

「この近くですか？」と私は聞いた。

「ラフトンへの道沿いにある森の中です」と彼は答えた。

私はその情報をメモに書きとめ（巡査部長は口を滑らしたことを悔やんでいたようだ）、骨を詳細に検査する前に、大まかな観察をしておこうと目を凝らした。念入りに洗浄すれば、見た目もよくなったし、検査も容易になっただろう。というのも、骨はそれぞれの場所で発見されたままの状態であり、赤みがかった黄色が、実際に染み付いた色なのか、表面に付着しただけの色なのか判断しにくかったからだ。いずれにしても、その色はすべての骨に同じように付いていたため、興味を引く特徴だと思ってメモした。骨には、発見場所であるそれぞれの池の痕跡が数多く付着していたが、水没期間を特定するのには、ほとんど役立たなかった。もちろん、泥に覆われたり、水生植物の切れ端がところどころ付着していたが、それだけではきわめて漠然とした期間しか推測できない。

もっと有望な痕跡もあった。たとえば、骨のいくつかは、よくいるタニシの卵の粒々が乾燥して付着していたし、右肩甲骨のくぼみの一つ（いわゆる〝棘下窩《きよくかか》〟）には、赤い川虫がつくる泥の棲管《せいかん》が群をなして付着していた。こうした痕跡は水没期間がかなり長かったことを示すものだ。肉がすべて消失してはじめて、こうしたものが骨に付着するはずだから、肉が消失してからも一、二か月ぐらいの期間は経過していた証拠だ。ついでにいえば、その分布状況から骨が横たわっていた状態も分かる。とりあえずはなんの重要性もなさそうだが、それぞれの付着物の様子を注意深くメモに書きとめ、その位置を示す大まかなスケッチを描いた。

巡査部長はいかにも面白そうに笑みを浮かべて私の動きを見守っていた。「几帳面な目録を作成してますな」と彼は言い、「まるでオークションに出品するみたいだ。タニシの卵が身元確認に役立つとは思えませんが。それに、そうした作業はみんなもうやったことですよ」私がメジャーを取り出すのを見ながら、そう付け加えた。

「でしょうね」と私は応じた。「でも、必要に応じて独自に観察し、ほかの人がやったことをチェックするのがぼくの仕事でして」そして、主な骨をそれぞれ個別に計測し、対部分の骨と比較してみた。対部分同士の骨の寸法や一般的な特徴が一致していることからみて、骨はすべて、一人の人骨に属することはまず疑いない。その結論は、右大腿骨上部と右腰骨のくぼみの双方にぴたりと一致する象牙質化した部分があることから裏付けられた。計測を終えたあと、骨全体を入念に調べ、ソーンダイクが例示した特徴がないか、細心の注意を払って確認したが、なにも見つからず、判を押したように〝無し〟と繰り返し書き込むばかりだった。拍子抜けするほど普通の骨だ。

「さて、なにか分かりましたか?」巡査部長は、私がノートを閉じて背を伸ばすと、面白そうに尋ねた。「誰の骨ですか? ベリンガム氏の骨だと思いますか?」

「残念ですが、誰の骨かまでは言えません」と私は答えた。「骨なんてみな同じようなものですから」

「でしょうな」と彼は頷いた。「でも、計測したりメモを取っていたりした様子から、なにかはっきりした結論でも出されたのかと思ったんですよ」私の答えに明らかにがっかりしていた。私自身も、ソーンダイクの入念な指示と私の調査の貧弱な結果とを見比べて、がっかりしていた。私が気づいたことから得るものがあるのか？　ノートのわずかな記載事項からどれだけ調査が進展するだろう？

骨は見たところ、中背ではあるが、かなり頑健な男性のものだ。三十を超えているが、何歳かまでは分からない。身長はおよそ五フィート八インチ（約百七十三センチ）と判断したが、メジャーでの計測は、ソーンダイクがもっと正確に見積もるためのデータになるだろう。これ以外に、骨にはまったく特徴がなかった。局部症や体質性疾患の痕跡はなく、古いか新しいかを問わず、怪我の痕跡もないし、健常者と違う異常はなにもない。死体の解体は細心に行われていて、分離部分の表面にはなんのひっかき傷もない。死蠟（湿気のあるところでゆっくりと腐敗していった死体によくみられる、特殊な蠟状ないし石鹼状の物質）もまったく見られない。唯一残っていた軟部は、乾いた糊の跡のような、右ひじの先端の腱のかすかな痕跡だけだ。

巡査部長が見世物を終えたばかりの興行師のようなしぐさでシートを元どおりかぶせていると、安置所のドアを激しく叩く音がした。役人的な正確さでシートをかぶせ終わり、私をロビーへと案内すると、彼はドアの鍵を回した。すると、三人の男が入室してきて、そのあと、巡査部長は私が出て行けるようにドアを開けたまま押さえていた。しかし、私は、新参者たちの顔を見て躊躇した。一人は明らかに現場を担当している地元の巡査であり、二人目は作業員で、びしょびしょに濡れて泥だらけになり、小さな袋を持っていた。三人目は自分の同業者という雰囲気がある。

巡査部長はドアを押さえたままだった。

「ご用はおすみですよね?」と彼は愛想よく尋ねた。

「その方は警察医ですか?」と私は探りを入れた。

「ええ、私は警察医ですよ」とその新参者が答えた。「私になにかご用でも?」

「この方は」と巡査部長は言うと、「検死官から許可をもらって、遺体を検分しにきた医師です。故人の家族――というか、ベリンガム氏の家族の代理人ですよ」と、警察医の問いかけるような視線に応じて付け加えた。

「なるほど」と警察医は言った。「警察は、ほかで見つからなかった肋骨を含む、胴体部分の残りを見つけましたよ。そうだろう、デイヴィス?」

「はい」と巡査は答えた。「バジャー警部によれば、肋骨はみな揃っているそうです。首の骨も同様です」

「その警部は解剖学者みたいですね」と私は言った。

巡査部長はにやりと笑った。「バジャーさんはとても博識な人ですよ。今朝早く、ここに来られて、時間をかけて骨を調べ、手帳のメモを見ながらチェックしてました。なにかつかんだんじゃないかと思いますが、口が堅くて教えてくれませんでしたよ」

そこまで話して、巡査部長はにわかに口を閉ざした——たぶん、自分の態度と上司の態度を比べてしまったのだろう。

「新たに見つかった骨をテーブルに並べてみよう」と警察医は言った。「シートを外してください。石炭みたいに放り出さないように。注意して取り出してくださいよ」

作業員は濡れて泥だらけの骨を袋から一つ一つ取り出し、テーブルの上に置いていくと、警察医が正しい位置に配列していった。

「見事な手際の仕事だ」と彼は言った。「ナタやノコギリで乱暴にぶった切ったものではない。骨は関節部分できれいに分離されている。これをやったやつは、解剖学的な知識があるに違いない。まあ、肉屋なら別だが、それも考えられなくはない。刃物を非凡な巧みさで使っているし、ほら、それぞれの腕は肩甲骨が付いたまま切り離されているでしょう。ちょうど肉屋が羊肉の肩肉を切り取るようにね。袋の骨はこれで全部かい？」

「そうです」作業員は、終わったという様子で、ズボンの尻で手を拭きながら答えた。

「これで全部ですよ」

警察医は骨をじっと見つめ、その配列に最後の手を加えてから言った。

「警部の言うとおりだね。首の骨はすべて揃っている。実に奇妙だ。そう思いませんか？」

「つまり――」

「つまり、この奇妙な殺人犯は、特に理由もないのに尋常ならざる手間をかけているようだ。たとえば、この頸骨。頭蓋骨を首で切らずに、環椎骨から分離している。それから、胴体を分離したやり方。十二番目の左右の肋骨は上半身と揃いで出てきたが、それらの肋骨が属する十二番目の胸椎は下半身のほうにくっついていた。こんなふうにするために殺人犯がかけた手間を想像してみたまえ。骨を切断したり、切り刻んだりせずにだよ。尋常じゃないね。だが、実に興味深い。気をつけて触ってくださいよ」

彼は胸骨をそっと取り上げ――湿った泥で覆われていたからだ――私に手渡しながら言った。「それが一番はっきりした証拠ですよ」

「つまり」と私は言った。「胸骨柄と胸骨体の結合部が骨化して一体になっていることが、年配者の骨だと証明していると？」

「ええ、明らかに。肋軟骨が骨化していることからも裏付けられる。デイヴィス、骨はみんなチェックしたし、すべてここにあると警部に伝えてくれ」

「紙に書いていただけませんか？」と巡査は言った。「バジャー警部から、すべて筆記するようにとの指示を受けていますので」

警察医は手帳を取り出し、使えそうな紙を選びながら聞いてきた。「故人の身長について ご意見は？」

「ええ、およそ五フィート八インチでしょう」（そのとき、巡査部長がいかにも訳知り顔の目つきで私を見ているのに気づいた）

「私は五フィート八・五インチとみたね」と警察医は言った。「だが、下腿骨を見ればもっと正確に分かるだろう。この部分はどこで見つかったのかね、デイヴィス？」

「ローズ・ブッシュズの道外れにある池です。警部がちょうどそこへ――」

「警部がどこに行ったかはどうでもいい」と巡査部長が口をはさんだ。「君はただ質問に答えて、仕事に専心すればいいんだ」

巡査部長の叱責は、ぐずぐずするなと私にほのめかしていた。同業者は親切だったが、警察は明らかに、私を闖入者とみなして、できるだけ〝知識〟を与えてはならぬと考えているのだ。そこで、警察医と巡査部長の親切な対応に感謝し、検死審問で会いましょうと言って別れを告げた。それから、急いでその場を離れ、安置所のドアを見張るのにちょうどいい、目立たない場所を見つけた。しばらくすると、デイヴィス巡査が出てきて、道を歩み去っていった。

巡査が足早に遠ざかっていく姿を見守り、ちょうどいいと思う距離まで離れると、あとをつけていった。村からどんどん遠ざかり、半マイルほどで森のはずれに入った。そこから多少距離を縮めようとペースを速めたが、それは正解だった。彼はそこでいきなり道を外れてけもの道に踏み入ったため、しばらく姿を見失ったからだ。先を急いで再び姿を捉えると、巡査は狭い小道に入っていくところで、それはヒイラギが足元にうっそうと茂るブナの森の入り口にあたっていた。しばらく彼のあとをつけ、次第に距離を縮めていくと、突然、ポンプを汲むようなリズミカルにキイキイ響く音が聞こえてきた。人の話し声が聞こえたかと思うと、巡査は小道から森に駆け込んでいった。

私はさらに用心深く歩を進め、ポンプの音から捜索班がどこにいるのか見つけようとした。位置をつかむと、ちょっと回り道をして、巡査が入って行ったのと反対方向から近づいていった。

やはりポンプの音を頼りに進むと、ようやく林間の小さな空き地に至り、立ち止まって現場を見渡した。空き地の中央には、直径十二ヤードほどの小さな池があり、建築業者用の手押し車がそばに置いてあった。その小さな二輪車は、明らかに、近くに置いてある器具類を運ぶために用いられたものだ。器具類とは、大きなたらい——今は水がはってある——、ショベル、熊手、ふるい、小型ポンプで、ポンプには長い吸水用ホースが付いていた。巡査のほかに三人いて、一人はポンプのハンドルを動かしていた。もう一人は巡査から手渡された紙に目を走らせていた。その男は私が姿を見せると、すぐさま目を上げ、あからさまに不快感を示して私を見た。

「おい、君！」と彼は言った。「ここには来ることができんのだ」

私が現にそこにいるのを見れば、この発言は明らかに間違いであり、私はあえてその誤りを指摘した。

「つまり、ここは立ち入り禁止なんだ。我々の仕事は内密のものだからな」

「あなたの仕事はよく知ってますよ、バジャー警部」

「ほう、そうか？」彼は老獪そうな笑みを浮かべ、私をじろじろ見ながら言った。「私も君の仕事のことは知っているつもりだ。だが、君ら記者に我々がここでやってることを詮索させるわけにはいかん。さっさと帰りたまえ」

私は直ちに本当のことを言うのがいいと思い、自分の身分を明らかにし、検死官の許可証を示すと、警部は読みながら、いかにも困った様子を見せた。

「よく分かりました」警部は許可証を返しながら言った。「だが、警察の仕事を探りに来ることまでは認められませんよ。我々が発見した遺骸はみな安置所に運ばれます。そこで心ゆくまで調べてもらえばいいでしょう。だが、ここにいて我々のすることを監視するわけにはいきません」

警部の仕事を監視するつもりはなかったが、巡査部長がうっかり口にしたヒントに興味をそそられたし、バジャー氏があからさまに私を追い払おうとするから、なおさらだ。それに、こうして話しているあいだに、ポンプは停まり（泥のたまった池の底はすでにすっかり露出していた）、警部の助手が待ちきれない様子でショベルを握っていたこともある。

「あえて申し上げますが、警部」と私は説き伏せるように言った。「今後あなたの発言が証言で取り上げられた際に、遺族から委任を受けた代理人を拒んだと分かれば、いかがなものでしょう？」

「どういう意味ですか？」と彼は聞いた。

「つまり、もし見つかった骨の一部がベリンガム氏の死体の一部だと確認されたら、その事実は誰よりも氏の遺族にとって重要だということです。莫大な財産や執行の困難な遺言書のことはご存知でしょう」

「それは知らなかったね。どんな関係があるのかも分からんが」（その点は私も同様だ）「だが、そこまでこの捜索に立ち会うと言い張るのなら、無碍《むげ》には断れませんな。ただ、仕事の邪魔はしないでくださいよ。それだけです」

この結論を耳にすると、私服刑事らしい警部の助手は、ショベルを持ち上げ、池の底にたまる泥の中に身をかがめて入っていき、水を抜いたあとに残った水草のかたまりの中を探った。警部はその動きを神経質に見守り、時おり、「踏んだところをよく見てくれ」と注意した。作業員は、ポンプから離れて、泥のへりから首を伸ばして覗き込み、巡査と私はそれぞれ見やすいところから観察していた。しばらく捜索は成果なしだった。

一度、捜索員がかがんでなにかを拾い上げたが、腐った水草の断片と分かった。ずいぶん前に死んだらしいカケスの遺骸も見つかり、確認してから捨てられた。突然、捜索員が深めのくぼみに残った小さな水たまりのそばにかがみ、泥の中を熱心に覗き込むと立ち上がった。

「骨らしいものがここにあります」と彼は叫んだ。

「なら、つまみ上げたりするなよ」と警部は言った。「そこの泥にショベルを突っ込んで、そのままふるいに運んでくれ」

捜索員は指示に従い、ぬかるんだ泥の大きなかたまりをショベルに載せて池の外側へ持ってくると、一同、ふるいの周りに集まってきた。警部はふるいを持ち上げ、たらいのほうへ持っていき、巡査と作業員に「手を貸してくれ」と指示した。そうやって、たらいの周りに人を集め、できるだけ私を排除しようという魂胆のようだ。実際、彼らは警部の助けも得て、実にうまく私を除け者にした。ショベルいっぱいの泥をふるいに移すと、四人はそこに身を乗り出して、ほとんど視野から隠してしまったため、私はあちらこちらと首を伸ばし、時おりちらりと見えては、水に浸されたふるいが揺すられ、泥が次第に溶け去っていくのを観察するのがやっとだった。

やがて警部はふるいを水の中から持ち上げ、かがみ込んで中身を確認した。どうやら確認の結果は、さほど芳しいものではなかったようだ。疑わしげなつぶやきが立て続けに警部の口から漏れた。

ようやく警部は立ち上がり、愛想はいいが老獪そうな笑みを私に向け、調べさせようと、ふるいを私に差し出した。

「なにが見つかったか、ご覧になりたいでしょう、先生？」と彼は言った。

私は礼を述べ、ふるいに身を乗り出した。そこにあったのは、小枝の切れ端、枯れ葉、水草、タニシ、貝殻、カラスガイと、いずれも古池の泥から出てきそうなものばかりだった。しかし、そのほかに、三つの小さな骨があり、一目見て驚きに打たれ、それがなにかすぐに気づいた。

警部は問いかけるように私を見ると、「それで？」と言った。

「ええ」と私は答えた。「とても興味深い」

「人間の骨ですよね？」

「間違いないでしょう」と私は答えた。

「では」と警部は言った。「とりあえずご覧になって、どの手指の骨だと思いますか？」

私はにやりとしそうになるのを抑え（きっとそう聞かれると思ったからだ）、質問に答えた。

「とりあえず言えば、どの手指でもありません。左足の親指の骨ですよ」

警部の顎ががくんと下がった。「そうか！」とつぶやいた。「ううむ。少し大きめだと思った」

「たぶん」と私は言った。「この骨が出てきたあたりの泥を探れば、ほかの足の骨も見つかるでしょう」

私服刑事が私の示唆にすぐ反応し、手間を省くために自分でふるいを取り上げた。ふるいを二回、水たまりの底の泥でいっぱいにして浚うと、案の定、足の骨全体が現れてきた。

「これでご満足ですかな」私が骨を確認し、すべて揃っているのが分かると、警部はそう言った。

「この池でなにを探していたのか教えてくだされば」と私は応じた。「もっと満足できるんですけどね。足を探していたわけではないんでしょう?」

「なにか見つかるかもしれないと思って探していたんです」と彼は答えた。「全身の骨が見つかるまで捜索を続けますよ。この近辺の河川や池はすべて調べるつもりです。コンノート・ウォーターは別ですが。そこは最後に残しておきます。ボートを使わないと浚えないだろうし、小さな池のようなわけにはいきませんから。おそらく頭部はそこにありますよ。ほかのところより深いですからね」

わずかではあったが、教えてくれそうなことはみな教えてもらったし、私の存在が邪魔にならぬように、あとの捜索は警部にまかせたほうがいいと思った。そこで、協力してくれた礼を警部に言い、来た道を引き返した。

木陰の道を引き返しながら、警部の作業のことをあれこれ考え続けた。切断された手を確認したかぎりでは、指は死後か死の直前に分離されたという結論だが、死後とみたほうがいい。同じ結論に達した者がほかにもいて、バジャー警部にその意見を伝えたのだ。行方不明の指をずいぶん熱心に探していたようだから。だが、手はシドカップで見つかったのに、なぜその指をここで探していたのだろう？　見つかったら、なにが分かると期待していたのだろうか？　指はそれほど目立つ特徴がないし、少なくとも指の骨にはない。それに、今回の捜査の目的は骨の主の身元を明らかにすることのはずだ。どうも謎めいた事情があるし、そこから考えると、バジャー警部にはなにか内々の情報があるようだ。だが、どんな情報を？　その情報はどこから？　いずれも解答を見出せない疑問だ。検死審問の予定場所である質素な宿屋に着いても、まだそんな疑問をむなしく考えあぐねていたが、審理の傍聴に備えて、宿屋に似つかわしい質素な昼食で腹ごしらえすることにした。

第十三章　検死官の追及

検死法廷という古き良き制度の審理も、行われる環境が司法の場に似つかわしからざるものだと、その威信も形無しになってしまう。今回の審理が行われる予定場所は、宿屋に付属した横長の部屋だったが、宿屋の付属施設が通常そうであるように、宴会などの集まり向きにできていた。

ゆっくり昼食をとり、瞑想がてらパイプをくゆらせてから会場に赴くと、自分が一番乗りだった――陪審員団はすでに宣誓をすませ、遺骸の検分のため、安置所に案内されていったあとだった――そこで、部屋の調度品を手がかりに、その部屋の利用者がいつもなにをしているのか想像しながら時間をつぶした。奥の壁にはダーツの矢が一、二本刺さった木製の標的がかかり、村のロビン・フッドたちに技量を試すよう誘っていたし、オーク材のテーブルの上には規則正しい刻み目があり、銭転がしゲームをやるのに使われているのがみっともなく露呈していた。白いカツラ、派手な色のローブ、金の色紙を雑に貼り付けた、木製の槍や剣、神器が大きな箱に詰め込まれていたが、それらの小道具は、明らかに〝ドルイド教団〟を模した儀式遊びに用いるものだ。

こうした遺物への興味も尽き、壁にかかる絵に関心が向いたとき、ほかの傍聴人や証人たちがやって来はじめた。検死官用とおぼしき、テーブルの上座にある椅子を別にすれば、座り心地がよさそうな椅子は一つだけだったので、急いでその席を押さえた。私が腰を下ろさぬうちに、検死官が陪審員団とともに入ってきて、そのすぐあとに、例の巡査部長とバジャー警部、私服刑事一、二名が続き、最後に、さっきの警察医が入ってきた。

検死官はテーブルの上座の椅子に座り、持参の書物を開き、陪審員団は長いテーブルの片側に二つ並んだベンチに席を占めた。私は、十二人の〝善良で誠実なる人々〟を興味津々観察した。もの静かで謹厳実直そうな、典型的な英国の職人たちだ。なかでも、額が広く、もじゃもじゃ髪が立った、一人の小男が目を引いた。賢そうだが好戦的な顔つき、ズボンのテカテカした膝頭からして、村の靴屋と判断した。その男の隣には、肩幅の広い陪審長がいて、鍛冶屋らしかったし、反対側の隣には、頑固そうな赤ら顔の男がいて、ぎっとり脂ぎった風貌からして肉屋と思われた。

「皆さん」と検死官が発言した。「これから始まる審理は、二つの問題を対象とするものであります。一つは、身元確認の問題であり、我々が先ほど検分した死体の人物は誰なのか、という問題です。もう一つは、この人物は、いつ、どうやって、どんな手段により死に至ったか、という問題です。最初に身元確認の問題を取り上げ、死体が発見された状況から審理をはじめることとします」

ここで靴屋が立ち上がり、ひどく汚い手を挙げた。

「議長殿」と彼は言った。「議事手続きの問題を提起したい」他の陪審員たちは訝《いぶか》しそうに彼のほうを見たし、不謹慎にも、にたっと笑う者もいた。「議長は、我々が検分したのは死体だと言われましたな」と彼は続けた。「我々は死体など検分しとらん。検分したのは骨の寄せ集めだと指摘しておきたい」

「お望みなら、遺骸と呼ぶことにしましょう」と検死官は言った。

「そのほうがよろしかろう」と異議申立人は答えて、着席した。

「けっこうです」と検死官は応じ、次に証人の喚問に移ったが、最初の証人は、クレソンの水田で骨を見つけた作業員だった。

「クレソンの水田がそれ以前に浚われたのはいつか、ご存知ですか？」検死官は、証人が発見の経緯を説明したあと、そう質問した。

「タッパーさんが水田を手放すほんの少し前に、そのご指示で浚いました。二年ほど前のことです。確か五月でした。私も浚うのを手伝いましたよ。作業したのはまったく同じ場所でしたが、その時は骨なんぞありませんでした」

検死官は陪審員団をちらりと見た。「なにか質問はありますか、皆さん?」と彼は聞いた。

靴屋は威嚇するように証人をにらみつけ、質問をぶつけた。

「君はこれらの遺骸に出くわしたとき、骨を探していたのかね?」

「私が!」と証人は叫んだ。「なんでまた、私が骨を探さにゃいかんのですか?」

「話をそらしなさんな」と靴屋は厳しく言い放った。「質問に答えるんだ。イエスかノーか」

「もちろんノーですよ」

この陪審員は、胡散臭《うさん》そうに巨大な頭を横に振り、まるで、今回は見逃してやるが、二度と同じことは許さん、と言わんばかりだった。証人の尋問は続き、私にとっては目新しい話も情報も出てこなかったが、巡査部長がクク―・ピッツで右腕を見つけた経緯を説明し出すと風向きが変わった。

「偶然の発見だったのですか?」と検死官は質問した。

「いえ。我々はスコットランド・ヤードからの指示で、この近隣のめぼしい池を捜索していたのです」

検死官は殊勝にも、この問題をそれ以上追及するのは差し控えた。しかし、我が親愛なる靴屋は、明らかに虎視眈々としていたし、自分の出番が来れば、バジャー氏に鋭い反対尋問をすると思われた。警部も同じ見方らしく、というのも、聖クリスピン（靴屋の守護聖人）の質問好きな弟子に敵意を含んだ視線を向けたからだ。案の定、そのあと出番が来ると、靴屋は不謹慎な喜びで髪が逆立つように見えた。

ラフトンのステイプルズ・ポンドで胴体の下半分を見つけたのは警部自身の功績だったが、それを自慢げには語らなかった。警部によれば、その発見はククー・ピッツでの発見からおのずと導かれたものだった。

「この界隈を特に選んで捜索したのは、なにか内々の情報でもあったわけですかな？」と靴屋は質問した。

「内々の情報などありません」とバジャーは答えた。

「ならば聞くが」この陪審員は、警部に向かって、これ見よがしに汚い人差し指を振ってみせた。「シドカップで遺骸の一部が見つかり、セント・メアリ・クレイやリーでも出てきたというが、いずれもケント州の土地ですな。奇妙じゃありませんか？　そこからいきなりエセックス州のエッピング・フォレストまで来て骨を探し、実際に見つけたとは」

「我々は、めぼしい場所はすべて徹底的に捜索を行っているのです」とバジャーは答えた。

「なるほど」靴屋は挑むような笑みを浮かべて言った。「問題はそこですな。おかしくはありませんかな？ テムズ川を挟んで二十マイルほども離れたケント州で遺骸が見つかったというのに、骨を探しに当地に来ると、まっすぐステイプルズ・ポンドに向かい、そこにたまたま骨があり——見つけたとでも？」

「たまたま骨がない場所にまっすぐ向かい——見つけたというなら」とバジャーは辛辣に答えた。「もっとおかしいでしょうな」

忍び笑いが、他の十一人の善良で誠実なる人々から漏れ、靴屋は好戦的な笑みを浮かべた。だが、彼が適当な反撃を思いつく前に、検死官が割って入った。

「その質問はさしたる意味がありません」と彼は言った。「不要な質問で警察を煩わせるべきではありませんよ」

「わしが思うに」と靴屋は言った。「骨がそこにあることは、警部ははじめから知っておったのさ」

「証人は内々の情報はなかったとすでに述べましたよ」と検死官は言い、このあら探し好きの陪審員に厳しい目でにらまれながらも、警部が提示したほかの証拠を取り上げることに移った。

遺骸発見の説明がひととおり行われたあと、警察医が喚問されて宣誓を行った。陪審員団は、期待に満ちた様子で背筋を伸ばし、私もノートのページを新たに繰った。

「あなたは安置所に現在安置されており、この審理の対象となっている骨を調査しましたか？」と検死官は質問した。

「はい」

「観察した結果を話していただけますか？」

「骨は人骨であり、私見では、すべて同一人の骨と思われます。頭蓋骨、左手の薬指、膝蓋骨、脚骨――つまり、膝から足首までの骨――を除く骨格がすべて揃っていました」

「不明の指が欠けている理由は思い当たりますか？」

「いえ。奇形はないし、生前に切断された痕跡もありません。私見では、死後に切り離されたものです」

「故人の特徴を説明していただけますか？」

「これらの骨は初老の男性のもので、おそらく六十歳を超えており、身長は約五フィート八・五インチ、やや大柄でかなり筋肉質、年齢のわりに若さを保っています。右股関節にある、長く患った慢性関節リウマチを除けば、疾病の痕跡はありません」

「死因についてご意見は？」

「いえ。暴行のあとや怪我の痕跡はありません。しかし、頭蓋骨を見るまでは死因の判断はできません」

「ほかになにか重要なことは？」

「はい。死体を解体した人物に、解剖学的な知識と技能があるらしいことが目を引きました。解剖学の知識があることは、死体が一定の解剖学上の部位に応じて分離されていることから明らかです。たとえば、首の骨は揃っていて、環椎骨と呼ばれる背骨の最上部の関節も含まれています。解剖学の知識がない者なら、おそらく首で切断して頭部を分離するでしょう。それから、腕は肩甲骨（つまり肩の骨）と鎖骨（首まわりの骨）が付いた状態で分離されています。解剖を目的に腕を切断した場合とまったく同様です。

その技能は、解体を実行した手際のよさに示されています。個々の部分は乱暴にたたき切られたものではなく、関節部分で巧みに分離されているため、引っかき傷や刃物の跡はどの骨にも見当たりません」

「そんな知識や技能を持っていそうな人物の身分についてご意見は？」

「もちろん、外科医や医学生なら、そうした知識や技能があるでしょう。おそらくは肉屋も」

「この死体を解体した人物は、外科医か医学生かもしれないと？」

「はい。もしくは肉屋です。死体の解体に慣れていて、刃物の扱いに熟練した者です」

ここで、靴屋がいきなり立ち上がった。

「議長殿」と彼は言った。「今の証言に異議を申し立てる」

「どんな証言に？」と検死官は問いただした。

「誇りある職業に向けた」と靴屋は雄弁な身振りで続けた。「中傷発言に対してだ」

「理解できませんね」と検死官は言った。

「サマーズ医師は、この殺人は肉屋が行ったとほのめかした。この誇りある職業に携わる者が、今この陪審員団の中に――」

「ほっといてくれ」と肉屋は怒鳴った。

「ほっとくわけにはいかん」と靴屋は言い張った。「わしとしては――」

「ああ、やめてくれ、ポープ！」これは陪審長の声で、そう言いながら、大きな毛深い手で靴屋の上着の裾をひっつかみ、力ずくで座らせると、ドスンという音が部屋に響き渡った。

だが、ポープ氏は座っても引き下がらず、「わしの抗議を」と言った。「記録に残してもらいたい」

「それはできません」と検死官は言った。「それと、証言の妨害も許容できませんよ」

「わしの行動は」とポープ氏は言った。「ここにいる友のため、そして誇りある――」

しかし、ここで肉屋は彼のほうをぐるっと向いて、周囲に聞こえよがしに、しわがれ声でささやいた。

「分からんのか、ポープ。おまえはとんだドアホぶりを――」

「皆さん！　皆さん！」と検死官は厳しい抗議の声を発した。「こんな醜態は許容できません。あなたがたはこの場の厳粛さとみずからの責任ある立場をお忘れです。品位と良識ある態度を皆さんに求めます」

肉屋がやはりしわがれたささやき声で、「——さらしてるんだぞ」と言葉を結んだところで、沈黙が広がった。

検死官は萎縮させるような目つきで肉屋をねめつけると、証人のほうを向いて、尋問を再開した。

「先生、故人は死後どれだけ経過しているのでしょうか？」

「十八か月は経過していると思います。おそらくそれ以上でしょう。目で観察するだけでは、それ以上正確には申し上げられません。骨は完全にまっさら——つまり、軟部がすべて消失している状態です。今後もほぼ変化が起きない状態ですね」

「クレソンの水田で遺骸の一部を発見した方の証言では、二年前には、その水田に骨はなかったようです。あなたの所見と、その方の意見とは一致していますか？」

「はい。完全に」

「先生、もう一点あります。とても重要なことですよ。骨のどれか、あるいは骨の全体に、特定の個人の骨と確認できるような特徴はありますか？」

「いいえ」とサマーズ医師は答えた。「個人識別の手がかりになる特徴はありませんでした」

「我々の手元には、ある行方不明者の特徴が情報としてあります」と検死官は言った。

「五十九歳の男性で、身長五フィート八インチ、健康で年齢より若々しく、やや大柄な体格で、左足首にポット骨折をしたことがあります。先生が検査した遺骸は、その特徴と一致しますか？」

「はい。比較が可能なかぎりでは。不一致はありません」

「遺骸はその人物のものかもしれないと？」

「かもしれません。しかし、そうだという積極的な証拠もありません。その特徴は多くの初老の男性に当てはまりますから。骨折は別ですが」

「そうした骨折の痕跡はありませんでしたか？」

「いえ。ポット骨折は腓骨という骨に起こるものです。まだ見つかっていない骨の一つですね。だから、その点については証拠がありません。左足はまったく正常ですが、骨折がひどい奇形をもたらしたのでないかぎりはそうでしょう」

「故人の身長を行方不明者の身長より〇・五インチ高めに推定していますが、これは不一致といえるものですか？」

「いえ、私の推計はあくまで概算です。腕は揃っていますが、脚は揃っていませんから、私の計算は両腕を広げた幅に基づいています。しかし、大腿骨の計測からも同じ結果になりますね。大腿骨の長さは一フィート七と八分の五インチです」

「では、故人の身長は、五フィート八インチということもあり得るわけですか?」

「そうですね。五フィート八インチから五フィート九インチのあいだです」

「ありがとうございます。質問は以上です、先生。陪審員団から質問の希望があれば別ですが」

検死官が不安そうに威厳ある一団のほうに目を向けると、すぐに不屈のポープ氏がここぞとばかりに立ち上がった。

「見つからん指のことだが」と靴屋は言った。「死後に切断されたと?」

「それが私の意見です」

「では、なぜ切断されたか分かりますかな?」

「いえ、分かりません」

「おやおや、サマーズ先生、この問題について意見ぐらいあるんじゃないのかね」

ここで検死官が割って入った。「医師は遺骸を実際に調査して明らかになった証拠を扱うだけですよ。個人的な意見や推測は、たとえ持っていても、証拠にはならないし、質問すべきでもありません」

「そうは言うが」とポープは異議を唱えた。「その指が切断された理由を知りたいところですな。わけもなく切断されたはずはあるまいに。行方不明の男は、その指になにか特別な特徴でもあったんじゃないのかね?」

「記載の特徴には、そんなことは書いてありません」と検死官は答えた。

「たぶん」とポープはそれとなく言った。「バジャー警部なら分かるんじゃないかな」

「警察に過度に質問をするのはまずいと思いますよ」と検死官は言った。「公表したくないことは話せないでしょう」

「ほう、そうかい」と靴屋は噛みつくように言った。「表沙汰にできんことだというなら、これ以上言うことはない。わしらに事実を知らせずに、どうやって評決を出せというのか、少なくともわしには分からんな」

　証人の尋問はすべて終了し、検死官は総括を行い、陪審員団に語りかけた。

「皆さんはさまざまな証人から証言を聴取されました。そして、この審理の中心的課題をなす問題には、いずれも解答を出せないことを理解されるでしょう。我々は、故人がおよそ六十歳、身長約五フィート八インチから九インチの初老の男性であり、死亡した時期は十八か月前から二年前のあいだと知りました。分かったのはそれだけです。死体が受けた処置から、死亡の状況について推測は可能です。しかし、実際のところは分かりません。故人が誰であり、どのようにして死に至ったかも分かりません。したがって、この審理は新たな事実が明らかになるまで延期する必要があります。その際はすぐに、出席を求める然るべき通知が皆さんに届くでしょう」

　法廷の静けさは、椅子を動かしたり、熱心なおしゃべりが一斉にはじまる雑音に変わり、私はそこから外の通りに退散しようと立ち上がった。戸口でサマーズ医師に出くわすと、医師は馬車を近くに待たせてあった。

「すぐロンドンにお戻りですか？」と医師は聞いてきた。

「ええ」と私は答えた。「できるだけ早い列車でね」

「私の馬車にお乗りになれば、五時一分発の列車に間に合うようにお送りしますよ。徒歩では乗り遅れるでしょう」

その申し出をありがたく受け入れると、馬車は一分後には駅に向かう道を勢いよく走っていた。

「おかしな小男でしたね、あのポープという人は」とサマーズ医師は言った。「実に面白い性格の男だ。社会主義者、労働党員、扇動者、ただの変人と、騒ぎを起こすためなら、なんにでもなる」

「ええ」と私は応じた。「見たところまさにそんな感じでした。陪審員団にあんな好戦的な天邪鬼《あまのじやく》がいると、検死官も手を焼くはずです」

サマーズは笑った。「どうでしょうか。喜劇的息抜きの役割も担ってますよ。それに、こういう人たちにも役に立つ面があります。彼の質問には的を射たものもありましたから」

「バジャーもそう思っていたようですが」

「ええ、確かに」サマーズはくすくすと笑った。「バジャーはちょっと煙たがってましたね。尊敬すべき警部殿は、あやうく口を滑らせそうになってましたよ」

「やはり警部には内々の情報があったと思いますか？」

「〝情報〟という言葉の意味にもよりけりです。警察は思惑買い的なことをやる組織ではありません。誰かから手堅い内報を得たのでなければ、これほど骨を折るようなことはしませんよ。ところで、ベリンガム氏と娘さんはお元気ですか？　当地に住んでおられた頃は、ちょっと付き合いがありまして」

この質問に当たり障りのない答えを考えているうちに、馬車は駅舎にさっと入っていった。ちょうどそのとき、列車がプラットフォームに停車したので、私は慌ただしく握手して、早口に礼を述べると、馬車から飛び降りて駅の中に駆け込んだ。

のんびりした帰り旅のあいだにメモを読み返し、そこに記載したことから、表面に見える以上の意味を引き出せないか頭をひねったが、たいした成果はなかった。それから、ソーンダイクが検死審問での証言をどう思うかとか、私が集めた情報に満足してもらえるかなどと、あれこれ考え続けた。そうやって思考をめぐらしたり、時おり違うことに思いが及んだりしているうちに、テンプルに到着し、私は、我が友人たちの事務所へと急いで階段を駆け上がった。

ところが、そこには失望が待っていた。部屋はからっぽで、いたのはポルトンだけ。

彼は白い前掛けをし、手に扁平型のペンチを持って実験室の戸口に出てきた。

「博士は緊急案件を協議するためにブリストルに行っております」と彼は説明した。「ジャーヴィス博士もご一緒です。一、二日は留守をしますが、博士は先生にこの手紙を残していかれました」

彼は棚のはじに目立つように立てかけてあった手紙を取り上げ、私に手渡した。それはソーンダイクからの短い手紙で、突然の出発を詫びるとともに、私のコメントを書き込んだメモはポルトンに渡してほしいと書かれてあった。そのあと、こう付け加えてあった。

「君も気になっていると思うが、ハーストの申請は、明後日、検認裁判所で聴聞会が行われることになった。私はもちろん傍聴できないし、ジャーヴィスもだ。そこで、君に傍聴してもらって、聴聞会の流れをよく注意して見ておいてほしいのだ。マーチモントの事務所の職員にメモをとるよう指示しておいたが、書き落としもあるだろうからね。ペイン医師に、いざというときに君の診療業務を代わってくれるよう頼んでおいたから、後顧の憂いなく裁判所に傍聴に行ってくれたまえ」

これはとてもありがたい話で、さっきのちょっとした失望も十分埋め合わせてくれた。ソーンダイクが寄せてくれた信頼に心から感謝しながら、手紙をポケットに入れた。メモをポルトンに渡して「さよなら」を告げると、フェッター・レーンへの帰途についた。

第十四章　読者を検認裁判所にご案内

ミス・ベリンガムと御父君とともに検認裁判所に入っていくと、静かで落ち着いた雰囲気が漂っていた。どうやら詮索好きな多くの傍聴者は、これからはじまる手続きのことを知らないか、センセーショナルな〝バラバラ死体事件〟との関係に気づいていないようだ。しかし、実情を知る法廷弁護士と報道関係者が勢いよく集まってくると、彼らが話すざわめきは、大聖堂での礼拝の開始を告げるオルガン独奏の響きのように場を満たした。

私たちが入っていくと、愛想の良さそうな年配の紳士が立ち上がって出迎え、ベリンガム氏と固く握手を交わし、ミス・ベリンガムに礼儀正しく会釈した。

「この方がマーチモント氏でしてな、先生」ベリンガム氏がそう言い、私を紹介すると、この事務弁護士は私に、検死審問を傍聴してくれてありがとうと謝辞を述べ、席に案内してくれた。席の一番端には男が一人座っていたが、それはハースト氏だと気づいた。

ベリンガム氏も同じく彼に気づき、怒りに満ちた目でにらんだ。「わしに気づいと「ここにあの悪党がおるとは！」とはっきり聞こえるように叫んだ。だが――」らんふりをしとるが、面と向かってわしの顔を見られんからだ。

「静かに！　お願いです」と慌てた弁護士が声を上げた。「そんな言い方はなりません。ましてここでは。どうか――自重して、不用意な発言はなさらぬよう、というか、なにも発言なさらぬようお願いします」マーチモント氏は、ベリンガム氏が口にする発言はみな不用意だと決めてかかっているかのように付け加えた。

「すまんな、マーチモント」ベリンガム氏は申し訳なさそうに応じた。「自重するよ。控え目にふるまうさ。もうやつのほうは見ん――見れば、行って鼻を引っ張ってやりかねんからな」

この種の控え目さはマーチモント氏のお気に召さなかったらしく、彼はミス・ベリンガムと私を依頼人側の席の一番端に座らせ、ベリンガム氏を目の敵から事実上隔てるように予防措置を講じた。

「ジェリコに話しかけている鼻の長い男は誰かね？」とベリンガム氏は聞いた。

「勅選弁護士のロラム氏です。ハースト氏の法廷弁護士ですよ。その隣にいる愛想の良さそうな紳士は、我が方の法廷弁護士のヒース氏です。実に有能な男でして」――そこまで言うと、マーチモント氏は口を手で覆ってささやき声になった――「全面的にソーンダイク博士の指示で動いてるんですよ」

ちょうどそのとき、判事が入廷し、席に着いた。廷吏は実にてきぱきと陪審員団の宣誓手続きを進め、法廷は次第に高尚な雰囲気の静けさへと落ち着いていった。事務職員や報道記者がバタバタと出入りして、スイングドアがきしり音を立てて揺れるときを除けば、その静けさは手続きが続くあいだずっと保たれた。

判事はなにやら風変わりな容貌の老人で、顔はすごく小さいのに口はやけに大きかった。その特異な風貌は、大きな出目（たいていは閉じたまま）のせいもあって、なにやらカエルに似ていた。しかも、カエルそっくりにまぶたをしばたたく——まるで大きなかぶと虫を飲み込んだみたいに——という特技も持ち合わせていて、それが目に見える形で判事が示す唯一の感情の表れだった。

陪審員団の宣誓が終わると、すぐにロラム氏が立ち上がり、事案の説明をはじめた。そのあいだ、判事殿は椅子の背にもたれ、目を閉じていたが、まるで苦痛を伴う手術に耐えているみたいだった。

「この審理は」とロラム氏は説明した。「ブルームズベリー、クイーン・スクエア百四十一番地を住所とする、ジョン・ベリンガム氏の不可解な失踪にもとづくものであります。彼の失踪は、およそ二年前、正確には、一九〇二年十一月二十三日に起きたものです。その日以来、ベリンガム氏の消息は杳《よう》として知れません。さらに、彼は死亡したと信ずべき確かな理由があるのです。このため、彼の遺言書に基づく主たる受益者であるジョージ・ハースト氏は、遺言者の死亡認定と遺言書の検認を当法廷に申請しているわけであります。遺言者が最後に生存している姿を目撃されたのは、わずか二年前のことなので、申請は失踪の状況を根拠としています。その状況は多くの点で非常に奇妙なものであり、おそらく、その最も顕著な特徴は、氏が突然かつ完全に姿を消したことにあります」

ここで判事は静かな小声で発言した。「遺言者が、少しずつ、かつ不完全に姿を消したとしたら、もっと顕著なものだったであろうな」

「仰せのとおりです、閣下」とロラム氏は同意した。「しかし、重要なことは、遺言者が、規則正しい生活習慣の持ち主でありながら、身辺に通常の配慮をすることなく失踪し、その日以来、姿を見たり声を聞いたりした者はいないということです」

こう前置きしてから、ロラム氏はジョン・ベリンガムの失踪の経緯を説明しはじめたが、それは新聞で読んだのとほぼ同じものだった。陪審員団に客観的事実を提示したあと、そこから解釈し得る意味を論じることに移った。

「さて、この奇妙で実に謎めいた事件の経緯から」と彼は問いかけた。「これを公平な目で考察する識者は、いかなる結論を引き出すでありましょうか？　ここに、いとこ、もしくは弟の家から出てきて、そのとたんに忽然と人間界から消失してしまった男がおります。これをどう説明すればよいでしょうか？　彼はこっそりと立ち去り、自分の意図を知らせることもなく、どこかの港行きの列車に乗り、いずれかの遠隔地に向けて乗船し、身辺のことも放置して、自分の所在についても友人たちの揣摩臆測《しまおくそく》に委ねたというのでしょうか？　彼は莫大な資産の管理を放棄し、友人の心配をよそに、国外か国内のいずれかに隠れているのでしょうか？　あるいは、病気か事故か、あるいはむしろ、未知の犯罪者の手にかかり、死が思いがけず彼に訪れたのでしょうか？　これらの可能性を考えてみようではありませんか。

彼はみずからの意思で失踪したのでしょうか？　あり得ることでしょう。検討にも値します。確かに失踪人は時おりいます。何年も経ってから、偶然見つかることもあれば、自発的に姿を現すこともあるし、名前もほとんど忘れられ、地位も新参者にとって代わられたことを知る場合もある。確かにそうです。しかし、この種の失踪には、たとえいかがわしい理由であろうと、常になにか理由があるものです。人生に嫌気がさすような家族間の諍い《いさか》い、生活が不安続きとなるような経済的困難、逃げ道のない状況や環境への嫌悪、生来の落ち着きのなさや放浪癖などです。

これらの説明の中に今回の事案に当てはまるものがあるでしょうか？　ありません。家族間の諍い――少なくとも長期にわたる不幸の原因となり得る諍い――は、あくまで婚姻に付随するものです。しかし、遺言者は係累のいない独身者です。経済的困難も同様に除外されます。遺言者は気楽な、というより、裕福な生活環境にありました。暮らしぶりは明らかに快適で、関心事や活動も豊富にあり、これを変えるのも望むままでした。旅慣れており、姿をくらまさずとも、いつでも旅に出ることができました。彼はもう、激しい変化を望むような年齢ではなかった。安定した規則的な習慣を持つ人物であり、その規則もみずから決めたものであり、強いられたり、やむなく従っていたものではありません。追って明らかにしますが、友人たちが彼の姿を最後に見たときも、予定があるから帰国すると意思表示した上で、明確な行き先に向かうところでした。帰国したのに、その予定をほうりだして失踪したのです。

彼がみずからの意思で失踪し、現在もどこかに身を隠していると結論づけるなら、以上の重要な事実とまったく矛盾する見解を受け入れることになります。しかし、彼が急死したか、事故かなにかで命を落としたと結論づけるなら、少しも不自然ではないし、分かっている事実とも完全に一致します。その事実は、これから喚問する証人たちの証言により立証する予定であります。遺言者が死亡しているという仮定は、生存しているという仮定より公算が大きいだけではありません。私は、それが彼の失踪の状況についての唯一合理的な説明であると申し上げたいのであります。

しかし、それだけではありません。死亡の推定は、遺言者のこの不可解で唐突な失踪の仕方から必然的に帰結するのですが、最近になって、最も決定的かつ恐るべき裏付けを得たのであります。さる七月十五日、シドカップで人間の腕の骨が発見されました——皆さん、それは左腕で、指輪をはめる薬指が欠けていたのです。その腕を調査した医師は、指が死後もしくは死の直前に切断されたことを明らかにするでしょう。さらに、医師の証言は、腕が発見場所の池に捨てられたのは遺言者が失踪したのとほぼ同時期であることを決定的に証明するでしょう。その最初の発見以来、同じバラバラ死体のほかの部分も出てきました。それらの遺骸がみな、エルタムかウッドフォードのごく近隣で発見されたことも、奇妙かつ顕著な事実であります。皆さん、ここで思い出していただきたいのは、遺言者が生きている姿を最後に目撃されたのは、エルタムかウッドフォードのいずれかだということです。

さて、この見事な一致を考えてみてください。これらの人間の遺骸は、経験と学識を有する医学の専門家により徹底的に調査され、これからその証言を聞くことになりますが、これによれば、その人物はおよそ六十歳、身長は約五フィート八インチ、いくぶん筋肉質で若さを保ち、見たところ健康で、かなり頑健な体格とのことです。もう一人の証人は、失踪人もおよそ六十歳であり、身長五フィート八インチ、いくぶん筋肉質で若々しく、健康でかなり頑健な体格だったことを明らかにするでしょう。さらに——もう一つの重要かつ顕著な事実なのですが——遺言者は左手の薬指にきわめて珍しい指輪を常にはめており——まさにその薬指が、見つかった遺骸には欠けているのですが——

それはあまりにきつかったため、一度はめたが最後、外すことができなくなっていたとのことです。皆さん、その指輪には特殊な意匠があしらわれており、死体から発見されれば、ただちに遺骸の身元を特定するに至るものです。要するに、皆さん、発見された遺骸はまさに遺言者とそっくりの人物の遺骸なのであります。遺骸はいかなる点においても遺言者と違いがありません。遺骸がバラバラにされたのは、彼の体にはっきりとあった身元確認につながる特徴を隠そうとしたことを示しています。さらに、遺骸がさまざまな隠し場所に捨てられたのは、遺言者の失踪とほぼ同じ時期でした。したがって、これらの事実が、適格性を有する証人たちによる宣誓に基づく証言と、失踪に関する事実により立証されるのを皆さんが聴取されたならば、その証拠に即した評決を答申していただくようお願いしたいのであります」

ロラム氏は着席し、鼻めがねを直すと、すばやく自分の事案摘要書に目を通した。そのあいだに、廷吏が最初の証人に宣誓の用意をさせた。

証人はジェリコ氏で、証人席に入り、(一見)無意識状態の判事を無表情な目で見つめた。通常の予備手続きがすむと、ロラム氏は尋問に移った。

「あなたは遺言者の事務弁護士であり、腹心の代理人でしたね？」

「はい、そうでした――今もです」

「知り合って何年になりますか？」

「二十七年です」

「付き合った経験から判断して、遺言者はみずからの意思で突如として失踪し、友人たちと連絡を絶つような人物だと思いますか？」

「いいえ」

「その理由を説明してください」

「遺言者がそんな行動をとるのは、私の知るかぎり、彼の習慣や性格とまったく矛盾することです。私との仕事上の関係でも、きわめて秩序正しくてきぱきとした人でした。海外旅行の際は、いつも滞在先を知らせてきましたし、通信手段のなさそうなところに行く場合には、事前にそう伝えてきたものです。私の仕事の一つは、彼が外務省から受け取っていた年金を受領することでした。失踪以前には、必要書類を期日どおりにくれなかったことは一度もありません」

「ご存知のかぎりで、彼が失踪を望むような理由はありましたか？」

「いいえ」

「あなたが彼と最後に会われたのは、いつ、どこでですか？」

「一九〇二年十月十四日午後六時、ブルームズベリーのクイーン・スクエア百四十一番地です」

「そこでなにがあったか、教えていただけますか？」

「遺言者は、三時十五分に私の事務所に立ち寄り、自分の家まで一緒に来て、ノーベリー博士と会ってほしいと言いました。私とベリンガム氏がクイーン・スクエア百四十一番地の家に着くとすぐ、ノーベリー博士も、遺言者が大英博物館に寄贈を申し出ていた遺物を見るためにやって来ました。寄贈品は、ミイラと四つのカノポス壺に、その他の墳墓の副葬品で、遺言者はそれらを一つのケースに収蔵し、発見当時の状態のままで展示することを条件として求めていました。これらの物品の中で、検査ができたのはミイラだけでした。墓の副葬品はまだ英国に到着していませんでしたが、一週間以内に届く予定でした。ノーベリー博士は博物館を代表して寄贈を了承しましたが、部長と連絡を取って正式な了解を得るまで、物品を館の所有とすることはできなかったのです。このため、遺言者は、私に寄贈品の配送を指示しました。その日の晩に英国を出発する予定だったからです」

「その指示は、この審理が対象とする問題と関係がありますか?」

「と思います。遺言者はパリに行く予定でしたし、そこからウィーンに行くつもりだったようです。彼は、墓の副葬品が届き次第、受け取って荷解きし、ミイラとともに指定の部屋に三週間保管しておくよう指示しました。その期間内に帰国すれば、自分で博物館側に引き渡すつもりだったのです。期間内に帰国しなかった場合には、博物館側に、いつでも自由にコレクションを確保して移送していいと伝えるよう、私に指示しました。

これらの指示からすると、遺言者は英国を離れる期間についても、どこまで行くつもりなのかも、はっきりしていなかったものと推測されます」

「どこへ行くか、正確に言っていましたか？」

「いえ。パリ、それからおそらくウィーンに行くと言っていましたが、詳細は言わなかったし、私も尋ねませんでした」

「実際にどこへ行ったか知っていますか？」

「いえ。彼は長めで厚手の外套を着て、スーツケースと傘を持ち、六時に家を出ました。私は戸口で別れを告げ、サウサンプトン・ロウの方向に遠ざかっていく姿を見送りました。行き先は分かりませんし、その後は会っていません」

「スーツケース以外に持っていたものは？」

「分かりませんが、なかったと思います。最小限のものだけで旅行し、途中でほしいものが出てくれば買うのが常でしたから」

「帰国予定は使用人にも話してなかったのでしょうか？」

「管理人のほかに使用人はいませんでした。その家は居住の目的で使われてはいなかったからです。遺言者は寝泊まりも食事もクラブでした。衣類は家に置いてありましたが」

「出発したあと、なにか音信は？」

「いえ。なんの音沙汰もありませんでした。私は指示されたとおり三週間待ってから、博物館側にコレクションを運んでもいいと連絡しました。五日後にノーベリー博士が来て正式に受領し、大英博物館に移送されました」

「その次に遺言者の情報を耳にしたのは？」

「同年十一月二十三日の午後七時十五分です。ジョージ・ハースト氏の不在中に自宅を訪ね、書斎に案内されて帰る私の部屋に来られ、遺言者がハースト氏の不在中に自宅を訪ね、書斎に案内されて帰りを待っていたと教えてくれました。ハースト氏が帰宅すると、遺言者は帰ることを使用人に告げず、出て行くところも誰にも見られずに消えてしまったことが分かりました。ハースト氏はこれを不審に思い、私に知らせに急いでロンドン市街までやってきたわけです。遺言者からはなんの音信もなかったので、私も不審な状況だと思いました。そこで、私たちは事の顛末を遺言者の弟であるゴドフリーに知らせたほうがいいと考えたのです。

こうしてハースト氏とともに、リヴァプール・ストリートに急ぎ、ゴドフリー・ベリンガム氏が当時住んでいたウッドフォード行きの一番早い列車に乗りました。九時五分前に家に着くと、使用人から、ベリンガム氏は外出中だが、娘さんが敷地内の離れの図書室にいると告げられました。使用人はランタンを灯し、図書室まで案内してくれました。そこにはゴドフリー・ベリンガム氏とミス・ベリンガムがいました。ゴドフリー氏は今しがた帰って来たところであり、裏門には図書室に通じる呼び鈴が付いていました。ハースト氏はゴドフリー氏に顚末を話し、私たちは図書室を出て母屋に向かいました。図書室から数歩踏み出したところで、ゴドフリー氏が持っていたランタンの明かりで、芝生の上に小さな物が落ちているのに気づきました。ゴドフリー氏にそう言うと、彼はそれを拾い上げました。それは遺言者が日ごろ懐中時計用の鎖に付けていたスカラベと分かりました。鎖の穴に金色のワイヤを通し、スカラベに付けた金色のリングに結びつけていたものです。ワイヤとリングはともに残っていましたが、リングは壊れていました。母屋へ行って使用人たちに誰か来た者はいないか尋ねましたが、遺言者を見た者はいないし、その日の午後も晩も訪問者はなかったと口をそろえて言いました。ゴドフリー氏とミス・ベリンガムは、いずれも、遺言者の姿も見ていなければ声も聞いていないし、彼が英国に帰国したことも知らないとのことでした。なにやら不穏な状況だと思い、翌朝、警察に通報し、捜査を依頼しました。その結果、〝J・B〟というイニシャルの付いたスーツケースが、チャリング・クロス駅の一時預かり所に引き取り手のないまま預けられているのが見つかりました。遺言者がそれをクイーン・スクエアから持っていくのを見ていたので、彼のものだと確認できたのです。中身も確認しました。預かり所の係員に尋ねたところ、スーツケースは二十三日午後四時十五分頃に預けられたとのことでした。預けた人物については憶えていませんでした。スーツケースは三か月間、引き取り手のないまま鉄道会社が保管し、その後、私に引き渡されました」

「旅程を示すような印やラベルは付いていませんでしたか？」

「〝J・B〟というイニシャル以外は、なんの印もラベルもありませんでした」

「遺言者の年齢はご存知ですか？」

「はい。一九〇二年十月十一日で五十九歳でした」

「身長はご存知ですか？」

「はい。ちょうど五フィート八インチでした」

「健康状態はどうでしたか？」

「私の知るかぎりでは良好でした。罹っていた病気は知りません。外見から判断するだけですが、健康そうな人でした」

「若々しい感じの人でしたか？」

「年齢のわりには若々しい人でした」

「どんな体格の人でしたか？」

「やや大柄で頑健、かなり筋肉質でしたが、目立つほどではありません」

ロラム氏は彼の答えをすばやくメモに記入してから言った。

「ジェリコさん、あなたは遺言者と二十七年も親しい間柄だったとのことでしたね。さて、あなたは、彼が日頃、指輪をはめていたのをご存知でしたか？」

「左手の薬指に〝オシリスの眼〟の意匠をあしらった古代の指輪の複製をはめていました。私の知るかぎり、それが唯一はめていた指輪でした」

「常にその指輪をはめていましたか？」

「はい。いやおうなしにです。小さすぎて、無理やりはめたら二度と外せなくなったのです」

以上がジェリコ氏の証言のすべてだった。証言を終えるにあたり、彼はベリンガム氏の弁護士を探るように一瞥した。しかし、ヒース氏は、座ったまま、書き取ったばかりのメモをじっと読んでいたため、反対尋問はないと知ったジェリコ氏は証人席から降りた。私は席の背にもたれ、目を横に向けると、ミス・ベリンガムはもの思いに沈んでいるようだった。

「なにを考えてるんです？」と私は聞いた。

「一分の隙もないみたい」と彼女は答えると、ため息をつき、ささやき声で言った。

「気の毒なジョン伯父さん！　〝遺言者〟だなんて、そんな冷淡で事務的な言い方をされるとぞっとします。まるで代数記号でしかないようだわ」

「検認裁判所の審理には、感情を差しはさむ余地はないんですよ」と私は答えた。彼女は頷くと、「あの女性は誰ですか？」と聞いてきた。

〝あの女性〟というのは、ちょうど証人席に入った、はやりの服を着た若い女性で、まさに宣誓を行っているところだった。予備手続きが終わると、ロラム氏の質問に、オーガスティナ・グウェンドリン・ドッブズと名乗り、ジョージ・ハースト氏の住まいであるエルタムの〝ポプラ荘〟の女中だと述べて、ミス・ベリンガムの問いにも回答を与えた。

「ハースト氏は一人住まいですか？」とロラム氏は尋ねた。

「おっしゃる意味が分かりませんけど」ミス・ドッブズがそう言ったので、弁護士は説明を加えた。

「つまり、独身かということです」

「あら、それがどうかしまして？」と証人は辛辣に言った。

「質問をしているのは私ですよ」

「分かってますよ」と証人は意地悪く言った。「私が言いたいのは、炊事婦や台所女中だって同居してるし、あの方だって父親くらい年が離れてるのに、若い娘に向かってそんなことをほのめかす筋合いなんかないってことだけど――」

ここで判事殿はびっくりしたように目をしばたき、ロラム氏が口をはさんだ。「なにもほのめかしてはいませんよ。あなたの雇い主であるハースト氏は独身かどうかと聞いているだけです」

「そんなの尋ねたこともありません」と証人は不機嫌そうに言った。

「どうか質問に答えてください――イエスかノーか？」

「どうして答えられるんですか？　独身かもしれないし、違うかも。どうして分かるのよ？　私は私立探偵じゃないわ」

ロラム氏は凍りついたように証人を見つめた。沈黙が続く中、判事席からもの憂げな声が聞こえた。

「それは重要なポイントなのかな？」

「もちろんです、閣下」とロラム氏は答えた。

「ならば、あなたはハースト氏を喚問する予定のようだから、その質問は彼にすればよろしかろう。彼なら知っているはずだ」

ロラム氏は頭をぺこりと下げ、判事がいつもの昏睡状態に入ると、勝ち誇る証人に向きなおった。

「おととしの十一月二十三日に、なにか変わったことはありましたか？」

「ええ。ジョン・ベリンガムさんが家を訪ねてきました」

「ジョン・ベリンガム氏と分かったのはどうしてですか？」

「分かったわけじゃありません。そう名乗ったから、そうだと思ったんです」

「何時に来られましたか？」

「夕方の五時二十分でした」

「それからなにが？」

「ハースト様はまだ帰宅していないと申し上げました。すると、書斎で待たせてもらって手紙を書きたいとおっしゃるので、書斎にご案内してドアを閉めました」

「それから？」

「なにも。そのあと、ハースト様が、いつもの時間――六時十五分前――に帰宅して、自分で鍵を開けて入ってこられました。そのまま書斎に向かわれたので、ベリンガム氏もまだそこにおられると思って、指示はなかったけど、お食事は二人分ご用意したんです。六時にハーストさんが食堂に来られて――いつもお茶はシティで飲まれて、夕食は六時にとられます――食事が二人分用意してあるのをご覧になると、わけを聞かれました。ベリンガムさんが夕食まで滞在なさると思ったからだと答えました。

『ベリンガムさんだと！』とおっしゃいました。『この家に来てるなんて知らなかったぞ。なぜ言わんのだ』とおっしゃるので、『旦那様とご一緒だと思いましたけど』と答えました。『書斎にご案内しました』と言うと、『いや、書斎にはいなかった。今はおらん。たぶん、客間で待つつもりで移ったのだろう』とおっしゃいました。そこで、二人で客間に行って覗いてみましたけど、やっぱりいません。ベリンガムさんは待ちくたびれて帰ったのだとハースト様がおっしゃるから、そんなはずはないと申し上げました。

ずっと目を光らせてたからです。それから、ベリンガムさんは一人だったか、娘さんと一緒だったかと尋ねられたので、そのベリンガムさんじゃなくて、ジョン・ベリンガムさんのほうだと申し上げたら、ますます驚かれて。ハーストベリンガムさんがまだおられるか、家の中を探してみましょうと申し上げたら、ハースト様も様も一緒に探すと言われました。そこで、二人で家の中の部屋を全部覗いて回りましたけど、どこにもベリンガムさんの姿はありません。それから、ハースト様はいらいらと落ち着きを失い、簡単な夕食を急いですますと、ロンドン行きの六時三十一分発の列車に間に合うように飛び出していかれました」

「ずっと目を光らせていたので、ベリンガム氏が家を立ち去ったはずはないと言われましたね。そのあいだ、あなたはどこにいたのですか?」

「台所です。そこの窓から表門が見えるんです」

「二人分の食事を用意したと言われましたが、どこに用意したのですか?」

「もちろん食堂ですよ」

「食堂から表門は見えたのですか?」

「いいえ。でも、書斎のドアは見えました。書斎は食堂の向かいにあるんです」

「台所から食堂に行くには階段を上がらなくてはいけないのでは?」

「ええ、当たり前じゃないの!」

「では、あなたが階段を上がっているあいだに、ベリンガム氏は家を立ち去ったのかも?」

「そんなはずありません」

「なぜですか?」

「だって、そんなの不可能だからよ」

「なぜ不可能なのですか?」

「できっこないからです」

「あなたが階段を上がっているあいだに、ベリンガム氏がこっそり家を立ち去ったのではと申し上げているのですが?」

「それはありません」

「どうしてそう言えるんです?」

「それはないと知ってるからです」

「なぜそこまで確信が?」

「だって、出ていけば、必ず見たはずですもの」

「あなたが階段にいるあいだに立ち去ったのでは、と言ってるんです」

「私が階段にいるあいだ、彼は書斎にいましたよ」

「書斎にいるとなぜ分かったんですか?」

「だって、私がそこに案内して、そこから出てこなかったんだもの」

ロラム氏は質問を中断して深く息をつき、判事殿は目をしばたいた。

「敷地に入る通用門はありますか？」弁護士は疲れたように質問を再開した。

「ええ。家の横の狭い小道から入る門です」

「書斎にはフランス窓がありますね？」

「ええ。通用門に向かう小さな芝地に通じています」

「窓と門は施錠されていましたか、それとも、ベリンガム氏が小道に出ていけるようになっていたでしょうか？」

「窓と門には、どっちも内側に留め金があります。そこから出ていけたでしょうけど、もちろん、出て行きませんでした」

「なぜですか？」

「だって、紳士たるものが、泥棒みたいに裏口からこっそり出ていくはずないもの」

「ベリンガム氏がいなくなったあと、フランス窓が閉まっていて留め金がしてあるか、確認しましたか？」

「夜の戸締りをする際に確認しました。そのときは、閉まっていて内側から留め金がしてありました」

「通用門はどうでしたか？」

「通用門は閉まっていて掛け金がかかってました。掛け金をかけるには門をバタンと強く閉じないといけないんです。だから、人に聞かれずにその門から出ていくことはできません」

ここで直接尋問は終了し、ロラム氏は聞こえよがしに安堵の吐息をついて着席した。ミス・ドッブズが証人席から降りようとすると、ヒース氏が反対尋問のために立ち上がった。

「あなたはベリンガム氏を明るいところで見ましたか?」と彼は質問した。

「とても明るいところです。外は暗かったけど、玄関ホールのランプは点いていましたから」

「これを見ていただけますか?」——ここで小さな物が証人に手渡された。「それはベリンガム氏が懐中時計の落下止めに付けてぶら下げていたとされる装身具です。彼が家に来たとき、そんなふうに身に着けていたかどうか憶えていますか?」

「いえ、着けていませんでした」

「間違いないですか?」

「もちろんです」

「ありがとうございます。では、先ほど言われた屋内の捜索についてお尋ねします。家じゅうを探したと言われましたが、書斎にも入りましたか?」

「いいえ――少なくとも、ハーストさんがロンドンに行ってしまうまでは」

「入ったとき、窓の留め金はしてありましたか？」

「ええ」

「外側から留め金をすることはできましたか？」

「いいえ。外側に取っ手はついていませんから」

「書斎にはどんな家具がありますか？」

「書きもの机と回転椅子が一つずつ、安楽椅子が二脚、大きな本棚が二つ、ハースト様が外套や帽子をしまっている衣装戸棚が一つです」

「衣装戸棚は鍵がかかりますか？」

「ええ」

「あなたが入ったとき、その戸棚は施錠されていましたか？」

「知りません。戸棚や引き出しには手をつけなかったわ」

「客間にはどんな家具がありますか？」

「キャビネットが一つに、椅子が六脚か七脚、大型ソファ、ピアノ、食卓用テーブルが一つずつ、小型のテーブルが一つか二つです」

「ピアノはグランド・ピアノですか、アップライト・ピアノですか？」

「アップライト・グランド・ピアノです」

「どの位置に置かれていますか？」

「窓近くの隅に斜めに置いてあります」

「そのうしろに人が隠れるだけの余裕はありますか？」

ミス・ドッブズは面白がっている様子を隠そうともしなかった。「あら、そうね」とくすくすと笑った。「うしろに人が隠れるには十分余裕がありますわ」

「客間を探していたとき、ピアノのうしろは見ましたか？」

「見ませんよ」ミス・ドッブズは馬鹿にしたように答えた。

「ソファの下は見ましたか？」

「見るわけありません！」

「では、あなたのしたことはなんですか？」

「ドアを開けて部屋の中を覗いたんです。猫や猿を探してたわけじゃないわ。中年の紳士を探してたんです」

「ほかの部屋も、同じやり方で捜索したと考えていいわけですね？」

「もちろんです。私たちは部屋を覗きましたけど、ベッドの下や戸棚の中までは探しませんよ」

「屋内の部屋はみな、居間や寝室などの居住用に使われているのですか？」

「いいえ。三階に貯蔵や物置に使われる部屋が一つあります。二階にも、ハースト様がトランクや使っていない物を置いておく部屋が一つあります」

「屋内を探したとき、それらの部屋も覗きましたか?」

「いいえ」

「それ以来覗いたことは?」

「物置部屋は見ましたけど、ほかは見てません。いつも鍵がかかってますから」

ここで判事殿のまぶたに不気味なまたたきが現れたが、ヒース氏が着席し、それ以上質問がないことを意思表示すると、その症状も消えた。

ミス・ドッブズがもう一度証人席から降りようとすると、今度はロラム氏がびっくり箱のようにいきなり立ち上がった。

「あなたは、ベリンガム氏がいつも懐中時計の落下止めにぶら下げていたスカラベについて証言されましたね」と彼は言った。「一九〇二年十一月二十三日に、彼がハースト氏の家を訪ねたときは身に着けていなかったとのことですが、間違いありませんか?」

「もちろんです」

「この点は慎重に証言してほしいのです。この問題はきわめて重要なんですよ。スカラベが落下止めにぶら下がっていなかったと誓えますか?」

「誓えますよ」

「落下止めを特に注意して見たのですか?」

「いえ、特に注意はしてません」

「それなら、スカラベが付いていなかったと、なぜ確信が持てるのですか?」

「付いてたはずがないからです」

「なぜそう言えるのですか?」

「だって、付いてたら見たはずですもの」

「ベリンガム氏が所持していた落下止めはどんなものでしたか?」

「あら、普通の落下止めでしたよ」

「つまり、鎖でしたか、布紐でしたか、それとも革紐でしたか?」

「鎖だったと思うけど――布紐かしら――革紐だったかも」

判事殿は目をしばたいたが、それ以上はなんの変化も示さず、ロラム氏は尋問を続けた。

「ベリンガム氏が持っていた落下止めの種類に気づいたのか、気づかなかったのか、どちらですか?」

「気づきません。いけませんか? そんなの私に関係ないもの」

「でも、スカラベには自信があるんですね?」

「もちろんよ」

「では、スカラベには気づいたのですか?」

「気づかないわよ。付いてなかったんなら、気づくわけないでしょ?」

ロラム氏は質問を中断し、困ったように証人を見た。法廷には押し殺した笑い声が広がり、判事席からは、かすかな声で質問が発せられた。

「はっきりした答えは実はできんのだね?」

ミス・ドッブズの返答は、ただわっと泣き出すことだった。ここでロラム氏はいきなり着席し、再尋問を断念した。

ミス・ドッブズが退席した証人席には、ノーベリー博士、ハースト氏、荷物預かり所の係員が続けて入ったが、新事実をもたらした者はなく、ジェリコ氏と女中の証言を裏付けただけだった。次に、シドカップで骨を発見した作業員が証言に立ち、二年以上前には遺骸はクレソンの水田になかったという検死審問での証言を繰り返した。最後に、サマーズ医師が喚問され、調査した骨の特徴を簡潔に述べたあと、ロラム氏の質問がはじまった。

「ジェリコ氏が述べた遺言者の特徴はお聞きになりましたか?」

「聞きました」

「その特徴は、あなたが調査した遺骸の人物に当てはまりますか?」

「一般論としてはそうです」

「イエスかノーか、明確な回答を求めます。当てはまりますか?」

「イエスです。しかし、言っておきますが、故人の身長の推計はあくまで概算ですよ」

「でしょうね。遺骸の検査とジェリコ氏の説明から判断して、その遺骸が遺言者ジョン・ベリンガムの遺骸である可能性はありますか？」

「はい。可能性はありますね」

この言質をとってロラム氏が着席すると、ヒース氏がすぐさま反対尋問に立った。

「サマーズ先生、あなたがこれらの遺骸を調査した際、同様の身長、年齢、体型をもったほかの人ではなく、特定の人物だと判断できる個人的特徴をなにか見つけましたか？」

「いいえ。特定の個人の遺骸と判断できるものはなにもありませんでした」

ヒース氏がそれ以上質問しなかったので、証人は退席を許された。ロラム氏は、自身の申立てはそれですべてだと法廷に告げた。判事は眠そうな様子でおじぎし、次いでヒース氏が異議申出人のために弁論を行うべく立ち上がった。それは長い演説ではなかったし、饒舌なレトリックを見せびらかして粉飾することもなく、もっぱら申請者側の弁護士の論拠を反駁することに集中していた。

ヒース氏は、死亡の推定を認めるには不在期間が短すぎることを簡潔に指摘した上で、弁論を続けた。

「したがって、その主張は実証的性格を持つ証拠を必要とするのであります。我が学識ある友人は、遺言者が推定上死亡しているとの主張をしていますが、その主張の挙証責任は彼にあるのです。さて、彼はその主張を証明したでしょうか？　否と申し上げたい。彼は、遺言者が独身であり、妻子もなく、扶養者も雇い主もなく、公私いずれの仕事も持っておらず、いかなる義務や絆《きずな》、責任も負わず、行動の自由を狭めるようないかなる制約もなかったことから、失踪する理由や誘因はないと、強力かつ巧妙に論じました。以上が我が学識ある友人の議論ですが、実に雄弁かつ巧妙に論じたために、自身の中立てを首尾よく立証したのみならず、余計なことまで立証しているのであります。我が学識ある友人が正当にも論じたように、このようにいかなる義務にも縛られていない者には、失踪する理由がないというのが事実なら、失踪しない理由もやはりないといえるのではないでしょうか？　我が友人は、遺言者がいつでも、どのような方法でも、どこへでも望むままに行くことができたのであり、したがって、姿をくらます必要はなかったと論じました。私はこう反論させていただく。もし彼がいつでも、いかようにでも、どこへでも望むままに行けたのなら、彼が望むままに行動したからといって、それは驚くべきことなのか、と。我が学識ある友人は、遺言者が出かける意思を誰にも伝えず、所在も知らせてこなかったことを指摘しています。しかし、私はお尋ねしたい。彼は誰に伝える必要があったのか、と。彼は誰にも責任を負っておらず、扶養家族もおりませんでした。彼の存在も不在も、本人以外は誰も関心を持たなかったのであります。突発的な事情で国外へ行きたくなったのなら、なぜ行ってはならないのでしょうか？　駄目な理由はなにもありません。

我が学識ある友人は、遺言者は身辺のことを放置したまま いなくなったと言われました。さて、皆さんにお尋ねしたい。身辺のことは、長年にわたってそうだったように、非常に有能で、信頼のおける、遺言者自身以上に事柄に精通した代理人に委ねられているのであれば、放置したということになるのか、と。明らかにそうは言えません。

この議論について結論を言えば、遺言者の失踪なるものの状況には、常軌を逸したものはなにもないということであります。遺言者は、豊かな資産があり、行動を制約する責任も負わず、しょっちゅう旅行に行く習慣がある人物でした。しばしば遠隔地にも行ったのです。いつもより多少長期の不在をしただけでは、死亡認定の手続きを強引に進め、財産を取り上げる根拠にはなりません。

本件に関連して言及された人間の遺骸については、ほとんど申し上げる必要はありません。それらの遺骸を遺言者に結びつける試みは完全に失敗しております。皆さんは、サマーズ医師が宣誓の上で、遺骸が特定人物のものとは確認できないと述べたのをお聞きになりました。その証言で事実上決着はついたようであります。私は次に、申請者側の学識ある弁護士が提起した、ある特別なポイントについて言及しなくてはなりません。

我が学識ある友人は、これらの遺骸がエルタムの近隣とウッドフォードの近隣で発見されたこと、遺言者が最後に生きている姿を目撃された場所も、この二か所のどちらかだったことを指摘しています。彼はある理由から、この点を特に重要な事実とみています。しかし、私は同意できません。遺言者が生きている姿を最後に目撃されたのがウッドフォードであり、遺骸が見つかったのがウッドフォードという場合、あるいは、失踪した場所がエルタムであり、遺骸が見つかったのがエルタムという場合は、確かに重要な意味を持つでしょう。しかし、最後に目撃されたのは、どちらか一つの場所でしかあり得ないのですが、遺骸は両方の場所で見つかったわけであります。この点でも、我が学識ある友人は、やはり余計なことを立証しているようなのです。

とはいえ、これ以上皆さんの時間をお取りしようとは思いません。私は、遺言者の死亡を合理的に推定するには、明瞭かつ実証的な証拠が必要だとあらためて申し上げたい。そうした証拠はなに一つ提示されておりません。したがって、遺言者は、いつ戻ってこようと、自分の財産がしかと保全されている権利を有するわけですから、これに必要な当然の措置を彼に保証する評決を皆さんに求めたいのであります」

ヒース氏の弁論が終わると、判事は息抜きの昼寝から目覚めたかのように目を開いた。思わせぶりなまぶたが然るべく引き上げられると、並々ならぬ鋭さと知性をたたえた目が現れた。判事は遺言書の一部に目を通し、メモを取りはじめた――その様子たるや目を閉じたままという驚異的なものだった――それから、陪審員団に説示をするため、証言と弁護士の弁論についての講評へと移った。

「皆さんが聴取した証言を検討してもらう前に」と判事は言った。「我々に委ねられている事案の一般的側面について多少述べておきたいことがある。人が海外へ行ったり、自宅や通常の滞在場所から失踪するなどして、長期にわたり不在となった場合、死亡の推定は、最後に消息を聞いた日から七年経過した場合に認められる。つまり、七年に及ぶ完全な失踪が、当該人が死亡したという推定上の証拠となる。その推定は、七年間のどこかの時点で、その人物が生きていた証拠が出てきた場合にはじめて取り消すことができる。だが、不在期間が七年未満の人物について死亡の推定を求める場合は、当該人が死亡している公算がきわめて大きいという証拠を提示することが必要となる。無論、推定は、実際の証明と違って推測を含んではいるものの、そうした場合の証拠は、死亡したという強い確信を生み出すものでなければならない。不在期間が短ければ、それだけ証拠も説得力のあるものでなければならんのは言うまでもない。

この事案の場合、遺言者であるジョン・ベリンガムは、約二年間の不在となっている。これは比較的短期であり、それだけでは死亡の推定は認められない。とはいうものの、不在期間がそれより短い場合でも、死亡が推定され、保険が適用されたこともある。だが、その事例では、死亡したという確証がきわめて強力なものだった。

その事案での遺言者は船長で、ロンドンからマルセイユに向かう航海の途中、船とその乗組員もろとも失踪した。船と乗組員の遭難が失踪の唯一の合理的な説明だったし、具体的な証明は欠けていたものの、一連の事実は乗船者全員が死亡したという確証とされたのだ。この事案は一つの例として挙げたもの。皆さんは思弁に基づいて公算の度合いを論じているのではない。皆さんは重大な審理に携わっているのであり、自分の根拠にはっきりと確信が持てなくてはならない。求められていることがなにかをよく考えていただきたいのだ。

申請者は、遺言者の財産が遺言書に基づいて受益者に分配されるよう、遺言者の死亡認定を申請している。これを認めれば、我々はきわめて重大な責任を負うことになる。判断を誤れば遺言者に重大な不正をもたらすことになるし、それも取り返しのつかぬ不正となるかもしれない。それゆえ、慎重に慎重を期して証言を吟味し、すべての事実を検討し尽くした上で結論を出すことが皆さんの責務なのだ。

皆さんが聴取された証言は、二つの部分に分かれている――つまり、遺言者の失踪の状況にかかる証言と、ある人間の遺骸にかかる証言だ。後者に関して言えば、申請が検死審問の終了まで待てなかったことについて驚きと遺憾の意を表すのみであり、証言の検討は皆さんに委ねる。皆さんには、遺骸が特定人物のものと判断することはできないが、遺言者と未知の死者が多くの点で類似点を持ち、同一人である可能性もあると、サマーズ医師が明瞭に述べたことを念頭に置いていただきたい。

失踪の状況については、遺言者が行き先を知らせることなく海外に行った前例はないという、ジェリコ氏の証言を皆さんは聞かれた。だが、この証言にどれだけ重きをおくかを検討する際は、遺言者がノーベリー博士と会ったあとにパリに向けて出立したとき、ジェリコ氏に行き先やパリでの住所、正確な帰国日を知らせなかったし、ジェリコ氏も、遺言者の行き先や目的を知らなかったことに留意してもらいたい。さらに言えば、ジェリコ氏は、しばらくは遺言者の足取りをたどったり、所在を確認する手立てがなかったのだ。

女中のドッブズとハースト氏の証言はいささか混乱している。どうやら遺言者は家を訪ね、部屋の一つに案内されたようだが、あとで探したときにはいなかった。敷地内を探して家にはいないと分かったことからすると、立ち去ったものと思われる。だが、帰ると告げられた者はいなかったし、ハースト氏が帰宅するのを待つと言っていたことからすると、こっそり立ち去った彼の行動は、いささか奇妙に見える。それゆえ、検討すべきポイントは、使用人になにも言わずに、家からこっそり出て行くという奇妙なふるまいをした人物が、友人になにも言わずに、通常の滞在場所からこっそり出発し、その後も所在を知らせないという奇妙なふるまいができたかということだ。

そこで、皆さんが評決を答申する前に自問せねばならない問いは、次の二点となる。一つ目は、遺言者の失踪とこれに続く不在は、皆さんが知った彼の習慣や個人的な特徴と矛盾しているか、ということ。二つ目は、遺言者が死亡していることを実証的に示す事実があるか、ということだ。皆さんがこの二つの問いを自問し、聴取した証言に基づいて答えを出せば、おのずと判断は導かれるであろう」

以上の説示を述べたあと、判事は専門家らしい意気込みで遺言書を熟読することに集中しはじめた。しばらくして陪審長が評決の一致したことを告げると、その集中ぶりも中断された。

判事は居ずまいを正し、陪審席をちらりと見ると、陪審長が進み出て陳述をはじめた。

「我々は、遺言者であるジョン・ベリンガムの死亡を推定する十分な根拠はないと考えます」と彼が告げると、判事は得心したように頷いた。法廷は申請を認めない旨をロラム氏に伝えるときの入念な説明ぶりからして、それが判事自身の意見でもあることは明らかだった。

その決定に私はほっとしたし、ミス・ベリンガムも同じだったと思う。だが、とりわけ彼女の父親にとってはそうだった。彼は、勝利の笑みを抑えきれなかったため、思わず気を遣い、敗北の味を嚙みしめるハースト氏の目にとまらぬよう、立ち上がって法廷からすばやく出て行った。ミス・ベリンガムと私は、そのあとに続いた。法廷から出がけに、彼女は微笑みながら言った。

「それじゃ、私たちの極貧も宿命ではなかったのね。不幸続きの中にもチャンスはある――もしかすると、気の毒なジョン伯父さんにも」

第十五章　状況証拠

聴聞会があった日の翌朝は、いつもより気分よく往診に出かけることができた。往診自体は、二件の〝持病持ち〟が予定表にあるだけで、すぐにすむものだったし、おそらくそんなことも明るい一日の展望を抱いた理由だったろう。だが、それだけではない。裁判所の決定は思わぬ猶予措置であり、友人たちの期待が裏切られるのは、少なくとも先延ばしされたからだ。それに、ソーンダイクがブリストルから戻り、私の来訪を待ちわびていると知らされたこともある。さらには、ミス・ベリンガムが、その日の午後、一緒に大英博物館の展示室を見学することに賛成してくれたこともあった。

十一時十五分前には二人の患者の診察も終わり、その三分後には、検死審問でとったメモについてソーンダイクの意見を早く聞こうと、マイタ・コートを闊歩《かっぽ》していた。事務所に着くと〝外扉《オーク》〟が開いていたので、内扉の真鍮の小さなノッカーを軽く鳴らすと、我が恩師がみずから出てきた。

「すぐに来てくれて嬉しいよ、バークリー」と親しげに握手しながら言った。「今は一人でね。昨日の審理での証言の報告に目を通していたところさ」

私に安楽椅子を勧め、タイプ打ちの資料の束をかき集めて、テーブルの脇に押しやった。

「決定には驚きましたか？」と私は聞いた。

「いや」と彼は答えた。「一年は不在期間としては短い。だが、違う結論になることも十分あり得たからね。ほっとしているよ。おかげで拙速にならずに調査を進める余裕ができた」

「ぼくのメモはお役に立ちましたか？」と私は尋ねた。

「ヒースにとってはね。ポルトンが彼に渡したのだが、反対尋問の際に重宝したようだよ。私はまだ見てない。というか、メモを返してもらったばかりなんだ。一緒に目を通してみようじゃないか」

彼は引き出しを開けて私のノートを取り出し、椅子に腰を下ろして慎重に私のメモを読みはじめた。そのあいだ、私は立ったまま、おずおずと彼の肩越しに覗き込んでいた。シドカップで見つかった腕の骨に付着していたタニシの卵の分布状態を示すスケッチのページに来ると、微笑を浮かべていつまでも見ているものだから、私は恥ずかしさで熱くなった。

「スケッチ類は付け足しみたいなものです」と私は言った。「ノートになにか書き込まなきゃと思って」

「では、スケッチが示す事実になんの重要性もないと思ったのかい？」

「ええ。卵の斑点があったから、その事実を書き留めた、それだけです」

「君は素晴らしいよ、バークリー。取るに足らぬか、無関係と思われる事実にも留意する分別を持つ者は、二十人に一人もいない。重要と思う事柄だけを記録する捜査官はまったく役に立たないよ。再考する材料をなにも持ち合わせないからね。だが、これらの卵の斑点や川虫の棲管がなんの重要性もないと言うつもりじゃないだろう？」

「もちろん、骨がどんな状態で置かれていたかを示していますよ」

「そのとおり。腕は背側を上にして完全に伸ばした状態で置かれていた。それだけなら特に目を引くことはない。だが、これらの卵の斑点からすると、手は、池に投げ込まれる前に腕から分離していたことも分かる。これは実に注目すべきことだ」

私は彼の肩越しに首を伸ばして自分のスケッチを凝視し、個々の骨の粗雑な絵から全体を再構成してしまったソーンダイクの早業に驚いた。

「でも、どうしたらそんな結論になるのか分からないですね」と私は言った。

「ほら、君の絵を見たまえ。卵の斑点は、肩甲骨、上腕骨、前腕の骨の背側の面に見られる。だが、こっちの絵では、君は手の骨を六つ描いているね。中手骨が二つ、手根骨、手の甲側の面だよ。ということは、手は掌側を上にしていていたということだ」

「でも、手を内側にひねっていたのかも」

「内側にひねった、というのが腕のことを言っているのなら、それは不可能だね。なぜなら、卵の斑点の位置は、明らかに腕の骨は外側にひねった状態にあったことを示している。すると、腕の背側の面と手の掌側の面がそれぞれ上を向いていたことになるが、これは、手が腕と一体になっているかぎり、解剖学的に不可能だ」

「でも、手は池の中にあるあいだに分離したとも考えられるのでは？」

「いや。靭帯が腐敗するまでは分離しないよ。軟部が腐敗することで分離したのなら、骨はみな乱雑に散らばっていただろう。だが、手の骨に付いた卵の斑点は、みな掌側にある。これは個々の骨が通常の位置関係のままだったことを示している。違うよ、バークリー。手は腕とは別々に池に捨てられたんだ」

「でも、なぜそんなことをしたんでしょう？」と私は聞いた。

「うん、君にはちょっとした検討課題だね。それはともかく、君の探索の旅は見事な成果を上げたと言わせてもらうよ。君はすぐれた観察者だ。ただ一つの欠点は、一定の事実には気づきながら、どうやらその意味を十分理解していないことだね――だが、これはただの経験不足にすぎない。君が集めた事実の中にはきわめて重要なものがあるん

すが」

「ご満足いただけて嬉しいです」と私は言った。「でも、そのタニシの卵を別にすれば、たいしたものは見つからなかったし、卵のおかげでそれほど前進したとも思えないのですが」

「一定の事実には一定の価値があるのさ、バークリー。そのうち、この分離した手という事実がちょうど嵌まる小さなスペースを我々の難解なパズルの中に見つけるだろう。ところで、これらの骨に意外なこととか気になることはなかったかい？——たとえば、骨の数や状態についてだが」

「そうですね、肩甲骨や鎖骨が一緒にあったのは、ちょっと変だと思いました。腕は肩関節で切断しそうなものですから」

「うん」とソーンダイクは言った。「私もそう思う。私の知るバラバラ事件もみなそうだった。しろうと目には、腕は肩関節で胴体につながっているように見えるし、その部分で切断するほうが自然だろう。この異常な腕の切断の仕方を、君ならどう説明する？」

「そいつは肉屋かも？」私はサマーズ医師の言葉を思い出しながら聞いた。「これは羊肉の肩を切り取るのと同じやり方ですよ」

「違うね」とソーンダイクは答えた。「肉屋が肩甲骨を含めて羊肉の肩を切り取るのは、はっきりした目的があるからだ。つまり、それだけ余分の肉を切り取りたいからさ。それと、羊は鎖骨がないから、それが肢を切り離す一番簡単なやり方なんだ。だが、人間の腕を同じやり方で切り取ろうと思ったら、肉屋は困難に直面すると思うよ。鎖骨の存在に初めて出くわしてまごつくだろう。それに、肉屋は対象物をそう丁寧には扱わない。関節を分離するなら、ただそこで切断するだけで、骨にその跡を残さないように手間をかけたりはしないさ。ところが、君が気づいたように、どの骨にも引っかき傷や切り込み傷はないし、指が分離されたところにもない。君も私のように、博物館に展示する骨格標本をこしらえたことがあったら、関節を分離する際に、関節の接合部に切り込み傷や引っかき傷をつけないよう、どれほど神経を使うか分かっただろう」

「じゃあ、この死体をバラバラにした人物は、解剖学の知識や技能を持っていたとでも？」

「そんな意見もあったね。私の意見ではないが」

「ということは、違う意見だということですか？」

ソーンダイクは微笑を浮かべた。「謎めいた言い方をしてすまないね、バークリー。だが、知ってのとおり、今はなにも言えない。とはいえ、君も把握している事実から推論できるように導こうとしているんだよ」

「ぼくが正しい推論をしたら、そうだと教えてくれますか？」と私は聞いた。

「その必要はないよ」彼はやはり穏やかな微笑を浮かべて答えた。「パズルを完成してしまえば、完成したと教えてもらう必要はないさ」

ひどくじれったい答えだった。この問題をじっと考えて、思考を集中させているというように眉間にしわを寄せたものだから、ソーンダイクは声に出して笑った。

「遺骸の身元を確認することが」と私はようやく言った。「一番大事な問題だし、それは事実かどうかの確認の問題です。あれこれ臆測をめぐらしても意味がないでしょう」

「そのとおり。それらの骨はジョン・ベリンガムの骨か、そうでないかだ。骨がすべて揃えば、その疑問も消えるよ――揃えばの話だが。その問題が解決すれば、おそらく、誰が骨をそんな場所に捨てたのかという、もう一つの問題の手がかりにもなる。だが、君が観察したことに戻ろう。ほかの骨から気づいたことはないかい？　たとえば、頸椎がすべて揃っていたことはどう思う？」

「そうですね。そいつが頭蓋骨から環椎骨を分離する手間をかけたのは奇妙だと思いました。手際のよさからすると、よほどメスを使い慣れたやつです。でも、なぜあんな面倒なやり方で作業しなきゃならなかったのかが分からない」

「やり方の一貫性に気づいたようだね。この人物は、頭部を背骨から分離している。よくやるように、もっと下の背骨の途中で切断したりせずにね。腕も、単純に肩関節の部分で切断するのではなく、肩帯ごと分離している。大腿部についても同じ特徴がある。警察は膝蓋骨も捜索したようだが、左右どちらも大腿骨と一緒には見つからなかったかられね。足を分離する単純なやり方は、膝蓋靭帯のところを切断して、膝蓋骨を大腿部に付いたままにしておくことだ。だが、この骨の場合は、膝蓋骨は脛部のほうに付いたままのようだ。この人物が、なぜこんな異常で面倒なやり方を選ばなくてはいけなかったか分かるかい？　こんな処置をした動機が推測できるかい？　あるいは、好んでこんな手法を選んだとすれば、どんな状況だとそうなると思う？」

「なにかわけがあって、死体を一定の解剖学的な部位ごとに分離したかったように見えますが」

ソーンダイクはくすくすと笑った。「まさかそんな仮説で説明しようというんじゃないだろうね？　それでは、もっとたくさんの疑問に答えなくてはいけなくなる。まったく的外れだよ。解剖学的にいえば、膝蓋骨は、脛部ではなく大腿部に属する。大腿部の筋肉のほうに付着する種子骨だ。だが、この場合はどうやら脛部に付いたままになっている。だめだよ、バークリー、そっちの目はまずない。この未知の策士は、博物館向けの骨格標本をこしらえていたわけじゃないんだ。そいつは、あちこちの池に運ぶのに都合のいいサイズに死体を分割しようとしたのさ。では、こんな特殊な分割の仕方をするのは、どういう状況なのか？」

「見当もつきません。つきますか？」

ソーンダイクはとたんにあいまいな態度になり、「そういう状況なら」と言った。「見当がつくよ。よく考えれば、おそらく君にもね」

「検死審問の証言で、なにか重要と思うことはありましたか？」と私は聞いた。

「軽々には言えないな」と彼は答えた。「この事件についての私の結論は、ほぼ状況証拠に基づいている。一つの解釈しかあり得ないと言えるような事実はなにもない。だが、結論を得るには程遠い事実でも、十分積み重ねれば、決定的な総体になることも忘れてはいけないよ。私のささやかな証拠の積み重ねも、少しずつ増えている。おっと、一日のこんな時間をおしゃべりでのんびり過ごしてちゃいけないね。私はマーチモントと打ち合わせがあるし、君は午後の約束があるそうじゃないか。フリート・ストリートまで一緒に行こうよ」

一、二分後、私たちはそれぞれの方向に別れ、ソーンダイクはロンバート・ストリートへ、そして私のほうは、わくわくする予定に心を奪われながら、フェッター・レーンへ向かった。

往診依頼の伝言が一つだけ届いていた。アドルファスが（カレイのフライを調理しているとおぼしき、地階から立ち上るすさまじい煙の中から）その伝言を持ってくると、私は聴診器をポケットに突っ込み、患者の成金趣味的な住居がある、ガンパウダー・アリーに向けて出発した。もうおなじみのゴフ・スクエアとワイン・オフィス・コートの道を陽気に歩きながら、その無名の土地に行き渡る不思議な文学的雰囲気に楽しく思いをめぐらした。『アビシニアの王子ラセラスの物語』の著者（サミュエル・ジョンソン）の魂が、彼があの偉大な仕事に取り組み、退屈ではあるが素朴で慎ましい宴に興じた場所にいまも取り憑いているようだ。どこの路地や小道にも、書物や製本のさざめきがあふれている。活字の組版が、インクの染みだらけの少年たちがごろごろと押す手押し車に載せられ、あちこちの片すみで歩行者を出迎える。山積みの黄板紙、ロール紙や梱包紙、印刷インクかローラー材のドラム缶が、薄暗い入り口の前の歩道に置いてある。地階の窓には、黄泉《よみ》に棲む大勢の小悪魔たちのように、植字工たちが忙しく立ち働く様子が垣間見える。空気にも、印刷機の唸る音、接着剤や糊、油の匂いが立ちこめている。その一帯が印刷屋と製本屋で占められているのだ。私の患者も実はギロチン式断裁機の刃の研ぎ師だった――おとなしそうな顔つきや穏やかな態度とは妙にそぐわない、野蛮で革命風の職業だ。

カレイのフライとギロチン研ぎ師の病人に手間取りはしたが、約束の時間には間に合った。早めに行ったものの、ミス・ベリンガムはいつでも出発できるように――摘んだ花を鉢に移しながら――すでに庭で待っていた。

「以前とまったく同じですね」フェッター・レーンに入りながら彼女は言った。「大英博物館に一緒に通ったときと。テル・エル・アマルナの粘土板や、先生のお気遣いと思いやりに満ちた作業を思い出しますわ。今日は歩いて行きましょうか？」

「もちろん」と私は答えた。「あなたとのお付き合いを乗合バスの一般乗客たちと分かち合うつもりはありませんよ。まるで意味のない浪費です。それに、歩くほうが親しくお話しできますから」

「そうですね。それに、通りの喧騒を味わうと、博物館の静けさが一層心地よく感じられますわ。着いたらなにを見学しましょうか？」

「決めるのはあなたですよ」と私は答えた。「ぼくよりずっとコレクションのことに詳しいじゃないですか」

「そうね」と彼女はふと考えた。「先生なら、なにが見たいと思うかしら。つまり、先生になにを見てほしいかということですけど。昔の英国の陶器、とりわけフラムの陶器は魅力的です。そちらにご案内しますわ」

彼女はしばらくなにか考えている様子だったが、ステイプル法曹院の門まで来ると立ち止まり、グレイズ・イン・ロードのほうをじっと見つめた。

「先生も、ソーンダイク博士のおっしゃる、私たちの〝事件〟に興味をお持ちでしたね。ジョン伯父さんが葬られることを望んでいた墓地をご覧になりますか？　ここから少し外れたところにありますが、別に急ぐことないでしょ？」

むろん急いでなどいない。散歩を引き延ばす寄り道は歓迎だし、場所にしたって——そう、彼女が一緒ならどんな場所も同じだ。それに、確かにその墓地には興味がある。

物議を醸す遺言書の腹立たしい第二項を導いた紛れもなき〝誘因〟だったからだ。そこで、私はぜひ見に行きたいと言い、こうして、私たちはグレイズ・イン・ロードへの入り口に向かって道を横切った。

「見慣れた場所が」と、薄汚れた道を歩きながら彼女は聞いてきた。「二百年前にはどんな姿だったか、思い描いてみたことはありますか？」

「ええ」と私は答えた。「とても難しいことですけど。過去の姿を想像で再現するには、そのための素材が必要ですが、今の外観がどうしてもしゃしゃり出てくるんですよ。でも、場所によっては再現するのが容易な場所もありますね」

「私もそう思います」と彼女は言った。「たとえば、ホルボーンは再現するのが簡単そうですけど、想像で描いた姿は本物とは似ても似つかないでしょうね。でも、ステイプル法曹院の建物やグレイ法曹院の正門みたいに、断片的に残っているものもあるし、昔のミドル・ロウや居酒屋を描いた版画を見れば、想像力を補う素材はそれなりにありますわ。ところが、私たちが歩いているこの道には、いつも戸惑いを感じるんです。古そうに見えるけど、ほんとはほとんど新しい時代のものなので、元の姿を思うように描けません。つまり、ロジャー・デ・カヴァリー卿（十八世紀初めの日刊紙「スペクテイター」の架空の登場人物で、アン女王時代の大地主）がグレイズ・イン・ウォークスを闊歩していた頃や、もっとさかのぼって、フランシス・ベーコンが法曹院に事務所をかまえていた頃の姿ですけど」

「たぶん」と私は言った。「想像が難しい原因は、その界隈が雑多な性格を持ってるせいもあると思いますね。こっちには、往時のグレイ法曹院があって、ベーコンの時代から、さほど変わらずに残っています——彼の事務所は、門を入れば今も見ることができるはずですよ。あっちのクラーケンウェルのほうは、鬱蒼とした、ごみごみした界隈で、田舎らしい面もあるものの、全体としては移ろいやすい地域になってしまいました。バグニッジ・ウェルズやホックリー・イン・ザ・ホールといった場所には、後世に残りそうな建物は多くなかったでしょうしね。残っている実物がないのでは、想像力も働くはずありませんよ」

「そうでしょうね」と彼女は言った。「確かに、往時のクラーケンウェルのあたりはとてもごちゃごちゃした姿に見えますから。でも、たとえば、グレート・オーモンド・ストリートみたいな古い通りなら、近代的な建物を取り払って、わずかに残っているような立派な旧家に置き換えたり、車道や歩道を掘り返して玉石を敷いたり、木製の柱を何本か立てて、石油ランプを一、二個取り付けさえすれば、改装は完璧です。とっても素敵な改装になるわ」

「確かに素敵ですね。でも、そんなことを考えるのも寂しいものです。我々は祖先よりもすぐれた仕事をしなければなりませんから。ところが、我々が実際にやっているのは、古い建物を取り壊したり、博物館にあるような門や柱廊式玄関、鏡板や炉棚を壊して、その代わりに、安手で、便利で、ひどく興ざめなものをどんどん造ることなんですよ」

彼女は私を見ながら静かに笑い、「元気はつらつなはずの若者にしては」と言った。「びっくりするほど悲観的ですのね。まるで預言者エレミヤの衣鉢――法衣など着てたとすればだけど――を受け継いだみたいですが、建築の話を別にすれば、先生はすごくご機嫌がよさそう」

「感謝すべきことがたくさんありますから」と私は言った。「素敵な女性が大英博物館を案内してくださるんです。ミイラの棺で楽しませてくれたり、瀬戸物でなごませてくれるのでは？」

「陶器ですわ」と彼女は訂正した。それから、横道から出てきた謹厳な面持ちの女性たちの一団と出くわすと、彼女は言った。「医学生の女性たちでしょうね」

「ええ、ロイヤル・フリー病院へ行くところです。彼女たちの謹厳な様子をご覧なさい。男子学生の浮薄さとは比べものになりませんよ」

「私もそう思ったんです」と彼女は応じた。「職に携わる女性は、どうして男性よりずっと真剣になるのだろうって」

「おそらく」と私は言った。「みずから選択したものだからですよ。女性は限られた人しか職を求めませんが、男は皆、自活するのが当たり前ですから」

「ええ、そういうことでしょうね。そこを曲がりましょう」

ヒースコート・ストリートに入ると、その突き当たりに、廃れて変わり果てた墓地に入る門があった。その墓地は、ロンドンの旧市街区とともに整備されたものだ。中に入ると、安息地を奪われた死者たちは、いまや生ける者に場所を譲るため、片隅へと押しやられている。墓石の多くはそのまま立っていたが、なかには、アスファルト舗装の歩道や腰掛けを造るために場所を移され、壁際に並べられ、墓碑銘が削り取られて読めない墓石もある。夏の午後にしては居心地のいい場所で、そこに来るまでの薄汚れた街路とは比べものにならなかったが、芝生は色褪せて枯れていたし、木々にとまる鳥のさえずりも、腰掛けやわずかに残る墓石の周りで遊ぶ子どもたちの、ぺちゃくちゃおしゃべりする声と混ざり合っていた。

「では、ここが栄光あるベリンガム家の最後の安息の地ですか」と私は言った。

「ええ。この場所に眠る名士はベリンガム家の人々だけではありません。あのリチャード・クロムウェル（護国卿オリヴァー・クロムウェルの子。父の死後、護国卿を継ぐが八か月で辞任し、失脚）の娘も葬られてますし、そのお墓もまだ残っています——でも、先生ならここに来たことがあるでしょうし、ご存知では」

「来た憶えはないですが、どこか見覚えのある場所ですね」私は周りを見回し、その場所が醸し出す、かすかな記憶の手がかりを探った。ふと、木製の格子垣で嵩上げした西側の壁の向こうに、建物の一群が目に入った。

「ああ、やっぱりそうだ！」と私は声を上げた。「やっと思い出しましたよ。この場所に来たことはありませんが、その囲み壁の向こうはヘンリエッタ・ストリートの突き当たりに通じているんです。解剖学の教習所がそこにありましたが、たぶん今もあるんじゃないかな。ぼくも一年生のときに通ったし、実ははじめて解剖をやったのもそこなんですよ」

「そんな教習所には気味が悪いほどぴったりの場所ね」とミス・ベリンガムは言った。「人類の復活の日が到来したなら、きっと便利ですわ。実習用教材がすぐ届くでしょうから。大きな教習所だったんですか？」

「出席者数は時期によりけりでした。一人で作業したこともありますよ。自分で鍵を開けて中に入り、遺体保存用のタンクからチェーン滑車を使って解剖用死体を引き上げたものです。ぞっとする仕事でした。死体がタンクからゆっくりと引き上げられてくると、慣れない頃には、どれほど気味悪く見えるか想像もつかないでしょうね。古い墓石に彫られている復活の場面のようでしたよ。死者が棺から起き上ってきて、一方では骸骨姿の死神が矢を打ち砕かれ、冠が転がり落ちて、一敗地にまみれたさまを描いたやつです。解剖の実地教授者がいつも青い前掛けをしていたのを憶えていますが、まるで人食い人種の肉屋のようでしたよ。おっと、あなたをぎょっとさせてしまいましたかね」

「いいえ、大丈夫です。どんな職業にも、部外者には見せられないような見苦しい面があるものです。彫刻家のアトリエもそうだし、粘土で大きな像や群像を作っているときの彫刻家本人もそう。見かけからすると、煉瓦工か道路清掃人みたいよ。ほら、これがお話ししたお墓です」

私たちは簡素な石棺の前にたたずんだ。時代を経て風雨にさらされ、すり減ってはいたが、信心ある人の手で丁寧な修復を受けてきたものだ。墓碑には、〝護国卿〟リチャード・クロムウェルの六女アンナ、ここに眠る、とささやかな誇りをこめて刻まれていた。簡素でありきたりな墓で、禁欲的だった時代の荒削りな質朴さがあった。それでいながら、木陰にあるグレイズ・イン・レーンにも武具の鳴る音や武装した男たちの闊歩する足音が響いていた、激動の時代を今なお想起させる。その頃には、この地面むき出しの遊び場も、緑野と低木に覆われた素朴な墓地だったし、田舎の住人がレーンを通ってロンドンへと荷馬を引いていく途中で立ち止まり、木製の門越しに中を覗きこんだことだろう。

ミス・ベリンガムは、そんな感慨にふける私の様子をじっと見ていたが、やがてこう言った。「先生と私は、いろいろよく似た考え方をするようですね」

私が問いかけるように目を上げると、彼女は続けた。「先生も古い墓石を見ると瞑想に誘われるようですけど、私もそうです。昔の遺物、それも古い墓石を見ると特にそう。墓石に刻まれた日付の時代を思わず偲《しの》んでしまいます。どうしてそうなるのか、先生には分かりますか？　どうして遺物がこんなに想像をかき立てるんでしょう？　ありふれた墓石が特にそうなのはなぜかしら？」

「たぶん」と私は考えながら答えた。「墓地の遺物は、ある特定の人のものだし、特定の一つの時代に属するものだからでしょう。周囲のものがみな変化してしまったのに、歳月を経ても変わらずに残っていることが、時の隔たりを橋渡しする想像力を刺激するんですよ。近くの村で人生を送り、遠い昔に亡くなった農民や労働者のありふれた墓石や記念碑が、今も親しく語りかけてくる。村の石工が彫った粗野で幼稚な彫刻や、村の先生が考えた素朴で拙《つたな》い銘のほうが、学者が練り上げた碑銘や、芸術的でもったいぶった記念碑よりも、ずっと生き生きとその時代や生活のありさまを蘇らせてくれるんです。ところで、ご一族のお墓はどこにあるんですか？」

「こちらのずっと片隅です。学術的な目的でしょうけど、間の悪いことに、誰かが墓碑銘を書き写しているようですね。よそへ行ってくれたらいいのだけど。先生にお見せしたいのに」

そのときになって、ノートを片手に、古い墓石の一群を念入りに調べている者がいるのに気づいた。確かに墓碑銘を写し取っているらしく、というのも、墓石の刻銘に目を凝らしているだけでなく、時おり、すり減った文字に指をなぞらせて読みを確認していたからだ。

「あの人が写し取っているのが祖父の墓石です」とミス・ベリンガムは言った。彼女が言い終わらないうちに、その男が振り返り、めがねをかけた鋭い目で私たちを探るように見た。

とたんに私たちは驚きの声を上げた。その調査人はジェリコ氏だったからだ。

第十六章〝アルテミドロスよ、さようなら！〟

ジェリコ氏が私たちと出くわして驚いたかどうかは分からない。彼の顔は、（主要な個別感覚器官が存在し、消化管や呼吸器への入り口もあるから、顔の通常の機能も担ってはいるが）感情を表す器官としては完全な失敗作だ。内心を探ろうと思っても、傘の柄に彫られた顔のようで、まったく歯が立たない。そんな物に似ているから、ついなぞらえてしまったが。彼は、開いたままのノートと鉛筆を持って近づいてくると、ぎこちないおじぎと帽子を持ち上げる昔かたぎなしぐさで挨拶し、関節炎でも病んでいるかのようにそっと握手して、私たちが口を開くのを待った。

「思いもかけずお会いできて嬉しいですわ、ジェリコさん」とミス・ベリンガムが言った。

「ありがたいお言葉ですな」と彼は応じた。

「ほんとに奇遇です――同じ日にたまたまここへ来るなんて」

「確かに奇遇です」と彼は認めた。「誰もたまたまここへ来なければ——よくあることに違いないが——それも奇遇でしょうな」

「でしょうね」と彼女は言った。「お邪魔したのでなければいいんですが」

「いや、大丈夫。ちょうど終わったところに、お二人に気づいたのです」

「事件に関することで、なにかメモをとっておられたんでしょうね」と私は言ったが、ぶしつけな質問だった。言い逃れするのを聞いてやろうと、わざと聞いたのだ。

「事件?」と彼はその言葉を繰り返した。「もしやスティーヴンズが自治区を訴えた事件のことかな?」

「バークリー先生は伯父の遺言書の事件のことをおっしゃったんでしょう」とミス・ベリンガムは生まじめに言ったが、口の両端に不審げなくぼみができていた。

「ほう」とジェリコ氏は言った。「事件というからには、訴訟が起こされたとでも?」

「ハーストさんが起こした訴訟のことですよ」

「ああ、だが、あれは裁判所に申請をしただけだ。それに、もう片づいたことだよ。少なくとも私はそう理解している。もちろん、私の意見は訂正を要するかもしれんがね。忘れてもらっては困るが、私はハースト氏の代理人ではない。実を言うと」とひと息ついて続けた。「これらの墓石に刻まれた銘文の言い回しがどうだったか、再確認していたのです。特に、ご祖父、フランシス・ベリンガムの墓をね。検死陪審の評決で伯父さんの死が認められたら、ここに墓碑を建てるのがふさわしいでしょうからな。だが、墓地は埋葬の受け入れを停止しているので、新しい墓碑を建てるのは難しいし、となると、すでにある墓碑に銘文を加筆するのが無難というものだ。それで調べていたのです。ご祖父の墓石の銘文に『フランシス・ベリンガムの亡きがら、ここに眠る』とあったなら、『その息子ジョン・ベリンガムの亡きがらもここに眠る』と加えるのは明らかに変ですからな。さいわい、銘文はうまい具合に刻んであって、この墓碑が『フランシスの思い出に捧ぐ』ものと記されているだけで、遺骸がどこにあるかまでは踏み込んでいない。それはそうと、あなた方のお邪魔をしてませんかな?」

「いえ、そんなことありませんわ」とミス・ベリンガムは答えた(これは事実に反する。彼はひどく私の邪魔をしているのだ)。「大英博物館へ行く途中に、ここへ立ち寄ったんです」

「ほう」とジェリコ氏は言った。「私もノーベリー博士に会いに大英博物館に行くところなのです。これまた奇遇ではありませんか?」

「ほんとにそうですね」とミス・ベリンガムは答え、こう聞いた。「ご一緒にまいりませんか?」すると、このくそおやじは実にこうのたもうた。「ええ」——こん畜生め!

グレイズ・イン・ロードに戻ると、横に並んで歩ける余地ができたので、この弁護士の迷惑な同伴の埋め合わせをするため、失踪人の話題に水を向けることにした。

「ジェリコさん、ジョン・ベリンガム氏の健康状態には、急死する要因でもあったのですか？」

弁護士はしばらく訝しげに私を見つめると、口を開いた。

「やけにジョン・ベリンガムとその事件に関心があるようだね」

「そりゃそうです。私の友人たちも深く関わってるし、あの事件は専門的な見地からも大変興味を引くものですから」

「で、さっきの質問はどんな関係が？」

「自明ですよ」と私は言った。「失踪人が心臓病や動脈瘤、動脈硬化といった突然死を引き起こしそうな疾病を患っていたと分かれば、その事実は当人の生死の可能性を問う上でとても重要です」

「そのとおりだ」とジェリコ氏は言った。「私は医学の知識には疎《うと》いが、確かにそうだね。質問の件だが、私はベリンガム氏の弁護士であって、主治医ではない。彼の健康状態は守備範囲を超える問題だ。だが、君は法廷で私の証言を聞いたはずだ。遺言者は、私のしろうと目には健康な人に見えたという趣旨の証言をね。今はそれ以上のことは言えないよ」

「それが重要な問題だとしたら」とミス・ベリンガムは言った。「主治医を喚問して白黒をはっきりさせなかったのも変です。私の印象では、伯父は頑健な人でした――きっと今も。事故に遭ったときもすぐ完治しましたし」

「事故とは？」と私は聞いた。

「あら、父が申しませんでしたか？　伯父が私たちの家に滞在していたときのことです。縁石で滑って左足首の骨を折ってしまったの――なんとかの骨折という――」

「ポット骨折ですか？」

「ええ、そんな名前でした――ポット骨折です。両膝の皿も骨折してしまったんです。モーガン・ベネット卿が手術を執刀しましたが、別の医師だったら、終生、障害者になるところでした。運よく数週間でほとんど回復して、左足首に少し後遺症が残っただけですんだようです」

「階段は上がれたんですか？」と私は聞いた。

「ええ、もちろん。ゴルフをしたり、自転車にも乗れましたわ」

「両膝蓋骨を骨折したのは確かですか？」

「確かです。珍しい怪我だということで、伯父がそんな怪我を負ったのをモーガン卿が喜んでいたようですから」

「なにやら名誉を傷つけそうな話ですね。モーガン卿は手術の成功を喜んでいたんでしょう。きっとそうです」

そこで会話がちょっと途切れ、ジェリコ氏に難問をぶつけてやろうと考えていた矢先、彼はその機会を捉えて話題を変えた。

「エジプト室に行かれるのかな?」と彼は聞いた。

「いえ」とミス・ベリンガムが答えた。「陶器を見学に行く予定なんです」

「古代、それとも近代の?」

「主に興味があるのは昔のフラムの陶器です。十七世紀の。それを古代というか近代というかは分かりませんけど」

「私にも分からないね」とジェリコ氏は言った。「古代と近代は厳密な意味を持つ言葉ではない。まったく相対的なものだし、個々の事例に当てはめる場合には、伸縮自在に判断しなくてはいけない。家具の収集家にすれば、チューダー朝様式の椅子やジェームズ一世時代の簞笥《たんす》は古代に属するが、建築家にとっては、その時代は近代に属するし、十一世紀の教会は古代に属する。だが、エジプト学者なら、長期にわたる古代の遺物に慣れているから、いずれも近代の所産であって、わずかな間隔があるにすぎんと判断するよ。おそらく」と考えながら付け加えた。「地質学者にとっては、人類史の黎明期の痕跡すら近代に属するだろう。時代の概念は、ほかと同じで相対的なものだ」

「まるでハーバート・スペンサーの教え子みたいですね」と私は言った。

「私はアーサー・ジェリコの教えに従っているのさ」と彼は言い返した。私もそのとおりだと思った。

大英博物館に着いた頃には、彼もかなり態度がほぐれていた。それに、こういう状況はさほど愉快でないとしても、彼から学ぶことは多かったし、話も面白かったので、挑発するのは差し控え、好きなだけ得意の話題を語らせてやることにした。彼女も興味深げに耳を傾けるとあってはなおさらだ。大ホールに入っても、ジェリコは私たちを解放しようとしなかったし、ニネヴェの有翼牡牛像や巨大な座像の列を通り過ぎるときも、私たちはおとなしく従っていった。こうして私たちは、ほとんど自分の意思と関係なく、ルース・ベリンガムとの友情が芽生えた、きらびやかなミイラの棺が並ぶ上階の展示室にたどり着いた。

「お別れする前に」とジェリコ氏は言った。「いつぞやの晩にお話ししたミイラをお見せしたいですな。ほら、友人のジョン・ベリンガムが、失踪直前にこの博物館に寄贈したものさ。あの晩はたいしたことを話さなかったが、きちんと説明すれば興味を持ってもらえるだろう」彼はジョン・ベリンガムの寄贈品を収蔵したケースに私たちを案内した。そこで立ち止まり、鑑定家のように愛着に満ちたまなざしでミイラを覗きこんだ。

「先生とは瀝青の塗布のことを話していたのですよ、ミス・ベリンガム」と彼は言った。

「もちろん、もうご覧になってるでしょうが」

「ええ」と彼女は答えた。「ひどく外観を損ねてますね」

「審美的視点では残念なことだが、この標本についていろいろ考えさせてくれるものではある。見てのとおり、黒く塗布したことで、主要な装飾や全銘文は手つかずで残ったし、そこはいかにも隠しそうな箇所でもある。だが、脚と背中も、おそらく文字はなにも記されていないだろうに、厚く覆われている。かがんでみれば、瀝青が背中の締め紐にも大量に塗りたくられているのが分かるよ。そんなことをしても仕方がないのに、紐まで塗りこめられているのだ」そう話しながらかがみこみ、支柱の間に見えるミイラの背中部分を探るように覗きこんだ。

「ノーベリー博士にご意見はないのですか?」とミス・ベリンガムが尋ねた。

「ないね」とジェリコ氏は答えた。「彼もやはり、大きな謎と考えているよ。だが、部長が帰国すれば、なにか助言を得られるんじゃないかと思っているようだ。知ってのとおり、大変な権威だし、経験豊かな発掘指導者でもあるからね。おっと、こんな話で油を売って、君たちの陶器見学の邪魔をしてはいかんな。長々つきまといすぎたようだ。私だとすれば申し訳なかった。では、ごきげんよう」すぐにいつもの無表情に戻ると、私たちと握手し、堅苦しくおじぎをして、学芸員室に向かって立ち去った。

「ほんとに変わった人」ジェリコ氏の姿が展示室のはじの出入り口へと消えると、ミス・ベリンガムは言った。「それとも、変わった存在というべきかしら。人間とは思いにくいんですもの。ああした人間には、ほかに会ったことがありませんわ」

「確かに奇妙な偏屈おやじですね」と私は頷いた。

「ええ。でも、それだけじゃないの。まるで感情を示さないし、俗世の関心からも超然としている。市井の人々の中で活動しているのに、ただそこにいるだけで、人々の行動を冷然と無関心に、じっと観察するばかり」

「ええ、驚くほど自制心のある人ですね。というか、マーリーの亡霊（ディケンズ『クリスマスキャロル』に登場する亡霊）みたいに不気味な雰囲気を醸し出しながら人々の間を行き来しているように見えます。でも、古代エジプトの話題になると、とたんに生き生きとして人間らしくなりますよ」

「生き生きとはしても、人間的ではありませんわ。私には人間と思えない。一番興味ありげで熱心な様子のときでも、ただの知識の権化。タフティ神（エジプト神話の知恵の神。トト神ともいう）みたいに、聖鳥イビス（トキのこと）の頭部でも付いていたらよかったのに。そのほうがふさわしいわ」

「そんな頭をしてたら、リンカーン法曹院に一大騒動を引き起こしますよ」と私は言った。私たちは、細長いくちばしをし、山高帽をかぶってリンカーン法曹院や裁判所を仕事で行き来している、タフティ・ジェリコの姿を想像して大笑いした。

話すうちに、いつの間にかアルテミドロスのミイラのそばに来ていた。彼女はケースの前で立ち止まり、こちらを見つめるその顔を、グレーの目でうっとりと見つめた。私は崇敬の念に満ちて彼女を見ていた。神秘的な愛情を捧げる相手を優しく真剣なまなざして見つめる姿は、なんと魅力的な！　なんと優美で、女性らしい気品としとやかさにあふれていることか！　ふと、初めて会ったときから、彼女が大きく変わってきたことに気づいた。まるで歳が若返り、少女らしさや優しさを取り戻したようだ。初めの頃は、私よりずっと年上のように感じられた。悲しげな表情で、疲れ果て、重々しく、謎めいて、憂鬱そうな女性だった。辛辣なユーモアをたたえ、近づきがたい冷ややかさがあった。今はただ、娘らしく優しげな人、確かに多少生まじめでも、素直で親愛に満ち、本当にかわいい人だ。

その変化は二人の友情から生まれたのだろうか？　そう自問しながら、心は新たな希望にはずんだ。彼女への思いをすべて告白したくなった――これからの人生をともに生きたいという思いを。

私はついに、思い切って彼女の夢想に割って入った。

「なにをそう熱心に考えているのかな、お嬢さん？」

彼女はすぐ振り返り、明るい笑みと輝くようなまなざしで見つめ返してくると、「もしかして」と言った。「新しい友人のことを彼が妬《ねた》んでるんじゃないかと思って。でも、そんな馬鹿げたことを言うなんて、私も子どもっぽいですね！」

少し恥ずかしげに、優しく、嬉しそうに笑った。

「なぜ妬んだりすると？」と私は聞いた。

「そうね、先生と知り合う前は――彼は私を独占していました。それまで――父を別にすれば――男性の友だちはいなかったし、本当に親しい友人は誰もいなかった。家族にあの災厄が降りかかってから、私はずっと孤独でした。もともと一人っ子ですけど、私もただの娘です。哲学者じゃありません。だから、寂しくなるとここに来て、アルテミドロスと会い、彼なら私の人生の悲しさをみんな理解してくれて、同情してくれると思っていた。もちろん馬鹿げてますけど、それでも私には大きな慰めだったんです」

「馬鹿げてませんよ。彼は善人だったはずです。彼を知る人たちから愛情を捧げられた、素敵な面立ちの優しい人だった。この美しい記念物が語っているようにね。人生の辛さを、何世紀も経た塵の中に開花した、この人間愛の香りをもって和らげようとするのは、分別のある素敵なことですよ。いや、馬鹿げてなどいない。アルテミドロスは、あなたの新しい友人を妬んだりしませんよ」

「分かるんですか？」彼女は微笑みながらそう問いかけた。まなざしは穏やかで優しげだったが、声には妙に不安げな響きがあった。

「もちろんです。自信を持って保証しますよ」

彼女は楽しそうに笑い、「それなら」と言った。「納得します。先生ならきっと分かるでしょうから。でも、ここにはミイラの心すら読める有能なテレパシーの使い手がいるんですね。なんて怖い方。どうやって分かったのかしら」

「だって、あなたをぼくの友人にしてくれた人ですよ。お忘れですか？」

「ええ、憶えてます」と彼女は優しげに答えた。「私の馬鹿げた気まぐれに同情してくださって、本当の友人になれたと感じたときのことですもの」

「素敵な想像をこっそり教えてくださり、友情という贈り物をいただいたことを感謝しました。その友情を大切に思ったし、今でも大切に思っていますよ。この世のなににもまして」

彼女はすぐ、はっとしたように私を見ると、目を伏せた。しばらく気まずい沈黙が続き、話をもっと冷静な方向に戻そうとするように口を開いた。

「この記念物が二つの部分に奇妙にもはっきりと分かれているのに気づきませんか？」

「どういうことですか？」いきなり現実に引き戻され、私はややまごつきながら聞いた。

「純粋に装飾的な部分と心情や思いを表している部分とがあること。装飾の全体的なデザインや構図は、ギリシア風の雰囲気こそあれ、厳格にエジプトの慣習に従っています。でも、肖像は完全にギリシア様式だし、ここに記された悲しい別れの言葉に至ると、彼らは自分たちの言語で語り、よく知っている文字で記したわけです」

「ええ、ぼくもそれには気づいたし、彼らが銘文を装飾とかちあうことがないように、さりげなく記した感覚にも称賛の念を覚えました。ギリシア語なのに目立ちすぎる銘文だったら、全体の構図の一貫性を壊していたでしょう」

「そうです」彼女はなにか違うことを考えているようにぼんやりと頷き、もう一度ミイラをじっと見つめた。私は幸せな気持ちで彼女を見ていた。愛らしい頬の輪郭、額から優美に分けた柔らかな髪に目をとめ、この世にこれほど素晴らしい存在がほかにいたろうかと思った。彼女は不意に私をじっと見つめた。

「どうして」と彼女は言った。「アルテミドロスのことをお話ししたんでしょう。馬鹿げた、子どもっぽい空想だし、ほかの誰にも話したことはなかったのに。父にすらです。先生なら共感して理解してくれると、どうして分かったのかしら？」

彼女は無邪気にそう質問し、生まじめなグレーの目で問いかけるように私を見つめた。私はすぐさま答えを思いつき、胸を高鳴らせた。

「そのわけを教えますよ、ルース」私は情熱を込めてささやいた。「それは、ぼくがこの世の誰にもまして、あなたのことを愛しているからです。あなたもぼくの愛を心の中で感じとり、それを共感と呼んだのです」

私はにわかに口を閉ざした。彼女が顔を赤らめたと思うと、とたんにひどく青ざめたからだ。彼女は恐怖にとらわれたように私を激しく見つめた。

「驚かせてしまいましたか、ルース？」私は後悔して叫んだ。「時期尚早でしたか？それなら許してほしい。でも、言わずにいられなかった。あなたに恋焦がれてどれほど苦しんだことか。初めてお会いしたときから愛するようになったのです。おそらくまだ口にすべきではなかったんでしょうね。でも、ルース、ご自分がどれほど素晴らしい人か分かるなら、どうかぼくを責めないでほしい」

「責めたりしません」彼女はほとんどささやくように言った。「責められるのは私のほう。これほど誠実で優しい先生なのに、私は悪い友人よ。こんなことにならないようにすべきだった。だって、無理ですもの、ポール。望んでらっしゃる答えを口にするわけにいかないわ。私たちはお互いに友人以上であってはいけないの」

冷たい手が私の心臓を握ったような気がした——愛するもののすべて——人生を有意義にしてくれるすべてを失う恐怖だった。

「なぜ無理だと?」と私は聞いた。「もしや——ほかに心を寄せる人が?」

「いえ、違うわ」と彼女は慌てて言った——まるで怒っているように。「もちろん、そんなんじゃありません」

「では、まだぼくを愛してくれてないだけですね。当然です。そうでしょうとも。でも、いつかそうなる。その日までじっと待つし、懇願して困らせたりしない。ヤコブがラケルを待ったように、ぼくも待ちますよ（旧約聖書「創世記」第二十九章）。ヤコブにとっては、長い年月も、彼女への愛ゆえに数日でしかなかったように、ぼくにとってもきっと同じです。望みのないまま追い払われないかぎりは」

彼女は青ざめたまま目を落とし、体に痛みを感じたかのように唇を噛みしめた。「分かっておられないわ」と彼女はささやいた。「無理です――絶対に。できないわけがあるの。今も、これからも。それ以上は言えません」

「でも、ルース」と私は必死で訴えた。「いつかそうなることもあるのでは？　あり得ないとでも？　ぼくは待ちますよ。でもあきらめない。その障害が絶対に取り除けないとでも？」

「取り除けないでしょう。無理なの。だめよ、ポール。望みはないし、これ以上お話しするのは耐えられない。これで失礼させてください。ここでお別れして、しばらくはお会いしないことにしましょう。いつの日か再び友人になれるかも――許していただけるのなら」

「とうに許してますよ！」と私は声を上げた。「許さなきゃいけないことなんてない。ぼくたちは友人ですよ、ルース。なにが起ころうと、あなたはこの世で最も大切な友人だ。これからも」

「ありがとう、ポール」と彼女は弱々しく言った。「優しい方ね。でも、これで失礼させてください。行かなくては。一人になりたいんです」

差し出された震える手を握ると、ひどく動揺し、辛そうな彼女の様子に驚いた。

「一緒に帰るわけにはいきませんか？」と私は訴えた。

「いえ、だめ！」と彼女は息を飲むように声を上げた。「一人で帰るわ。そっとしておいてください。さようなら！」

「お別れする前に、ルース——どうしても行くのなら——固い約束をしてほしい」

悲しげなグレーの目が私をじっと見つめ、唇は口に出さない問いで震えた。

「約束してください」と私は続けた。「ぼくたちを隔てる障害が取り除かれたら、すぐに教えてくださると。これからもあなたを愛していることを忘れないでほしい。この世でずっとあなたを待ち続けていることを」

彼女は一瞬、すすり泣くように息を飲み、私の手を握った。

「ええ」と彼女はささやいた。「約束します。さようなら」彼女はもう一度私の手を握り、去っていった。彼女が出て行った空虚な出入り口を見つめていると、ちょっと立ち止まって目をぬぐう様子が踊り場のガラス・ケースに映って見えた。彼女の姿を盗み見るのはぶしつけな気がして、慌てて目をそらしたが、彼女の悲しみは優しい共感を物語っているのだと都合のいいように考えた。

だが、彼女がいなくなったとたん、ひどく寂しい気持ちが襲ってきた。今になって、この埋め合わせのつかない喪失感から、気づかぬうちに自分の人生に育まれてきた、この愛情の重さに気づきはじめた。愛情の重さに気づきはじめた。それがいかに今を活気あるものにし、ぼんやり考えていた未来に輝かしい喜びを予感させるものだったか。あらゆる楽しみ、欲望、希望、野心が、その一点に集約していたことか。その愛情こそがたった一つの現実であり、人生のほかの枝葉末節は、陽炎《かげろう》のようにおぼろげで、ちっぽけな現実味のない背景にすぎなかった。もはやその愛は消え去った――どうやら望みなく失われたようだ。残されたものは、絵が外されたあとの空虚な額縁にすぎない。

ぼんやりとした痛みを心に感じ、半ば麻痺したように空想にひたりながら、彼女と別れた場所にたたずんだまま、どれほど経ったか自分でも分からなかった。これまでの出来事が走馬灯のように思い浮かんだ。閲覧室での楽しい作業、二人で初めて大英博物館を訪問したときのこと、そして、明るい希望に満ちて輝かしくはじまった今日のこと。失われた幸福の幻想が、一つ、また一つと浮かんでは過ぎ去った。時おり見学者が入ってきて――その日の展示室はほとんどひと気がなかったが――身じろぎもしない私の姿を探るように見つめ、去っていった。それでも胸に残るどんよりした耐え難い痛みは消えず、それだけが私に残るはっきりとした感覚だった。

やがて私は目を上げ、ミイラの肖像と目を合わせた。古代ギリシア人の優しく哀愁に満ちた顔が、慰めを与えようとするかのごとく、訴えるように私を見つめ返していた。陽光の降り注ぐファイユームでの彼の人生にも、悲しいことがあったのだと語っているかのように。古代の薔薇の葉のほのかな香りのように、かすかな思いやりの心が、私の幸福の始まりを見守り、しぼんで色褪せるのも目撃した、その親しげな顔から伝わってくるようだ。私はようやく、言葉に出さない別れを告げながら身を翻した。振り返ると、彼が丁重な送別の辞を語りながら私を見送っているように見えた。

第十七章　告発する指

暗く沈んだ〝鎮魂曲〟に送られて大英博物館を出てから、あてどなく歩いたことは、かすかにしか憶えていない。だが、かなりの距離を歩いたのは確かだ。診療所に戻る予定の時間まで一、二時間はあったからだ。その合間の時間を通りや広場を散歩することで費やした。周囲の出来事に目もくれず、自分の現在の不幸にばかり気を取られ、体を動かすことで安らぎを得ようという自然の衝動に駆られていた。精神的な落ち込みは、いわば肉体のせわしなさという一種の誘導電流を引き起こす。心情的な動揺が危険な域に高まると、モーターのエネルギーに転換されて無難に沈静化するという恵みの配剤なのだ。モーター装置は心の病に対する安全弁として機能する。エンジンがしばらく稼働すれば、肉体の疲労のはじまりとともに精神的な圧力計が正常値に戻っていくという寸法だ。

私もまさにそうだった。最初はあらゆる希望を打ち砕かれ、悲嘆にくれるばかりの感覚しかなかった。しかし、往来する群衆の中を歩いているうちに、次第にしっかりした精神状態になっていった。どのみち、以前はあったのに失ったものはなにもない。ルースは私にとって以前と同じ存在のままだし——たぶんそれ以上の存在になったのだ。それが昨日は豊かな恵みだったとすれば、今日だってそうじゃないか。それに、彼女のせいでもなく、立ち直る特効薬もないのに、失意のまま落ち込み、嘆くのは、彼女に対してあまりに不当じゃないか！　そう自分に言い聞かせて納得し、フェッター・レーンに着いた頃には、へこんだ心もかなり回復し、なるだけ早く〝元の安定した状態〟に戻ろうと決心していた。

八時頃、ひとり診察室で、不可避の運命を甘受すべきだと悶々と自分に言い聞かせていたとき、アドルファスが小包を持ってきた。表書きの筆跡を見て心がはずみ、受領書にサインするのに取り乱してしまった。アドルファスが（乱筆のサインに軽蔑を隠そうともせず）退くと、すぐに小包を開封した。手紙を引き出すと、小さな箱が机に落ちた。手紙はあまりに短く、私は執行延期令状を読む死刑囚の心境で何度も熱心に読み返した。

「親愛なるポール

午後、唐突に失礼させていただいたことをお許しください。あなたを悲しませたことともです。今は落ち着いて冷静に考えられるようになりましたので、こうしてご挨拶を差し上げ、どうにもならぬことで悲しまれないようお願いする次第です。どのみち無理なことですし、私をお気遣いくださるなら、二度とそのことはおっしゃらないでください。いただいたご厚意にお返しもできないと感じさせてほしくないのです。しばらくは私に会わないでください。あなたが来られないのは残念ですし、父も同じでしょう。父はあなたに大変親しみを感じていますから。でも、私たちが旧交を取り戻すまでは会わぬほうがよいのです――そんな日が来ればですが。

私たちが人生の渦にもまれて離ればなれになってしまったときのために、ささやかな記念の品をお送りします。以前お話しした指輪――伯父が私にくれた指輪です。あなたでしたら手も小さいので、きっとはめることができるでしょう。いずれにしても、私たちの友情の思い出にとっておいてください。指輪の意匠は〝オシリスの眼〟です。私が感傷的に迷信じみた愛着を抱いている、神秘に満ちた象徴です。伯父も愛着を抱き、自分の胸にその図柄を赤い刺青にしたほどです。死者の偉大なる審判者が、正義が実行され、真実が全うされるよう、人類を監視していることを示す象徴です。だから、あなたに善良なるオシリスを託すのです。その眼があなたを見つめ、私がいなくてもあなたの幸せを守ってくださるように。

あなたの親愛なる友
ルース」

あまり慰めにならなかったとしても、素敵な手紙だ。書いた人と同じく、穏やかで言葉数の少ない手紙だが、誠実な愛情がにじみ出ている。ようやく手紙を置き、箱から指輪を取り出してつぶさに調べた。ただの模造品ではあるが、元の骨董品の趣と雰囲気を湛えているし、なにより、贈り主の心がにじみ出ている。金と銀で細工され、銅で象眼した、上品で繊細なその指輪を、コーイヌール（英王室所蔵のインド産ダイヤモンド）とだって引き換えにはしないだろう。指にはめると、その小さな青いエナメルの眼が私を優しく親しげに見上げ、古代世界の迷信の魔力が私までも捉えようとするのを感じた。

その晩、患者は一人も来なかったのが私には（患者にも）幸いしたし、おかげで、返信に長文の手紙を書くことができた。だが、長話に耐えてきた読者を煩わせるのは差し控え、結びの段落だけ挙げておく。

「さあ、申し上げるべきことは言いました。こんなことを言うのはこれきりです。このことで二度と口を開くことはありません（今も口を開いてはいませんが）。〝時が変わるまで〟は（The Vicar of Brayという歌の一節）。時が変わらなければ――このまま過ぎ去ってしまうなら、いずれ私たちは並んで座し、ともに白髪となり、鼻にもしわが寄り、老いさらばえた顎を杖にもたせかけ、善良なるオシリスのご利益があれば実現したはずのことをぼそぼそと仲良くおしゃべりしましょう——私はそれでも満足です。ルース、あなたの友情はほかの女性の愛より尊いのですから。厳しい罰を受けはしましたが——ボクシングにたとえるのをお許しいただければ——十カウント以内に元気よく立ち上がりました。ご指示を誠実に守り、二度とあなたを苦しめないとお約束します。

あなたの誠実にして親愛なる友

ポール」

この手紙に宛て名書きして切手を貼り、しかめ面を明るい笑顔に取り繕い（アドルファスはごまかせなかったが）、出かけて郵便ポストに投函した。そのあと、〝祈りの言葉〟をつぶやいて縁起を担ぎ、この問題はこれできれいに終わったのだと自分に言い聞かせた。

しかし、こうしてきっぱり納得したはずなのに、それからの日々は、ひどくみじめな若者となってしまった。この種の悩みを些末で感傷的なことだと書いてすますのは簡単だ。そんなものではない。根っからまじめな性格の男が、最も理想とする女性らしさを持った世界でただ一人の人、それどころか、愛と崇拝のすべてを捧げるべき千人に一人の女性を見つけたというのに、その希望のすべてが不意に瓦解したとあっては、ちょっとした不運とはいえない。そのことに気づいたのだ。つらい現実をあきらめて受け入れつつも、もしこうだったらという幻想が昼も夜も私の頭から離れず、暇なときにぼんやり外を歩いて過ごすことで頭から振り払おうとしたが、片時も忘れることはできなかった。ただならぬ動揺がつきまとった。ディック・バーナードから、マデイラに到着し、これから帰国すると知らせる手紙を受け取ったときは、安堵のため息をついた。今後の計画はなかったが、今のうんざりするほど単調な診療業務から抜け出し――いつでも望むまま自由に行動したいと願っていたのだ。

ある晩、一人ぼっちで味気ない夕食を食べていると、不意に孤独感が襲ってきた。それまでは、悶々と考えながら一人でいたいと思っていたが、誰かに会いたいという気持ちのほうが強くなった。一番会いたい人に会うのは許されないし、彼女の希望どおり我慢しなければならない。でも、テンプルには友人たちがいる。最後に会ってから一週間以上経つし、それどころか、あの人生最悪の日の朝から会っていない。私のことを心配しているだろう。テーブルの席から立ち上がり、たばこ入れの中身を缶から補充すると、キングズ・ベンチ・ウォークに向かった。

次第に暗くなる中を五A番地の入り口に近づいていくと、ソーンダイクその人がデッキチェア二脚に、読書用ランタンと本を持って出てくるところに出くわした。

「おお、バークリー！」と彼は声を上げた。「まことに汝なりや？（旧約聖書「列王記上」第十八章七節より）どうしているか心配してたよ」

「ほんとにご無沙汰しました」と私は認めた。

彼は入り口のランプの明かりを頼りに、私を仔細に観察してから言った。「フェッター・レーンはあまり性に合わないようだね。ずいぶんと痩せ細ってしまったよ」

「まあ、それももう終わりますけど。バーナードが十日ほどで戻ってくるんですよ。船は石炭と貨物を積み込むためにマデイラに停泊中で、そのあと帰国するそうです。その椅子を持ってどこに行くんですか？」

「ウォークの端にある庭柵のそばに腰かけようと思ってね。屋内より涼しいんだ。ちょっと待ってくれれば、ジャーヴィス用の椅子も取ってくるよ。しばらくしないと戻ってこないが」彼は階段を駆け上がり、やがて三つ目の椅子を持って戻ってきたので、私たちはウォークの静かな片隅まで荷物を運んだ。

「すると、君の奉仕期間も終わろうとしているわけだ」椅子を置き、ランタンを柵に掛けると、彼は言った。「ほかにニュースはあるかい？」

「いえ。あなたのほうは？」

「残念ながらないよ。調査はいずれも芳しい結果をもたらさなかった。もちろん証拠はかなり集まっているし、いずれも一つの方向を指し示しているようだ。だが、もっとはっきりした証拠がないと、きっぱり行動に踏み切れない。この問題についての私の仮説を裏付けるか反証するものが出てくるのを待っているのさ。新たな証拠をね」

「すでに証拠があるとは知りませんでした」

「そうかい？」とソーンダイクは言った。「でも、君はぼくと同じだけのことを知っているんだよ。重要な事実はすべてね。だが、どうやら君はそれらを照らし合わせたり、そこから意味を引き出すことはしていないようだ。やってみさえすれば、そうした事実がきわめて重要だと分かるんだが」

「どんな意味があるのか、お尋ねしてはいけませんか？」

「いや、だめだ。事件を扱っているあいだは、誰にも自分の仮説を話さない——ジャーヴィスにもだ。だから、決して漏れることはないと自信を持って言えるのさ。君を信頼してないわけじゃないよ。忘れてほしくないが、私の見解は依頼人のためにあるのだし、戦略の要諦は敵に悟られぬことなんだ」

「ええ、分かってます。やはり尋ねるべきではありませんでしたね」

「尋ねる必要すらないよ」とソーンダイクは微笑みながら応じた。「君自身で事実を総合して推論を組み立てればいいのさ」

こうして話しながら、ソーンダイクが時おり私のほうを気遣わしげに見るのに気づいた。しばらく沈黙が続いたあと、彼は不意に聞いてきた。

「なにか具合の悪いことでもあるのかい、バークリー？　友人たちのことで気がかりでも？」

「いえ、そうじゃありません。彼らも前途洋々というわけではないでしょうけど」

「おそらく見かけほど悪い状況ではないよ」と彼は言った。「だが、君はなにか悩んでいるようだね。いつもの元気がすっかり消えてしまったみたいだよ」ひと息ついてから付け加えた。「個人的な問題に口をはさむつもりはないが、私の助言が役に立つのなら、我々は旧友であり、君が私の教え子だということを忘れないでほしいね」

おのずと遠慮してしまい、反射的に奥歯に物の挟まったような逃げ口上をもごもごと言いはじめたが、途中でやめた。そもそも、どうして彼に打ち明けちゃいけない？　専門分野となると、いつも謎めかして秘密主義だが、善良で賢明な人だし、人間的な共感にもあふれている。それに、今の私は友の存在を切に必要としているのだ。

「実は」と、私は恥ずかしそうに切り出した。「助けてもらってどうなるという話ではないんです。お話しして煩わせるようなことではないのですが――」

「君が不幸な状態にあるのなら、友人に気遣ってもらってもおかしくあるまい。話して支障がなければ――」

「もちろんありませんよ、先生！」と私は声を上げた。

「ならば話してくれよ。それと、〝先生〟などと呼ばないでくれたまえ。今は同じ医師なんだから」

そう促され、はじめは気恥ずかしく、しどろもどろだったが、やがて気も楽になり、自信を持ちながら、自分のはかない恋愛の顛末を打ち明けた。彼は注意深く耳を傾け、話が少し脈絡を失うと、一度か二度、質問をはさんだ。話し終えると、彼は私の腕に優しく手を置いた。

「不運だったね、バークリー。どうりでしょげていると思ったよ。慰めの言葉もない」

「ありがとうございます」と私は言った。「辛抱強く聞いてくださり感謝します。でも、こんな感傷的な悩みで煩わせるのは恥ずかしいかぎりです」

「そんなことはないよ、バークリー。そんなふうに思わないでくれ。本性に基づく主要な関心事の意義を軽く見るようでは、生物学者としても医師としても失格だよ。顕著な生物学的真理の一つは、性のもつ至上の重要性さ。世界を広く見まわし、春の鳥の歌声に耳を傾けたり、野のユリに思いをめぐらすとき、生きとし生けるもののすべてにそのことを見出さないようでは、我々は耳も目もないに等しい。人間が下等な有機体よりすぐれているように、人間の愛もただの反射作用的な性の表出より崇高なものなんだ。君も同意見と思うが、真摯で誇りある男性が大切な女性に対して示す愛は、人間のあらゆる関心事の中で最も重要なものだと思う。それは社会生活の基礎であり、うまく機能しなくなれば、直接人生を狂わされる者にとってだけでなく、社会全体にも深刻な災厄をもたらすのさ」

「当事者にとっては深刻な問題です」と私は同意した。「でも、友人まで巻き込まなきゃいけない理由はありませんよ」

「巻き込むわけではない。友人は互いに助け合うべきであり、それを特権と考えるのさ」

「あなたに助けてもらいに来るのに遠慮はしないですよ。あなたという人を知ってますから。でも、こんな状況にある哀れなやつを助けられる者はいません――まして法医学者にできることではないですよ」

「おいおい、バークリー！」と彼は反論した。「そんなにみくびらないでくれ。どんなちっぽけな生き物にも使い道はあるものさ――アイザック・ウォルトンも言うように、〝小さなアリにも〟ね（『釣魚大全』第一章より）。そう、切手収集家から有益な助言を得たこともある。それに、車のスピード狂や、ミミズ、アオバエのことを考えてみたまえ。そんな平凡な存在でも、自然界で役割を担っている。それでも法医学者を無価値だと切って捨てるのかい？」

私は恩師の茶化すような皮肉に力なく笑った。

「ぼくが言いたかったのは」と言った。「待つよりほかないということです――たぶん永遠に。どうしてぼくと結婚できないのか、ぼくから求婚していけないのか、分からない。彼女はとっくに結婚をあきらめてますよ」

「確かに。意中の人はいないと彼女ははっきり言ったわけだね」

「そうです。でも、ほかにもっともな理由を思いつかない。ぼくのことを好きじゃないというなら別ですけど。だとすれば完全に納得がいきますよ。でも、それなら今だけのことだし、とても親密にしていることを考えれば、彼女が存在すると考えてるような乗り越えがたい障害じゃない。女性としての意固地な矜持《きょうじ》でなけりゃいいけど。どうしてそうなるのか分からない。でも、女性は時として、ひどく複雑な考え方をしたり、頑固になったりしますからね」

「まったく合理的な説明が目の前にあるのに」とソーンダイクは言った。「わざわざひねくれた動機を探すことはないさ」

「目の前にですか？」と私は声を上げた。「ぼくには分かりません」

「無理もないが、君はミス・ベリンガムが置かれている状況を見落としている。だが、彼女にその意味が分からぬはずはあるまい。彼女の立場を本当に分かっているかい？つまり、伯父さんの失踪に関して、ということだが」

「おっしゃる意味がよく分かりませんが」

「そう、事実を見て見ぬふりをしても仕方がない」とソーンダイクは言った。「彼女の立場はこういうことだ。つまり、もしジョン・ベリンガムがウッドフォードの弟の家に行ったとすれば、ハースト家を訪ねたあとなのはほぼ確実だ。〝もし行ったとすれば〟という点に留意したまえ。実際に行ったと言うつもりはない。だが、そこへ行ったという想定がまかりとおっている。もし行ったとすれば、それ以後は生きている姿を目撃されていない。さて、彼は正門からは入らなかった。家に入ったのを見た者はいない。だが、裏門があったし、ジョン・ベリンガムもその門を知っていて、図書室で鳴る呼び鈴も付いていた。さらに、ハーストとジェリコが来たのは、ベリンガム氏が帰宅した直後だったのを思い起こしたまえ。それ以前に図書室にいたのは、ミス・ベリンガムだけだ。つまり、ジョン・ベリンガムが訪ねてきたとされるまさにそのとき、図書室にいたのは彼女だけなのだ。これが彼女の立場だよ、バークリー。これまで、その点を指摘する者はいなかった。だが、ジョン・ベリンガムが、生死は別にして所在不明のままなら、遅かれ早かれその点が問われるだろう。ハーストが身を守るために、あらゆる事実を最大限活用して、自分から他人に嫌疑をそらそうとするのは確実だ。その他人とは、ミス・ベリンガムだよ」

私はしばらく、文字どおり恐怖で感覚を失った。驚きは怒りに変わった。「だが、そんな馬鹿な！」私は立ち上がりながら叫んだ――「失礼しました――でも、あんな優しく上品な女性が自分の伯父を殺したなんて、誰がそんな鉄面皮なことをほのめかしたりすると？」

「あからさまに主張しなくとも、そう示唆する者がいるだろうね。彼女にも分かっているのだ。だとすれば、君を自分に公然と関わらせたくないと思うのも無理からぬことじゃないか？　警察裁判所や中央刑事裁判所のおぞましい議事録に君の誇りある名をさらし、恥ずべき悪名に変えてしまうようなことを許容するとでも？」

「おお、やめてください！　お願いです！　ひどすぎる！　ぼくは自分のことなど気にしませんよ。必要とあらば、ぼくは誇りを持って彼女とともに汚辱の犠牲となる。でも、そんなふうに彼女のことを考えるのは不敬です。冒瀆です。我慢なりません」

「うん」とソーンダイクは言った。「君の言うことは分かるし、同情するよ。それどころか、私だって、この忌まわしい問題には義憤を感じている。だから、あからさまに現実を述べたとしても、私の言ったことを残酷とは思わないでほしい」

「そうは思ってません。ぼくが愚かゆえに予測できなかった危機を教えてくださっただけです。でも、そのおそろしい状況が意図的につくられたみたいにおっしゃいますね」

「もちろん、そう言ってるのさ！　これは偶然の産物ではないよ。見かけどおり、実際に起きたことか——もちろん違うさ——あるいは、計画的な意図によって、誤った結論に導くように、そうした外観をつくり出したかだ。だが、これは意図的な計略によるものだと確信しているよ。私は待っているのだ——キリスト教的な忍耐の精神からではなく——こんなことをやった悪党に王手をかけるのを」

「なにを待っておられると？」と私は聞いた。

「必然的に起こることを待っているのさ」と彼は答えた。「いかに巧妙な犯罪者でも必ず犯す過ちをね。今のところやつは身を潜めている。だが、やがて動き出す。そのときこそ、やつを仕留めるのだ」

「でも、そのまま身を潜め続けるかも。そのときはどうします？」

「うん、そのおそれはある。我々が相手にしているのは、引くべき時を知っている完全無欠な悪党なのだ。そいつに会ったことはないが、おそらくそういうやつだ」

「そうなったら、ぼくらは、友人たちが没落していくのを、ただ手をこまぬいて見ているしかないんですね」

「かもしれない」とソーンダイクは言った。私たちはふさぎ込むようにもの思いに沈んだ。

　そこは、ロンドンの閑散地ならではの平穏で静かな場所だった。時おり遠くから聞こえる引き船や蒸気船の汽笛が、下流にある、船でひしめくプール・オブ・ロンドンの慌ただしい日常を物語っていた。かすかに聞こえる往来の騒音が区域の外の通りから伝わってくる。そして、新聞売り子の甲高い声がカーメライト・ストリートの方向から絶え間ないコーラスのように聞こえてきた。遠すぎて耳障りではなかったが、興奮した叫び声が、離れるにつれ小さくはなったものの、ソーンダイクがほのめかした未来の可能性を不気味に暗示するかのように、骨の髄まで私を震撼させた。まるで近づいてくる不幸のまがまがしい兆しのようだ。

おそらく、同じ連想がソーンダイクの心にも浮かんだのだろう。やがてこう言ったからだ。「新聞売り子は、今夜は不吉を知らせる鳥のように飛び回っているね。なにか尋常ならざることがあったな。おそらく公私いずれかの変事だろう。あの叫ぶ悪鬼たちは死体に食らいつこうとしているわけだ。新聞記者というのは、戦場の上を舞う禿鷹とよく似ている」

私たちは再び沈思黙考に入ったが、しばらくして私は聞いた。

「調査でなにかお手伝いできることは?」

「私もそれを考えていたところさ」とソーンダイクは答えた。「君にも手伝ってもらうほうがよかろうと思ってね」

「どんなことですか?」と私は熱を込めて尋ねた。

「即答はしかねるけど、ジャーヴィスがもうすぐ休暇でここを離れる——というより、今夜から実際の仕事は休みでね。することもほとんどない。もうじき夏期休暇の時期だし、彼がいなくてもなんとかなる。だが、君がここに来て代わりを務めてくれるなら、とても助かるよ。ベリンガム事件に関してやることがあれば、君の熱意が経験不足も埋め合わせてくれるはずだ」

「ジャーヴィスの代わりまでは務まりませんよ」と私は言った。「でも、ぼくに手伝わせていただけるなら、とてもありがたいです。靴を磨くことでも、なにもしないよりましです」

「いいだろう。バーナードが仕事に復帰したら、すぐここへ来てくれるかい。ジャーヴィスの部屋を使っていいよ。最近はあまり使ってないからね。それに、君だってここほど落ち着くところもないだろう。私の鍵を貸すよ。私のほうは合鍵があるから。事務所は今から君の事務所と思ってくれていい」

　鍵をもらうと、私は心底から感謝の言葉を述べた。そんな提案をしてくれたのも、私がなにか役に立つからではなく、私の心を落ち着かせるためだと分かっていたからだ。言い終わらないうちに、歩道を足早に歩いてくる音が聞こえてきた。

「ジャーヴィスが戻ってきた」とソーンダイクは言った。「休暇を取りたいなら、仕事を引き継ぐ代診医がいることを教えてやろう」彼が道の方向に向けてランタンを掲げると、すぐにジュニア・パートナーが新聞の束を小脇に挟んですたすたとやってきた。

　ジャーヴィスは薄明かりの中に私の姿を認めると、ちょっと怪訝《けげん》そうな顔をした。様子も少しぎこちなく、私がいることに戸惑っているようだ。私たちの新たな取り決めをソーンダイクが伝えても、さほど強い関心も示さずに聞き、いつもの茶化すようなもの言いもしなかった。またもや私のほうをちらりと見て、なにか言いたそうで、ためらってもいる様子に、私はひどくまごついた。

「それでいいよ」ソーンダイクが事情を話すと、彼は言った。「バークリーならきっとぼくと同じくらい役に立つさ。どのみち、バーナードのところにいるより、ここにいたほうがいい」彼にしては珍しく生まじめにそう言い、私を気遣う様子があるのが気になった。ソーンダイクもやはり気になったようだ。なにも言わなかったが、訝しげにジャーヴィスのほうを見たからだ。だが、少し言葉が途切れたあと、彼は尋ねた。「それで、我が学識ある同僚はどんなニュースを持ってきたのかな？　外の蛮人たちはけたたましい叫び声を上げていたし、我が学識ある友の腕には新聞の束があるときてる。なにか特別なことでも起きたのかい？」

ジャーヴィスはますますそわそわしはじめた。「うん――まあね」と彼はためらいがちに答えた。「そのなにかが起きたんだ――ほら！　遠回しな言い方をしても仕方ない。バークリーもぼくから聞くより、外で叫んでる悪魔たちから教えてもらうほうがいいだろう」彼は新聞の束から二部取り出し、一部は私に、もう一部はソーンダイクに黙って手渡した。

ジャーヴィスの怪しげな態度に、私はいやおうなしに不安を強くし、名状しがたいおそれを抱いて紙面を開いた。だが、ぼんやりおそれていたものがなんだったとしても、それはまったく予期せざるものだった。外から聞こえる叫び声が、ぎくりとする見出しと刺激的な大文字に形をなしているのを見て、私は一瞬、恐怖で吐き気とめまいを覚えた。

記事は短く、私は一分もかからずに読み終えた。

「行方不明の指
　ウッドフォードで劇的な発見

ケント州やエセックス州のさまざまな場所で見つかったバラバラ死体をめぐる謎は、部分的とはいえ、実にぞっとする解決を見た。警察は一貫して、これらの遺骸が、ほぼ二年前に不可解な状況で失踪を遂げたジョン・ベリンガム氏のものだという疑いを抱いてきた。その問題については、もはや疑問の余地はない。シドカップで見つかった手に欠けていた指が、使われていない井戸の底から、指輪とともに発見されたのだ。その指輪はジョン・ベリンガム氏が日常的にはめていたものと確認された。

井戸がある庭園内の家は、殺された男性の持ち家であり、失踪当時、弟のゴドフリー・ベリンガム氏が居住していた。しかし、ゴドフリー氏はその後まもなく引っ越し、以来、空き家になっていた。ごく最近、家の修理が行われ、井戸も水を抜いて清掃が行われた。バジャー警部は、ほかの遺骸が見つからないか近隣を捜査中だったが、その井戸の水が抜かれると聞きつけると、搬器に乗って中に降り、井戸の底を調べ、そこで三つの骨と指輪を見つけたのである。

かくして、死体の身元は疑いの余地なく確定された。残る疑問は、〝ジョン・ベリンガムを殺したのは誰か?〟ということだ。彼の懐中時計の鎖から外れたと思われる装身具が、再び生きている姿を目撃されることなく失踪したその日に、この家の敷地内で見つかったことも忘れてはなるまい。これらの事実がなにを意味するかは、いずれ明らかになる時が来るだろう」

記事はそれだけ。だが、十分だ。私は新聞を地面に落とし、ジャーヴィスのほうをうかがうと、靴のつま先をしょげたように見つめて座っていた。なんとおそろしい! 信じがたいことか! その打撃に打ちひしがれ、私の五感は麻痺し、しばらく思考がまともに働かなかった。

私はソーンダイクの声で我に返った――穏やかで、淡々と落ち着いた声だ。

「まさに明らかになる時が来たよ! だが、用心してかからねばならない。そう心配しなくていいよ、バークリー。帰って、酒を少しと鎮静剤を飲んで休みたまえ。君にはいささか衝撃だったようだ」

私はぼうっとした気分で椅子から立ち上がり、ソーンダイクに握手の手を差し出した。薄明かりの中で、茫然とした状態でも、彼の顔にかつて見たことのない表情が表れているのに気づいた。運命を司る神の決然とした表情——厳しく、おそろしい、容赦を知らぬ表情だ。

二人の友は一緒にインナー・テンプル・レーンの端にある門まで送ってくれたが、そこに来ると、見慣れぬ男がレーンを足早に歩いてきて、私たちを追い越していった。守衛所の外のランプが灯るところで、男は不意に肩越しにこちらを振り返り、立ち止まりも挨拶もせずに行ってしまったが、それが誰なのか気づき、私はちょっとびっくりした。彼がなぜそこを通ったのかは、そのときも分からなかったし、今も分からない。それはジェリコ氏だったのだ。

友人たちともう一度握手して、フリート・ストリートに入って行ったが、門から出たとたん、ネヴィルズ・コートにまっすぐ向かった。なにを考えていたのか、自分でも分からない。ただ、防御本能のようなものが私を導いていた。そこには、彼女が自分に迫るおそろしい危機に気づかぬままにいたからだ。路地への入り口には、背の高い屈強そうな男が壁にもたれて立っていたが、すれ違いざま、気になったように私のほうを見た。しかし、私はほとんど気にも留めず、狭い通路へと進んでいった。家のみすぼらしい門のそばで立ち止まり、壁越しに見える窓を見上げた。いずれも暗かった。では、みんな寝ているのだ。その様子になんとなく安心し、路地のニュー・ストリート側の端まで歩いていき、外のほうを見た。すると、そこにも、背の高い、がっしりした男がうろついていた。男が私の顔を探るように見るので、私はきびすを返し、路地に再び入ってそうっと引き返した。再び家の門まで来て立ち止まり、もう一度窓を見上げてから振り返ると、さっき見た男が私をつけて来ているのに気づいた。そのとき、おそろしい閃《ひらめ》きとともに悟った。二人の男は私服刑事なのだ。

一瞬、怒りで我を忘れそうになった。この侵入者と一戦交えようという無分別な衝動に襲われた。その侮辱的な存在に仕返ししてやるために。さいわいにも、その衝動はすぐに消え、行動に移さずに我に返った。しかし、二人の刑事がいることは、危機が眼前に迫り、おそろしい現実となっていることを示していた。恐怖からくる冷や汗が額ににじみ、よろめくようにフェッター・レーンに入って行ったときも、耳ががんがんと鳴り続けていた。

第十八章　ジョン・ベリンガム

それから数日は、まさに恐怖と抑鬱という悪夢の日々だった。もちろん、ルースが私に課し、いったんは受け入れた追放令は拒むことにした。少なくとも友人なのだし、危機に際してそばにいるのは当然だ。暗黙のうちに――だが、ありがたそうに！――彼女もそのことを認め、再び家への出入りを許してくれた。

なにしろ、事実をごまかせる余地はなかった。新聞売り子は、朝から晩までそのニュースを叫びながらフリート・ストリートを行き来し、ぞっとするような宣伝ビラが、大口開けて見とれる群衆をあおり立て、新聞各紙は〝衝撃的な顚末〟を大きく書き立てていた。

確かにあからさまな告発はされていなかったが、失踪当時の記事が、怒りで歯ぎしりしそうになる解説付きで再掲されていた。

当時のみじめさは死ぬまで記憶に残るだろう。通りにあふれる宣伝ビラをこっそり走り読みしたとき、私をげっそりさせた不安、身の毛のよだつ戦慄、胸を締めつけるような恐怖は決して忘れられまい。ネヴィルズ・コートの入り口周辺をうろつく、目障りな刑事たちでさえましに見えるほどだった。彼女に迫るおそろしい危機を体現してはいたが、彼らがそこにいるかぎり、少なくとも打撃はまだ振り下ろされていないことを物語っていたからだ。それどころか、しばらくすると、私たちは相手を認めると目配せを交わすようになった。彼らも彼女や私のことを気の毒に感じていて、自分たちのしていることも不本意のようだった。むろん、私は暇があるとその古い家で過ごしたが、そこにいるのが一番胸の痛むときだった。うまくはいかなかったが、明るく堂々とした態度を保とうと努め、使い古しの軽い冗談を飛ばしたり、ミス・オーマンに丁々発止の言葉の応酬を仕掛けたりもした。だが、後のほうの実験はひどい失敗に終わった。当意即妙のやりとりの中で、ミス・オーマンがいきなり私の胸に顔を押しつけてヒステリックに泣き崩れたため、そんなことを仕掛けるのはあきらめ、二度と繰り返さなかった。

おそろしい沈鬱さがその古い家を覆っていた。気の毒なミス・オーマンは、目をどんよりさせ、顎を震わせて、静かにではあったが、そわそわと古い階段の上がり降りを繰り返し、さもなくば、自分の部屋にこもり、議会に出す請願（私の記憶が正しければ、離婚や婚姻の訴訟を処理する女性判事の任命を求めるもの）に悶々と手を入れていたが、それは署名されることなく、むなしく机に置かれたままだった。ベリンガム氏は、はじめのうちは、怒り狂ったり狼狽したりを繰り返す精神状態だったが、すぐに神経衰弱に陥り、私も油断ならぬ状態と見ていた。さらに言えば、家庭内でただ一人しっかりしていたのはルースだったが、彼女も、悲しみやおののき、災厄の予感からくる憔悴を隠しきれなかった。態度はほとんど変わっていなかった。というより、最初に知り合った頃に戻ったというべきか――静かで控えめ、口数も少なく、相変わらず愛想のよさを示しながらも、ぴりっとしたユーモアのある態度だ。私と二人だけになると、控え目さも消え、すっかり優しく温和になった。だが、彼女が日に日にやつれ、頰が青ざめていくのを目の当たりにし、威厳のあるグレーの目に悲愴感を湛えつつも、果敢に運命に挑もうとする意志を感じとると、胸を締めつけられるような気持ちになった。

それは試練の時だった。おそろしい疑問がずっと私を悩ませ続けた。打撃はいつ打ち下ろされるのか？　警察はなにを待っているのだろう？　警察が逮捕に踏み切ったら、ソーンダイクはどう対応するつもりなのか？

こうしておそろしい四日間が過ぎていった。しかし、その四日目、ちょうど夕方の診察時間がはじまる間際、診療所が診察待ちの患者でいっぱいになったとき、ポルトンが手紙を持ってやってきた。ポルトンは私に直接手渡すと言い張り、アドルファスを怒らせた。その手紙はソーンダイクからで、次のように書いてあった。

「ノーベリー博士が、最近、ベルリンのレーデルボーゲン氏――オリエントの古代遺物の権威――から手紙を受け取ったのだが、同氏はその中で、一年ほど前にウィーンで会った、英国人のエジプト学者のことに触れているとのことだ。氏はその英国人の名を憶えていないが、ノーベリー博士によれば、ジョン・ベリンガムのことではないかと思える表現が手紙にあるというのだ。

そこで、今夜八時半に、ベリンガム親子を私の事務所に連れてきてほしい。ノーベリー博士に会わせて、その手紙のことで話をしてもらおうと思う。重要なことだから、必ず連れてきてくれたまえ」

希望と安堵がさざ波のように自分を包んでいくのを感じた。この困難な問題の解決も、まだ望みを捨てたものではない。救いは手遅れにならぬうちに訪れるかもしれない。私は、ソーンダイクとルース宛てに、それぞれ日時の約束をとりつける手紙を急ぎしたためた。いずれも信頼置くあたわざるポルトンに託したあと、再び自分本来の仕事に精を出した。ほっとしたことに、患者の殺到も一段落し、診療はいつもの閑古鳥状態になった。おかげで、さもしい嘘の口実を作らずに、彼女との約束に間に合うよう逃れ出ることができた。

ネヴィルズ・コートへのアーチ道をくぐったのは八時近かった。暖かい午後の陽光もすでに翳《かげ》っていたが、夏が駆け足で遠ざかっていたからだ。夕日の最後の赤い照り返しが古びた屋根や煙突から消え失せ、狭い路地の隅々に夜のとばりが降りはじめていた。八時の約束だったし、時間までまだ数分あったので、親しみのある光景やなじみの人々の顔をつぶさに見ながら、路地をのんびり歩いていった。

一日の仕事が終わろうとしていた。小さな店は鎧戸を閉め、部屋の窓には明かりが灯りはじめていた。古いモラヴィア教徒の礼拝堂では厳かな賛美歌がはじまり、その歌声が路地に入るアーチ門の暗い入り口を通じて聞こえてきた。

こちらでは、白い前掛けにワイシャツ姿のフィニモア氏（塗装が趣味の多才な人）が庭で椅子に座り、ダリアを満足そうに見ながらパイプをくゆらせ、あちらの開いた窓のところでは、絵筆を持ち、耳にもう一本筆を挟んだ青年が背伸びをし、年上の女が大きな地図をくるくると器用に巻いている。床屋は小さな店のガス灯を消していた。青果商がたばこをくわえ、ボタン穴に紫苑《しおん》を挿して出てきた。街灯をつけにきた点灯夫を子どもたちが付きそうように取り囲んでいる。

こうした善良で素朴な人々が、何世代にもわたる彼らの父祖たちと同じく、この路地で生まれ育った生粋のネヴィルズ・コートの住人だ。こうした人々が、この場所の住民の多くを占めていた。ミス・オーマンはよそ者の子孫だと自称していたし、隣に住む優しげな顔のモラヴィア教徒の婦人もそう言っていた——彼女は昔の〝秘密礼拝集会〟に属していた有名なラトローブ家（合衆国議会議事堂などを設計した建築家ベンジャミン・ヘンリー・ラトローブの父親はモラヴィア教会の牧師）の血縁であり、その家系は〝ゴードン暴動〟（一七八〇年にカトリック教徒への融和策に抗議して発生した暴動）の時代まで遡るという。路地の最奥にある木造漆喰壁の家に住む紳士はといえば、ジェームズ一世の時代以来、代々その家に住んできたとのことだ。

喧騒に満ちた都心のただ中に、古来から連綿と続く人々が住む旧世界の集落があるとは、不思議な現象だ。不安定な大洋に浮かぶ平和に満ちた島、変転常なき砂漠の中にあるオアシスのようではないか。そんなことを考えながら、路地を歩いていった。

瞑想するうちに、高い壁にあるみすぼらしい門にたどり着いた。掛け金を上げて門を押し開けると、ルースが家の玄関にミス・オーマンと話しながら立っていた。明らかに私を待っていたのだ。地味な黒いコートと帽子、黒いヴェールという身なりで、私に気づくと、玄関から出てドアを閉め、握手の手を差し出した。

「時間ぴったりですね」と彼女は言った。「セント・ダンスタン教会の時計が今鳴っていますから」

「そうですね」と私は応じた。「ところで、お父さんはどうしたんですか？」

「父はもう休みました。かわいそうなお父さん。つらくて外出できそうになかったので、無理強いしなかったの。ほんとに具合が悪いんです。こんなひどい不安がこれ以上続いたら死んでしまうわ」

「そうならぬことを祈りましょう」と私は言ったが、きっと自信なげな口調だったろう。父親を気遣って心を痛める彼女を見るのは辛かったし、なんとか安心させてやりたかった。だが、なんと言えばいいのか？　ベリンガム氏は、娘に忍び寄るおそろしい危機に圧倒され、目に見えて動転していたし、どんな言葉もその事実をうやむやにすることはできなかった。

私たちはなにも言わずに路地を歩いていった。窓辺の婦人が笑顔で私たちに会釈し、フィニモア氏がパイプを口から離して帽子を持ち上げると、ルースは丁寧に挨拶を返した。こうして私たちが舗道を通ってフェッター・レーンに入ると、彼女は立ち止まって周囲を見回した。

「なにを探しているんです？」と私は聞いた。

「刑事よ」と彼女は静かに答え、「これほど待ったあげくに、私を見失ったら気の毒だもの。でも、見当たりませんね」と言うと、フリート・ストリートのほうに向かった。

彼女が自分の動きをひそかに監視しているスパイの存在を鋭く見抜いていたと知って驚き、いやな気分になった。その口調に冷めた皮肉っぽい響きがあることも、知り合った頃に私をまごつかせた冷ややかな落ち着きぶりを思い起こさせ、胸が痛んだ。とはいえ、おそろしい危機に直面しても冷静な無関心さを保っているのには、称賛の念を覚えるばかりだった。

「この集まりのことをもう少し教えてくれませんか？」フェッター・レーンを一緒に歩きながら彼女は言った。「お手紙は、明瞭というより、ちょっと簡潔すぎました。きっと急いでしたためたんでしょう」

「そうです。でも、ぼくも詳しくは知らないんですよ。知っているのは、ノーベリー博士が、ベルリンにいる友人で、レーデルボーゲンとかいうエジプト学者から手紙を受け取ったこと、その手紙が、一年ほど前にウィーンで会った、ノーベリーと共通の知り合いらしい英国人に言及しているということだけです。その英国人の名は記憶にないというものの、文脈から見て、ノーベリーは、ジョン伯父さんのことだと思ってるようです。もちろん、それが事実と判明すれば、すべては解決する。だから、ソーンダイクは、君とお父さんに、ノーベリーと会って話をしてほしいというのです」

「そう」とルースは言った。彼女の口調は重々しくはあったが、まったく熱がなかった。

「あまり重要なことと思ってないようですね」と私は言った。

「ええ。事実と合わないようですもの。あのジョン伯父さんが生きている——しかも、伯父さんらしからぬ愚かな行動をとっている——と言ってみても、死体が実際に発見されたのなら、なんの意味があるの？」

「でも」と私は自信なげに言った。「なにかの間違いかもしれない。実は伯父さんの死体じゃないかも」

「じゃあ、指輪は?」彼女は苦笑しながら聞いてきた。

「ただの偶然かも。よく知られた古代の指輪を模造したものだったし。伯父さんのと同じ模造品を持っていた人がいたかもしれない。それに」と私はやや自信を持って付け加えた。「その指輪だってまだ見てない。伯父さんのとは全然違うってこともありますよ」

彼女は首を横に振り、「ポール」と静かに言った。「自分を欺いても仕方ないわ。分かっている事実はみな、死体が間違いなく伯父さんのものだと指し示しています。ジョン・ベリンガムは死んでいる。その点に疑いの余地はありません。謎の殺人犯自身と数少ない親しい友人たちを別にすれば、誰もが伯父の死は私と関わりがあると思っているはず。容疑は、ジョージ・ハーストと私のどちらかにかけられていることは、初めから気づいていました。指輪が見つかった以上、容疑は確実に私に絞られるでしょう。警察が逮捕しようとしないのが不思議なくらい」

彼女の言葉から感じる冷静な確信に、私はしばらく恐怖と絶望で言葉を失った。それから、ソーンダイクの落ち着いた、自信に満ちた態度を思い出し、彼女にそのことを思い出させようとした。

「友人の中には」と私は言った。「決して動じない者もいますよ。ソーンダイクはなにも心配していないようですから」

「でも」と彼女は答えた。「博士だって、こうも希望に見込みがないことくらい分かるはずよ。ともかく、お会いしましょうか」

私もそれ以上なにも言えなかった。私たちはふさぎ込んだままインナー・テンプル・レーンを進み、暗い入り口やトンネルのような通路を抜けると、ようやく大蔵省のそばまで来た。

「ソーンダイクの事務所には明かりが見えないですね」私はキングズ・ベンチ・ウォークを横切りながらそう言い、並んだ窓がみんな真っ暗でひと気がないことに注意を促した。

「ええ。でも、鎧戸は閉まっていません。外出しているのね」

「あなたとお父さんに会う約束をして、そんなことはしませんよ。どうも不思議ですね。ソーンダイクは約束を厳格に守る人なのに」

その謎は踊り場まで来たときに解けた。堅固な〝外扉〟に紙が一枚、画鋲で貼ってあったのだ。

「P・B宛ての手紙がテーブルにあり」という簡潔なメッセージだ。それを読みながら、私は鍵を差し込み、重い扉を外側に開け、次に軽めの内扉を開けた。手紙がテーブルの上にあったので、踊り場に持って出て、階段のランプの明かりで読んだ。内容は次のとおり。

「友人たちには申し訳ないが、予定を若干変更することになった。ノーベリーは、議論を省くためにも、部長が帰国する前に私の実験をやるべきだというのだ。実験は今夜はじめてくれとのことで、ベリンガム氏とお嬢さんにも大英博物館でお会いするとのこと。二人をすぐに連れてきてほしい。門衛には、君たちを中に入れて、私たちのところに案内するよう指示しておく。会ってもらえば重要なことが明らかになると思う。J・E・T」

「よろしいですか」ルースに手紙を読んで聞かせてから、私は申し訳なさそうに言った。「もちろんです」と彼女は答えた。「むしろ望むところですわ。私たちは愛すべき大英博物館にいろんな縁があるじゃないですか」一瞬、不思議なほど心をくすぐる憧れのまなざしで私を見ると、きびすを返して石段を降りていった。

テンプルの門で二輪馬車を呼びとめ、私たちはすぐさま馬の鈴の柔らかい音とともに北西に向かって疾走していった。

「ソーンダイク博士のおっしゃる実験とはなんですか？」彼女はしばらくして聞いてきた。

「あいまいな答えしかできませんが」と私は答えた。「おそらく、エックス線による有機物の透視度が、その年代によって変わるかどうかを確かめるための実験だと思います。

たとえば、古代の木片が、同じ大きさの新しい木片より、エックス線で透視しやすいかどうかといった実験ですよ」

「でも、そうと分かったからといって、その知識がなんの役に立つのかしら?」

「なんとも言えませんね。実験とは、役に立つかどうかを度外視した知識を得るために行われるものです。知識が得られれば、役立て方も見えてくる。この場合だと、有機物の年代がエックス線への反応から決定できるなら、その発見を訴訟手続きの中で活用できるかもしれない——たとえば、文書は古いのに封印は新しいことを証明したりとか。もっとも、ソーンダイクにはっきりした目的があるのかどうかは分かりません。分かっているのは、途方もない規模で実験の準備をしていることだけです」

「どういうこと?」

「規模のことです。昨日の朝、作業場に行ったら、ポルトンが高さ九フィートほどの持ち運び可能な絞首台みたいなものを組み立ててたんです。長さ六フィートを越える巨大な木製トレイ二つに、ニスをちょうど塗り終えたところでした。彼とソーンダイクは、まるで自分たちで何人か処刑して、そのあと、犠牲者の検死解剖でもするつもりのようでしたよ」

「ぞっとするような想像ね!」

「ポルトンがそう言ったんです。顔をしわだらけにして、茶目っ気たっぷりに笑ってね。

でも、その器具をなにに使うのか、絶対口を割ろうとしなかった。着いたら、どんな実験をするのか見届けようじゃありませんか。ここはミュージアム・ストリートですよね」

「ええ」彼女はそう言いながら、馬車のうしろの小窓の垂れ幕を上げ、外を覗き見た。垂れ幕を下ろすと、穏やかだが皮肉っぽい微笑を浮かべて言った。

「大丈夫です。刑事は私たちを見失ってはいません。彼にも、ちょっとした気分転換でしょう」

馬車はグレート・ラッセル・ストリートへとぐるりと道を転じたので、方向転換の際に外をちらりと見ると、もう一台の二輪馬車がついてきていた。乗客は一人だけだったが、誰なのか確認できないうちに、私たちは大英博物館の正面に着いた。

門衛は、私たちが来るのが分かっていたようで、構内道路から大きな柱廊式玄関まで案内してくれて、中央ホールに入ると、そこで別の職員に私たちの案内を引き継いだ。

「ノーベリー博士は、第四エジプト室の隣の部屋におられます」職員は私たちの質問にそう答えると、保護金網付きのランタンを携え、私たちを案内していった。

私たちは、今は神秘的な薄暗さに包まれた大きな階段を、はじめて一緒にそこを上がった日の切ない思い出を静かにかみしめながら上がっていった。中央広間、中世展示室、アジア展示室と抜けて、長く伸びる民族誌展示室を通っていった。

気味の悪い行程だった。揺れるランタンの光が薄暗く大きな展示室の闇に広がり、ケースの中の展示物を一瞬照らすと、展示物たちはその刹那だけ姿を見せ、またたく間に消える。凝視するような丸い目をした、おそろしい偶像たちが闇の中から姿を現し、一瞬、私たちをにらんだかと思うと、見えなくなる。グロテスクな顔が、私たちが通り過ぎると、きらめく光を受けて不意に現れ、取って食わんばかりの悪魔めいた形相を呈する。等身大の像の顔つきも——陽光の下ではとてもリアルだが——ひどく不安を覚えさせる。光と闇の入れ替わりが像に生命感と躍動感を吹き込み、私たちをこっそり監視しているように見えたし、まるで、じっと待ち構え、ひそかに歩み出て、私たちのあとについてこようと息を凝らしているようだった。そのイリュージョンは、私だけでなくルースにも伝わったらしく、彼女は寄り添ってきてささやいた。

「これらの像は本当にぞっとするわ。あのポリネシア人の像を見ましたか？ ほんとに私たちに飛びかかってきそうだった」

「確かに不気味ですね」と私は頷いた。「でも、危険は過ぎ去りましたよ。彼らの勢力圏から抜け出しつつありますから」

そう言いながら、私たちは踊り場に出て、左に大きく曲がると、北展示室の中央から第四エジプト室に入っていった。

それとほとんど同時に、奥の壁にあるドアが開き、奇妙な、かん高く唸るような音が聞こえ、ジャーヴィスが手を上げながら、忍び足で出てきた。

「できるだけ静かに入ってくれ」と彼は言った。「ちょうど露光を行っているところなんだ」

案内係の職員はランタンを持って引き返し、私たちはジャーヴィスのあとについて彼が出てきた部屋に入っていった。大きな部屋で、展示室と同じくらい暗かった。入ったところにグローランプが一つ灯っているだけで、部屋のほかの部分はほぼ完全に暗がりの中にあった。私たちはすぐに、用意された椅子に座った。互いに挨拶を交わすと、私は周りを見回した。部屋にいるのは、ジャーヴィスのほかに三人。時計を手にして座っているのはソーンダイク、もう一人のグレーの髪の紳士はおそらくノーベリー博士。薄暗い奥の隅にいる小柄な人物は――よく見えなかったが、たぶんポルトンだ。私たちのいる隅には、作業場で見た大きなトレイが二つあり、脚立の上に置かれて、それぞれバケツにつなげたゴム製の排水管が付いていた。部屋の一番奥には、不気味な形の絞首台が暗がりの中にそびえ立っていた。私はようやく、それが絞首台ではないことを知った。てっぺんの横木には、底のない大きなガラスの鉢が据え付けられ、その中にはガラス電球があり、奇妙な緑の光を発していた。電球の中心部には赤い光点があった。

すべては明らかになった。あたりに響く奇妙な音は、電流断続器が唸る音だ。電球はもちろんクルックス管であり、中の赤い光点は、赤く熱した対陰極の円板だ。間違いなく、エックス線写真を撮っているのだ。だが、なんの写真を？　私は目を凝らし、絞首台の足元の暗がりを見つめた。しかし、縦長の物体が電球の真下の床に置いてあるのは分かったものの、ぼんやり見える形をはっきり識別することはできなかった。だが、しばらくして、ノーベリー博士が手がかりを与えてくれた。

「いささか驚きですな」と彼は言った。「手はじめにミイラのような混成物を選ぶとは。棺か木像のような単純な物のほうが、芳しい結果を得られると思いますが」

「かもしれません」とソーンダイクは応じた。「しかし、ミイラのような複雑な実験材料にも利点があるのです。お父さんはご病気じゃないでしょうね、ミス・ベリンガム」

「具合が悪いんです」とルースは言った。「ですから、私一人で来ることにしました。レーデルボーゲンさんのことはよく存じ上げています。英国に来られたとき、しばらく私たちの家に滞在されましたから」

「もちろん」とノーベリー博士は言った。「無駄なご足労ではなかったと思いますよ。レーデルボーゲン氏は〝思い出せないほど長い名前をした変わり者の英国の友人〟のことに触れていて、どうも伯父さんのことを言っているように思えるのです」

「伯父のことを変わり者と言う気にはなれませんね」とルースは言った。

「ええ、もちろん」とノーベリー博士は慌てて同意した。「でも、あとで手紙を読んでいただいて、ご自身で判断してほしいのです。実験中は、無関係な話題を持ち込んではいけませんな、博士？」

「実験が終わるまで待ってください」とソーンダイクが言った。「明かりを消しますので。電流を停めてくれ、ポルトン」

緑の光が電球から消え、電流断続器の唸る音が一、二オクターブほど下がって消えた。それから、ソーンダイクとノーベリー博士は椅子から立ち上がってミイラに歩み寄り、慎重に持ち上げると、ポルトンがミイラの下からなにかを引っ張り出したが、それは巨大な黒い紙の封筒だと分かった。たった一つのグローランプも消されて部屋は真っ暗になり、不意に明るいオレンジの光がトレイの一つの上で照り輝いた。

ポルトン――この密儀を司る神官――が黒い封筒から巨大なブロマイド印画紙を一枚引き出し、慎重にトレイに載せ、大きなブラシを水桶に浸し、それで印画紙を濡らしはじめた。私たちはその様子を見るために周りに集まった。

「この手の作業には、いつも感光板を使うと思ったが」とノーベリー博士が言った。

「そうです。できればですが。しかし、六フィートの感光板は無理なので、その大きさの印画紙を特別に用意したのです」

写真の現像の様子には、妙に魅力的なものがある。感光板や印画紙のなにもない白い表面に、画像が徐々に、神秘的に現れてくるからだ。しかし、スキアグラフ、つまりエックス線写真にはまた独自の魅力がある。通常の写真はすでに見たものの画像を現すが、これと違い、エックス線写真はそれまで目に見えなかったものをあらわにするからだ。
というわけで、ポルトンが濡らした印画紙に現像液を注ぐと、私たちは皆、興味津々でトレイを覗きこんだ。

現像液は明らかに効果が遅かった。優に三十秒はなんの変化も表面に現れなかった。それからほんの少しずつ、縁の部分が黒くなりはじめ、ミイラの輪郭が青白く浮き彫りになっていった。変化はいったんはじまると、急速に進んでいった。紙の縁はどんどん黒くなり、紙は青みがかったグレーから黒に変化していった。ミイラの形はいまやくっきりと浮き彫りになったが、まだ白いだけの縦長の斑だった。だが、それもつかの間だった。やがて、白い形がグレーに変わりはじめ、色が濃くなるにつれ、そこから青白い形が現れてきた。不気味で神秘的な幽霊のごとく、周囲を囲むグレーの中から浮かび上がってくるように見えた。骨格が表れてきたのだ。

「なにやら不気味だな」とノーベリー博士が言った。「冒瀆的な祭儀でも手伝っているような気分だよ。ほら、見たまえ！」

カルトナージュのグレーの影、ミイラを包む包帯と肉体は背景にかすみ、白い骨格がくっきりとしたコントラストで浮かび上がった。確かにそれは薄気味悪い見ものだった。

「これ以上現像を進めると骨まで見えなくなるよ」とノーベリー博士が言った。

「骨はもっと暗色にさせなくては」とソーンダイク博士は応じた。「金属の物質があるかもしれませんから。封筒には印画紙がもう三枚入っていますよ」

骨格の白い形がグレーに変わりはじめ、ノーベリー博士が言うように、その明瞭さが次第に薄れていった。ソーンダイクはトレイに身を乗り出して、胸の中央の一点を凝視し、私たちは皆、黙って彼の様子を見ていた。不意に彼は身を起こした。「さあ、ポルトン」と彼は鋭い声で言った。「すみやかに定着液を使ってくれ」

ポルトンは、排水管の止水栓を握って待機していたが、すぐに現像液をバケツに排出し、印画紙を定着液に浸した。

「さあ、これでゆっくり見ることができる」とソーンダイクが言った。数秒ほど待ってから、グローランプの一つにスイッチを入れ、光が写真に降り注ぐと、彼は言い添えた。

「ほら、骨格は消えていませんよ」

「うむ」ノーベリー博士はめがねをかけ、トレイに身をかがめた。そのとき、ルースの手が私の腕に触れるのを感じた。はじめは軽く、次第に強く、動揺したように握ってくる。手の震えが伝わってきた。心配になって彼女のほうを見ると、ひどく青ざめている。

「展示室に出たほうがいいのでは？」と私は言った。部屋は窓が堅く閉じられ、空気がこもって蒸し暑かったからだ。

「いえ」彼女は静かに答えた。「ここにいます。大丈夫ですから」だが、私の腕を離そうとはしなかった。

ソーンダイクは彼女に鋭い視線を向け、また目を離すと、ノーベリー博士がソーンダイクに質問した。

「歯が何本か、ほかの歯よりやけに白く見えるのは、どういうことだろう？」

「影像の白い部分は金属の存在によるものでしょう」とソーンダイクは答えた。

「歯に金属の詰め物があるとでも？」とノーベリー博士は尋ねた。

「そうです」

「なんだって！　実に興味深い。古代エジプト人が金の詰め物——義歯もだが——を使用していたのはよく知られているが、この博物館にそんな標本はない。このミイラは包帯を解かなくては。これらの歯がみな同じ金属で詰め物をしてあると思うかね？　すべてが同じ白色ではないが」

「そうです」とソーンダイクは答えた。「完全に白い歯は、明らかに金の詰め物をしたものです。しかし、グレーがかった歯は、おそらくスズの詰め物です」

「実に興味深い」とノーベリー博士は言った。「本当に興味深いよ！　胸にあるかすかな模様はなんだと思う？　胸骨の先端近くにあるやつだよ」

この質問に答えたのはルースだった。

「〝オシリスの眼〟です！」彼女は押し殺した声で叫んだ。

「おお！」ノーベリー博士も声を上げた。「まさにそうだ。あなたの言うとおりだよ。

これは〝ウジャト〟――つまり、〝ホルスの眼〟だ――〝オシリスの眼〟ともいう。そう呼びたければね。これは包帯に金の図柄を施したものだろう」

「違いますね。これは刺青の模様です。金の図柄にしては不明瞭ですよ。さらに言えば、刺青は赤色硫化水銀で施されたものです。炭素系の刺青なら、見えるような影は出ませんから」

「それは君の見当違いだろうな」とノーベリー博士は言った。「だが、部長がミイラの包帯を解くのを許可してくれたら、実際に見てみよう。それはそうと、膝の上にある小さな物は金属では？」

「そう、金属です。しかし、膝の上ではありません。膝の中にあるのです。骨折した膝蓋骨を修復するのに使われた銀のワイヤですよ」

「本気で言ってるのかね？」ノーベリー博士は、その小さな白い痕跡を見ながら、我を忘れて叫んだ。「もしそうなら、君の言うとおりの物だとすれば、このセベク・ホテプのミイラは、まさに類のない標本だということになる」

「間違いありません」とソーンダイクは言った。

「では」とノーベリー博士は言った。「君の探究精神のおかげで、我々は一つ発見をしたわけだ。気の毒なジョン・ベリンガム！　自分がどれほどの宝物を寄贈したのか知らなかったわけだ！　教えてやりたかったよ！　今夜、一緒にいてくれたらよかったものを！」

博士は口を閉ざし、もう一度嬉しそうに写真を見つめた。すると、ソーンダイクは静かな落ち着いた声で言った。

「ジョン・ベリンガムはここにいますよ、ノーベリー博士。これがジョン・ベリンガムなのです」

ノーベリー博士は思わず後じさり、驚きで絶句したままソーンダイクを見つめた。

「まさか」長い沈黙のあと、博士は叫んだ。「このミイラがジョン・ベリンガムの死体だというのか！」

「そうです。疑いの余地はありません」

「だが、それはあり得ない！　このミイラは彼が失踪する三週間前からずっとこの展示室にあったんだぞ」

「それは違います」とソーンダイクは言った。「ジョン・ベリンガムの生きている姿が最後に目撃されたのは、十月十四日、あなたとジェリコ氏によってです。ミイラがクイーン・スクエアから運ばれる三週間以上も前ですよ。彼はその日以降、生死を問わず、彼を知り、確認できる者には目撃されていないのです」

ノーベリー博士はしばらく黙って考え込むと、かすかな声で聞いた。

「ジョン・ベリンガムの死体が、どうやってこのカルトナージュの中に入ったと？」

「その問いに答えられる人物は、おそらくジェリコ氏でしょう」ソーンダイクは冷ややかに答えた。

再び沈黙が続いたあと、ノーベリー博士は不意に質問した。

「だが、セベク・ホテプはどうなった？　本物のセベク・ホテプという意味だが」

「私の考えでは」とソーンダイクは言った。「セベク・ホテプの遺骸、少なくともその一部は、現在、ウッドフォードの遺体安置所に置かれ、検死審問の再開を待っているところです」

ソーンダイクの言葉を聞いて、私は今頃になって閃くように悟り、と同時に自己嫌悪に駆られた。説明を聞いてみれば、なんと明白なことか！　ところが、資格を持つ解剖学者にして生理学者、ソーンダイクの弟子たるこの私は、古代の骨を最近の死体と取り違えていたのだ！

ノーベリー博士は、明らかに当惑して、ソーンダイクの最後の言葉をしばらく考えていた。「すべて辻褄が合う。認めねばなるまい」とようやく言った。「だが――間違いないという自信はあるのかね？　あまりに信じがたいことだ」

「間違いありません。請け合いますよ」とソーンダイクは答えた。「信じていただくために詳細を説明しましょう。まず、歯についてです。私はジョン・ベリンガムがかかっていた歯科医に会い、診療簿から記録を借りてきました。詰め物をした歯は全部で五本です。右上の親知らず、その隣の臼歯、左下の第二臼歯には、みな大きな金の詰め物がありますす。すべてスキアグラフにはっきり写っていますよ。左下の側切歯は非常に小さな金の詰め物があり、ご覧のとおり、ほぼ円形の白い点に見えます。さらに、スズ合金の詰め物は、故人が海外にいたときに、左上の第二小臼歯に施されたものであり、そのグレーがかった部分はすでに見たとおりです。以上の証拠だけでも身元確認には十分です。しかし、これに加え、刺青の図柄である〝オシリスの眼〟──」

「ホルスだ」とノーベリー博士がつぶやいた。

「では、〝ホルスの眼〟があります──まさに故人の体にあり、明らかに同じ顔料で刺青を施したとされる場所にです。さらに、膝蓋骨の縫合ワイヤがあります。モーガン・ベネット卿は、手術の記録を確認の上、左の膝蓋骨に三本、右に二本の縫合ワイヤを使用したと教えてくれました。スキアグラフに示されているとおりです。最後に、故人はかつて左足にポット骨折を負いました。今はそれほど明瞭ではありませんが、骨の影像がもっと白かったときに、それがはっきりと分かりました。身元確認に疑問の余地はまったくないと考えていいでしょう」

「うむ」ノーベリー博士はあきらめたように同意した。「君の言うとおり、ほぼ決定的なようだ。なんとまあ、おそろしいことだ。気の毒なジョン・ベリンガム！　まるで不運にも犯罪に巻き込まれたみたいじゃないか。そう思わないかね？」

「そうです」とソーンダイクは答えた。「頭蓋骨の右側に骨折のように見える痕跡がります。側面なので、それほど明瞭ではありませんが、はっきりさせるには次のネガを現像しなくてはなりません」

ノーベリー博士は歯を食いしばったまま口から大きく息を吸い込むと、「これはぞっとする所業だよ、博士」と言った。「おそるべき仕業だ。当博物館にとっても由々しきことだ。それはそうと、我々はこの問題に関してどう対応すればいい？　なにをすべきかね？」

「検死官に連絡してください——警察のほうは私が対応します——それから、遺言書の執行者の一人に知らせるべきでしょう」

「ジェリコ氏に？」

「いいえ、ジェリコ氏ではありません。この状況ではね。ゴドフリー・ベリンガム氏に書面で知らせてください」

「だが、ハースト氏が共同執行者だと思ったが」とノーベリー博士は言った。

「現状では確かにそうだよ」とジャーヴィスが言った。

「違うね」とソーンダイクは答えた。「以前はそうだったが、今は違う。君は第二項の条件を忘れているよ。その項目は、ゴドフリー・ベリンガムが主要財産を相続し、共同執行者になるべき条件を規定している。その条件とは、『遺言者の遺体は、ブルームズベリーのセント・ジョージ教会とセント・ジャイルズ・イン・ザ・フィールズ教会の教区、または、セント・アンドリュー教会と殉教者セント・ジョージ教会の合併教区の中か、その教区内の礼拝所に属する、死者の遺体の受け入れを認可された場所に安置されなければならない』というものだ。さて、エジプトのミイラは死者の遺体であり、この大英博物館は、その受け入れを認可された場所だ。この建物は、ブルームズベリーのセント・ジョージ教会の教区内にある。したがって、第二項の規定は然るべく執行されており、ゆえに、ゴドフリー・ベリンガムは、遺言書に基づく主たる受益者であり、遺言者の遺志に従って共同執行者となる。分かるかい？」

「まさに」とノーベリー博士は言った。「実に驚くべき偶然だ――ところで、お嬢さん、お座りになったほうがよくありませんか？　とても気分が悪そうだ」

彼はルースを心配そうに見た。彼女は唇まで真っ青になり、私の腕に強くしがみついていた。

「バークリー」とソーンダイクは言った。「ミス・ベリンガムを空気のこもらない展示室にお連れしたほうがいい。これは、彼女が健気に耐えてきたすべての試練の中でも、最もおそろしい試練なんだ。バークリーと一緒に室外に出てください」ソーンダイクは、彼女の肩に手を置きながら優しく言い添えた。「我々がほかのネガを現像しているあいだ、腰を下ろしておられたほうがいい。嵐が過ぎ去り、太陽が輝きはじめたというのに、神経がまいったりしてはいけませんよ」彼はドアを開けて支えてくれた。私たちが出るとき、彼の表情が和らいで、かぎりなく優しげな笑顔になった。「君たちを締め出したからといって気にしないでくれ」と彼は言った。「ここは今、写真用の暗室なのさ」

鍵をかける音がして、私たちは薄暗い展示室へと入っていった。それほど暗くはなかった。月明かりが天窓を覆うブラインドを通して、あちこちから差し込んでいたからだ。私たちは腕を組みながらゆっくりと歩み、しばらく二人とも無言のままだった。大きな室内はとても静かで落ち着き、厳かな雰囲気だった。沈黙、静けさ、周囲の陳列ケースにぼんやり見える展示物の神秘性が、私たちの心を満たす深い安堵感と見事に調和していた。

隣の部屋に入るまで二人とも口を開かなかった。私たちの手は無意識に相手の手を求め、互いに出合うと、しっかりと握り合った。ルースは声を上げた。「なんておそろしい、悲しいこと！　ほんとに気の毒なジョン伯父さん！　まるで伯父さんが、このおそろしい事実を伝えるために暗闇の世界から戻ってきたみたい。でも、よかった！　ほっとしたわ！」彼女はひと息つき、一、二度しゃくり上げると、私の手を激しく握った。「終わったんですよ」と私は言った。「永久に終わったんです。もうなにも残っていません。あなたの悲しみ、勇気と忍耐の記憶以外は」

「まだ実感できません」と彼女はつぶやいた。「恐ろしく、果てしのない夢のようでし

んです」

「忘れましょう」と私は言った。「そして、これからの幸せな人生のことだけを考える

た」

彼女は答えなかった。時おり息をつく様子だけが、健気な穏やかさで耐えてきた長い苦悩を物語っていた。

私たちはゆっくり歩き続け、柔らかい足音もほとんど静けさを破ることなく、大きな出入り口から二つ目の展示室に入っていった。壁側の陳列ケースに立てて置かれているミイラの棺のおぼろげな形が、ぼんやりとした、巨大で静かな番人の姿を浮かび上がらせた。彼らは、見えない胸の内にしまわれた、語られざる諸世紀の記憶とともに寝ずの番をしているようだ。彼らは素敵な仲間だった。失われた世界の尊敬すべき生き残りとして、安息場所の暗闇から外を見つめていたが、その静かな姿には威嚇や悪意は感じられなかったし、むしろ現代のつかの間の人間たちを厳かな優しさで見つめているようだった。

展示室の途中に、ほかの仲間たちとは少し離れて、不気味な像がぼんやりと青白いしみのように見えたが、それは顔のようだった。私たちは揃って、その前で足をとめた。

「これが誰か分かりますか、ルース？」と私は聞いた。

「もちろん」と彼女は答えた。「アルテミドロスよ」

私たちは手を握ってミイラと向き合い、そのぼんやりしたシルエットの中に、鮮明に記憶に残るいろんな出来事の思い出をつのらせた。しばらくして、私は彼女を引き寄せ、ささやいた。

「ルース！　憶えていますか？　ここに最後に来たときのことを」

「忘れることができるとでも！」彼女は激しく答えた。「ああ、ポール！　あの悲しさ！　みじめさ！　あなたに話すのがどれほど辛かったことか！　私が去っていったとき、さぞがっかりしたでしょうね？」

「がっかりだなんて！　あのときほど本当に胸潰れるような悲しさを味わったことはありませんよ。人生から光が永遠に消え去ったようでした。でも、一点だけ光明が残ったんです」

「なんのこと？」

「あなたは約束してくれましたよ――固い約束です――だから、ぼくはその日が来ると信じたし――少なくとも希望を捨てなかった。忍耐強く待ちさえすれば、きっと約束を守ってくださると」

彼女は私にすり寄り、頭を私の肩にゆだねると、柔らかい頬が私の頬に触れた。

「じゃあ」と私はささやいた。「そのときが来たのですか？　約束の実現するときが？」

「ええ」と彼女は優しくささやいた。「実現したの――これからもずっと」

私は慈しむように彼女を抱きしめた。彼女を心から敬愛するこの胸に抱き寄せた。これからはどんな悲しみも私たちを傷つけることはない。どんな不幸にも苦しめられない。私たちは手を取り合って、この世の旅路を歩んでいき、その道程もあまりに短いことを知るだろうから。

時間は、正しき者や悪しき者、幸福な者や不幸な者に応じて、それぞれ過ぎ去る早さが違うものだが、私たちが出てきた部屋で作業をしている人たちにとっては、明らかにゆっくりと進んでいた。だが、私たちにとっては、砂時計の金の砂はあっという間に落下し、そのことに気づく前にガラスは空っぽになっていた。鍵を回してドアが開く音がして、私たちは幸福に満ちた夢から目を覚ました。ルースが耳を傾けるように頭を上げたので、私たちの唇は一瞬触れ合っただけだった。私たちの悲しみを見つめ、最後にたどりついた幸福を見届けた友に静かに挨拶すると、誰もいない大きな展示室に話し声をこだまさせながら、急いでもとの道を引き返した。

「暗室には戻りたくありません——もう暗くはないようですが」とルースは言った。

「どうして?」と私は聞いた。

「だって——出てきたときはひどく青ざめていたのに、その——今はそうでもないですから。それに、気の毒なジョン伯父さんがそこにいるし——なんていうか——幸せいっぱいの自分中心な気持ちで伯父さんに会いたくないもの」

「そう気にしなくても」と私は言った。「今日はぼくたちの人生の記念すべき日だし、幸せになる資格もある。でも、入りたくなければ、そのほうがいい」こうして私は、気を利かせて、開いたドアから漏れる光の筋から彼女を退かせた。

「ネガを四枚現像したよ」ソーンダイクは、ほかの人たちと出てきながら言った。「ノーベリー博士に保管してもらうことにした。乾いたら、博士にそれぞれ署名をしてもらうよ。証拠として提出しなくてはいけないだろうからね。君たちはこれからどうする？」

私は、ルースがどうしたいのか、彼女のほうをうかがった。

「失礼でなければ」と彼女は言った。「今夜は父と一緒にいてあげたいんです。とても弱っているし――」

「でしょうとも」と私は急いで言った。「それももっともだ。ベリンガム氏は感情の起伏の激しい人だし、突如運命が変わり、兄の悲劇的な死を知らされれば、きっとまいってしまうだろう。

「それなら」とソーンダイクは言った。「君に手伝いを頼んでもいいね。ミス・ベリンガムを家まで送ったら、事務所に行って、待っていてくれないか？」

これに承知すると、私たちは、ノーベリー博士（懐中電灯を持っていた）の案内で、来た道を引き返した。少なくとも私たち二人は、ずいぶんと違う気分の中にあった。一行は入り口の門で別れ、ソーンダイクが彼女に「さようなら」と言うと、彼女は手を差し出し、涙を浮かべて彼の顔を見つめた。

「まだお礼を申し上げてませんでしたわ、ソーンダイク博士」と彼女は言った。「感謝のしようもありませんが。あなたが私と父にしてくださったことは、どれほど感謝しても足りません。あなたは父の命を救い、私をおそろしい不名誉から救ってくださったのです。さようなら！　どうかご自愛ください！」

二輪馬車が西側から——余計なほどすばやく——やってきて、二人の幸福に満ちた人間をロンドン市街へと運んでいった。街灯の光が馬車の中を照らしたときに彼女のほうを見ると、その様変わりように驚いた。青ざめていた頬は赤みを帯び、顔を大人びさせていた険しさや緊張感、自己抑制でやつれた様子は消え去り、お互いを見初めた初めの頃のように、私を魅了した素敵な娘らしさが戻っていた。目をぱっちりと開き、かぎりなく優しい微笑を浮かべて私の目を見ると、えくぼさえ浮かんだ。短い行程のあいだに話すことはほとんどなかった。座りながら手を握り、試練の時が過ぎ去ったと思うだけで幸せだった。どんな運命の横やりも、もはや私たちを隔てることはできない。

驚いたような顔をした御者は、指示どおりに私たちをネヴィルズ・コートの入り口で降ろし、私たちが狭い通路に消えていくのをぽかんと見つめていた。夜間で路地は静かだったし、誰も私たちが戻ってきたことに気づいていない。門の内側で「さよなら」と言ったときも、真っ暗な家の中から私たちを好奇の目で覗き見る者もなかった。

「明日は来てくださるんでしょ？」と彼女は聞いてきた。

「離れていられるとでも？」

「そうじゃありません。でも、できるだけ早く来てほしいんです。父はきっと、あなたに会うと言ってきかないでしょうし。父に話さなくては。それに、私たちをこうして救ってくれたのはあなたよ。おやすみなさい、ポール」

「おやすみなさい」

彼女は素直に顔を上げてキスを受け入れると、古ぼけたドアに向かって走っていった。そこで彼女は最後にさよならを告げる手を振った。壁にあるみすぼらしい門が閉まると、彼女の姿は視野から消えた。だが、彼女の愛の光は私とともにあったし、活気のない通りも輝かしい道に一変していた。

第十九章　奇妙な討論会

ソーンダイクの事務所の外扉に紙片がまだ貼ってあるのを見て、なにやら驚きを禁じ得なかった。最後にその紙片を見てから、あまりに多くのことが起きたため、人生の別の時期に属するもののように見えたからだ。私は感慨に耽《ふけ》りつつ紙片をはがし、画鋲を取ると、中に入って内扉を閉めたが、外扉は開けたままにしておいた。それからガス灯を点け、部屋の中を歩き回りはじめた。

なんと素晴らしい出来事だったことか！　世界のすべてが、ソーンダイクの啓示によって一瞬にして変わってしまうとは！　別の機会であれば、恩師の緻密な頭脳が、その驚くべき結論に達した推論の過程をたどってみたい好奇心に駆られたことだろう。だが、そのときは自分自身の幸せのことで頭がいっぱいだった。ルースの姿が心に焼きついて離れなかった。優しく、もの憂げで、伏し目がちな様子をした馬車の中の彼女を再び思い浮かべ、柔らかい頬の感触と門のそばで交わした別れのキスを、心の中でもう一度実感した。素直で単純だったが、親密で迷いのないキスを。

至福の時はあっという間に過ぎたが、実は長時間待っていたに違いない。二人の同僚が戻ってくると、要らざる詫びの言葉を口にしたからだ。

「たぶん」とソーンダイクは言った。「頼み事はなにかと考えていたんだろうね」

実を言えば、そんなことは少しも考えていなかった。

「これからジェリコ氏を訪ねる」とソーンダイクは説明した。「この事件の裏にはなにかある。私にとっては、それをはっきりさせるまで、この事件は終わらないんだ」

「明日ではいけないんですか？」と私は聞いた。

「明日でも間に合うかもしれないが、手遅れになる可能性もある。古いことわざに、イタチは寝ているうちに捕まえろ、というよ。ジェリコ氏はなかなか目ざとい男だ。できるだけ早くバジャー《バジャー》警部に引き渡すべきだろう」

「イタチとアナグマのご対面とは、ずいぶんと剣呑《けんのん》な話だね」とジャーヴィスは言った。

「でも、ジェリコが自供するとは思ってないだろ？」

「それはまずあり得ない。自供することなどないと考えているだろうね。だが、説明ということなら、進んでするだろう。なにか特別な経緯があったに違いない」

「死体が大英博物館にあると、いつから知ってたんですか？」と私は質問した。

「そう、君が知るより三十秒か四十秒ほど前かな」

「それじゃ」と私は声を上げた。「ネガが現像されるまで知らなかったと?」

「ねえ、君」と彼は答えた。「死体がどこにあるかはっきり知っていたら、気高き女性をいつまでも不安で苦しむままにしておくと思うかい? すぐにでもその苦悩を断ち切ってあげられたというのにだよ。それに、もっと公明正大な手が打てたのなら、あんな科学実験というまやかしの口実を作ると思うかい?」

「実験のことなら」とジャーヴィスは言った。「ノーベリーに実情を打ち明ければ、きっと拒みはしなかったと思うけど」

「いや、むしろ拒んだだろう。〝実情〟なるものが、なじみの尊敬すべき紳士に対する殺人の告発を伴うものだと知ればね。きっと警察に私の話を通報しただろうし、そうなれば私になにができただろうか? 疑いはいくらでもあったが、確実な事実は一つもなかったんだよ」

議論はここで、階段を駆け足で上がってくる音とノッカーを激しく叩く音で中断された。

ジャーヴィスがドアを開けると、バジャー警部がひどく興奮した様子で飛び込んできた。

「これはいったいどういうことですか、ソーンダイク博士?」と彼は聞いた。「あなたは宣誓の上でジェリコ氏を告発し、私は逮捕状を持っている。だが、行動を起こす前に、警察はまるで違う方向を示す内々の証拠を握っていると告げておきたい」

「ジェリコ氏の情報から得た証拠ですね」とソーンダイクは言った。「だが、私は実際に大英博物館で死体を検査の上、確認したのです。そこに置いたのはジェリコ氏ですよ。彼がジョン・ベリンガムを殺害したとは言いません――状況はそう見えますが――しかし、死体をひそかに処理したことを説明しなくてはならないのは彼なのです」

バジャー警部は驚愕で言葉を失い、苦悩をあらわにした。ジェリコ氏が警察を誘導するために巧妙に鼻先にぶら下げた餌は、見事に獲物を釣り上げるところまできていたようだ。というのも、ソーンダイクがバジャーに事の顛末を簡単に説明すると、彼はポケットに手を突っ込み、無念そうに声を上げたからだ。

「くそ、なんてこった！　あのいまいましい骨に時間と労力をみな費やしてきたのに！あれはただの罠だったと？」

「そう見くびるものではありませんよ」とソーンダイクは言った。「骨は重要な役割を演じたのです。どんな犯罪者も遅かれ早かれ必ず犯す過ちを示しているのですよ。殺人犯はいつも策を弄しすぎてしまう。ただ身を潜めて、なすに任せていたなら、刑事は別人の逮捕に踏み切っていたかもしれない。さあ、出発しましょう」

「みんなで行くんですか？」警部は私に気づき、胡散臭そうにこっちを見ながら聞いた。

「みんな、あなたと一緒に行きますよ」とソーンダイクは言った。「だが、当然ながら、あなたはご自分の流儀で逮捕なさればよろしい」

「それが普通のやり方ですよ」と警部は不服げに言った。しかし、それ以上は異を唱えず、私たちは捜査の詰めに向けて出発した。

テンプルからリンカーン法曹院まではさほど遠くない。五分後にはチャンセリー・レーンに入る門に着き、その二分後には、ニュー・スクエアの古く荘重な家の前に来ていた。

「正面の二階に明かりが見えますね」とバジャーが言った。「私が呼び鈴を鳴らしますので、皆さんは離れていてください」

だが、用心は不要だった。警部が呼び鈴の紐に手を伸ばしたとたん、玄関のすぐ上の開いた窓から頭を突き出した者がいた。

「君たちは誰かね?」頭の主は尋ねたが、私は声からジェリコ氏と分かった。

「犯罪捜査課のバジャー警部だ。アーサー・ジェリコ氏に会いたい」

「では、よく見たまえ。私がアーサー・ジェリコ氏だ」

「あなたの逮捕状を持ってきました、ジェリコさん。あなたはジョン・ベリンガム氏殺害の容疑で告発された。死体が大英博物館で発見されたのです」

「発見したのは誰かね?」

「ソーンダイク博士です」

「なるほどな」とジェリコ氏は言った。「彼もそこにいるのか?」

「そうです」

「ほう！　で、君は私を逮捕するつもりだね?」

「そうです。そのために来たのです」

「ならば、一定の条件のもとで逮捕を受け入れよう」

「条件を認めるわけにはいきませんよ、ジェリコさん」

「いや、条件が必要だ。君はそれを飲まねばならん。さもなくば、私を逮捕できまい」

「そんなことを言っても無駄ですよ」とバジャーは言った。「中へ入れないというなら、力ずくで入るまでです。言っておきますが」と警部ははったりをかました。「この家は包囲されているのです」

「条件を飲まなければ」とジェリコ氏は穏やかに応じた。「言ったとおり、断じて私を逮捕できまい」

「ううむ。その条件とはなんですか?」とバジャーは苛立たしげに問いただした。

「説明をしたいのだ」とジェリコ氏は言った。

「それはかまいませんが、あなたの話すことは、あなたに不利な証拠として用いられる可能性もあることを警告しておきますよ」

「当然だ。だが、ソーンダイク博士の同席を得て説明をしたい。それと、死体の所在を突き止めた捜査方法について説明を聞きたいのだ。つまり、彼にその意思があればだが」

「互いに謎を明らかにするというなら、まさに望むところです」とソーンダイクは言った。

「けっこうだ。ならば、警部、私の条件とは、ソーンダイク博士の説明を聞き、それから私自身が説明をさせてもらうことだ。両者の説明と、関連する質問や討論が終わるまでは、私は自由の身であり、いかなる拘束や干渉も受けない。この手順が終了すれば、君が行ういかなる手続きにも抵抗せず従うことに同意する」

「そんなことには同意できない」とバジャーは言った。

「できない？」とジェリコ氏は冷ややかに言った。ひと息つくと、付け加えた。「慌てることはないさ。警告は与えたよ」

ジェリコ氏の感情のない口調には、警部を迷わせるなにかがあった。警部はソーンダイクのほうを見て、小声で言った。

「なにをたくらんでいるんでしょう？　逃げることはできないのに」

「いろんなことが考えられる」とソーンダイクは言った。

「うむう。そうですね」バジャーは当惑したように顎をかきながら言った。

「つまるところ、なにか異議がありますか？　彼が説明してくれれば手間が省けるし、あなたにとっても無難でしょう。強引に押し入ろうとすれば時間がかかりますよ」

「さあ」ジェリコ氏は窓に手を置きながら言った。「同意するかね？——イエスか、ノーか？」

「いいでしょう」とバジャーが不機嫌そうに言った。「同意しますよ」

「私が説明を終えるまで拘束はしないと約束するか？」

「約束します」

ジェリコ氏の頭が消え、窓が閉まった。しばらくすると、大きな掛け金がきしり、チェーンが外れる音がして、重たげなドアがバタンと開き、ジェリコ氏が姿を現した。もの静かで、無表情のまま、旧式の事務室用の燭台を持っていた。

「ほかの人たちは誰かな？」めがねの奥から鋭い目で覗きこむように尋ねた。

「いや、彼らは私と無関係です」とバジャーは答えた。

「バークリー医師とジャーヴィス博士です」とソーンダイクが言った。

「おお！」とジェリコ氏は言った。「訪ねてくれるとは実に親切で気の利いたことだな。さあ皆さん、どうぞ入ってくれたまえ。我々のささやかな討論を聞くのは興味深いはずだ」

彼は堅苦しい礼儀正しさでドアを開けたまま押さえ、私たちはバジャー警部のあとについて玄関ホールに入っていった。ジェリコ氏はドアを静かに閉め、先頭に立って階段を上がっていき、自首の条件を語った窓のある部屋に入っていった。素敵な古い部屋で、広くて天井も高く、厳かな雰囲気があり、壁は鏡板張りだった。彫刻の施された暖炉もあり、その中央には紋章が付いていて、〝J・W・P〟というイニシャルと〝一六七一年〟という年時が刻印されていた。大きな書きもの机が隅にあり、そのうしろには鉄製の金庫が置いてあった。

「この訪問を予期していたよ」ジェリコ氏は、書きもの机の前に椅子を四脚置きながら、穏やかに言った。

「いつからですか？」とソーンダイクは聞いた。

「月曜の晩、あなたが我が友バークリー医師と、インナー・テンプルの門で話しているのを見たときからだ。それで、あなたが事件に関わっていると推測したのさ。さすがに予期していない事態だったね。皆さん、シェリー酒はいかがですかな？」

そう話しながら、机にデカンターとグラスの載った盆を置き、栓に手を置きながら、探るように私たちを見た。

「ほう、いただきますよ、ジェリコさん」バジャーがそう言うと、弁護士はようやく警部に目を向けた。ジェリコ氏がグラスを満たし、堅苦しく会釈しながら警部に手渡すと、デカンターを持ったまま、説き伏せるように言った。「ソーンダイク博士、あなたにも差し上げてよろしいかな？」

「いや、けっこうです」ソーンダイクの口調には決然とした響きがあり、警部は思わず彼のほうを見た。バジャーは博士と目が合うと、口までもっていこうとしていたグラスを不意に止め、口をつけないままゆっくりと机に置いた。

「急かすつもりはありませんよ、ジェリコさん」と警部は言った。「でも、もう遅いですから。この仕事を早く片付けたい。どうされたいんですか？」

「つまり」とジェリコ氏は答えた。「起きたことを詳しく説明したいのだ。それと、ソーンダイク博士から、どうやってこの見事な結論にたどり着いたかを正確に聞きたい。それが終わったら、あなたに身を委ねますよ。私が実際に起きたことを説明する前に、ソーンダイク博士から説明をしてもらったほうが面白いでしょうな」

「あなたの意見に賛成です」とソーンダイクは言った。

「それでは」とジェリコ氏は言った。「私のことは無視し、ここにはいないと思って、君の友人たちに説明をしてくれたまえ」

ソーンダイクは黙っておじぎをした。ジェリコ氏は、机を前に、肘掛椅子に深々と座り、自分のグラスに水を注ぎ、きれいな銀のケースからたばこを取り出し、慎重に火を点けてから、くつろいで話を聞こうと椅子の背にもたれた。

「私がこの事件を最初に知ったのは」とソーンダイクは前置きなしに語りはじめた。「二年ほど前、新聞記事を通じてでした。専門分野に関連する事件として、専門家としての純粋に学問的な関心しかなかったのですが、かなりの注意を払って事件を検討しました。新聞の情報は、動機のヒントを与えてくれる当事者同士の関係には詳しく触れておらず、出来事をありのままに説明しているだけでした。これには顕著な利点がありました。事件の事実を動機に惑わされることなく検討する——つまり、複数の自明な可能性を偏見なしに比較考量することができるからです。これらの自明な可能性の選択肢が、まさに当初から、今夜の実験で検証された解決を指し示していたと言えば、驚かれるかもしれません。ですので、ほかの事実を知る前に、新聞に出ていた事実から推論して得た結論をまず説明するほうがいいでしょう。

新聞記事に出ていた事実によれば、失踪について可能な説明は、明らかに四つでした。

一、その人物は生存し、身を隠している。これはきわめて公算の小さいことでした。のちにロラム氏が、申請の審理の際に語った根拠からしても、また、あとで述べる別の理由からしてもそうです。

二、事故か病気により死んでいるが、死体の確認ができない。名刺をはじめ身元確認の手がかりをたくさん身につけていたことを考えれば、これはさらに公算の小さいことです。

三、所持品を狙う未知の人物に殺害された。これも同じ理由から、きわめて公算の小さいことです。死体が確認できないとは考えにくいからです。

以上三つの説明は外部要因に基づく説明と呼んでもいいでしょう。事件の関係者にはまったく触れていないからです。これらの説明は、いずれも一般的な根拠に基づいて、明らかに公算の小さいものでした。さらに、どの説明をとっても、決定的といえる反証が一つありました——ゴドフリー・ベリンガムの庭で見つかったスカラベです。このため、これらの説明は退け、四つ目の説明に注意を向けたのです。すなわち、失踪した男は、記事に名前の出ていた関係者のいずれかにより殺害された、という説明です。記事は三組の関係者に言及していたため、選択肢として、明らかに三つの仮説がありました。つまり、

（a）ジョン・ベリンガムは、ハーストに殺害された、（b）ベリンガム親子に殺害された、（c）ジェリコ氏に殺害された、という仮説です。

さて、私はいつも教え子たちに強調しているのですが、こうした調査を行う際に最初に問わなければならない不可欠の問いは、〝失踪人が生きている姿を最後に間違いなく目撃ないし確認されたのはいつか？〟という問いです。これは、新聞記事を読んだあとに私自身も自問した問いでした。そして、その答えは、彼が生きている姿を最後に確実に目撃されたのは、一九〇二年十月十四日、ブルームズベリーのクイーン・スクエア百四十一番地においてだ、ということです。その日時と場所で彼が生きていた事実に疑いの余地はありません。なぜなら、同時に二人の証人が彼を目撃し、いずれも彼とはなじ

みの人たちだったからです。その一人、ノーベリー博士は、見たところ、利害関係のない証人でした。ジョン・ベリンガムはその日以降、生死を問わず、彼を知り、確認できる者には目撃されていません。同年十一月二十三日、ハースト氏の女中が彼を目撃したとされています。しかし、この女中は彼と面識がなかったため、彼女が見た人物がジョン・ベリンガムかどうかは不確かなのです。

したがって、失踪の日付は、誰もが想定してきた十一月二十三日ではなく、十月十四日に遡るわけです。そして、問われるべきは、〝ジョン・ベリンガムは、ハースト氏の家に入ったあと、どうなったのか？〟ではなく、〝クイーン・スクエアでの面談のあと、どうなったのか？〟なのです。

ところが、この面談が調査の真の出発点だと判断したとたん、ある注目すべき状況が視野に入ってきました。ジェリコ氏がジョン・ベリンガムを殺害する動機を持っていたとすれば、計画的な殺人犯としては、明らかにまたとない機会を得ていたことになるのです。

その状況を検討してみましょう。ジョン・ベリンガムは、単身で海外旅行に行ったと思われていました。正確な行き先も言わなかった。不在の期間ははっきりせず、三週間は不在にすることもあり得た。彼が失踪しても誰も騒がない。不在が続いても、少なくとも数週間は経たないと、調査の動きは出てこない。そのあいだに、殺人犯はゆっくり落ち着いて死体を処理し、犯罪の痕跡を隠滅できる。こうした状況は、殺人犯の立場にすれば理想的です。

しかし、それだけではありません。ジョン・ベリンガムが不在にしていた、まさにそのあいだに、ジェリコ氏は大英博物館に、明らかに人間の死体とされるものを運ばせていたのです。その死体は密閉された棺に収められていました。狡猾きわまりない殺人犯が考えた死体の処理法として、これほど完璧で確実な方法があるでしょうか？　この計画には一つだけ弱点がありました。ミイラは、ジョン・ベリンガムが失踪したあとに、クイーン・スクエアから運ばれたと分かり、いずれは疑惑が生じるかもしれない、ということです。のちにこの点に戻るとして、方向を変えて、第二の仮説を検討することにしましょう――つまり、失踪人はハースト氏に殺害されたという仮説です。

さて、ジョン・ベリンガムを名乗る人物が、実際にハースト氏の家を訪ねたことに疑いの余地はないようです。その人物は、家を立ち去ったか、そこに残ったかのいずれかです。立ち去ったのであれば、こっそりと出ていったことになる。そこに残ったのであれば、殺害され、死体が隠されたことにほぼ疑いはない。それぞれの場合の公算を検討してみましょう。

誰もが想定するように、訪問者が本物のジョン・ベリンガムだと仮定すると、責任感の強い中年の紳士を相手にしていることになります。そうした人物が家に入り、そこで待つと言いながら、気づかれないようにこっそりと出ていくのは、信じがたいことです。さらに彼は、船で英国に着くとすぐ、荷物をチャリング・クロス駅の預かり所に残したまま、列車でエルタムまで来たことになります。これははっきりした訪問目的があったことを意味し、家から気ままに出ていったことと矛盾します。

しかし、彼がハーストに殺害されたというのも、考えられないことではありません。物理的には可能です。ハーストが帰宅したとき、ベリンガムが実際に書斎にいたのであれば、殺人は――適当な手段さえあれば――実行可能だったし、死体も一時的に戸棚かどこかに隠しておいたことになります。だが、可能ではあっても、公算は小さい。実際的な機会もない。リスクとその後の困難があまりに大きい。殺人が行われたことを示す積極的な証拠はなにもないし、すぐに家を使用人に任せて外出したハーストの行動は、家に死体を隠したという前提と矛盾するものだからです。したがって、ジョン・ベリンガムが自分の意思で家を立ち去ったとはほとんど考えられないし、家を立ち去らなかったというのも同じく信じ難いのです。

しかし、第三の可能性があります。不思議なことに誰も指摘しなかった可能性です。つまり、訪問者はジョン・ベリンガムではなく、彼になりすましていた者だとすればどうでしょうか？　こう考えれば、難点は完全に取り除ける。奇妙な失踪は奇妙ではなくなります。なぜなら、偽者であれば、ハースト氏が帰宅し、なりすましを見破る前に、どうしても姿を消さなくてはならなかったからです。しかし、この前提を認めれば、さらに二つの問いが生じます。つまり、〝その偽者は誰か？〟、〝なりすましの目的はなにか？〟という問いです。

ここで、偽者がハースト氏自身でないのは明らかです。女中が彼と気づいたはずですから。したがって、彼は、ゴドフリー・ベリンガム、ジェリコ氏、あるいはその他の人物となります。新聞記事にその他の人物は言及されていなかったため、私はこの二人に検討対象を絞りました。

まず、ゴドフリー・ベリンガムです。彼が女中の知る人物だったかどうかは記述がありませんでした。このため、私は――あとで違うと分かりましたが――女中の知らない人物と仮定しました。であれば、彼が偽者という可能性はある。しかし、彼が兄になりすまさなければならない理由はなんでしょうか？　彼がすでに殺人を犯していたとは考えられません。そんな時間はありませんでした。そのためには、ジョン・ベリンガムがチャリング・クロス駅から出発する前に、ウッドフォードを出なければならなかったはずです。仮に彼が殺人犯だとしても、こんな騒ぎを引き起こす理由がありません。彼に必要な演技は、沈黙を守り、なにも知らぬふりをすることだったはずです。偽者がゴドフリー・ベリンガムだという公算は無に等しいのです。

では、ジェリコ氏はどうでしょうか？　この問いに対する答えは、もう一つの問いへの答えから出てくるのです。つまり、〝なりすましの目的はなにか?〟という問いです。

この未知の人物がジョン・ベリンガムとして現れ、そう告げたあと、消えてしまった動機はなにか? その動機は一つしかあり得ません。すなわち、ジョン・ベリンガムの失踪の日時を確定すること──彼が最後に生きている姿を目撃された明確な時点を設けることです。

しかし、そんな動機を持つ人物とは誰でしょうか? 検討してみましょう。

先に述べたように、ジェリコ氏がジョン・ベリンガムを殺害し、その死体をミイラの棺に隠したとすれば、しばらくはまったく安全でした。だが、その防壁にも弱点があります。依頼人が失踪しても、ひと月ほどは騒ぎにならないでしょう。しかし、彼が再び姿を見せなければ、いずれは調査がはじまる。さらに、クイーン・スクエアを出たあと、彼を見た者はいません。したがって、彼を目撃した最後の人物はジェリコ氏であることが注目されるはずです。さらに、大英博物館にミイラが運ばれたのは、失踪人が最後に生きている姿を目撃された、しばらくあとだったことも浮かび上がります。こうして疑惑が生じ、災いをもたらす調査が行われるおそれがあるわけです。しかし、ジョン・ベリンガムが、ジェリコ氏と面談したひと月後、ミイラが博物館に運ばれた数週間後にも生きている姿を目撃されていたとなればどうでしょうか? それなら、ジェリコ氏は失踪とはなんの関係もなくなり、したがって、まったく安全ということになります。

こうして新聞記事を慎重に検討した結果、ハースト氏の家で起きた謎めいた出来事には、合理的な説明は一つしかないと結論づけたのです。すなわち、訪問者はジョン・ベリンガムではなく、彼になりすました人物であり、その人物とはジェリコ氏だということです。

ゴドフリー・ベリンガムとその娘について検討することが残っていますが、正気の者なら二人のどちらかを本気で疑うことはできないでしょう」（ここでバジャー警部は苦笑いを浮かべた）「彼らに不利な証拠は取るに足らないものでした。家の敷地内でスカラベが見つかったことを別にすれば、彼らを事件と結びつけるものはなかったからです。その一件は、違う状況であれば疑惑を招いたかもしれませんが、スカラベが見つかったのが、数分前にもう一人の容疑者であるハーストが通り過ぎた場所だったという事実により意義を失います。とはいえ、スカラベが見つかったことは、二つの重要な結論を導きます。つまり、ジョン・ベリンガムはおそらく犯罪に巻き込まれたこと、スカラベが見つかったときにそこにいた四人のうち、少なくとも一人が彼の死体を保有していたということです。四人のうちの誰かという点については、その状況から一つだけヒントを得られます。つまり、スカラベが意図的に落とされたものだとすれば、それを見つけた者が落とした者でもある可能性が最も高いということです。そして、その発見者とはジェリコ氏なのです。

このヒントに即して、ジェリコ氏がスカラベを落とした動機を——彼が殺人犯だという前提に立って——問うてみるなら、その答えは明らかです。特定の人物に犯罪の容疑を被せることを狙ったのでないとしても、矛盾する証拠で混乱させ、捜査官の注意をそこに向けさせ、自分からそらそうとしたわけです。

むろん、ハーストが殺人犯であれば、彼にもスカラベを落とす立派な動機があるため、ジェリコ氏を疑う根拠としては不十分です。しかし、それを見つけたのが彼だったことはきわめて重要な事実です。

失踪の状況を語る当時の新聞記事にあった証拠の分析は以上です。そこから導かれる結論をまとめれば、次のようになります。

一、失踪人はほぼ確実に死んでいる。それは、失踪後にスカラベが発見されたことから明らかである。

二、彼はおそらく四人のうちの一人、または複数の人物に殺害された。それは、スカラベが、四人のうちの二人が住み、他の二人が入ることのできた家の敷地内で見つかったことから明らかである。

三、四人のうちの一人——ジェリコ氏——は、失踪人と一緒にいたことが分かっている最後の人物である。殺人を犯すまたとない機会を持ち、失踪後に、ある死体を大英博物館に運ばせたのもジェリコ氏である。
四、ジェリコ氏が殺人を犯したという前提に立てば、失踪に関連したほかの状況もすべて理解できるが、それ以外の前提ではまったく説明できない。

したがって、新聞記事の証拠は、ジョン・ベリンガムがジェリコ氏に殺害され、死体はミイラの棺に隠された公算が大きいことを明確に示しているのです。新聞記事を分析した時点で、私がジェリコ氏を殺人犯と確信したとは思わないでください。そうではありません。記事が必要な情報をすべて含んでいるとはかぎらなかったし、あくまで公算の問題の研究として、純論理的に検討しただけでした。しかし、それが、与えられた事実から導かれるものとしては、唯一公算の大きい結論と判断したのです。

ほぼ二年後に、事件について新たな情報を得ました。友人のバークリー医師が教えてくれたもので、確かな新事実を得ることになったのですが、私が知った順に検討してみましょう。

事件に関する最初の新たな手がかりは、遺言書から得られました。文書を読んですぐ、そこにはおかしな点があると確信しました。遺言者の遺志は明らかに、弟が財産を相続することにあったのですが、遺言書の解釈は、その遺志をほぼ確実に台無しにするものでした。財産の移譲は、埋葬についての項目——第二項にかかっていました。しかし、埋葬の手配は通常、遺言執行者が決めるものです。それはジェリコ氏でした。こうして、遺言書は財産の処分をジェリコ氏の裁量に委ねていたのですが、彼がどう対応するかは怪しいものでしょう。

さて、この遺言書はジョン・ベリンガムが書いたものですが、ジェリコ氏の二人の事務職員が証人となっていることから、それがジェリコ氏の事務所で作成されたことは明らかでした。彼は遺言者の弁護士であり、遺言書が適正に作成されるよう、徹底して意見を述べるのが彼の義務でした。彼は明らかにその義務を果たしていません。その事実は、ジェリコ氏が遺言書の不履行により利益を受ける立場にあるハーストと共謀していることを強く示唆していました。それは、この事件における奇妙な特徴でした。項目に瑕疵《かし》をもたらした当事者はジェリコ氏ですが、利益を受ける当事者はハーストだったからです。

しかし、遺言書の最も驚くべき奇妙さは、それが失踪の状況とよく合致していることでした。第二項は、まるでその状況を念頭に書かれたかのようです。ところが、遺言書は失踪の十年前に作成されたものであり、それはあり得ません。しかし、第二項が失踪状況に合致するように考え出されたものでないとしても、失踪が第二項に合致するように仕組まれたとは考えられないでしょうか？　あり得ぬことではありません。むしろ、状況から判断すれば、十分な公算のあることでした。そのように目論まれたとすれば、その目論見を実行した者は誰か？　ハーストは受益者の立場にありましたが、彼が遺言書の内容を知っていたという証拠はありません。残るはジェリコ氏だけです。遺言書が不適切なかたちで作成されるのを黙認したのも、確実に彼です。自分自身の――なにかよからぬ――目的のためにね。

したがって、遺言書という証拠は、ジェリコ氏が失踪事件の首謀者であることを指し示していました。これを読んだあと、私は彼を犯罪の容疑者として特定したのです。

しかし、疑いと証拠は別ものです。告発を申し立てるに足るだけの証拠はなかったし、告発なしに大英博物館側に働きかけることもできませんでした。この事件の大きな難点は、動機を見出せないことでした。ジェリコ氏が失踪事件により利益を得るとは考えられなかった。彼自身が受け取る遺産は、遺言者がいつどんな状況で亡くなろうと、確実なものでした。殺害と遺体の隠蔽は、ハースト一人を利するようにしか見えません。説得力のある動機がない以上、もっと決定的な事実が必要だったのです」

「動機について、本当になんの見解もなかったのかね？」とジェリコ氏は質問した。

穏やかで感情のない口調で質問したため、まるで〝著名裁判事例〟かなにかについて、もっぱら専門的な関心から論じているだけのように聞こえた。それどころか、ソーンダイクの分析に対して示す、この男の穏やかで感情を交えない態度、微動だにしない集中力は、議論が重要なポイントに来るたびに、同意のしるしにわずかに頷くことで中断するだけであり、それがこの驚くべき面談の一番奇妙な特徴だった。

「ある見解は持っていました」とソーンダイクは答えた。「しかし、それは推論にすぎなかったし、裏付けも得られませんでした。十年ほど前に経済困難に陥ったハースト氏が突然まとまった金を工面したことを突き止めました。どうやって、どんな担保で得た資金かは誰も知りませんでした。私は、この出来事が遺言書の作成と時期が一致していることに気づき、この二つにはなにか関係があるかもしれないと推測しました。しかし、それはあくまで推測です。〝証明なくば発見なし〟とことわざにあるとおりです。私にはなにも証明できなかったので、ジェリコ氏の動機も発見できなかったし、今も分かっていません」

「ほう、そうなのか？」ジェリコ氏は、なにやら熱を帯びた口調で言うと、たばこの吸い殻を捨て、銀のケースからもう一本取り出しながら続けた。「それは、あなたの見事な分析の最も興味深い特徴だよ。大いに称賛に値するな。普通なら、動機の欠如は、いわば訴追の論拠に対する致命的な反対論拠となると思うところだろう。現実に目の前にある事実を追究し続けた、あなたの一貫した揺るぎなき姿勢を祝福させてもらうよ」

彼はソーンダイクに堅苦しくおじぎし（ソーンダイクも同じ堅苦しさでおじぎを返した）、新しいたばこに火を点けた。そして、講義を聴講したり、音楽の演奏を鑑賞するかのように、再び椅子の背にもたれ、静かに耳を傾ける姿勢をとった。

「このように、行動を起こすには証拠が不十分でした」とソーンダイクは再び話しはじめた。「このため、新たな事実が出てくるのを待つしかなかったのです。さて、多くの計画殺人の事例を研究すると、同じ現象がほぼ常に現れます。用心深い殺人犯は、身の安全確保に気を遣いすぎ、余計なことをしてしまうのです。犯罪は、こうした過度の用心のせいで露見します。珍しくないどころか――露見せずにすんだ殺人までは分かりませんが、露見した殺人事件は――常にそうだと言っていいでしょう。この事件でも同じことが起きるという強い期待がありました。そして、実際そうなったのです。

依頼人の事件がほぼ絶望的と思われたまさにそのとき、人間の骨がシドカップで発見されました。夕刊でその発見についての説明を読んだのですが、記事の情報は貧弱だったものの、犯人が避けがたい過ちを犯したと信ずべき事実が載っていたのです」

「なに、ほんとかね？」とジェリコ氏は言った。「素人による、ただの伝聞記事に！科学的な見地からは無価値な情報と思うところだが」

「そのとおりです」とソーンダイクは言った。「しかし、記事は、発見の日付と場所を伝えていたのです。さらに、発見された骨の種類についても言及していました。いずれも重要な事実です。日付の問題を取り上げましょう。これらの遺骸は、二年も表舞台に出てこなかったというのに――やはり表舞台に出てこなかった――関係者たちが、遺言書のことで行動しはじめたまさにそのとき、いきなり姿を現したのです。つまり、裁判所への申請の聴聞会が開かれる、一、二週間前のことです。確かに驚くべき偶然です。発見のきっかけとなった状況を考えれば、偶然はさらに顕著なものとなります。というのも、これらの遺骸はジョン・ベリンガムの所有する土地で見つかり、しかも、不在地主のために行われた一定の措置（クレソンの水田を浚う作業）の結果として発見されたからです。しかし、その作業は誰の指示で行われたのでしょうか？　明らかに、地主の代理人の指示です。そして、地主の代理人とは、ご存知のとおり、ジェリコ氏なのです。したがって、これらの遺骸は、まさにその絶妙なタイミングで、ジェリコ氏の行動により姿を現したのです。繰り返しますが、この偶然は実に顕著なものです。

しかし、新聞記事を読んですぐに注意を引いたのは、腕を分離した特殊なやり方でした。なぜなら、厳密な意味での腕の骨とは別に、解剖学者のいう〝肩帯〟――肩甲骨と鎖骨――があったからです。これは実に注目すべきことでした。解剖学の知識があることを示唆しているようにも見えましたが、そんな知識が仮にあったとしても、こんなやり方でそのことをひけらかす殺人犯はいないでしょう。なにか別の理由があるはずだと思いました。そこで、ほかの遺骸も出てきて、ウッドフォードに収集された際、友人のバークリーに頼み、現地に行って調査してもらったのです。その結果、彼が発見したことを説明しましょう。

腕はいずれも、同じ特殊なやり方で分離されていました。いずれも揃っており、骨はすべて同じ死体のものでした。骨はまっさら——つまり、軟部がきれいに消えていました。切り込み傷や引っかき傷などの痕跡はありません。死蠟——水中や湿気のある場所で腐敗した死体に生じる、特殊な蠟状の石鹸のようなもの——の痕跡もありません。右手は、腕が池に投げ込まれたとき、すでに分離していて、左手の薬指も分離し、なくなっていました。後者の事実は、真っ先に注意を引いたのですが、今は検討を差し控え、あとで触れることにします」

「手が分離していたと、どうして分かったのかね？」とジェリコ氏が聞いた。

「水没の痕跡によってです」とソーンダイクは答えた。「腕に付いたままであれば、あり得ない状態で池の底に置かれていたのです」

「実に興味深い」とジェリコ氏は言った。「法医学の専門家は、〝書物をせせらぐ小川の中に、教訓を骨の中に、証拠を森羅万象の中に〟見出すようだな（シェークスピア『お気に召すまま』第二幕第一場。「書物をせせらぐ小川の中に、教訓を石の中に、善を森羅万象の中に」をもじったもの）。いや、話の腰を折るまい」

「バークリー医師の観察を」とソーンダイクは再び語りはじめた。「検死審問での医学上の証言と合わせて考えると、一定の結論に導かれたのです。

まず、判明した事実を申し上げましょう。

収集された遺骸は、ひと揃いの人間の骨格をなしていましたが、頭蓋骨、一本の指、両膝蓋骨を含む膝から足首までの脚の骨が欠けていました。これも実に注目すべき事実です。なぜなら、欠けている骨は、ジョン・ベリンガムのものかどうかを確認できる骨をすべて含んでおり、出てきた骨は、身元確認に役立たない残りの骨だったからです。

取捨選択を行った疑いが見られたのです。

とはいえ、出てきた部分もなかなか示唆に富んでいました。いずれも解体方法が特殊なものだったのです。普通であれば、膝関節は膝蓋骨を大腿骨に付属させたまま分離するでしょう。ところが、膝蓋骨は明らかに脛骨のほうに付属したままでした。さらに、頭部は、脊椎からきれいに分離したりせず、頸部の途中で切断しそうなものです。また、どの骨にも、通常の切断であればおのずと生じるような痕跡や引っかき傷がまったくなかったし、死蠟もありませんでした。以上の事実から引き出した結論とはこうです。第一に、骨の特殊なグループ化があります。それはなにを意味するのでしょうか？　几帳面な解剖学者を想定するのは明らかに馬鹿げているし、そんな想定はすぐに退けました。しかし、ほかになにか説明があるか？　そう、あるのです。骨はもともと靭帯で結合しているグループごとに出現していて、主に筋肉で付着していた部分で分離していたのです。たとえば、膝蓋骨は実際には大腿骨に属していて、そこに筋肉で付着していますが、強力な靭帯で脛骨にも付着しているのです。腕の骨も同様です。それぞれの骨は互いに靭帯で結びついていて、鎖骨の末端を別にすれば、胴体には筋肉だけで付着しているのです。

そう、これは実に重要な事実でした。靭帯は筋肉よりはるかにゆっくりと腐敗します。このため、筋肉が主に腐敗した死体の場合、骨はまだ靭帯で結合していることがあるのです。したがって、この特殊なグループ化は、死体が、解体前にある程度白骨化していて、引っ張るだけで分離したものであり、刃物で切断したものではないことを示していました。

この想定は、刃物による切り込み傷や引っかき傷がまったくないことでも裏付けられました。

さらに、骨には死蠟がまったくなかったという事実があります。腕や大腿部が水中に捨てられ、かつ腐敗を免れたとすれば、かなりの死蠟のかたまりができていたはずです。おそらく肉体の過半は、そうした物質に変化していたでしょう。したがって、死蠟がなかったことは、肉体の大部分が、池に投げ込まれる前に消失したか、取り除かれていたことを示しています。つまり、池に遺棄されたのは、死体ではなく骨格だったのです。

では、どんな骨格でしょうか？　最近殺害された人の骨格であれば、靭帯に触れないように骨から肉体を慎重にそぎ落としたことになります。しかし、これはきわめて考えにくい。靭帯を保存しておく理由がないからです。引っかき傷のないことも、この見解の反証になります。

それに、墓場から持ち出した骨とも思えません。骨格が揃いすぎていました。墓場の骨格に小さな骨の多くが揃っているのはきわめて稀です。そうした骨は通常、ある程度は風化していたり、崩れやすいものだからです。

骨学関係の業者から買った骨とも思えません。骨髄腔に組織解離液を入れるための穿孔があるのが普通だからです。それに、業者が販売する骨は、同じ死体からできているのは稀だし、手の小さな骨はガット弦で結びつけられるように穴をあけてあるものです。解剖学教室の骨でもありません。栄養動脈の位置を示す赤い顔料の痕跡がないからです。

骨の外観が示していたのは、（死蠟ができないような）非常に乾燥した大気の中で腐敗し、引っ張ったり、崩れたりして分離した死体の骨だということでした。死体——あるいはむしろ骨格——を結合していた靭帯も、手の分離が示していたように、もろく崩れやすかったのです。手もおそらく、たまたま分離したものでしょう。さて、こうした特徴に完全に合致する死体とは、エジプトのミイラしかありません。ミイラは確かに、ある程度の保存がなされてきたものです。しかし、英国のような気候の大気にさらされれば、急速に崩れていき、最後に残る軟部は靭帯です。

骨がミイラの一部だという仮説が指し示しているのは、当然ながらジェリコ氏です。彼がジョン・ベリンガムを殺害し、死体をミイラの棺に隠したのであれば、手元に余分なミイラが残ることになるし、そのミイラは大気にさらされ、いささか手荒な扱いを受けたことになるわけです。

　遺骸の状況で興味深いのは、薬指が欠けていたことです。さて、指輪をはめた指が死者の手から切り離されるのは、いろんな場合があります。しかし、その目的は、貴重な指輪を傷つけずに確保することです。この手がジョン・ベリンガムの手だとすれば、そんな目的ではありません。目的は身元確認を妨げることです。しかし、それなら、指輪を壊すか、やすりで削り取るか、指からもぎ取りさえすれば、簡単かつ完璧に目的を果たすことができたでしょう。したがって、指が欠けていた状況は、そうした目的と合致しなかったのです。

　では、ほかにもっとよく合致する目的があるでしょうか？　そう、あるのです。ジョン・ベリンガムがその指に指輪をはめていたのが周知のことだったとすれば、しかも、その指輪がきつくて抜けなかったとすればなおのこと、指の切断は実に都合よく、ある目的に役立つ。つまり、指が切断されたのは指輪があったからであり、身元確認を妨げようとしたためだという印象を作り出すことです。そうした印象が生じれば、おのずと、その手はジョン・ベリンガムの手だという疑いを生みます。ところが、それだけでは身元を裏付ける証拠にはなりません。さて、ジェリコ氏が殺人犯であり、死体をどこか別の場所に隠したのだとすれば、あいまいな疑惑が生じるのはまさに望むところであり、明確な証拠を出すのは避けたいところでしょう。

のちに、ジョン・ベリンガムが薬指に指輪をしていて、指輪がきつくて抜けなかったと分かりました。このため、その指が欠けていたことは、ジェリコ氏を指し示すもう一つのポイントとなったのです。

では、この証拠の総体を簡単に振り返ってみましょう。個別には些細なものか純論理的なものですが、それは多くの事柄から成り立っています。真の解明にいたるまでは、私も決定的な事実は一つも握っていなかったし、動機に関する手がかりもありませんでした。しかし、個々の証拠が示すポイントはいかに小さくとも、それらは見事に一致して一人の人物を指し示しているのです——すなわち、ジェリコ氏です。まとめてみましょう。

殺人を犯し、死体を処理する機会があった人物はジェリコ氏です。

故人の生きている姿が最後に確実に目撃されたとき、一緒にいた人物はジェリコ氏です。

未確認の人間の死体を大英博物館に運ばせた人物はジェリコ氏です。

故人になりすます動機があった唯一の人物はジェリコ氏です。

既知の人物の中でそうしたなりすましのできた唯一の人物はジェリコ氏です。

スカラベを落とす動機があった二人の人物のうち、一人はジェリコ氏です。スカラベを見つけた人物もジェリコ氏です。近視とめがねを考えれば、その場にいた者の中では、発見者として最も考えにくい人物だというのにです。

瑕疵ある遺言書の作成に携わった人物はジェリコ氏です。

次に遺骸についてです。どうやらジョン・ベリンガムの遺骸ではありませんが、特殊な死体の一部です。そうした死体を保有していたと分かっている唯一の人物はジェリコ氏です。

その遺骸を故人の遺骸とすり替える動機のあった唯一の人物はジェリコ氏です。

最後に、実に絶妙なタイミングでそれらの遺骸が発見されるきっかけを作った人物はジェリコ氏です。

これが裁判所で審理が行われるまでに集め、当面はその後も、私の手元にあった証拠の総体です。これだけでは行動を起こすに十分ではありません。しかし、裁判所での審理が終わったとき、訴訟は断念されるか――これはありそうにない――さもなくば、必ずや新たな展開があるものと思われました。

私は状況の推移を強い関心をもって見守っていました。ジョン・ベリンガムの死体が出てこないままに遺言書を執行しようとする試みが（ジェリコ氏ないし別の人物によって）なされ、失敗に終わりました。検死陪審は遺骸の身元を特定するのを拒み、検認裁判所は遺言者の死亡推定を認めませんでした。そのままでは、遺言書は執行できません。

次はどんな動きが出てくるだろう？

未確認の遺骸を遺言者の遺骸と同定する証拠を出してこようとするのはほぼ確実です。では、その証拠とはなにか？

その問いに対する答えは、もう一つの問いに対する答えを伴っています。つまり、〝この謎に対する私の解決案は、正しい解決なのか？〟という問いです。

私が間違っていれば、ジョン・ベリンガムのまぎれもなく真正な骨がいずれ発見されるかもしれない。たとえば、頭蓋骨、膝蓋骨、左の腓骨。そのどれが出てきても、遺骸の身元ははっきりと確認されます。

私が正しければ、起こり得ることはただ一つ。ジェリコ氏は、裁判所が申請を退けたときのためにとっておいた切り札を切るだろう。それは彼としては明らかに出したくないカードでした。

ミイラの指の骨をジョン・ベリンガムの指輪と一緒に出さなくてはならない。それ以外に手はありません。

しかも、骨と指輪が一緒に見つかるだけではない。発見の正確な日時を決めるためにも、ジェリコ氏が立ち入ることができ、これまで管理してきた場所で見つかるはずです。

私は、自分の問いへの答えが出るのを忍耐強く待ちました。私は正しいのか、間違っているのか？

やがて答えが出ました。

骨と指輪が、ゴドフリー・べリンガムが以前住んでいた家の敷地内の井戸で発見されたのです。その家はジョン・べリンガムの所有物です。ジェリコ氏はジョン・べリンガムの代理人です。したがって、井戸の水が抜かれる日時を決めたのはほぼ確実にジェリコ氏です。

神託は下ったのです。

その発見は、骨がジョン・べリンガムのものでないことを決定的に証明していました(べリンガムの骨なら、身元確認をさせるために、指輪を出してくる必要はありませんから)。しかし、骨がジョン・べリンガムのものでなくとも、指輪は彼のものです。そこから導かれる重要な帰結は、井戸に骨を捨てた者は、過去にジョン・べリンガムの死体を保有していたということです。そして、その人物とは、疑いもなくジェリコ氏なのです。

自分の結論に対する最終的な裏付けを得たため、私はノーベリー博士にセベク・ホテプのミイラを検査する許可を申請しました。その結果はすでにご存知のとおりです」

ソーンダイクが話し終えると、ジェリコ氏は彼をしばらくじっと見てから言った。

「あなたの捜査方法について、実に完璧で明快な説明をいただいた。とても楽しませてもらったし、後学のためにもなったでしょうな――状況が違っていればだが。本当にグラスにお注ぎしなくてよろしいですかな」彼はデカンターの栓に触れたが、バジャー警部はこれ見よがしに懐中時計を見た。

「どうやらもう遅いですな」とジェリコ氏が言った。

「いや、まったく」とバジャーが力を込めて頷いた。

「では、長くお引き留めするわけにはいかんね」と弁護士は言った。「私の説明はあくまで起きたことの解説だ。だが、どうしても説明しておきたいし、あなた方もきっと興味を持って聞いてくださるだろう」

彼は銀のケースを開け、もう一本たばこを取り出したが、火を点けなかった。バジャー警部は不気味な黒い手帳を取り出して膝の上に開いた。ほかの者はジェリコ氏の説明を聞くために、固唾《かたず》を飲んで深々と椅子に座った。

第二十章　事件の終結

深い沈黙が部屋とそこにいる人々を支配していた。ジェリコ氏は、火の点いていないたばこと水の入ったタンブラーをそれぞれ手に持ち、じっと考え込むように机に目を落としたまま座っていた。しばらくして、バジャー警部が苛立たしそうに咳払いすると、ジェリコ氏は目を上げた。「失礼したね、皆さん」と彼は言った。「お待たせした」

彼はタンブラーから一口すすり、マッチ箱を開けてマッチを一本取り出したが、気が変わったらしく、マッチを下に置いて話しはじめた。

「皆さんが今夜ここに来られるきっかけとなった不幸な出来事の発端は、十年ほど前にさかのぼる。その頃、友人のハーストは、急に財政困難に陥ったのだ――早く話しすぎかな、バジャー警部？」

「いえ、大丈夫です」とバジャーは答えた。「速記術を心得ていますので」

「それはありがたい」とジェリコ氏は言った。「彼は深刻な困難に陥り、私に助けを求めてきた。債務を返済するのに五千ポンド借りたいと言ってきたのだ。私には自由のきく金がかなりあったが、ハーストの提示する担保は十分とは思えなかったので、融資を断らざるを得なかった。だが、そのまさに翌日、ジョン・ベリンガムが遺言書の案を携えて訪ねてきて、作成前に目を通してほしいと言ってきたのだ。

馬鹿げた遺言書だったし、そう言おうと思った。だが、ふと、ハーストとの絡みで、あるアイデアが浮かんだ。遺言書に目を通すとすぐ、埋葬に関する項目が遺言者の草案どおり残れば、ハーストが財産相続の好機を得ると気づいたのだ。しかも、遺言執行者には私が指名されていたので、その項目どおり実現させることもできるはずだ。そこで、遺言書を検討するために数日ほしいと頼み、それからハーストを訪ねて、ある提案をした。つまり、私は彼に五千ポンドを担保なしで融通し、返済も求めない。だが、彼がジョン・ベリンガムの財産から得る利権が一万ポンド以下の場合はそのすべて、一万ポンドを超える場合は、相続総額の三分の二を私に譲渡する、というものだ。ジョンはもう遺言書を作ったのかと聞いてきたので、まったく正確に、まだ作成していないと答えた。ジョンが作ろうとしている遺言書の内容を知っているかとも聞いてきたので、これまた正確に、ジョンは財産の大半を弟のゴドフリーに遺贈するつもりのようだと答えたよ。

そこで、ハーストは私の提案を飲んだ。私は金を融通し、彼は譲渡契約書を作成した。その数日後、私は遺言書を有効なものと承認した。現在の文書は遺言者自身の草稿をそのまま文書化したものだ。そして、ハーストが譲渡契約を作成した二週間後、ジョンは私の事務所で遺言書に署名した。その遺言書の規定により、私は事実上の主たる受益者となる絶好のチャンスを得たのだ。ゴドフリーがハーストの要求に異議を唱えて、裁判所が第二項の条件を無効と判断しないかぎりはね。

これで、私のその後の行動を支配した動機が理解できただろう。ソーンダイク博士、自分の推論がどれだけ真実にかぎりなく近づいていたかも、これで分かっただろうね。それと、分かっていただきたいが、ハースト氏はこれから話す顛末とはなんの関係もないことも説明するよ。

では、一九〇二年十月に、クイーン・スクエアで行われた面談についてだ。裁判所で私が証言したことから状況はおおむね知っているだろうが、あるところまでは文字どおり正確な証言だった。面談は四階の部屋で行われたが、そこにはジョンがエジプトから持ち帰ったケースが置いてあった。ミイラは梱包が解かれ、大英博物館に寄贈する予定のないほかの物品も解いてあったが、ケースの幾つかはまだ未開封だった。面談が終わると、私はノーベリー博士を玄関まで送り、戸口の上り段で十五分ほど立ち話をした。それからノーベリー博士は帰り、私は上り段を上がった。

ところで、クイーン・スクエアの家は、事実上、博物館になっていた。上階と一階は、玄関ホールから階段への上がり口にある大きなドアで隔てられていて、ドアにはチャブ錠のナイトラッチ（内側からはつまみで施錠し、外側からは鍵を使う錠）が付いていた。鍵は二つあり、ジョンと私が一つずつ持っていた。いずれも今は私のうしろの金庫に入っている。管理人は鍵を持っておらず、我々のどちらかが許可しないかぎり、上階には行けなかった。

ノーベリー博士が帰ったあと、家に入ると、管理人が地下室で温水暖房用のコークスを割っている音が聞こえた。ジョンはさっきまで、四階でランプの明かりを頼りに、梱包ケースを開封していた。左官が使うハンマーのような道具を使ってね。頭の片側に小さな斧刃が付いたハンマーだ。ノーベリー博士と立ち話しているあいだも、ジョンが釘を抜いたり、ケースの蓋をこじ開けている音が聞こえていた。階段に通じるドアを抜けると、その音がまだ聞こえたよ。階段のドアを閉めると、転がり落ちるような音が上から聞こえ、いっぺんに静かになった。

三階まで上がると、階段は真っ暗だったので、立ち止まってガス灯を点けた。四階に上がろうと階段を曲がると、途中の踊り場の端から手が突き出ているのが見えた。階段を駆け上がり、踊り場に来ると、ジョンが最上階への階段の下で体を丸くして倒れていたよ。頭の横に怪我をし、わずかに血が流れていた。ケース・オープナーがそばに落ちていて、斧刃に血が付いていた。階段を見上げると、その向こうにぼろぼろのマット敷きの切れ端が見えてね。

なにが起きたかはすぐに分かった。彼はケース・オープナーを持ったまま、急ぎ足で踊り場に出てきた。そして、ぼろぼろのマット敷きに足を取られ、ケース・オープナーを握ったまま真っ逆さまに階段を落ち、転落時に、斧刃のある先端に頭をぶつけたのだ。それから横転して、ケース・オープナーが手から落ちたというわけだ。

私はマッチを擦り、かがんで彼の様子を見た。頭の位置がおかしかったので、首の骨が折れているのではないかと思ったよ。怪我から流れていた血はごくわずかだった。まったく身動きしなかった。息をしている様子もない。間違いなく死んでいると思った。

実に嘆かわしい状況だったし、自分がひどくやっかいな立場に置かれたことにすぐ気づいた。はじめは衝動的に、管理人に医者と警官を呼びに行かせようとしたのだが、ふと考え直し、そんな手順を踏むのはまずいと悟った。

私がジョンをケース・オープナーで殴り倒さなかったと言える証拠はない。もちろん、殴り倒したという証拠もない。だが、呼んでも聞こえない地下にいた管理人を別にすれば、家には我々しかいなかったのだ。

検死審問が開かれるはずだ。検死審問では、存在が分かっている遺言書に調査が及ぶだろう。だが、遺言書が表沙汰になれば、ハーストはすぐに疑いを抱く。やつはおそらく検死官に申立てをし、私は殺人罪で告発される。仮に告発されずとも、ハーストは私を疑い、きっと財産譲渡を拒むだろう。そんな状況では、私もさすがに譲渡を強要できない。やつは支払いを拒むだろうが、私のほうは裁判所に申立てをすることもできないわけだ。

私は気の毒なジョンの死体のすぐ上の階段に座り、状況をこと細かく検討した。へたをすると、縛り首になる可能性も十分ある。うまくいっても、五万ポンド近い金を失う。いずれも面白くない選択肢だ。

そこで、死体を隠し、ジョンがパリに行ったことにしたらどうかと考えた。むろん、ばれるリスクはあるし、そうなれば、確実に殺人罪で有罪となる。だが、ばれずにすめば、疑惑を免れるだけでなく、五万ポンドを手にすることができる。どちらを選ぶにしてもリスクは大きいが、一方の選択肢は間違いなく損失につながり、もう一方はリスクに値するだけの実益がある。問題は、死体を隠せるかどうかだ。隠せるなら、あわよくば手に入る利益のために、少しばかり余計なリスクを冒す値打ちもある。だが、人間の死体は処理が難しい。特に、私のように科学的知識の乏しい者にはね。

奇妙なことに、自明な解決策に気づくまでに、ずいぶん長い時間この問題を考えた。少なくとも十二通りは死体処理の方法を考え抜き、いずれも実行不可能として退けたよ。そのとき、ふと、上階にあるミイラのことを思い出したのだ。

はじめは、死体をミイラの棺に隠せるかもという突拍子もない可能性として思いついただけだ。しかし、そのアイデアをもてあそぶうちに、それがまさに実行可能と分かりはじめた。可能なだけでなく、容易でもある。さらには、容易なだけでなく、きわめて安全だ。いったんミイラの棺が大英博物館に収蔵されてしまえば、死体とは永久におさらばだ。

博士、まさにあなたが言われたとおり、実に好都合な状況だった。なんの騒ぎも起きないだろうし、慌てることも心配することもない。しかも、必要な準備をする時間はたっぷりある。それに、ミイラの棺は実にもってこいの代物だ。長さを測ってみると十分な余裕がある。柔らかい素材でできたカルトナージュで、背側に開け口があり、傷つけずに開けられるよう締め紐で結んで閉じてあった。締め紐を別にすれば切り込みを入れる必要はないし、締め紐も別の紐に替えればいい。ミイラを取り出し、故人を中に入れるときに少し傷つくかもしれないが、そんな傷が仮に生じても背のほうだし、たいしたことはない。ここで再び、幸運の女神は私に微笑んだ。ミイラの棺の背部分は、全面に瀝青を塗布されていた。いったん故人を中に入れてしまえば、新たに塗布するのは簡単だし、傷だけでなく新しい締め紐も塗り込めてしまえるだろう。

熟考の末、私はこの計画を採用することにした。下に降りて管理人に裁判所棟への使いを頼んだ。それから上に戻り、故人を四階の部屋に運んだ。そこで死体の衣服を脱がせ、縦長の荷造り用の箱に、ミイラの棺に横たえるような姿勢にして納めた。衣服を丁寧にたたみ、スーツケースにしまった。靴は別にしてね。それはジョンがパリに旅行する際に使っていたスーツケースで、夜着や身だしなみ用品、着替えの下着が入っていただけだ。そのあと、階段と踊り場のオイルクロスを念入りに洗浄し、作業が終わった頃、管理人が戻ってきた。ベリンガム氏はパリに向けて出発したと管理人に告げてから、帰宅の途についた。家の上階はもちろんチャブ錠で戸締りされていたが、さらに――法律用語で言えば〝十分なる用心から《エクス・アブンダンテイア・カウテラエ》〟――故人の死体を置いた部屋のドアも施錠しておいたよ。

むろん、ミイラ作成の方法について多少の知識はあったが、主に古代人の用いた方法の知識だった。そこで、翌日、大英博物館の図書室に赴き、そのテーマに関する近著を調べた。この古代の技法に近代の知識がもたらした見事な改良策が示されていて、実に興味深かったよ。よくご存知だろうから、詳細は省くがね。私は初心者にも一番簡単な方法を選んだが、それはホルマリン注射によるもので、大英博物館からそのまま必要な材料を買いに直行した。だが、防腐剤用注射器は買わなかった。参考書によれば、通常の解剖用注射器で用が足りるとのことだったし、そのほうが買い物をするにも目立たないと思ったからだ。

解剖学の研究書――ヘンリー・グレイ（一八五八年に初版が出た解剖学参考書で知られる）のものだと思う――に出てくる図解もよく参照したものの、注射の仕方はひどく下手だったろうな。だが、やり方は不器用でも、結果は上々だった。作業を行ったのは三日目の晩だ。その夜は、気の毒なジョンの遺体が腐敗や崩壊を免れたことに満足しながら家を戸締りしたものだ。

だが、これだけではだめだ。生身の死体ではミイラに比べて重すぎ、ミイラの棺を扱う者がすぐ気づいてしまう。それに、死体から生じる湿気がカルトナージュを急速にむしばみ、展示用のガラス・ケースの内側にも湿気の曇りを生じさせるはずだ。そうなれば、きっと調査が行われる。だから、故人の遺体はカルトナージュに納める前に完全に乾燥させる必要があった。

ここで、残念ながら私の科学知識の不足が大きな障害になった。どうすればそんなことができるか分からなかったし、結局、剝製師に相談するしかなかった。小動物や爬虫類の収集をしていて、輸送に適するようにすぐに乾燥させたいと説明したのさ。その剝製師は、動物の死体をメタノール変性アルコールの瓶に一週間浸けてから、暖かい乾燥した風にさらしておけばいいと教えてくれた。

だが、故人の遺体をメタノール変性アルコールの瓶に浸けるという計画は、明らかに実行不可能だ。すると、コレクションの中に斑岩製の石棺があることを思い出した。棺の空間は、ケースに入った小さなミイラを納められるように作られていてね。遺体を石棺に入れてみると、ちょうど余裕で納まったよ。私はメタノール変性アルコールを数ガロン購入し、死体を覆うまで石棺の中に注ぎ、蓋をして、空気が入らないようにパテで隙間を埋めた。細かすぎて退屈ではないかね？」

「できるだけはしょっていただけませんか、ジェリコさん」とバジャーは言った。「すでに長話になっているし、時間も遅い」

「私にすれば」とソーンダイクは言った。「こうした詳細は実に興味深く、示唆に富むものです。私が推論で描いた輪郭の中身を埋めてくれますから」

「確かにな」とジェリコ氏は言った。「では続けようか。

私は、死体をアルコールに二週間浸けてから取り出し、拭いて乾かした。それから、温水暖房のパイプの真上に籐椅子を四脚並べて、その上に死体を横たえた。ほかの部屋の温水を止め、そのパイプに熱が集中するようにし、部屋の風通しをよくした。結果は実に興味深いものだったよ。三日目の夜には、手と足はすっかり乾燥し、萎縮して骨が浮き彫りになり――指輪も縮んだ指から抜け落ちた――鼻はしわしわの羊皮紙のようになったよ。死体の皮膚は、賃貸借契約書の用紙に使えそうなくらい、乾燥してなめらかになった。一日目と二日目は、死体を時おりひっくり返して、満遍なく乾燥するようにした。それから、棺の準備にとりかかった。私は締め紐を切り、細心の注意を払ってミイラを取り出した――つまり、棺のほうに注意を払ったということだがね。ミイラのほうは、取り出すときに多少傷ついた。保存状態が悪かったし、もろかったので、取り出す際にあちこちが分離してしまった。包帯を外す際にも、頭が胴体から離れ、両腕も取れてしまったよ。

石棺から取り出して六日目に、セベク・ホテプから外した包帯でジョンの死体を慎重に包んだ。死体にまだ残っているアルコールやホルマリンのかすかな臭いを消すために、死体の上や包帯の重なり目に没薬《もつやく》や安息香の粉末を大量に振りまきながらね。包帯を巻くと、故人はまさに職人的な成果品のように見えたよ。カルトナージュなしでもガラス・ケースの中で見栄えがしただろう。このまま永久に目に触れなくなるのが残念なほどだったね。

助けを借りずに棺に入れるのは至難の業だった。うまく棺に納めるまでに、カルトナージュを数か所、ひどく傷つけてしまったよ。だが、ついに死体を中に納め、棺を新しい締め紐で閉じてから、傷や新しい紐がうまく見えなくなるように瀝青を新たに塗布した。瀝青が乾いたあと、その表面を汚れた雑巾でたたいて新しく見えないようにし、こうして、カルトナージュはその住人とともに配送の準備が整った。私はノーベリー博士にその旨を知らせ、五日後に博士が来て、大英博物館に運んでいった。

これで主な難題は片づいたが、私はもう一つの難題について考えはじめた。博士、あなたが見事な明快さで指摘したとおりだよ。ジョン・ベリンガムは、忘却の彼方に葬り去られる前に、もう一度おおやけに姿を見せなければならなかったのだ。

そこで、私はハースト家の訪問を考えついた。この訪問は、二つの目的を満たすよう計算したものだ。都合のいい失踪の日付を作り出し、私の関与を打ち消すという目的と、ハーストに疑惑を向けさせ、やつの態度を軟化させるという目的さ——遺言書の内容を知っても、私の要求に異議を唱えないようにね。

事は実に簡単だった。最後に訪問したあと、ハーストが使用人を入れ替えたことは知っていたし、やつの習慣も知っていたからね。その日、私はスーツケースをチャリング・クロス駅に運び、預かり所に預けた。ハーストの事務所に立ち寄り、やつがそこにいるのを確かめてから、キャノン・ストリートに直行し、エルタム行きの列車に乗った。家に着くと、念のためめがねをはずし――私の容貌の唯一の目立つ特徴だからね――然るべく頼んで書斎に案内してもらった。女中が部屋を出るとすぐ、私はフランス窓からそうっと外に出た。窓は閉じたが、留め金をすることはできなかった（夜の戸締りまでに家の誰かが留め金をしたということか。二六五頁参照）。通用門から出たのだが、掛け金の桟《さん》をポケット・ナイフで押さえながら門を閉めたので、バタンと強く閉めずにすんだのさ。

その日のほかの出来事については、スカラベを落としたことも含めて、説明の必要はないだろう。あなたがたもよくご存知だからね（家の見取り図を記者に提供した人物が誰かの説明がないが、不動産を専門とする事務弁護士のジェリコ氏であることが示唆されているか。一五頁以下および一八二頁以下参照）。だが、骨に関して私が犯した不運な戦術的誤りについては、多少説明してもいいだろう。きっとお気づきだろうが、それは科学の専門家を過小評価してしまう弁護士の癒し難い悪癖のせいだ。ただの骨が、科学者にそれほど豊富な情報をもたらすとは思ってもみなかったのだ。

経緯を話せばこうだ。セベク・ホテプの壊れたミイラは、大気にさらされると次第に崩れていったが、目障りなだけでなく、明らかに危険なものだった。私と失踪事件を結びつける唯一残った手がかりだったからね。私はこれを処分することに決め、消滅させる方法を探った。すると、魔が差したように、これを利用することを思いついたのだ。

これほど短期の失踪期間では、裁判所が死亡推定を認めないおそれが十分あった。死亡認定が先延ばしされれば、遺言書は私の目の黒いうちに執行できないかもしれない。だが、セベク・ホテプの骨が亡き遺言者の遺骸と同定されれば、事は首尾よく運ぶだろう。だが、すべての骨格を示せば、彼の骨と取り違えられるはずはない。故人は膝蓋骨を骨折し、足首に負傷したことがあったし、その怪我は消えない痕跡を残しているはずだ。しかし、骨をうまく取捨選択し、故人の所有物とはっきり確認される物と一緒に、然るべき場所に捨てれば、この難問も解決するように思えた。細かい説明は不要だろう。私のしたことは、右手が偶然取れたという付随的な状況も含めて、ご存知だろうからね――あの右手は、手提げ鞄に入れようとしたときに取れてしまったのだ。いかに見落としがあったにせよ、あなたが事件を扱うという予期せぬ事態さえなければ、首尾よくいったかもしれんがな。

こうして、ほぼ二年は私もまったく安全だった。時おり大英博物館に立ち寄り、故人が良好な状態にあるか見に行ったよ。そのたびに悦に入りながら思い返したものさ――偶然ではあるが――彼の遺志が、遺言書の第二項に（実に不完全に）指示されているとおり、見事に履行されていて、しかも、私の利益も損ねていないという、満足すべき状況をね。

変化に気づいたのは、あの晩、あなたがテンプルの門でバークリー医師と話しているのを見たときだ。私はすぐに、まずいことが起きている、うまく対処しようにも手遅れでは、と思った。それ以来、いつ何時この訪問があるかとここで待っていたのだ。いまやその時が来たわけだ。あなたは見事に勝負手を決め、私のほうは、まっとうな賭博師らしく、あとは賭け金を支払うだけさ」

彼はひと息つき、静かにたばこに火を点けた。バジャー警部はあくびをし、手帳を片付けた。

「話は終わりですか、ジェリコさん？」と警部は聞いた。「私は逮捕状を執行する義務を果たしたいのですよ。えらく遅くなってしまったが」

ジェリコ氏は口からたばこを離し、グラスから水を飲んだ。

「お聞きするのを忘れていたよ」と彼は言った。「あのミイラの包帯を解いたのかね――ミイラという言葉を、亡き依頼人の描く処理された遺骸に使ってよければだが」

「ミイラの棺は開けていません」とソーンダイクは答えた。

「開けていない！」ジェリコ氏は声を上げた。「では、どうやって容疑の裏をとったのかね？」

「エックス線写真を撮ったのです」

「おお！　なんと！」ジェリコ氏はしばらく考え込むと、「驚くべきことだ！」とつぶやいた。「そして見事だ。現代の科学の力は本当に素晴らしい」

「まだ言いたいことがほかにありますか？」とバジャーは聞いた。「なければ、もう時間は尽きましたよ」

「ほかにかね？」ジェリコ氏はゆっくりと繰り返した。「ほかにね？　いや――時は――つ――尽きた。そう――た――確かに――」

言葉は途切れ、ソーンダイクのほうを奇妙に見つめたまま座っていた。

顔つきはにわかに大きく変わった。萎縮したように死相が表れ、唇は異常に赤い色を帯びた。

「どうかしましたか、ジェリコさん？」バジャーは不安そうに聞いた。「気分が悪いのでは？」

ジェリコ氏はその問いかけを聞いていないようだった。返答をせず、椅子の背にもたれたまま身じろぎもしない。手を机の上に広げ、ソーンダイクのほうを奇妙な目つきでひたと見据えたままだった。

不意に頭が胸にがくんと垂れ、体がくず折れた。私たちが一斉に立ち上がると、彼は椅子からすべり落ち、机の下に消えた。

「なんてこった！　失神してしまったぞ！」とバジャーが叫んだ。

すぐに彼は四つん這いになり、動揺して身を震わせながら机の下を探った。意識のない弁護士を明るいところに引っ張り出すと、体の上にかがんで、顔を覗きこんだ。

「いったいどうしたんでしょう、博士？」彼はソーンダイクを見上げながら聞いた。

「卒中ですか？　それとも心臓発作でも？」

ソーンダイクは首を横に振り、かがみこんで、意識を失った男の手首に指を当てた。

「症状からすると、青酸か、シアン化カリウムです」と彼は答えた。

「でも、なにか手は施せないんですか？」と警部は訴えた。

ソーンダイクがジェリコ氏の腕を下ろすと、床にだらりと落ちた。

「死人にはどうにもできませんね」と彼は言った。

「死人！　じゃあ、こいつは結局、我々の手をすり抜けてしまったのか！」

「刑をみずから先んじて受け入れたのです。それだけですよ」ソーンダイクは、淡々とした冷静な口調で語った。その突然の悲劇からすると、彼の言葉は奇妙だったし、なんら驚く様子のないこともそうだった。その出来事をまったく当然のことと受け止めているようだった。

だが、バジャー警部は違った。警部はすっくと立ち上がり、両手をポケットに突っ込み、不機嫌そうに死んだ弁護士をにらみつけた。

「こいつのいまいましい条件を飲んだりして、おれはなんという馬鹿だ」と激しく怒鳴った。

「とんでもない」とソーンダイクは言った。「押し入っていれば、死人を見つけただけでしょう。しかし、実際には、生きている相手に会い、貴重な供述を得たのです。あなたは的確に行動したのですよ」

「どうやって毒をあおったか分かりますか?」とバジャーは聞いた。

ソーンダイクは手を伸ばした。「シガレット・ケースを見てみましょう」と言った。

バジャーは、死者のポケットから小さな銀のケースを取り出して開いた。中にたばこが五本あり、うち二本は無地で、ほかの三本は先端が金色だった。ソーンダイクは、それぞれ一本ずつ取り出し、その先端をそっとつまんだ。金色のほうを元に戻し、無地のたばこを先端の四分の一インチほど引き裂くと、小さな白い錠剤が二つ、机の上に落ちた。バジャーが慌てて一つ拾い上げ、臭いを嗅ごうとすると、ソーンダイクは彼の手首をつかみ、「気をつけてください」と言った。錠剤の臭いを――鼻から安全な距離に離して――慎重に嗅ぐと、付け加えた。「そう、シアン化カリウムです。唇が奇妙な色に変わったときにそう思いました。最後に手にしたたばこに入っていたのです。端のほうを嚙み切ったのがお分かりでしょう」

私たちはつかの間、床に横たわる身動きしない体を黙って見下ろしていた。しばらくしてバジャーが目を上げた。

「帰り際に守衛所を通ったら」と彼は言った。「立ち寄って、警官を呼ぶように言ってくれますか」

「分かりました」とソーンダイクは言った。「それはそうと、バジャー、そのシェリー酒はデカンターの中に注ぎ戻して、厳重に保管しておくか、窓の外に捨てたほうがいい」

「おお、そうだ！」と警部は声を上げた。「教えてくれて助かりましたよ。弁護士だけでなく、警察官の検死審問も開かなくちゃならんところでした。それでは皆さん、お気をつけて」

私たちは、警部一人を囚人とともにあとに残して外に出た――その囚人は、あいまいな言い方で約束したとおり、確かにおとなしく身を委ねていた。門を出るとき、ソーンダイクは、説明もなく簡潔に、ぽかんとするばかりの守衛に警部の伝言を伝えた。それから、私たちはチャンセリー・レーンに入っていった。

誰も口をきかず、むっつりとしていたが、ソーンダイクはなにやら心を揺り動かされているようだった。おそらく、ジェリコ氏のひたと見据えた最後の目つき――それが死にゆく者の目つきと分かってはいただろうが――が、私と同様、心に焼きついていたのだろう。チャンセリー・レーンを歩く途中、彼はようやく口を開いた。それはまさに叫び声だった。「哀れなやつだ！」

ジャーヴィスが続けて言った。「とんでもない悪党だったね、ソーンダイク」

「そうじゃない」と彼は応じた。「むしろモラルを超越した男と言うべきだ。彼の行動には、悪意もなかったが、良心の呵責や情け容赦もなかった。感情を交えない打算による行動だったが、まったく非人間的だからこそ恐ろしくもあった。だが、強い男だったよ——勇敢だが自制心のある男だった。斧を振り下ろすべく定められた者が私でなければよかったのだが」

ソーンダイクの悔恨は奇妙だし、矛盾しているようだが、私も同じ気持ちだ。あの不可解な男が、愛する人たちの人生にいかに大きな悲惨と苦しみをもたらしたとしても、その罪を許そう。滅んだ今となっては、邪悪な目的を追求した、血も涙もない冷酷さも水に流そう。ルースを私の人生にもたらし、自分がいる〝愛の楽園〟への扉を開いてくれたのは彼なのだから。こうして私の心は、リンカーン法曹院の古く荘重な部屋に静かに横たわる男から、未来の輝かしい展望へと移っていった。その未来に向けて、私はルースと手に手をとり、最期の時が来るまで歩み続けていくのだ。あの無慈悲な弁護士が聞いたと同じ、厳かな夕暮れの鐘が鳴り響き、静かな海の暗闇へと私を送り出すその時まで。

訳者あとがき

一　レイモンド・チャンドラーが敬愛した作家

まず、作家R・オースティン・フリーマンについて簡単に紹介しておこう。

フリーマンは、一八六二年、ロンドンのソーホーに生まれ、一八八七年にミドルセックス病院で医師の資格を得た。医師、行政官として黄金海岸（現在のガーナ）で勤務する間に罹患した黒水病の後遺症に悩まされ、医師の激務に耐え難くなったフリーマンは、ホロウェイ刑務所の医師を務める間に、友人との合作でクリフォード・アシュダウン名義による怪盗ロムニー・プリングルものの短編を発表し、その成功を機に作家として身を立てる。一九〇七年に、法医学者探偵のソーンダイク博士が登場する長編『赤い拇指紋』を発表。当時、ホームズものの短編を連載していた「ストランド・マガジン」のライバル誌だった「ピアスンズ・マガジン」にソーンダイク博士ものの短編を連載して人気を博した。短編集『歌う白骨』（一九一二）で、犯人を最初から明かした上で探偵による解明のプロセスを主眼に描く倒叙推理小説を最初に提唱・実践したことでも知られる。一九四三年、自宅のあったケント州グレイヴズエンドにて八十一歳で死去。アガサ・クリスティ、ドロシー・L・セイヤーズ、F・W・クロフツ、H・C・ベイリーと並んで、黄金期の英国ミステリ作家の〝ビッグ・ファイヴ〟の一人とされ、英ディテクション・クラブの発足時メンバーの一人でもあった。短編集 The Adventures of Romney Pringle（一九〇二）、John Thorndyke's Cases（一九〇九）、『歌う白骨』は、エラリー・クイーンによる歴史的名作短編集のリスト『クイーンの定員』に選ばれている。同リストに三作選ばれたのはフリーマンだけである。

「このオースティン・フリーマンという人は素晴らしい作家です」

これは、アメリカのハードボイルド作家、レイモンド・チャンドラーがロンドンの出版社主ハミッシュ・ハミルトンに宛てた手紙からの引用である。現在出ているフリーマンのペーパーバックの背表紙には、しばしばこのチャンドラーの言葉が刷り込まれている。一方はハードボイルド小説の雄、もう一方は古典的な謎解き推理小説の巨匠であり、活躍した国も世代も異なり、一見およそ接点がないように思えるが、実はフリーマンはチャンドラーが最も敬愛したミステリ作家の一人だった。

チャンドラーは、自身の推理小説観を語ったエッセイ「むだのない殺しの美学」（一九四四：『チャンドラー短編全集4』早川書房収録）において、A・A・ミルン、E・C・ベントリー、クロフツ、セイヤーズ、クリスティという、謎解き推理小説の巨匠たちのプロットを次々と俎上に載せ、その非現実的な荒唐無稽さをこき下ろしたことで知られる。ところが、その一方で、フリーマンと彼が創造したソーンダイク博士に対しては称賛を惜しまなかった。"Notes on the Detective Story"（一九四九）では、「これまでに書かれた最良の推理小説」の例として、ただ一人、フリーマンの名を挙げ、フレデリック・ダネイ（エラリー・クイーン）宛ての書簡（一九五一年七月十日付け）では、「私は謎解きが嫌いなわけではありません。例えば、オースティン・フリーマンの作品が好きだからです。私は彼の作品がとても好きです。退屈と思う読者も多いけれど、私はたぶん彼の作品で最低二度読まなかったものは一つもありません。彼のヴィクトリア朝風の恋愛シーンすら好きです」と語っている。

本作『オシリスの眼』においても、ポール・バークリー医師とルース・ベリンガムの恋愛エピソードは、まさに「ヴィクトリア朝風の恋愛シーン」（実際はエドワード朝時代だが）であり、今日の視点からすると、やや陳腐で時代がかった印象を持たれた読者の方も多いだろう。実際、二宮佳景（鮎川信夫）氏による本作の旧訳（早川書房刊）は、特にこの二人の恋愛エピソードをいたるところでばっさりと省いているが、同様の認識によるものと思われる。ところが、チャンドラーはそんな描写にすら好感を抱いていたというのだから驚きである。

フリーマンの小説が、一世紀を経た今日もなお、ペーパーバックや電子書籍等で広く読まれている背景には、作品自体の質の高さはもとより、ハードボイルドの巨匠として絶大な人気を誇る、このチャンドラーの評価に負う面もあるだろう。国も世代も違えば、同じミステリでもジャンルの違う作家から受けた称賛が自分の人気に寄与しようとは、フリーマン自身も予想だにしなかったことではないだろうか。

チャンドラーがフリーマンの作品を称賛した理由は、「結末における謎解きは明快な分析力の傑作です」（一九五〇年九月二十九日付けジェイムズ・ケディー宛て書簡）という評にも見られるように、そのプロットのロジカルな整合性にあったようだ。黄金期の謎解き推理小説のプロットのほころびを容赦なく叩いたチャンドラーだが、実は彼自身のプロットこそ、複数の中編を継ぎはぎした長編には破綻寸前のものが少なくない（『大いなる眠り』で運転手の殺害犯を不明なままにしたのは有名なエピソードだ）。むろん、そのために彼の作品の魅力が損なわれるわけでは決してないが、実は、自分に実現できないプロットの理想の姿をフリーマンの作品に見出していたのかもしれない。チャンドラーを魅了したフリーマンのプロットとはどんなものだったのか、次節でその点をもう少し踏み込んで解説してみたい。

二　ロジックの精髄を究める推理小説

「フリーマン氏への評価はもっぱら作品に接する読者の水準に左右される。彼の作品は、月並みな〝探偵〟小説愛読者たちにはとても手に負えるものではない。彼は読者に非常な集中力を求める。彼の本を知恵を絞って読むことは、ミルの〝帰納論理学の規準〟を用いる恰好の練習になるし、これらの本は、学生がその規準にどれだけ習熟したかをテストする実践的な手段として使えるだろう」

これは、フリーマンの同時代人だったロンドン大学のジョン・アダムズ教授（教育学）が文芸誌「ザ・ブックマン」に寄稿した"Mr. R. Austin Freeman"（一九一三）という批評からの引用である。言及のあるジョン・スチュアート・ミルは、ベンサムと並ぶ功利主義の代表的哲学者であるが、『論理学体系』（一八四三）において、フランシス・ベーコンが『ノヴム・オルガヌム』でアウトラインを描いた帰納法を大成したことでも知られる。アダムズ教授は、フリーマンの作品の特徴が、その緻密な論理性にあることを洞察していたといえる。こうした特徴がフリーマン自身の推理小説観に根差すものであることは、論理的分析力や論証の過程の重要性を語った「探偵小説の技法」（一九二四）にも示されているとおりだ。

よく知られているとおり、帰納法は、観察事実を積み上げ、そこから共通点や類似点を引き出すことで結論を導く論法である。このため、演繹法のように大前提から規則に従って結論を導き出す論法と異なり、帰納法の結論は、必ずしも必然的な真理ではなく、蓋然性（公算）の推理にとどまるが、観察事実（データ）が多ければ多いほど結論の確度は高くなる（他方、演繹法は前提に一つでも誤りがあれば結論が破綻する）。「一つの解釈しかあり得ないと言えるような事実はなにもない。だが、結論を得るには程遠い事実でも、十分積み重ねれば、決定的な総体になる」（本書二八八頁）というソーンダイク博士の言葉はまさに帰納法の特徴を表したものだ。クライマックスにおいて、集積した観察事実を一つ一つ積み上げながら犯人を名指しする博士の謎解きは、アダムズ教授の言うように、まさに帰納的推理の模範とも言うべきロジックの展開であり、手堅い実験と観察に基づく科学的実証を重視するソーンダイク博士にふさわしい推理法であろう。

ところが、フリーマンといえば、科学的捜査の導入や倒叙推理小説の創出という点に着目する評価がほとんどであり、上記のような論理的緻密さという特徴を捉えた評価にはなかなか接することがない。むしろ最近では、科学知識の古さだけでなく、ありきたりなトリックや意外性の乏しい結末にネガティヴな評価を下す評者もいる。なぜそうなるのだろうか。

アダムズ教授と同様の視点からフリーマンの作品を評価している論者に、フランスの推理小説作家・評論家のトーマ・ナルスジャックがいるが、彼の議論にその手がかりを見出せるだろう。ナルスジャックは、『読ませる機械＝推理小説』（一九七三：邦訳は東京創元社刊）において、「彼（フリーマン）の作品の価値は、論理的な組立ての完璧さのみであり、それは常に存在している」（荒川浩充訳。以下同）、「フリーマンの長く連鎖する推論は、確かに論理の傑作である」とし、『猿の肖像』（一九三八）を例にとってその特徴を詳細に論じている。

ところが、その後の推理小説は、「巧みな工夫で読者を麻痺させようと意図する」ゲームとなってしまった。今日なお最もポピュラーな推理小説作家はアガサ・クリスティと言ってよいが、ナルスジャックは、純粋論理志向のフリーマンの作品に対し、こうしたゲームとしての推理小説の例としてクリスティの作品を挙げ、そんな作品に慣れてしまうと、読者の側も、論理的な解決よりも「小説家の企みばかりを警戒するように」なり、「読者は、もう提示された条件に従って推論するのでなく、ゲームの慣習に従って推論するようになる」と論じている。

敢えて誤解を恐れず平たい説明を試みるなら、例えば、X：6＝35：30という数式の問題があるとする。年長者であれば、暗算で「ろくご・三十、しちご・三十五」と、直観的にX＝7という答えを出してしまうだろう。しかし、試験問題では、30／6＝5から1：5という左右の比を導き出し、そこからX＝35／5、すなわち7と、きちんと算式を書いた上で答えを導き出さなければ、(マークシート試験ならともかく)答えだけ正解を書いても満点はもらえない。結果として答えが正しいかどうかだけではなく、なぜそうした答えが必然的に導かれるかを証明しなければならないからだ。

推理小説を読み慣れた読者が作品のプロットやトリックを見抜くのは、これと似た直観による場合が多いのではないだろうか。「容疑者は二人いるが、一人はあまりに見え透いているから、〝最も疑わしくない人物が犯人〟という慣習に従えば、もう一人のほうが犯人に違いない」といった類の直観だ。しかし、これは論証とはいえない。クリスティは、こうした手だれの読者の直観力を想定し、プロットにさらにツイストを加えてサプライズを演出する術に長けた作家だった。その後の謎解き推理小説も、同様の方向で新たなツイストを開拓しようと努めてきた作品が少なくない。チャンドラーが指摘する荒唐無稽さは、そうしたプロットと裏腹のリスクと言えるだろう。

つまり、今日主流の謎解き推理小説は、与えられた手がかりに基づいて説得力のある解決を推理するよう読者に求めるタイプの作品ではなく、むしろ、狡猾なトリックや結末の意外性で読者を欺き、驚かせようとするタイプの作品なのだ。こうしたタイプの推理小説が主流となった結果、経験を積んだ読者の多くは、所与のデータを積み重ねることで推理するのではなく、作品の過去例や読書の経験則に照らして、いかにも作者が仕掛けそうなトリックを見抜くことばかり考え、そうやって予想どおりの結末に至ると、「作者（探偵）に勝った」と思いがちになる。これがまさに、ナルスジャックの言う「ゲームの慣習」によって推論することなのである。

ところが、フリーマンの作品は、クリスティのような結末の意外性、カーやクロフツのように不可能犯罪、アリバイ等のトリックの奇抜さを狙うようなことはしない。例えば、ロバート・エイディが不可能犯罪ものの研究書 Locked Room Murders and Other Impossible Crimes（一九九一）で挙げた遺作 The Jacob Street Mystery（一九四二）には、密室のトリックが使われているが、実際に読めば、フリーマンがそんなトリックにほとんど重きを置いていないことが分かる。フリーマンの研究家、ノーマン・ドナルドスンが「クリスティやセイヤーズのような典型的なフーダニット」と呼んだ『証拠は眠る』（一九二八）も、容疑者が限られているため、真犯人を見抜くのはさほど難しくない。むしろ、フリーマンは、倒叙推理小説の生みの親であることからも分かるように、犯人が誰かという答えを単に当てることではなく、なぜその人物が犯人なのかをプロセスとしてきちんと論証してみせることを重視した作家だった。このため、フリーマンの作品のプロットは、犯人や動機、手段の意外性といったトリックの妙味という点ではシンプルに過ぎ、推理小説を読み慣れた読者には「ゲームの慣習」

で結果を見抜きやすいものが少なくない。だが、彼の作品をそんな視点で読み、犯人やトリックだけ当ててみせても、まったくフリーマンの作品の特質を理解していないだけでなく、作者に勝ったつもりが、実は落第点しか与えられない答案を書いていることになるだろう。

二十世紀前半に活躍したフリーマンの科学知識が時代遅れになっていくのは不可避であり、本作で用いられたトリック（とされるもの）も、今日の法医学の水準に照らせば成立しないという指摘もある。しかし、DNA鑑定をはじめ、科学捜査の発展は飛躍的なものがあり、現在の水準に照らせば、一時代前の推理小説のプロットは、（例えばクイーンの『エジプト十字架の謎』のように）今日ではとても通用しそうにないものが大半だ。けだし、同時代の環境や制約を前提に作品を読むのは、我々読者に求められる当然の分別であり、そこに例えばネットやスマホの存在を想定した判断を持ちこんでプロットの限界を論じるのは不当というものだろう。さらに、実際に読めば、本作でも、そのトリック自体が必ずしもプロットの本質的かなめではないことに気づくはずだ。むしろ、上記のような指摘には、短絡的にトリックの出来栄えを基準に作品を評価する、まさに今日の典型的な推理小説の読み方が露呈していると言えるかもしれない。

これまでほとんど指摘されたことはないが、この『オシリスの眼』は、実は安楽椅子探偵ものだ。ソーンダイク博士は、冒頭章で紹介される新聞記事の情報だけで既に真相の推理を組み立てている。その後の検死審問や検認裁判所で提示される情報も、自ら直接収集するのではなく、語り手のバークリー医師に情報収集を任せている。こうした情報をもとに博士の推理は補強されていくのだが、それらも含め、博士が持つ情報はすべて読者にも公開されており、(作中で博士がバークリー医師に繰り返し語っているように) 読者はソーンダイク博士とまったく同じ条件で推理に参加できるのである。

先に引用したアダムズ教授は、「教師は彼の作品を応用論理学の問題として使ってみたくなるだろう」という評に続けて、長編の中でも特に、この『オシリスの眼』の第十九章に言及している。本作だけでなく、ナルスジャックの挙げる『猿の肖像』や、ドナルドスンをはじめとして代表作に挙げる人が多い The Cat's Eye (一九二三) も、優れた論理的緻密さを兼ね備えた作品だ。フリーマンの作品、特に長編を読む際には、作者の企みを見抜くことにばかり目を奪われず、視点を切り替え、与えられた手がかりを積み重ねて、そのロジックの精髄を味わいつつ、どんな解決が最も説得力のある解決なのかを熟考しながら読んでいただければと思う。

三　登場人物等についての補足

ジョン・イヴリン・ソーンダイク博士は、ケネス・マゴワン編 Sleuths にフリーマンが寄せた略歴によれば、一八七〇年七月四日生まれとされるので、本作 (一九〇四年時点) では三十四歳である。ロンドンのセント・マーガレット病院付属医学校卒。その後、同医学校の法医学教授となり、一八九六年にインナー・テンプルの法廷弁護士の資格を得る。住所は、ロンドンのキングズ・ベンチ・ウォーク五A番地。「生者および死者の個人的特徴を識別する方法」という研究論文がある。

最初に扱った事件は一八九七年の〝ガマー事件〟とされるが、最初（一九〇五年頃）に執筆された登場作は、本書にも言及のある〝ブラックモア事件〟を描いた中編〝31 New Inn〟（公表は一九一二年、アメリカの「アドヴェンチャー」誌）。しかし、最初に公表された作品は、〝ホーンビイ事件〟を描いた長編『赤い拇指紋』（一九〇七）であり、同作は指紋の偽造をテーマとした最初期の作品として知られる。

クリストファー・ジャーヴィスとナサニエル・ポルトンは、いずれも『赤い拇指紋』から登場するシリーズのレギュラー・メンバー。

ジャーヴィスは、『赤い拇指紋』で医学校の先輩であるソーンダイクと偶然再会し、同作をはじめ多くの作品で語り手を務めている。〝31 New Inn〟でも、ソーンダイクから代診医業務を辞めて自分のジュニア・パートナーになるよう誘われていて、「青いスパンコール」以降はパートナーとして共に捜査に携わっている。〝ホーンビイ事件〟では、のちに妻となるジュリエット・ギブスンと出会い、彼女は When Rogues Fall Out（一九三二）で再登場し、Dr. Thorndyke Intervenes（一九三三）でも最後に顔を出す。

ポルトンは、Mr. Polton Explains（一九四〇）の前半で語り手を務めていて、孤児として育ち、時計職人の修業をするが、親方の死により徒弟期間を満たせず、職を失って餓死寸前となり、病院で出会ったソーンダイクの助手となる経緯を紹介している。しわだらけの顔のせいで年長に見えるが、実はソーンダイクより年下だ。反射鏡付きめがね（The Cat's Eye）、潜望鏡付きステッキ（『ポッターマック氏の失策』）、キーホール・カメラ（When Rogues Fall Out）など、多くの発明品をソーンダイクに提供している。ポルトンにはマーガレットという姉がいて、Mr. Polton Explains のほか、Helen Vardon's Confession（一九二二）にも登場する。

バジャー警部は、短編“The Anthropologist at Large”で初登場し、その後も The Cat's Eye や「モアブ語の暗号」などに姿を見せるが、When Rogues Fall Out において犯罪者の手にかかり悲劇的な最期を迎える。

事務弁護士のマーチモント氏は、The Mystery of 31 New Inn（一九一二）、A Silent Witness（一九一四）、For the Defence: Dr. Thorndyke（一九三四）、「アルミニウムの短剣」などにも登場する。なお、英国の弁護士は、事務弁護士と法廷弁護士の二種類に分かれる。一般市民からの法律相談は、通常、事務弁護士が受け、裁判の必要ありと判断した場合には事務弁護士から法廷弁護士に依頼し、法廷弁護士が市民から直接依頼を受けることはない。法廷弁護士の資格を持つソーンダイクが事務弁護士の依頼を必要とし、マーチモント氏が法廷弁護士のヒース氏を立てるのもこのためだ。

また、英国では、遺言の検認は遺言の執行と遺言執行者の地位確立に必要な手続きであり、遺言執行者は裁判所で遺言の検認を受けなければ執行者としての権利を主張できない。遺言者が長期間消息を絶ったり、音信が途絶えている場合は、遺言執行者は死亡に関する状況証拠や間接証拠を裁判所に提出して死亡認定（日本で言う「失踪宣告」に近い）の申請を行い、死亡が合理的に推定されると認められれば検認の手続きを進めることができる。

ちなみに、本書で語り手を務めるポール・バークリー医師は、これが唯一の登場作である。

四　もう一つの『オシリスの眼』

『オシリスの眼』には、現在一般に流布している版とは異なる初稿バージョンがある。

フリーマンは一九一〇年頃に『オシリスの眼』の初稿を完成し、「マクルーアズ・マガジン」の発行者として知られるS・S・マクルーアと雑誌連載の計画を進めていた（ちなみに、一九二八年にエラリー・クイーンが『ローマ帽子の謎』で当選した懸賞コンクールを主催したのも同誌だ。その直後、同誌は倒産している）。ところが、マクルーアの秘書で、原稿読みと採用の判断を担当していたミス・ビスランドは、探偵小説としての興味が物語の途中で中断してしまうという理由でこの初稿を批判し、フリーマンは彼女の意見を尊重して、不本意ながらも大幅な改稿を行ったという。この改稿版が現行の『オシリスの眼』である（本作の雑誌連載の計画は結局実現しなかったようだが、同誌には一九一〇年から翌年にかけてソーンダイク博士ものの短編が連載されている）。

日の目を見なかった初稿は、一九三六年にフリーマンから収集家のネッド・ガイモンに売却され、その後、カリフォルニアのオクシデンタル・カレッジの所蔵するところとなり、一九九九年にカナダのバタード・シリコン・ディスパッチ・ボックスから The Other Eye of

Osirisとして刊行された。同書には、フリーマンからガイモンに宛てた手紙も収録されており、上記の経緯が記されている。この手紙の中で、フリーマンは「作品が改稿によって改善したかどうかは自信がない」としているが、同書に序文とあとがきを寄せているハワード・ブロディは、明らかに改稿（現行）版のほうが優れていると判断しており、筆者もこの点ではまったく同意見である。

とはいえ、初稿には興味深い点も少なくない。改稿版に活かされた素材も少なくないが、その順序は大幅に入れ替えられ、手を加えられている。ブロディが解説しているように、実質的に概ねそのまま残されたのは、新聞記事による事件の解説が示される第一章、遺言書の内容が示される第七章（初稿の第六章）、事件解明と謎解きが示される最後の三章の計五章分であり、推理の論理的展開のベースとなる、プロットの根幹部分に当たる章だと分かる（まさに「探偵小説の技法」で論じた、「一、問題の設定。二、解決に必要なデータ（〝手がかり〟）の提示。三、解明、すなわち、探偵による調査の完了と解決の宣言。四、証拠の提示による解決の証明」に当たる）。これに対し、骨の発見の経緯は、大幅に設定が変更されていて、初稿では後半を過ぎてから起こる付随的な事件であり、見つかる場所もウッドフォードのみで、クレソンの水田のエピソードはない（骨のトリックなるものが副次的な要素でしかない一つの証左でもある）。

ルース・ベリンガムは、エジプト学の調査員ではなく、陶芸家という設定であり、バークリー医師に贈るために、カノポス壺型の陶器のたばこ入れを制作している。ブロディの解説

ノーマン・ドナルドスンは、ここからさらに踏み込み、ベリンガム事件の真相は事故だったという真犯人の説明は虚偽であり、実際は、ベリンガムを計画的に殺害したのではないかと推測している。「刑をみずから先んじて受け入れたのです」というソーンダイク博士のセリフから、博士自身もそのことを確信していたというのがドナルドスンの見解だが、その当否は読者諸賢の判断に委ねたい。

『オシリスの眼』はフリーマンの代表作として挙げられることが多い。

S・S・ヴァン・ダインは、一九二八年に刊行した The S.S. Van Dine Detective Library という長編ベスト七の一つに選び、ジョン・ディクスン・カーは、「地上最高のゲーム」(一九四六)においてソーンダイク博士の「最大の問題」と呼んでいる。『現代推理小説の歩み』(一九五三：邦訳は東京創元社刊)のサザランド・スコットも代表作の一つに選んでいるし、The Dead Hand and Other Uncollected Stories (一九九九)に序文を寄せたトニー・メダウォーとダグラス・G・グリーンは、「多くの人がソーンダイクの最も優れた調査と見なす長編」としている。なお、ジョージ・オーウェルはエッセイ「よい悪書」(一九四五)の中で、読む価値のある大衆文学の例として、ホームズものなどと並んで、『歌う白骨』と『オシリスの眼』を挙げている。

推理の論理性ばかり強調したが、本作の見どころはそれだけではない。服装は山高帽にフロックコート、照明器具はガス灯、ランタン、交通手段は馬車というヴィクトリア朝〜エドワード朝時代の雰囲気の中に、大英博物館やその収蔵品をはじめ、現在もほぼ当時のまま現存する名所や遺物の描写が随所に登場するのも興味深い。第十八章に出てくる、フェッター・レーンにあったモラヴィア教徒の礼拝堂は一九四一年の空襲で破壊され、当時を偲ぶ銘板が現地にあるのみだが、近隣のゴフ・スクエアにあるジョンソン博士の家は、現在、博物館になっているし、第十五章に出てくる、護国卿オリヴァー・クロムウェルの孫、アンナ・ギブスンの墓は、ロンドンのセント・ジョージズ・ガーデンズに今も残る。バークリー医師の言葉どおり、「周囲のものがみな変化してしまったのに、歳月を経ても変わらずに残っていることが、時の隔たりを橋渡しする想像力を刺激する」のだ。なかでも、大英博物館は本作における事件解明の舞台となる。恋愛描写は月並みでも、不気味さに満ちた展示物が親しみに満ちた存在に変貌する描写のコントラストは実にうまい。どう考えても履行不可能な遺言書が、実は条件通りに履行されていたというアイロニーも痛烈。そしてなにより、〝オシリスの眼〟が浮かび上がる、事件解明場面のテンションの高さは圧巻だ。

さらに、個性的な探偵と犯人の造型に加え、両者の対決がこれほど見事に描かれている作品はほかになく、『オシリスの眼』はまさにシリーズのベストと呼ぶにふさわしい作品といえるだろう。

なお、本書は、二〇一一年十二月に同人出版の「ROM叢書」から少部数で刊行した経緯があるが、今回、ちくま文庫から刊行するに当たり、英初版に基づいて全面的な改訳を行うとともに、解説も大幅な加筆を行い、読者の便宜に資するよう努めた。

ソーンダイク博士シリーズ作品リスト（邦訳は代表的なもののみ掲載）

長編

1 The Red Thumb Mark (1907)『赤い拇指紋』吉野美恵子訳（創元推理文庫）
2 The Eye of Osiris (1911)『オシリスの眼』※本書
3 The Mystery of 31 New Inn (1912)
4 A Silent Witness (1914)
5 Helen Vardon's Confession (1922)
6 The Cat's Eye (1923)
7 The Mystery of Angelina Frood (1924)『アンジェリーナ・フルードの謎』西川直子訳（論創社）
8 The Shadow of the Wolf (1925)
9 The D'arblay Mystery (1926)『ダーブレイの秘密』中桐雅夫訳（早川書房）
10 A Certain Dr. Thorndyke (1927)
11 As a Thief in the Night (1928)『証拠は眠る』武藤崇恵訳（原書房）
12 Mr. Pottermack's Oversight (1930)『ポッターマック氏の失策』鬼頭玲子訳（論創社）
13 Pontifex, Son and Thorndyke (1931)

14 When Rogues Fall Out (1932)［米題：Dr. Thorndyke's Discovery］
15 Dr. Thorndyke Intervenes (1933)
16 For the Defence: Dr. Thorndyke (1934)［米題：For the Defense: Dr. Thorndyke］
17 The Penrose Mystery (1936)『ペンローズ失踪事件』美藤健哉訳（長崎出版）
18 Felo de Se? (1937)［米題：Death at the Inn］
19 The Stoneware Monkey (1938)『猿の肖像』青山万里子訳（長崎出版）
20 Mr. Polton Explains (1940)
21 The Jacob Street Mystery (1942)［米題：The Unconscious Witness］
22 The Other Eye of Osiris (1999)［The Eye of Osiris の初稿］

中・短編

John Thorndyke's Cases (1909)［米題：Dr. Thorndyke's Cases］
1 The Man with the Nailed Shoes
2 The Stranger's Latchkey
3 The Anthropologist at Large
4 The Blue Sequin 「青いスパンコール」（大久保康雄訳、『ソーンダイク博士の事件簿1』創元推理文庫、収録）
5 The Moabite Cipher 「モアブ語の暗号」（同右）

6　The Mandarin's Pearl
7　The Aluminium Dagger　「アルミニウムの短剣」（同右）
8　A Message from the Deep Sea

The Singing Bone (1912)

9　The Case of Oscar Brodski　「オスカー・ブロズキー事件」（大久保康雄訳、『世界短編傑作集2』創元推理文庫、収録）
10　A Case of Premeditation　「計画殺人事件」（大久保康雄訳、『ソーンダイク博士の事件簿1』収録）
11　The Echo of a Mutiny　「歌う白骨」（同右）
12　A Wastrel's Romance　「おちぶれた紳士のロマンス」（同右）
13　The Old Lag　「前科者」（同右）

The Great Portrait Mystery (1918)

14　The Missing Mortgagee　「消えた金融業者」（大久保康雄訳、『ソーンダイク博士の事件簿2』創元推理文庫、収録）
15　Parcival Bland's Proxy　「パーシヴァル・ブランドの替玉」（同右）

Dr. Thorndyke's Case-Book (1923)［米題：The Blue Scarab］

16 The Case of the White Footprints 「白い足跡の謎」（大久保康雄訳、『探偵小説の世紀／下』創元推理文庫、収録）

17 The Blue Scarab 「青い甲虫」（大久保康雄訳、『ソーンダイク博士の事件簿2』収録）

18 The New Jersey Sphinx 「ニュージャージー・スフィンクス」（同右）

19 The Touchstone

20 A Fisher of Men

21 The Stolen Ingots

22 The Funeral Pyre 「焼死体の謎」（同右）

The Puzzle Lock (1925)

23 The Puzzle Lock 「文字合わせ錠」（大久保康雄訳、『暗号ミステリ傑作選』創元推理文庫、収録）

24 The Green Check Jacket

25 The Seal of Nebuchadnezzar

26 Phyllis Annesley's Peril 「フィリス・アネズリーの受難」（大久保康雄訳、『ソーンダイク博士の事件簿2』収録）

27 A Sower of Pestilence

28 Rex v. Burnaby 「バーナビイ事件」（厚木淳訳、『毒薬ミステリ傑作選』創元推理文庫、収録）

29 A Mystery of the Sand-Hills 「砂丘の秘密」（大久保康雄訳、『ソーンダイク博士の事件簿1』収録）

30 The Apparition of Burling Court 「バーリング・コートの亡霊」（大村美根子訳、『名探偵読本5 シャーロック・ホームズのライヴァルたち』パシフィカ、収録）

31 The Mysterious Visitor

The Magic Casket (1927)

32 The Magic Casket

33 The Content's of a Mare's Nest

34 The Stalking Horse

35 The Naturalist at Law

36 Mr. Ponting's Alibi 「ポンティング氏のアリバイ」（大久保康雄訳、『ソーンダイク博士の事件簿2』収録）

37 Pandora's Box 「パンドラの箱」（同右）

38 The Trail of Behemoth

39 The Pathologist to the Rescue

40　Gleaning from the Wreckage　「バラバラ死体は語る」（同右）

The Best Dr. Thorndyke's Detective Stories（1973）

41　31 New Inn〔長編 Mystery at 31 New Inn の原形となった中編〕

The Dead Hand and Other Uncollected Stories（1999）

42　The Dead Hand〔長編 The Shadow of the Wolf の原形となった中編〕

本書はちくま文庫のオリジナル編集です。

ブラウン神父の無心　G・K・チェスタトン　南條竹則／坂本あおい訳

ホームズと並び称される名探偵「ブラウン神父」シリーズを鮮烈な新訳で。「木の葉を隠すなら森のなか」などの警句と逆説に満ちた探偵譚。（高沢治）

ブラウン神父の知恵　G・K・チェスタトン　南條竹則／坂本あおい訳

独特の人間洞察力と鋭い閃きでブラウン神父が逆説に満ちたこの世界の有り方を解き明かす。全12篇を収録。新訳シリーズ第二弾。（甕由己夫）

エドガー・アラン・ポー短篇集　エドガー・アラン・ポー　西崎憲編訳

ポーが描く恐怖と想像力の圧倒的なパワーは、時を超え深い影響を与え続ける。よりすぐりの短篇7篇を新訳で贈る。巻末に作家小伝と作品解説。

あなたは誰？　ヘレン・マクロイ　渕上痩平訳

匿名の電話の警告を無視してフリーダは婚約者の実家へ向かうが、その夜のパーティで殺人事件が起こる。本格ミステリの巨匠マクロイの初期傑作。

二人のウィリング　ヘレン・マクロイ　渕上痩平訳

本人の目前に現れたウィリング博士を名乗る男は誰か。「啼く鳥は絶えてなし」というダイイングメッセージの謎をめぐる冒険が始まる。（深緑野分）

コスモポリタンズ　サマセット・モーム　龍口直太郎訳

舞台はヨーロッパ、アジア、南島から日本まで。故国を去って異郷に住む〝国際人〟の日常にひそむ事件のかずかず。珠玉の小品30篇。（小池滋）

眺めのいい部屋　E・M・フォースター　西崎憲／中島朋子訳

フィレンツェを訪れたイギリスの令嬢ルーシーは、純粋な青年ジョージに心惹かれる。恋に悩み成長する若い女性の姿と真実の愛を描く名作ロマンス。

短篇小説日和　西崎憲編訳

短篇小説は楽しい！　大作家から忘れられたマイナー作家の小品まで、英国らしさ漂う一風変わった傑作を集めました。巻末に短篇小説論考を収録。

怪奇小説日和　西崎憲編訳

怪奇小説の神髄は短篇にある。ジェイコブズ「失われた船」、エイクマン「列車」など古典的怪談から異色短篇まで18篇を収めたアンソロジー。

郵便局と蛇　A・E・コッパード　西崎憲編訳

日常の裏側にひそむ神秘と怪奇を淡々とした筆致で描く、孤高の英国作家の詩情あふれる作品集。新訳一篇を追加し、巻末に訳者による評伝を収録。

奥の部屋　ロバート・エイクマン　今本渉 編訳

不気味な雰囲気、謎めいた象徴、魂の奥処をゆさぶる深い戦慄。幽霊不在の時代における新しい恐怖を描く、怪奇小説の極北エイクマンの傑作集。

氷　アンナ・カヴァン　山田和子 訳

氷が全世界を覆いつくそうとしていた。私は少女の行方を必死に探し求める。恐ろしくも美しい終末のヴィジョンで読者を魅了した伝説的名作。

ロルドの恐怖劇場　アンドレ・ド・ロルド　平岡敦 編訳

二十世紀初頭のパリで絶大な人気を博した恐怖演劇グラン・ギニョル座。その座付作家ロルドが血と悪夢で紡ぎあげた二十二篇の悲鳴で終わる物語。

ヘミングウェイ短篇集　アーネスト・ヘミングウェイ　西崎憲 編訳

ヘミングウェイは弱く寂しい男たち、冷静で寛大な女たちを登場させ「人間であることの孤独」を描く。繊細で切れ味鋭い14の短篇を新訳で贈る。

ラピスラズリ　山尾悠子

言葉の海が紡ぎだす、〈冬眠者〉と人形と、春の目覚めの物語。不世出の幻想小説家が20年の沈黙を破り発表した連作長篇。補筆改訂版。　（千野帽子）

増補 夢の遠近法　山尾悠子

「誰かが私に言ったのだ／世界は言葉でできていると」。誰も夢見たことのない世界が、ここではじめて言葉になった。新たに二篇を加えた増補決定版。

リテラリーゴシック・イン・ジャパン　高原英理 編

世界の残酷さと人間の暗黒面を不穏に、鮮烈に表現する「文学的ゴシック」。古典的傑作から現在第一線で活躍する作家まで、多彩な顔触れで案内する。

ファイン／キュート 素敵かわいい作品選　高原英理 編

文学で表現される「かわいさ」は、いつだって、どこかファイン。古今の文学から、あなたを必ず「きゅん」とさせる作品を厳選したアンソロジー。

世界幻想文学大全 幻想文学入門　東雅夫 編著

幻想文学のすべてがわかるガイドブック。澁澤龍彥、中井英夫、カイヨワ等の幻想文学案内のエッセイも収録し、資料も充実。初心者も通も楽しめる。

世界幻想文学大全 怪奇小説精華　東雅夫 編

ルキアノスから、デフォー、メリメ、ゴーチエ、ゴーゴリ……時代を超えたベスト・オブ・ベスト。岡本綺堂、芥川龍之介等の名訳も読みどころ。

世界幻想文学大全
幻想小説神髄　東雅夫編
ノヴァーリス、リラダン、マッケン、ボルヘス……時代を超えたベスト・オブ・ベスト。松村みね子、堀口大學、窪田般彌等の名訳も読みどころ。

日本幻想文学大全
幻妖の水脈　東雅夫編
『源氏物語』から小泉八雲、泉鏡花、江戸川乱歩、都筑道夫……。妖しさ蠢く日本幻想文学、ボリューム満点のオールタイムベスト。

日本幻想文学大全
幻視の系譜　東雅夫編
世阿弥の謡曲から、小川未明、夢野久作、宮沢賢治、中島敦、吉村昭……。幻視の閃きに満ちた日本幻想文学の逸品を集めたベスト・オブ・ベスト。

日本幻想文学大全
日本幻想文学事典　東雅夫
日本の怪奇幻想文学を代表する作家と主要な作品を、第一人者の解説と共に網羅する空前のレファレンス・ブック。初心者からマニアまで必携！

謎の物語　紀田順一郎編
それから、どうなったのか——結末は霧のなか、謎は謎として残り解釈は読者に委ねられる。不思議な「謎の物語」15篇。女か虎か／謎のカード／園丁 他

ケルトの白馬／ケルトとローマの息子　ローズマリー・サトクリフ　灰島かり訳
ブリテン・ケルトもの歴史ファンタジーの第一人者による珠玉の少年譚。実在の白馬の遺跡をモチーフにした代表作ほか一作。（荻原規子）

炎の戦士クーフリン／黄金の騎士フィン・マックール　ローズマリー・サトクリフ　灰島かり／金原瑞人／久慈美貴訳
神々と妖精が生きていた時代の物語。かつてエリンと言われた古アイルランドを舞台に、ケルト神話に名高いふたりの英雄譚を1冊に。（井辻朱美）

火星の笛吹き　レイ・ブラッドベリ　仁賀克雄訳
本邦初訳の処女作「ホラーボッケンのジレンマ」を含む、若きブラッドベリの初期スペース・ファンタジーの傑作20篇を収録。（服部まゆみ）

バートン版
千夜一夜物語（全11巻）　大場正史訳　古沢岩美・絵
めくるめく愛と官能に彩られたアラビアの華麗な物語——奇想天外の面白さ、世界最大の奇書の名訳による決定版。鬼才・古沢岩美の甘美な挿絵付。

荒涼館（全4巻）　C・ディケンズ　青木雄造他訳
上流社会、政界、官界から底辺の貧民、浮浪者まで巻き込んだ因縁の訴訟事件。小説の面白さをすべて盛り込み壮大なスケールで描いた代表作。（青木雄造）

ニーベルンゲンの歌 前編　石川栄作訳中世ドイツが成立し、その後の西洋文化・芸術面に多大な影響を与えた英雄叙事詩の新訳。読みやすい訳文を心がけ、丁寧な小口注を付す。
ニーベルンゲンの歌 後編　石川栄作訳ジークフリート暗殺の復讐には、いかに多くの勇者たちの犠牲が必要とされたことか。古代ゲルマンの強靭な精神を謳い上げて物語は完結する。

レ・ミゼラブル（全5巻）　ユゴー　西永良成訳
慈愛あふれる司教との出会いによって心に光を与えられ、ジャン・ヴァルジャンは新しい運命へと旅立つ――叙事詩的な長篇を読みやすい新訳でおくる。

ガルガンチュアとパンタグリュエル（全5巻）　フランソワ・ラブレー　宮下志朗訳
フランス・ルネサンス文学の記念碑的大作。〈知〉の一大転換期の爆発的エネルギーと感動をつたえる画期的新訳。第64回読売文学賞研究・翻訳賞受賞作。

動物農場　ジョージ・オーウェル　開高健訳
自由と平等を旗印に、いつのまにか全体主義や恐怖政治が社会を覆っていく様を痛烈に描き出す。『一九八四年』と並ぶG・オーウェルの代表作。

グリンプス　ルイス・シャイナー　小川隆訳
ドアーズ、ビーチ・ボーイズ、ジミヘンにビートルズ。幻のアルバムを求めて60年代へタイムスリップ。ロックファンに誉れ高きSF小説が甦る。

新ナポレオン奇譚　G・K・チェスタトン　高橋康也／成田久美子訳
未来のロンドン。そこは諧謔家の国王のもと、中世の都市に逆戻りしていた……。チェスタトンのデビュー長篇小説、初の文庫化。（佐藤亜紀）

お菓子の髑髏　レイ・ブラッドベリ　仁賀克雄訳
若き日のブラッドベリが探偵小説誌に発表した作品のなかから選ばれた15篇。ブラッドベリらしい、ひねりのきいたミステリ短篇集。

コンパス・ローズ　アーシュラ・K・ル＝グウィン　越智道雄訳
物語は収斂し、四散する。ジャンルを超えた20の短篇が紡ぎだす豊饒な世界。「精神の海」を渡る航海者のための羅針盤。（石堂藍）

パヴァーヌ　キース・ロバーツ　越智道雄訳
1588年エリザベス1世暗殺。法王が権力を握り、蒸気機関が発達した「もう一つの世界」で20世紀、反乱の火の手が上がる。名作、復刊。（大野万紀）

モチーフで読む美術史　宮下規久朗

絵画に描かれた代表的な「モチーフ」を手掛かりに美術を読み解く、画期的な名画鑑賞の入門書。カラー図版約１５０点を収録した文庫オリジナル。

フェルメールになれなかった男　フランク・ウイン　小林頼子／池田みゆき訳

何が彼らを贋作作りへと駆り立てたのか。高名な鑑定家たちをも欺いた世紀のスキャンダルを通して、名画に翻弄される人々の姿を描き出す渾身作。

簡単すぎる名画鑑賞術　西岡文彦

『モナ・リザ』からゴッホ、ピカソ、ウォーホルまで、名画を前に誰もが感じる疑問を簡単すぎるほど明快に解き明かす。名画鑑賞が楽しくなる一冊。

名画の言い分　木村泰司

「西洋絵画は感性で見るものではなく読むものだ」。斬新で具体的なメッセージを豊富な図版とともにわかりやすく解説した西洋美術史入門。（鴻巣友季子）

子どもに伝える美術解剖学　布施英利

子どもの脳はどのように絵を描く表現を獲得するのか⁉　目の視覚と脳の視覚とは⁉「生きている」絵を描く方法と考え方を具体的に伝授。（千住博）

春画のからくり　田中優子

春画では、女性の裸だけが描かれることはなく、男女の絡みが描かれる。男女が共に楽しんだであろう性表現に凝らされた趣向とは。図版多数。

見えるものと観えないもの　横尾忠則

アートは異界への扉だ！　吉本ばなな、島田雅彦から黒澤明、淀川長治まで、現代を代表する十一人との、この世ならぬ超絶対談集。（和田誠）

ぼくなりの遊び方、行き方　横尾忠則

日本を代表する美術家の自伝。登場する人物、起こる出来事その全てが日本のカルチャー史！　壮大な物語はあらゆるフィクションを超える。（川村元気）

ヨーロッパぶらりぶらり　山下清

「パンツをはかない男の像はにが手」「人魚のおしりは人間か魚かわからない」。〝裸の大将〟の眼に映ったヨーロッパは？　細密画入り。（赤瀬川原平）

超発明　真鍋博

昭和を代表する天才イラストレーターが、唯一無二のＳＦ的想像力と未来的発想で〝夢のような発明品〟１２９例を描き出す幻の作品集。（川田十夢）

日本美術応援団　赤瀬川原平　山下裕二

雪舟の「天橋立図」凄いけどどこかヘン⁉　光琳にはなくて宗達にはある〝乱暴力〟とは？　教養主義にとらわれない大胆不敵な美術鑑賞法‼

路上観察学入門　赤瀬川原平／藤森照信／南伸坊編

マンホール、煙突、看板、貼り紙……路上から観察できる森羅万象を対象に、街の隠された表情を読みとる方法を伝授する。（とり・みき）

私の好きな曲　吉田秀和

永い間にわたり心の糧となり魂の慰藉となってきた、最も愛着の深い音楽作品について、その魅力を語る、限りない喜びにあふれる音楽評論。（保苅瑞穂）

世界の指揮者　吉田秀和

フルトヴェングラー、ヴァルター、カラヤン……演奏史上に輝く名指揮者28人に光をあて、音楽の特質と魅力を論じた名著の増補版。（二宮正之）

グレン・グールド　青柳いづみこ

20世紀をかけぬけた衝撃の演奏家の遺した謎をピアニストの視点で追い究め、ライヴ演奏にも着目、つねに斬新な魅惑と可能性に迫る。（小山実稚恵）

小津安二郎と「東京物語」　貴田庄

小津安二郎の代表作「東京物語」はどのように誕生したのか？　小津の日記や出演俳優の発言、スタッフの証言などをもとに迫る。文庫オリジナル。

マジメとフマジメの間　岡本喜八

過酷な戦争体験を喜劇的な視点で捉えた岡本喜八。創作の原点である戦争と映画への思いを軽妙な筆致で描いたエッセイ集。巻末インタビュー＝庵野秀明

加藤泰、映画を語る　加藤泰　山根貞男／安井喜雄編著

任俠映画・時代劇などで映像美の頂点を極めた加藤泰。伊藤大輔や山中貞雄への思いや、映画について語った講演の数々。文庫化に際し増補した決定版。

新トラック野郎風雲録　鈴木則文

映画「トラック野郎」全作の監督が、撮影の裏話、本物のトラック野郎たちとの交流をつづったエッセイ集。文庫オリジナル。（掛札昌裕）

演出術　蜷川幸雄　長谷部浩

演出家蜷川幸雄が代表作とその創作過程、それぞれの作品に込めた思いや葛藤を、細部にわたるまであますことなく語る。たぐいまれなる才能の源に迫る。

ちくま文庫

オシリスの眼《め》

二〇一六年十一月十日　第一刷発行

著者　R・オースティン・フリーマン
訳者　渕上瘦平（ふちがみ・そうへい）

発行者　山野浩一
発行所　株式会社　筑摩書房
東京都台東区蔵前二―五―三　〒一一一―八七五五
振替〇〇一六〇―八―四一二三
装幀者　安野光雅
印刷所　中央精版印刷株式会社
製本所　中央精版印刷株式会社

乱丁・落丁本の場合は、左記宛にご送付下さい。
送料小社負担でお取り替えいたします。
ご注文・お問い合わせも左記へお願いします。
筑摩書房サービスセンター
埼玉県さいたま市北区櫛引町二―六〇四　〒三三一―八五〇七
電話番号　〇四八―六五一―〇〇五三

ISBN978-4-480-43390-9 C0197